Shobha Rao

Mädchen brennen heller

ELSTER

Shobha Rao

Mädchen brennen heller

Roman

Aus dem amerikanischen Englisch
von Sabine Wolf

ELSTER

INDRAVALLI

Das Erstaunlichste am Tempel von Indravalli war leicht zu übersehen. Zuerst musste man den Berg hinauf, näher an den Tempel heran, und dann lange und aufmerksam dessen Eingang betrachten. Sein Tor. Nicht die geschnitzten Paneele oder die feine Maserung, sondern wie das Tor dort stand, unerschrocken, wie von innen leuchtend und einsam. Wie es scheinbar in den Himmel wuchs, als wäre es noch immer Baum. Es lag am Holz, geschlagen in einem Hain nordwestlich von Indravalli. Angelegt hatte diesen eine alte Frau – es hieß, sie sei über hundert Jahre alt –, die kinderlos geblieben war. Sie und ihr Mann waren Bauern gewesen, und als die Frau verstanden hatte, dass sie nie Kinder haben würde, hatte sie Bäume gepflanzt, um auf diese Weise etwas Zartes und Schönes aufzuziehen. Ihr Mann hatte um die Setzlinge herum Dornsträucher gegen wilde Tiere gepflanzt, und weil die Gegend trocken war, hatte die Frau das Gießwasser viele Kilometer weit tragen müssen. Mittlerweile bestand das Wäldchen der beiden aus Hunderten von Bäumen. Standhaft wiegten sie sich im trockenen Wind.

Eines Tages suchte ein Journalist einer Regionalzeitung die alte Frau auf. Er erreichte sie zur Teestunde, und die alte Frau setzte sich mit ihm in den Schatten unter einen der Bäume; die breiten Blätter rauschten hoch über ihnen. Schweigend nippten die beiden an dem Tee; der Journalist war von der ruhigen grünen Schönheit des Ortes erfasst und vergaß all seine vorbereiteten Fragen. Er wusste um die Kinderlosigkeit der alten Frau und den kürzlichen Tod ihres Ehemanns, und um feinfühlig zu sein, sagte er: »Sie müssen Ihnen Gesellschaft leisten. Die Bäume.«

Die alte Frau lächelte ihn aus grauen Augen an und sagte: »Oh ja. Ich bin niemals einsam. Ich habe Hunderte von Kindern.«

Der Journalist sah eine Gelegenheit. »Sie betrachten die Bäume also als Ihre Kinder?«

»Sie denn nicht?«

Stille trat ein. Der Journalist blickte lange und tief in den Hain, auf die dicken Stämme der Bäume, ihre Kraft trotz Dürre und Krankheit und Insekten und Hochwasser, und wie sie trotz alledem goldgrün leuchteten. Selbst in der schweren Hitze des Nachmittags strahlten die Bäume. »Sie können sich glücklich schätzen«, sagte er, »mit so vielen Söhnen.«

Die alte Frau blickte zu ihm auf, in ihren Augen und in ihrem faltigen Gesicht schimmerte etwas wie Jugendlichkeit auf. »Ich schätze mich glücklich«, sagte sie, »aber Sie irren sich, junger Mann. Das sind nicht meine Söhne. Kein Einziger von ihnen. Das sind meine Töchter.«

I

Purnima bemerkte das Tempeltor nie. Savita ebenso wenig. Doch der Tempel, hoch oben auf dem Berg über Indravalli, beobachtete die beiden aufmerksam. Ihr Dorf befand sich in der Nähe des Flusses Krishna, etwa einhundert Kilometer landeinwärts vom Golf von Bengalen. Obwohl der kleine Ort in einem ebenen Tal lag, wurde er von einem der höchsten Berge in Andhra Pradesh überragt, dem Indravalli Konda, an dessen östlichem Hang sich auf halber Höhe der Tempel befand. Der Tempel war strahlend weiß gestrichen und sah für Savita wie eine große Baumwollkapsel aus. Für Purnima sah der Tempel aus wie der Vollmond, umarmt vom Himmel und den umliegenden Bäumen.

Als Purnima zehn Jahre alt war, stand sie vor der Hütte ihrer Familie und starrte hinauf zum Tempel; sie wandte sich zu ihrem Vater um, der auf der Pritsche aus Hanfseil saß, und fragte: »Warum haben Amma und du mich nach dem Vollmond benannt?«

Weil ihre Mutter gerade am Webstuhl arbeitete, wollte Purnima sie nicht stören. Doch vielleicht hätte sie ihre Mutter gestört – vielleicht hätte sie gar nichts dabei gefunden, sie zu stören, sich an ihren Hals zu klammern, ihren Duft bis zum Letzten einzuatmen –, wenn sie gewusst hätte, dass ihre Mutter fünf Jahre später tot sein würde.

Ihr Vater sah nicht einmal auf. Er drehte weiter seine Zigarette. Womöglich hatte er sie nicht gehört. Purnima setzte neu an: »Nanna, warum haben du und –«

»Ist das Essen fertig?«

»Fast.«

»Wie oft muss ich dir noch sagen, dass es fertig sein soll, wenn ich mit der Arbeit fertig bin?«

»War es, weil ich bei Vollmond geboren wurde?«

Er zuckte mit den Schultern. »Ich glaub nicht.«

Purnima stellte sich das Gesicht eines Babys vor und fragte: »Hatte ich denn ein Mondgesicht?«

Er seufzte. Schließlich sagte er: »Deine Mutter hatte einen Traum, ein paar Tage nach deiner Geburt. Im Traum erschien ihr ein Sadhu und sagte, wenn wir dich Purnima nennen, bekämen wir danach einen Jungen.«

Purnima beobachtete ihn beim Anzünden der Zigarette, dann ging sie wieder in die Hütte. Nach ihrem Namen fragte sie nie wieder. In Vollmondnächten gab sie sich Mühe, gar nicht erst hinaufzuschauen. Es ist einfach nur ein Stein, beschloss sie, ein großer grauer Stein am Himmel. Aber das Gespräch war dann doch schwierig zu vergessen. Hin und wieder tauchte die Erinnerung daran wie aus dem Nichts auf. Wenn Purnima gerade einen Topf Sambar abschmeckte oder ihrem Vater den Tee brachte. Der Sadhu hatte natürlich recht behalten: Sie hatte ja drei kleine Brüder. Was gab es also für einen Grund zum Traurigsein? Keinen. Manchmal war Purnima sogar ein wenig stolz und sagte sich: Ich war ihre Hoffnung, und ich bin in Erfüllung gegangen. Stell dir vor, nicht in Erfüllung zu gehen. Stell dir vor, keine Hoffnung zu haben.

Mit fünfzehn kam Purnima ins heiratsfähige Alter und ging von der Klosterschule ab. Um die Familie zu unterstützen, begann sie, in ihrer freien Zeit an der Charkha, dem Spinnrad, zu arbeiten. Jede fertige Garnrolle – das Garn manchmal rot, manchmal blau, manchmal silbern – brachte ihr zwei Rupien ein, was ihr wie ein Vermögen erschien. Und das war es in gewisser Weise auch: Als sie mit dreizehn ihre erste Periode bekommen hatte, war ihr das teuerste Kleidungsstück geschenkt worden, das sie je getragen hatte, ein seidener Wickelrock für einhundert Rupien. So viel Geld kann ich in weniger als zwei Monaten verdienen, dachte sie aufgeregt. Dass sie, ein Mädchen, überhaupt etwas verdienen konnte, verlieh ihr ein so tiefes und bleibendes Gefühl von Bedeutung – von Wert –, dass sie sich an die Charkha setzte, sooft es nur ging. Sie stand frühmorgens auf, um zu spinnen, spann weiter, nachdem das Frühstücksgeschirr abgewaschen, das Mittagessen vorbereitet und aufgetragen war, und wieder nach dem Abendessen. In der Hütte gab es keinen Strom, und ihr Spinnen war ein Wettlauf mit der Sonne. Auch Vollmondnächte waren hell genug zum Weiterarbeiten, aber die gab es nur einmal im Monat. An den meisten Abenden räumte Purnima also, sowie die Sonne untergegangen war, ihre Charkha beiseite, sah ungeduldig zum Sichelmond oder Halbmond oder Dreiviertelmond hinauf und beschwerte sich: »Warum scheinst du nicht immer voll?«

Doch Sonnenlicht und Mondlicht waren nicht Purnimas einzige Sorgen. Die andere, die wichtigste, war die Krankheit ihrer Mutter. Krebs, soweit es der Arzt im amerikanischen Krankenhaus in Tenali hatte beurteilen können. Medikamente waren teuer, und als Ernährung verordnete der Arzt ihrer Mutter Obst und Nüsse; genauso teuer. Purnimas Vater, der von Hand die Baumwollsaris webte, für die die Gegend um Guntur berühmt war, konnte seine Frau und fünf Kinder kaum von den staatlichen Rationen Reis und Linsen ernähren, geschweige denn mit so etwas Extravagantem wie Früchten und Nüssen. Purnima machte das nichts aus. Sie genoss das Essen, das sie ihrer Mutter jeden Tag kaufte – nein, sie genoss es nicht nur, es entzückte sie, sie labte sich richtiggehend daran: zwei Bananen, ein winziger Apfel und eine Handvoll Cashewnüsse. Laben hieß nicht, dass sie jemals davon gegessen hätte. Sie nahm nie auch nur einen Bissen, obwohl ihre Mutter sie einmal zu einer Cashewnuss überredete, die Purnima, als sich ihre Mutter kurz umdrehte, wieder zurücklegte. Nein, wenn Purnima sich labte, dann daran, ihrer Mutter dabei zuzuschauen, wie sie langsam die Banane aß, angestrengt vom Kauen, sogar von etwas so Weichem. Doch Purnima betrachtete ihre Mutter mit solcher Überzeugung, solcher Hoffnung, dass sie dachte, sie könne tatsächlich *sehen*, wie ihre Mutter wieder kräftiger wurde. Als wäre Kraft ein Samenkorn. Und sie müsse lediglich Essen im Wert von zwei Rupien beifügen und dem Korn beim Keimen zusehen.

Inzwischen verdiente Purnima fast so viel wie ihr Vater. Ihre Arbeit war folgende: Sie musste dicke Stränge loser Baumwolle mit der Charkha so zu Garn verspinnen, dass sich der Faden dabei um eine Konservendose wickelte. Sie sah zu, wie sich das Garn um die Dose wickelte, und dachte, dass es einem winzigen Holzfass ähnelte, fast so groß wie der Kopf ihres kleinsten Bruders. Das Garn landete auf dem Webstuhl, an dem ihr Vater die Saris herstellte. Vorher wurde es noch weiter behandelt, doch Purnima dachte immer, sie könne die von ihr gesponnenen Fäden erkennen – an den Dosen, um die sie sie gewickelt hatte. Hätte sie das gesagt, wäre sie ausgelacht worden – Fäden sehen alle gleich aus, hätten sie gesagt –, aber das stimmte nicht. Sie hatte jede Dose in den Händen gespürt und kannte ihre Beulen, Umfänge und Rostmuster. Sie hatte sie in den Händen gehalten und glaubte, dass man alles, was man je gehalten hat, niemals wirklich wieder loslasse. Wie die kleine aufziehbare Uhr, die ihre Lehrerin ihr geschenkt hatte, als Purnima die Schule verlassen hatte. Die Uhr hatte ein blaues Ziffernblatt, vier Füßchen und zwei Glöckchen, die zu jeder vollen Stunde läuteten. Als die

Lehrerin, eine verhärmte alte Nonne, ihr die Uhr gab, hatte sie gesagt: »Ich nehme an, dass sie dich jetzt verheiraten. Mit einem Kind pro Jahr für die nächsten zehn Jahre. Halte das hier. Halt dich daran fest. Jetzt weißt du nicht, was ich meine, vielleicht aber eines Tages.« Die Lehrerin hatte die Uhr aufgezogen und sie läuten lassen. »Dieser Klang«, hatte sie gesagt. »Vergiss das nicht: Dieser Klang gehört dir. Nur dir.« Purnima hatte keine Ahnung, wovon die alte Nonne gesprochen hatte, doch das Läuten der kleinen Uhr war ihr der kostbarste Klang, den sie je gehört hatte.

Sie nahm die kleine Uhr überallhin mit. Bei der Arbeit stellte sie die Uhr neben ihre Charkha. Beim Essen stellte sie die Uhr neben ihren Teller. Zum Schlafen stellte sie die Uhr neben ihre Matte. Bis die Uhr eines Tages, einfach so, nicht mehr läutete, und ihr Vater rief: »Endlich! Ich dachte schon, das würde nie aufhören.«

Einige Monate, nachdem die Uhr aufgehört hatte zu läuten, starb Purnimas Mutter. Purnima war gerade sechzehn geworden – sie war das älteste der fünf Kinder –, und zu erleben, wie ihre Mutter starb, war, als würde ein blauer Morgenhimmel plötzlich bleiern. Am meisten vermisste sie ihre Stimme. Zwischen den von Ratten angenagten Wänden der kleinen Hütte war die Stimme ihrer Mutter weich und süß und warm gewesen. Purnima war beglückt gewesen, wenn eine so schöne Stimme ausgerechnet nach ihr rief und ihre langen Arbeitsstunden unterbrach, wo doch all diese Stunden letztlich ohnehin nur auf zwei Bananen, einen Apfel und eine Handvoll Cashewnüsse hinausliefen. Die Stimme ihrer Mutter hatte selbst diese geringen Dinge zu einem Schatz gemacht. Und nun hatte Purnima sowohl ihre Mutter als auch die Uhr verloren.

Nach dem Tod ihrer Mutter wurde Purnima langsamer an der Charkha; manchmal stellte sie das Spinnrad schon mitten am Tag beiseite, starrte die Wände der Hütte an und dachte: Ich werde ihre Stimme vergessen. Vielleicht hatte die alte Nonne das gemeint; dass man einen Ton vergisst, wenn man ihn nicht jeden Tag hört. Ich glaube nicht, dass ich diesen Ton bald vergesse, doch eines Tages werde ich ihn vergessen haben. Und dann werde ich alles verloren haben.

Sowie Purnima dieser Gedanke gekommen war, wusste sie, dass sie sich an mehr als die Stimme würde erinnern müssen, sie musste einen Augenblick erinnern, und ihr fiel dieser ein: Ihrer Mutter ging es während ihrer Krankheit eines Morgens gut genug, um Purnima die Haare zu kämmen. Draußen war es hell und sonnig, und die Bürstenstriche waren so sanft und leicht, dass es Purnima vorkam, als hielte gar kein Mensch die Bürste, sondern als säße ein Vögelchen auf dem Bürstengriff. Nach drei oder vier Bürstenstrichen hörte ihre Mutter plötzlich auf. Eine Weile hielt sie die Hand auf dem Kopf der Tochter, und als Purnima sich zu ihr umdrehte, hatte ihre Mutter Tränen in den Augen. Ihre Mutter erwiderte ihren Blick, und mit einer Traurigkeit, die alt und endlos erschien, sagte sie: »Purnima, ich bin so müde. Ich bin so müde.«

Wie lange danach war sie gestorben?

Drei, allenfalls vier Monate später, dachte Purnima. Eines Morgens waren sie aufgewacht, und die Augen ihrer Mutter waren leer und weit und reglos gewesen. Doch Purnima hatte nicht weinen können. Nicht, als sie dabei half, ihre Mutter zu waschen und anzukleiden. Nicht, als ihr Vater und ihre Brüder sie, jasminbeladen, durch die Straßen des Dorfes getragen hatten. Nicht einmal, als der Scheiterhaufen bis auf die kalte Asche heruntergebrannt war. Nicht, als Purnima die letzte Chrysantheme in die Girlande um das Porträt ihrer Mutter gebunden hatte. Erst später, als sie in den ersten kühlen Herbstmorgen hinausgegangen war, hatte sie geweint. Oder hatte weinen wollen. Sie erinnerte sich, wie spärlich ihre Tränen gewesen waren. Sie hatte sich wie eine schlechte Tochter gefühlt, weil sie nicht geweint hatte, nicht bitterlich geweint hatte, doch obwohl sie traurig war, ihr Kummer tief, kamen ihr nur ein, zwei Tränen. Gerötete Augen. »Amma«, hatte sie gesagt und in den Himmel hinaufgeblickt, »vergib mir. Es ist nicht so, als würde ich dich nicht lieben. Oder dich nicht vermissen. Ich verstehe es selbst nicht; alle anderen weinen. Eimerweise. Aber Tränen sind nicht das einzige Maß, oder?«

Und doch, was sie sich ausgemalt hatte, trat ein: Die Monate vergingen, und sie vergaß die Stimme ihrer Mutter. Doch sie erinnerte sich weiter daran – es war das Einzige, was ihr wirklich blieb –, wie ihre Mutter beim Haarekämmen einen Augenblick lang eine Hand auf ihren Kopf gelegt hatte. Es war nur der Hauch einer Berührung, und doch spürte Purnima es immer: das Gewicht der Hand ihrer Mutter. Ein Gewicht so zart und fein wie die Sprenkel der Regentropfen nach einem heißen Sommertag. Ein Gewicht so klein und müde, doch mit genügend Kraft, um das Blut in ihren Adern leichter fließen zu lassen.

Am Ende, so beschloss Purnima, war es das schönste Gewicht.

Einmal im Monat ging Purnima zum Tempel auf dem Indravalli Konda, um für ihre Mutter zu beten. Im Vorraum stand sie im Dunst der Räucherstäbchen und beobachtete den Priester, in der Hoffnung, dass die Götter zu ihr sprächen, ihr sagten, ihre Amma sei bei ihnen; doch in ihrem Innersten sehnte Purnima sich nach dem Dipa, einer kleinen Laterne auf dem Berggipfel. Manchmal, an einem Sonntag oder Feiertag, stand Purnima vor der Hütte und blickte dort hinauf, wo das kleine Tempellicht leuchtete, fern und gelb und flimmernd wie ein Stern. Eines Tages fragte sie ihren Vater: »Wer zündet es an?«

»Zündet was an?«

»Das Tempellicht, auf der Bergspitze.«

Ihr Vater, der nach dem Abendessen vor der Hütte saß, die Arme müde und der Rücken krumm, blickte kurz zum Indravalli Konda auf und sagte: »Wahrscheinlich irgendein Priester. Oder ein Kind.«

Purnima schwieg einen Augenblick und sagte: »Ich glaube, Amma zündet es an.«

Ihr Vater schaute sie an. Er sah dunkel aus, verwüstet, als wäre er gerade aus einem brennenden Gebäude herausgelaufen. Dann verlangte er seinen Tee. Als Purnima ihn brachte, sagte er: »Noch zehn Monate.«

»Noch zehn Monate?«

»Bis zur Gedenkfeier.«

Jetzt verstand Purnima, wovon er sprach. Nach einem Tod in der Familie brachte es ein Jahr lang Pech, eine Feier abzuhalten, geschweige denn eine Hochzeit. Seit dem Tod ihrer Mutter waren zwei Monate vergangen. In weiteren zehn Monaten, hatte ihr Vater ihr sagen wollen, würde sie verheiratet sein.

»Ich hab schon mit Ramayya gesprochen. Es gibt einen Bauern hier in der Nähe. Besitzt ein paar Morgen und ist ein guter Arbeiter. Zwei Büffel, eine Kuh, ein paar Ziegen. Will aber nicht warten. Er braucht das Geld jetzt sofort. Und er hat Zweifel, ob dir das Bauernleben gefallen würde. Ich hab Ramayya gesagt, er soll ihm sagen: ›Schau sie dir doch mal an. Guck sie dir doch mal an. Stark wie ein Ochse, ach was, sie *ist* ein Ochse. Vergiss die Ochsen, sie könnte sogar selbst die Felder pflügen.‹«

Purnima nickte und ging zurück in die Hütte.

Der einzige Spiegel, den sie besaßen, war ein kleiner Handspiegel; nur wenn sie ihn mit ausgestrecktem Arm von sich hielt, konnte sie ihr ganzes Gesicht sehen, doch nun hielt sie ihn sich direkt vors Gesicht, sah ein Auge, eine Nase, dann bewegte sie ihn hinunter zu Hals und Brüsten und Hüften. Ein Ochse? Sie wurde traurig. Sie hätte nicht sagen können, warum. Das Warum war aber auch egal. Es war kindisch, grundlos traurig zu sein. Sie wusste nur, hätte ihre Mutter noch gelebt, wäre sie selbst wahrscheinlich bereits verheiratet. Vielleicht sogar schon schwanger, oder sie hätte bereits ein Baby. Auch das war kein Grund zur Traurigkeit. Aber dieser Bauer bereitete ihr Sorgen. Was, wenn er sie tatsächlich vor den Pflug spannen würde? Was, wenn ihre Schwiegermutter gemein wäre? Was, wenn sie nur Mädchen zur Welt bringen würde? Da hörte sie die Stimme ihrer Amma. »Nichts von alledem ist geschehen«, sagte sie. Und: »Purnima, alles ist bereits in den Sternen festgeschrieben. Von den Göttern. Wir können nichts ändern. Was macht es also schon? Warum sich sorgen?«

Natürlich hatte sie recht.

Doch als Purnima nachts auf ihrer Matte lag, dachte sie über den Bauern nach, über das Tempellicht auf dem Gipfel des Indravalli Konda, über Schönheit. Wäre ihre Haut heller gewesen, ihr Haar dicker oder ihre Augen größer, hätte ihr Vater vielleicht eine bessere Partie für sie finden können: jemanden, der eine Ehefrau und keinen Ochsen wollte.

Einmal hatte sie gehört, wie Ramayya bei einem seiner Besuche zu ihrem Vater gesagt hatte: »Deine Purnima ist eine gute Arbeiterin, aber du weißt ja, wie die Jungs heutzutage sind, die wollen ein modernes Mädchen. Die wollen *Fashion*.«

Fashion? Purnima dachte an ihre Mutter; sie dachte an die letzten Tage ihrer Mutter, damit verbracht, sich vor Schmerz zu krümmen; sie dachte an das Gewicht der Hand ihrer Mutter auf ihrem Kopf; dann dachte sie an die zwei Bananen, den Apfel und die Handvoll Cashewnüsse, und als wäre dies der Augenblick, auf den ihr Herz gewartet hatte, brach es entzwei und hinaus flossen Tränen, dass sie glaubte, sie würden niemals versiegen. Sie weinte leise, in der Hoffnung, dass ihr Vater und ihre Geschwister nicht aufwachen würden. Ihre Matte wurde so durchnässt, dass sie die feuchte Erde darunter riechen konnte, wie nach einem Regenguss, und am Ende war sie so vom Schluchzen gerüttelt, so von Gefühl erschöpft, so herrlich leer, dass sie tatsächlich lächelte und in einen tiefen und traumlosen Schlaf fiel.

2

Etwa zu der Zeit, als Purnimas Mutter starb, gestand Savitas Mutter – vermutlich um einiges älter als Purnimas Mutter, sehr viel ärmer und trotzdem keinen einzigen Tag ihres Lebens krank – ihrer ältesten, etwa siebzehnjährigen Tochter Savita, dass sie am Abend nichts zu essen haben würden.

»Nichts zu essen?«, fragte Savita erstaunt. »Und was ist mit den zwanzig Rupien, die ich gestern für die Bündel bekommen habe?« Sie meinte den Papier- und Plastikmüll, den sie auf den Halden vor der Stadt gesammelt hatte, neben dem Christenfriedhof. Für diese zwanzig Rupien hatte sie drei Tage lang über stinkende und rottende und faulende Abfälle kriechen und außer Schweinen und Hunden die anderen Müllsammler abwehren müssen.

»Bhima hat sie sich genommen.«

»Er hat sie sich *genommen?*«

»Wir schulden ihm immer noch dreißig.«

Savita seufzte langsam und unschlüssig, doch ihre Gedanken waren wach und schnell. Sie dachte an ihre drei jüngeren Schwestern, die auch die Müllhalden durchsuchten; an ihre Mutter, die putzen ging; an ihren Vater, der nach Jahren des Trinkens damit aufgehört hatte, als seine Arthritis schließlich so schlimm geworden war, dass er kein Glas mehr halten konnte. Vielleicht würden ihm die Priester des Tempels, wo er an den meisten Tagen bettelte, ein Almosen geben, aber es würde kaum für ihn selbst reichen, geschweige denn für seine Frau und die vier Töchter. Savita hatte auch noch zwei ältere Brüder, die auf der Suche nach Arbeit nach Hyderabad gegangen waren und versprochen hatten, Geld zu schicken, doch in den zwei Jahren, die sie nun fort waren, hatten sie nicht einmal einen Brief geschrieben.

Sie stand in der Mitte der dürftigen Hütte und überlegte, wie sie Geld verdienen könnte: Sie könnte weiterhin Müll sammeln, das brachte jedoch offenkundig nicht genug ein; sie könnte wie ihre Mutter kochen und putzen gehen, wobei es in Indravalli kaum genügend reiche Familien gab, um auch nur ihre Mutter anzustellen; sie könnte an der Charkha und am Webstuhl arbeiten – schließlich gehörten sie zur Weberkaste –, aber mit Baumwollsaris ließ sich von Jahr zu Jahr immer weniger Geld verdienen, und bei dem wenigen Geld, das ein Sari einbrachte, behielt jeder mit einer Charkha oder einem Webstuhl die Arbeit in der Familie, um auch das Geld dort zu behalten. Savita warf einen Blick auf die Charkha ihrer Familie, kaputt und voller Spinnweben, in eine Ecke geschoben wie ein Haufen Feuerholz, der auf ein Streichholz wartete. Seit fünf Jahren hatten sie nicht genügend Geld, um das Spinnrad reparieren zu lassen. Wenn es doch nur repariert wäre, dachte sie, ich könnte mehr Geld für uns verdienen. Der Absurdität des Gedankens war sie sich bewusst: Sie brauchte Geld, um Geld zu verdienen.

Aber Garn! Wieder Garn zwischen den Fingern zu halten!

Noch immer erinnerte sie sich, wie sie als kleines Mädchen einen Bausch Baumwollfasern mit ihren Händchen umklammert hatte, erstaunt, wie ein solches bisschen Flaum voller dunkler störrischer Samen zu etwas so Zauberhaftem und Glattem und Flachem und Weichem wie einem Sari werden konnte.

Vom Samen zum Webstuhl zum Tuch zum Sari, dachte sie.

Sie verließ die dunkle Hütte, darin die kaputte Charkha und ihre Mutter, die apathisch auf die leeren Töpfe und Pfannen starrte, und machte sich auf den Weg in den Ort. Sie ging an den Hütten der Wäscherinnen vorbei und am Bahnhof und am Tabakgeschäft und am Lebensmittelgeschäft und dem Sari-Laden und der Schneiderei und schließlich am Hanuman-Tempel im Zentrum von Indravalli, bis sie vor dem kleinen Tor des Weberverbands stand. Von drinnen kamen Stimmen und das Surren eines Ventilators. Wenn sie das Gesicht an das Tor hielt, konnte sie den schwachen Duft von neuem Tuch riechen, eine Mischung aus frisch gekochtem Reis und Frühlingsregen und Teakholz, darin auch etwas von den harten Samen, die sich so schwer herauslösen ließen. Dieser zarte Geruch, der sich so schnell im Wind verlor, berührte Savita mehr als der stärkste Blumenduft.

Da öffnete sie ohne einen weiteren Gedanken das quietschende Tor und ging hinein.

Purnimas Vater besaß zwei Webstühle. An einem arbeitete er selbst, an dem anderen hatte ihre Mutter gearbeitet. Sie hatten beide jeweils zwei oder drei Tage gebraucht, um einen Sari fertigzustellen, aber jetzt, da nur eine Person am Webstuhl saß, gab es auch nur halb so viele Saris. Was wiederum halb so viel Geld bedeutete. Purnima hatte schon mit ihrer Charkha und der restlichen Hausarbeit zu viel zu tun, als dass sie den zweiten Webstuhl hätte übernehmen können, ihre Geschwister waren noch zu klein, um die Pedale zu erreichen, und so machte sich ihr Vater auf die Suche nach einer Aushilfe. Er fragte jeden, den er kannte, er erkundigte sich in dem Teeladen, den er abends besuchte, er ließ den Weberverband wissen, dass er ein Viertel des Gewinns aus jedem fertigen Sari anbiete, dazu Mahlzeiten. Es gab keine Interessenten.

Indravalli bestand größtenteils aus Sari-Webern, und die meisten jungen Männer arbeiteten bereits für die eigenen Familien. Es hieß, das Dorf sei zu Zeiten der Ikshvakus gegründet worden und habe seit jeher Tuch gewebt – in den alten Zeiten Kleider für die Königshöfe, mittlerweile jedoch nur noch Baumwollsaris, wie sie die Landbevölkerung und manchmal auch Intellektuelle trugen. Gemeinsam mit dem Bild von Gandhi am Spinnrad und seiner Idealisierung der Hausweberei hatte die Quit-India-Bewegung Indravallis Aussichten erheblich verbessert, besonders in den Jahren vor der Unabhängigkeit. Aber nun schrieb man 2001, ein neues Jahrtausend, und die jungen Männer von Indravalli, die wie Purnimas Familie zur Weberkaste gehörten, konnten kaum ihre Familien ernähren. Viele hatten die Weberei ganz aufgegeben und andere Arbeiten aufgenommen.

»Weben heißt sterben. Es ist der Tod«, sagte ihr Vater. »Ich hab gehört, dass sie unglaubliche Maschinen entwickelt haben.« Purnima wusste, dass ihr Vater sie deshalb mit dem Bauern verheiraten wollte. Er lachte bitter und sagte: »Eine Maschine zum Tuchmachen haben sie wohl erfunden, aber eine fürs Essen müssen sie sich noch ausdenken.«

Auch Purnima lachte. Doch sie hörte kaum zu. Sie dachte, wenn sie ihren Vater dazu bringen könnte, mehr Kerosin zu kaufen, dann könnte sie nachts weben, beim Licht einer Laterne, und er müsste niemanden einstellen.

In der Woche darauf stand ein Mädchen im Hütteneingang. Purnima blickte vom Kochen auf. Sie konnte das Gesicht der anderen nicht sehen – die Sonne stand hinter der Gestalt –, doch anhand ihrer Silhouette, der Art, wie sie sich durch die niedrige Türöffnung beugte, wusste sie, dass es eine junge Frau war. Auch ihre Stimme verriet es, wenngleich sie sanfter und älter klang, als Purnima erwartet hatte: »Dein Vater?«

Das Mädchen konnte Purnima anscheinend gut sehen. »Komm heute Abend wieder«, sagte Purnima und blinzelte. »Vor Einbruch der Dunkelheit ist er wieder zu Hause.«

Sie drehte sich um, griff nach dem Deckel des Reistopfes und verbrannte sich am Deckelrand. Schnell zog sie ihre Hand zurück, der verbrannte Finger wurde schon rot, und hielt sie an den Mund. Als sie wieder aufsah, stand das Mädchen noch immer da. Die andere zögerte, und Purnima dachte an eine Palme; das Mädchen erschien ihr wie ein junger Baum, ein Schössling erst, noch unsicher, wohin er sich neigen sollte, wo die Sonne auf- und wieder untergehen würde, wie er wachsen sollte.

»Ja?«, fragte Purnima überrascht.

Die andere schüttelte den Kopf, vielleicht bildete Purnima es sich aber auch bloß ein, und verschwand. Purnima starrte auf den Fleck, an dem die andere gerade noch gestanden hatte. Wo war sie hin? Fast wäre sie aufgesprungen und ihr nachgelaufen. Ihr Verschwinden hatte eine Leere hinterlassen – im Türrahmen und in der Hütte selbst. Aber warum? Wer war sie? Purnima wusste es nicht; sie kannte sie nicht vom Brunnen, an dem sie Wasser holte, auch nicht aus der Nachbarschaft. Sie dachte, dass sie wohl aus dem Tempel sein müsse und Spenden hatte sammeln wollen, oder eine Straßenhändlerin, die Gemüse verkaufen wollte. Da roch sie angebrannten Reis und vergaß das Mädchen augenblicklich.

Wieder eine Woche später saß das Mädchen am Webstuhl von Purnimas Mutter. Purnima wusste, dass sie es war, weil der Raum wieder erfüllt war. Sie hatte vergessen, dass er überhaupt leer gewesen war. Erfüllt, nicht durch Körper oder Geruch oder Anwesenheit – denn dort war schon ihr Vater, der an dem anderen Webstuhl saß. Nein, das Mädchen füllte den Raum mit einem plötzlichen Bewusstsein, einem Gefühl des Erwachens, obgleich die Sonne schon vor Stunden aufgegangen war. Purnima stellte eine Tasse Tee neben den Webstuhl ihres Vaters.

Er warf ihr einen kurzen Blick zu und sagte: »Richte zum Mittagessen einen zusätzlichen Teller.«

Purnima wandte sich zum Gehen. Sie stand jetzt hinter dem Mädchen. Die andere trug einen billigen Baumwollsari; ihre Bluse war abgetragen, aber immer noch leuchtend blau, die Farbe der Krishna zur Dämmerstunde. Auf dem rechten Unterarm hatte sie ein großes rundes Muttermal, auf der Innenseite des Handgelenks. Das Mal fiel auf, weil es genau an der Stelle lag, wo die Adern scheinbar zusammenliefen, um sich dann in der Hand zu verästeln. Fast schien es die Adern zu bündeln wie ein Band einen Blumenstrauß. Ein Strauß? Ein Muttermal? Purnima wandte verlegen den Blick ab. Als sie am Webstuhl vorbeiging, zog das fremde Mädchen dort gerade einen Stab heraus, und Purnimas Blick fiel unwillkürlich auf die Hand der anderen. Viel zu groß für ihren schmächtigen Körper, fast eine Männerhand, aber sanft, wie auch ihre Stimme sanft gewesen war; doch am meisten beeindruckte Purnima, wie das Mädchen den Stab mit solcher Kraft umfasste, solcher Entschlossenheit, als wollte sie ihn nie wieder loslassen. Sie schien daran mit ihrem gesamten Körper zu ziehen. Um ihn festzuhalten. Purnima staunte. Sie hatte nicht gewusst, dass eine Hand das konnte; so viel Bestimmtheit enthalten.

Am Abend, nach dem Essen, erwähnte ihr Vater sie zum ersten Mal. Das Tempellicht auf dem Indravalli Konda brannte noch nicht, und Purnima brachte gerade ihre Geschwister zu Bett. Ihr kleinster Bruder war erst sieben Jahre alt, ihre Schwester elf und ihre Zwillingsbrüder waren zwölf. Es waren brave Kinder, dennoch fragte sich Purnima manchmal, ob ihre Mutter vielleicht an Müdigkeit gestorben war. Sie rollte gerade ihre Schlafmatten aus und schimpfte mit einem der Zwillinge, er solle seine Schwester nicht an den Haaren ziehen, als ihr Vater, der sich gerade eine Zigarette drehte, sagte: »Du isst mit ihr. Stell sicher, dass sie nicht mehr nimmt, als ihr zusteht.«

Purnima drehte sich um. »Wer?«

»Savita.«

So hieß sie also. Purnima hielt inne, eine Matte halb ausgerollt.

»Ich hab sonst niemanden gefunden«, sagte ihr Vater und legte sich rauchend auf seine Hanfseilpritsche. »Die vom Weberverband meinten, ich hätte Glück gehabt – als würde ich ihr wenig bezahlen. Außerdem sollte sie dankbar sein, bei dem Vater, dem alten Subbudu, der sich selbst kaum ernähren kann, geschweige denn diese elende Ehefrau und die vier Töchter.« Er gähnte. »Ich hoffe, sie ist nicht so schwach, wie sie aussieht.«

Purnima lächelte in der Dunkelheit und wusste, dass er sich irrte.

Anfangs war Savita Purnima gegenüber schweigsam. Sie war ein oder zwei Jahre älter, schätzte Purnima, obwohl keine von beiden ihr genaues Alter kannte. Im Dorf wurden nur die Geburtsdaten der Jungen aufgezeichnet. Und doch, als Purnima sie beim Mittagessen eines Tages danach fragte, erzählte Savita, was ihre Mutter ihr erzählt hatte.

Savita war am Tag der Sonnenfinsternis geboren worden. In den Wehen liegend hatte ihre Mutter aus dem Fenster geblickt und gesehen, wie sich der Himmel am helllichten Tag verdunkelte, und sie war vor Angst gelähmt gewesen. Sie war überzeugt, dass sie einen Rakshasa zur Welt bringen würde. In diesem Augenblick waren die Wehen verebbt, und Angst war an ihre Stelle getreten. Was, wenn sie einen Dämon zur Welt bringen würde? Ihre Mutter betete und betete, und schließlich fing sie an zu zittern und wünschte sich, ihr Baby würde tot sein. Fragte sich, ob sie es selbst töten sollte. Das wäre besser gewesen, hatte sie zu Savita gesagt, als einen Dämon auf die Welt loszulassen. Das würde jeder tun, hatte sie gesagt. Aber dann war die Sonnenfinsternis vorübergegangen und das Baby war auf die Welt gekommen und es war nur ein normales, krähendes kleines Baby.

»Deine Mutter muss erleichtert gewesen sein«, sagte Purnima.

»Eigentlich nicht. Ich war ja immer noch ein Mädchen.«

Purnima nickte. Sie betrachtete Savita beim Essen. Savita hatte großen Appetit, nichts Außergewöhnliches für jemanden, der täglich zwölf Stunden am Webstuhl saß.

»Darum hat sie mich Savita genannt.«

»Was bedeutet das?«

»Was glaubst du denn? Sie dachte, wenn sie mich nach der Sonne benennt, würde die Sonne nicht noch einmal verschwinden.«

Sie leckte sich Essensreste von den Fingern, wobei das Muttermal auf ihrem Handgelenk wie auf einer Hängematte zwischen Mund und Teller hin- und herschwang, und bat um eine weitere Portion Joghurtreis.

»Möchtest du Salz dazu?«, fragte Purnima.

»Ich esse den gerne süß. Um ehrlich zu sein: Am liebsten esse ich zum Joghurtreis eine Banane. Ich zermansche sie und mische sie unter den Reis. Mach nicht so ein Gesicht. Nicht, solange du das nicht probiert hast. Es schmeckt wie der süßeste, herrlichste Sonnenaufgang. Und das sag ich nicht nur, weil ich so heiße. Es schmeckt wirklich so. Solltest du mal probieren.«

»Aber Bananen ...«, sagte Purnima und dachte nun an ihre eigene Mutter und an die zwei Bananen, die sie jeden Tag für sie gekauft hatte, und daran, wie sie am Ende nicht das kleinste bisschen geändert hatten.

»Ich weiß. Teuer. Aber darum geht es ja, Puri – darf ich dich so nennen? –, du *sollst* das ja gar nicht zu jeder Mahlzeit essen. Dafür wäre es zu gut. Zu perfekt. Willst du denn jeden Morgen die Sonne aufgehen sehen? Dann würdest du dich dran gewöhnen, an die Farben, meine ich. Du würdest dich so sehr dran gewöhnen, dass du irgendwann gar nicht mehr drauf achten würdest.«

»Und mit zu viel Joghurtreis und Bananen wäre das auch so? Ich würde einfach nicht mehr drauf achten?«

»Nein. Du würdest es immer noch essen. Du würdest nur nicht darüber nachdenken.«

»Darüber nachdenken?«

Nein, still war sie jetzt nicht mehr, dachte Purnima. Überhaupt nicht. Und von Essen zeigte sie sich seltsam besessen: die Sache mit den Bananen und dem Joghurtreis, dass sie sie Puri nannte, wie sie sich die Finger leckte, als würde sie nie wieder etwas zu essen bekommen.

Purnimas Vater hatte gesagt, Savitas Familie sei arm, noch ärmer als sie selbst, was schwer vorstellbar war. »Insgesamt sechs Kinder«, hatte ihr Vater erzählt, »und der alte Subbudu so schwach, dass er das Weben schon lange aufgegeben hat. Die Mutter geht putzen und kocht für andere Familien, wie eine einfache Bedienstete«, hatte er verächtlich gesagt, »und die älteren Brüder sind nach Hyderabad gegangen und haben versprochen, Geld zu schicken, aber die Familie habe bis heute keine einzige Paisa erhalten.« Und das mit vier unverheirateten Töchtern. »Vier!«, hatte ihr Vater gerufen und den Kopf geschüttelt. »Der alte Mann ist erledigt. Er sollte wohl besser vier große Steine und ein Seil finden und sie zum nächsten Brunnen führen.«

»Und welche von ihnen ist Savita?«

»Die Älteste. Von den Mädchen. Nicht mal für *ihre* Aussteuer ist genug da.« Also wurde auch Savitas Hochzeit hinausgezögert –

genau wie Purnimas. Da kniff ihr Vater die Augen zusammen. »Und isst sie auch nicht zu viel? Steckt nicht etwa noch was für die Schwestern ein?«

»Nein«, sagte Purnima. »Sie isst eigentlich so gut wie gar nichts.«

Abgesehen von ihren Händen mochte Purnima an Savita am meisten ihre Sicherheit. Niemand sonst – nicht ihr Vater, kein Lehrer, nicht der Tempelpriester – strahlte für sie so viel Sicherheit aus. Aber Sicherheit worin?, fragte sie sich. Gegenüber Bananen mit Joghurtreis? Sonnenaufgängen? Ja, aber das war nicht alles. Sicherheit darin, wie sie den Webstuhl bediente, wie sie ging, wie sie den Sari um ihre Taille knotete. Sicherheit in allem, erkannte Purnima, bei dem sie selbst unsicher war.

Allmählich nahm sich Savita immer etwas mehr Zeit beim Mittagessen; sie kam morgens früher, um bei den Hausarbeiten zu helfen, obwohl sie zuvor schon im eigenen Haushalt gearbeitet haben musste. Immer häufiger ging sie mit Purnima auch gemeinsam zum Brunnen.

Eines Tages, als die beiden gerade vom Brunnen zurückkamen, Tonkrüge voller Wasser auf der Hüfte, begegneten sie einer Gruppe junger Männer. Insgesamt waren es vier, die vor dem Beedie-Laden herumhingen und rauchten, als einer von ihnen, ein Junge von zwanzig oder zweiundzwanzig Jahren, dünn wie ein Streichholz und mit einem dicken Haarschopf, Purnima und Savita bemerkte und auf sie zeigte.

»Schaut mal da drüben«, rief er den anderen zu. »Seht euch mal diese Hüften an. Diese Kurven. Was für Prachtexemplare der indischen Landschaft.«

Daraufhin pfiff einer der Männer, und ein anderer, vielleicht war es auch derselbe, rief: »Da hätte ja nicht mal Gandhi widerstehen können.« Die Männer lachten. »Welche wollt ihr, Jungs, die Gelbe oder die Blaue?«

Purnima begriff, dass sie die Farben ihrer Saris meinten.

»Die Blaue!«

»Die Gelbe!«

»Ich will der Tonkrug sein«, rief ein anderer, und wieder lachten alle.

Den Mädchen wurde klar, dass sie der Gruppe nicht aus dem Weg gehen konnten. Die Männer kamen nun langsam näher und kreisten sie drohend ein.

Purnima sah zu Savita, doch die blickte geradeaus an den Männern vorbei, als wären sie gar nicht da. »Was tun wir jetzt?«, flüsterte Purnima.

»Geh weiter«, sagte Savita mit fester Stimme und hielt den Blick auf den Tempel auf dem Indravalli Konda geheftet.

Purnima sah sie noch einmal kurz an und dann auf ihre Füße.

»Guck nicht auf den Boden«, sagte Savita. »Schau hoch.«

Langsam hob Purnima den Blick. Die Männer hatten sich enger um sie geschart. Wie Heuschrecken sprangen sie auf und ab; einer schnappte nach Savitas Pallu und zog heftig daran. Savita schlug seine Hand weg. Als wäre der Schlag eine Einladung gewesen, johlten die Männer und tänzelten und lachten nur noch mehr. Purnima nahm vage einige Frauen wahr, die in ihren Hütteneingängen standen. Jungs, dachten sie wohl, und würden den Kopf schütteln. Purnima überkam Panik; etwas wie hier geschah oft im Dorf, allerdings ließen die Männer nach ein paar Sprüchen und ein bisschen Zuzwinkern meist wieder ab. Diese hier aber folgten ihnen. Und sie waren zu viert. Purnima sah zu Savita. Die schaute weiter entschieden geradeaus, direkt auf den Tempel und den Indravalli Konda, als könnte sie beide mit ihrem Blick durchbohren. Die Männer spürten etwas in

Savita, etwas wie Widerstand – und dieser Widerstand, seine schiere Unverfrorenheit, schien sie anzuheizen. »*Darling Baby*«, sagten sie auf Englisch, und auf Telugu: »Such *du* dir doch einen aus.«

Sie meinten Savita.

Und da, das war das Zeichen, auf das sie gewartet hatte.

Savita stellte ihren Wasserkrug ab, richtete sich auf und blieb reglos stehen. Ihre Ruhe erzeugte ringsum eine noch größere Stille. Das Gerede der Menschen vor den Hütten, der Lärm auf der Straße zum Indravalli Konda, das Rauschen der umliegenden Reisfelder und selbst das Klappern der Webstühle, das im ganzen Dorf zu allen Stunden erklang, wirkten mit einem Mal seltsam gedämpft. Fast meinte man, die Krishna zu hören, die in ein paar Kilometern Entfernung floss – das Plätschern des Wassers, die Flügelschläge der Wasservögel.

»Ich weiß, wen ich will«, sagte Savita.

Der erste Mann, der Dünne mit dem dicken Haar, johlte und brüllte und sprang wie ein Kind im Kreis herum. »Sie weiß es, sie weiß es. Tut mir leid, Jungs, viel Glück beim nächsten Mal.«

»Wen? Wen?«, riefen alle.

Savita sah einem nach dem anderen in die Augen, ging, als wolle sie die Männer quälen, ein oder zwei Schritte auf jeden zu, lächelte – ihre Zähne blitzten auf wie das Tempelweiß in der Ferne – und stellte sich schließlich vor Purnima. Savita nahm Purnimas Hand und sagte: »Ich will sie.« Mit diesen Worten griff sie ihren Krug Wasser, packte Purnima am Arm und zog sie aus dem Kreis.

Die Männer ließen sie gehen, doch sie zischten und knurrten. »Die? Die ist doch noch hässlicher als du.«

Als sie zu Hause ankamen, zitterte Purnima.

»Beruhige dich«, sagte Savita zu ihr. »Es bringt nichts.«

»Ich kann nicht anders.«

»Verstehst du nicht? Ich hätte auch einen Baum wählen können. Einen Hund. Es wäre egal gewesen.«

»Ja, aber diese Typen hätten uns wehtun können.«

»Das hätte ich nicht zugelassen«, sagte Savita.

Und da waren sie, diese fünf Worte. Sie waren ein Lied, ein Zauberspruch. Purnima spürte, wie eine Last, eine schreckliche und entsetzliche Last, von ihr genommen wurde. Hatte sie diese Last seit dem Tod ihrer Mutter getragen? Oder weil sie vielleicht doch ein Ochse war? Oder entstammte sie etwas weniger Sichtbarem wie dem Lauf der Zeit oder der endlosen Drehung ihrer Charkha? Obwohl, wenn sie darüber nachdachte, war das eigentlich ein und dasselbe, oder? Im Grunde war es auch egal.

Sie und Savita wurden zu so engen Freundinnen, dass keine von beiden etwas aß, ohne sich zu fragen, ob die andere wohl mehr Salz gewollt hätte oder auch so gerne Auberginen mit Kartoffeln aß. Das Frühstück wurde plötzlich ihre ungeliebteste Mahlzeit und der Sonntag ihr ungeliebtester Tag. Purnima sparte sogar ab und zu eine Paisa, um so oft wie möglich eine Banane zu kaufen.

Beim ersten Mal gab sie Savita beim Mittagessen eine Banane, nachdem sie ihr gerade die Buttermilch gereicht hatte. Am Morgen war nicht genügend Geld für Joghurt da gewesen. Savita schien das nicht zu kümmern. Sie vermischte die wässrige Buttermilch und den Reis mit ebenso viel Sorgfalt, als wäre es der cremigste Joghurt, den sie je gegessen hatte. Purnima sah ihr zu und hielt ihr dann die Banane hin.

Savita stockte der Atem. »Bist du dir sicher?«

»Natürlich. Ich habe sie extra für dich gekauft.«

Savita freute sich so sehr, dass sie ungewohnt schüchtern wurde. Sie sagte: »Meine Mutter sagt immer, wenn ich in meinem

Leben weniger Bananen gegessen hätte, hätten sie jetzt das Geld für meine Aussteuer.«

Purnima lächelte und sah zu Boden.

Savita hörte auf zu kauen. »Wann ist sie gestorben?«

»Vor vier Monaten.«

Savita schälte die Banane und manschte sie mit den Fingern unter den Reis. Die Banane wurde zu unschönen Klumpen, die wie Wasserratten den Reis durchschwammen. Das Ganze war eine schmierige, unappetitliche Masse.

»Schmeckt dir das wirklich?«

»Probier doch mal.« Sie hielt Purnima eine Handvoll hin. Purnima schüttelte den Kopf. Savita zuckte mit den Schultern, aß genussvoll den Reis-Bananen-Matsch und schloss beim Kauen die Augen.

»Weißt du, was sogar noch besser ist als das hier?«

Purnima kräuselte die Nase. »Sicherlich das Allermeiste.«

Savita überging das. Sie beugte sich zu Purnima, als wollte sie ihr ein Geheimnis verraten. »Ich bin mir nicht sicher, weil ich es selbst nur gehört habe, aber angeblich gibt es eine sehr seltene Frucht. Unglaublich, Puri. Innen rosa, fast butterartig, süß wie ein Bonbon. Noch süßer. Noch besser als eine Banane, noch besser als eine Sapote. Ich weiß, ich weiß, das klingt unmöglich, aber eine alte Frau hat mal auf dem Markt davon erzählt. Vor vielen Jahren. Sie hat gesagt, die Frucht wachse nur auf einer einzigen Insel. Im Brahmaputra. Selbst wie sie diese Insel beschrieben hat, war wunderschön. Sie sah mich an, sah mir direkt in die Augen, und sagte: ›Erinnerst du dich? Es heißt, dass Krishna zur Dämmerstunde, wenn die Kühe heimkehren, seine Radha mit Flötenspiel umwirbt. Das ist der Klang. Das ist der Klang dieser Insel. Flötenspiel. Wohin du dort auch gehst, überall sind diese Früchte und Flötenspiel. Die Musik folgt dir wie ein Liebhaber.‹«

»Das hat sie zu dir gesagt?«

»Ja.«

»Wie Flötenspiel?«

»Ja.«

Purnima schwieg. »Wie heißt die Insel denn?«

»Majuli.«

»Majuli«, wiederholte Purnima langsam, als müsse sie das Wort schmecken. »Und du hast ihr geglaubt?«

»Natürlich habe ich ihr geglaubt«, sagte Savita. »Manche Leute auf dem Markt haben ihr nicht geglaubt, ich aber schon. Es hieß, sie wäre senil und nie weiter nördlich als bis zum alten Eisenbahndepot gekommen, geschweige denn bis zum Brahmaputra. Aber, Puri, du hättest ihr Gesicht sehen sollen. Wie hätte man ihr nicht glauben können? Es leuchtete wie ein Stern.«

Verwirrt dachte Purnima kurz nach. »Aber wie kann eine Insel denn wie Flötenspiel sein? Hat sie damit gemeint, dass sie die Insel liebt? So, wie Krishna seine Radha liebt?«

»Nein. Glaube ich nicht.«

»Aber was dann? Es spielt ihr doch schließlich Liebeslieder.«

»Ja«, sagte Savita, »aber es sind auch Lieder über den Hunger.«

Purnima war noch verwirrter. »Hunger?«

»Vielleicht meinte die alte Frau, dass die Insel das Ende des Hungers ist. Oder sein Anfang. Oder vielleicht, dass Hunger keinen Anfang hat. Oder kein Ende. So, wie der Klang von Krishnas Flöte.«

»Und was ist dann mit der Liebe?«

»Was ist die Liebe denn, Puri?«, fragte Savita. »Was ist die Liebe, wenn nicht ein Hunger?«

3

Eine Woche später lud Savita Purnima zu sich nach Hause ein. Es war ein Sonntag. Purnimas Vater hatte nichts dagegen, solange sie vorher kochte, ihre Geschwister versorgte und für ihn den Tabak und die Matte zum Mittagsschlaf richtete. Der Tag war heiß; es war erst März, doch sie mussten bereits im Schatten gehen – Savita vorneweg, Purnima dicht dahinter, huschten die beiden unter den Bäumen und den überstehenden Strohdächern der Hütten entlang. Savita wohnte am anderen Ende des Dorfes, weiter weg vom Indravalli Konda, näher an der Krishna. Weil dieses Ortsende nah am Wasser lag, gehörten dort viele Bewohner zur Kaste der Wäscher. Dort waren auch Inschriften gefunden worden, die noch aus der Zeit des Chola-Reichs stammten; weil aber die Gegend auch in der Nähe der Eisenbahnschienen lag, und das Dorf sie vornehmlich als Toilette nutzte, blieben die Inschriften größtenteils unbeachtet. Die meisten Einwohner gehörten dort jedoch ebenfalls zur Kaste der Weber, so auch Savitas Familie.

Die Hütte von Savitas Familie lag auf einer kleinen Anhöhe. Entlang des Weges – eher ein Trampelpfad –, der zur Hütte hinaufführte, wuchsen Büsche, ihre Blätter und Zweige durch die Hitze bereits verdorrt und grau. Als Purnima sich bückte und ein Blatt berührte, löste sich ein seidiger grauer Film, und sie sah, dass es Asche war, von den Holzfeuern, die entlang des Pfades vor den Hütten brannten, die Armut zu groß, als dass es für eine Kochstelle im Inneren reichte. Vor den Hütten türmte sich Müll, in dem hin und wieder ein streunender Hund schnüffelte, oder ein Schwein, so hungrig, dass ihm die Hitze nichts ausmachte.

Es war fast Essenszeit, vier Uhr nachmittags, doch niemand schien zu Hause zu sein. Der Himmel strahlte mittlerweile hell wie Messing. Schweiß floss Purnima den Rücken hinab. Klebte in Tropfen auf ihrer Kopfhaut.

Als sie die Hütte erreichten, begriff Purnima, dass ihre Familie im Vergleich zu Savitas tatsächlich so etwas wie wohlhabend war. Savitas Familie konnte sich nicht einmal Palmwedel für das Hüttendach leisten; es bestand aus einem alten Stück Wellblech. Die Außenwände der Hütte waren mit Kuhmist verputzt, und vor den Büschen war ein Fleckchen Erde freigelegt, doch auch dort lag Müll herum – Fetzen vergilbten Zeitungspapiers, schwarze Lumpen, die sich allmählich auflösten, Gemüseschalen, die selbst den winzigen Ferkeln, die frei zwischen den Hütten umherstreiften, zu faulig waren. Purnima stieg darüber hinweg, und als sie Savita in die Hütte folgte, überfiel sie als Erstes der Geruch. Es roch nach alter, ungewaschener Kleidung und nach Schweiß und nach sauer Eingelegtem. Es roch nach Dung, nach dem Rauch von Holzfeuer, nach Dreck. Es roch nach Armut. Und Verzweiflung. Es roch wie das Sterben ihrer Mutter.

»Wir haben keine Milch für den Tee«, sagte Savita. »Möchtest du einen?« Sie hielt Purnima eine Keksdose hin, die eindeutig nur für Besucher bestimmt war.

Purnima biss in einen der Kekse; er war alt und löste sich in ihrem Mund zu einer weichen gelben Paste auf. »Wo ist deine Mutter? Und wo sind deine Schwestern?«

»Meine Mutter kocht heute. Für die Familie mit dem großen Haus, das beim Marktplatz. Meine Schwestern gehen nachmittags immer sammeln«, sagte Savita.

»Was denn?«

Savita zuckte mit den Schultern. »Normalerweise begleite ich sie.«

»Wohin denn?«

»An den Ortsrand. Beim Christenfriedhof.«

Purnima wusste, dass dort die Müllberge lagen. Nicht die kleinen Müllhaufen, die das ganze Dorf sprenkelten, die praktisch vor jeder Türschwelle lagen, sondern die riesigen Halden, insgesamt drei oder vier, wo all die kleineren Müllhaufen schlussendlich landeten. Purnima hatte sie immer nur von Weitem gesehen – eine ferne Bergkette am südlichen Horizont, auf die nur die Allerärmsten stiegen. Auf der Suche nach weggeworfenen Stoffen oder Papier oder Metallteilen, nach Essen, Plastik. Üblicherweise Kinder, das wusste sie, manchmal auch Erwachsene. Aber immer die Allerärmsten. Sie erinnerte sich, wie ihre Mutter einmal, als sie an den Müllbergen vorbeigingen, gesagt hatte: »Schau nicht hin.« Und Purnima hatte nicht gewusst, ob sie den Friedhof meinte oder die Kinder, die über die Halden kletterten. Doch jetzt, da sie in Savitas ärmlicher Hütte stand und ihre Mutter lange tot war, glaubte sie zu verstehen. Ihre Mutter hatte gesagt: »Schau nicht hin«, und gemeint: Schau weder zum Friedhof noch zu den Müllbergen. Sie hatte gemeint: Schau nicht auf den Tod, schau nicht auf die Armut, schau nicht darauf, wie sie durch das Leben kriechen, wie sie auf dich warten, dir auflauern, bis sie dich schließlich kriegen.

»Du gehst da auch mit?«

»Nicht mehr. Nicht, seit ich für deinen Vater arbeite.«

Purnima sah aus dem einzigen Fenster der Hütte. Es zeigte zum Indravalli Konda, und als sie zum Tempel hinaufblickte, war sie zum ersten Mal stolz auf ihren Vater; er hatte Savita eine Lebensgrundlage gegeben und sie von den Müllhalden geholt. Purnima hatte ihn nie als großzügig empfunden, doch nun begriff sie, dass Großzügigkeit eine versteckte Tugend sein konnte, verschleiert, mit Asche überzogen wie die Blätter der

Sträucher vor Savitas Hütte. »Aber wo hast du Weben gelernt?«, fragte sie.

»Meine Eltern haben früher gewebt. Meine Mutter hat noch ihre alte Charkha.« Sie deutete auf einen Haufen Holz in einer Ecke.

Darüber hing ein Kalender mit Shiva und Parvati, Ganesha und Kartikeya auf dem Schoß. Neben der kaputten Charkha lag ein großes Bündel, eingeschlagen in ein altes Tuch, vielleicht ein Schultertuch. In einer anderen Ecke lagen ein paar zerbeulte Aluminiumtöpfe und -pfannen unter einem Hängekorb für Gemüse, darin eine einzelne Knoblauchzehe, eine keimende Zwiebel und ein orangefarbener runder Kürbis. Purnima sah einen übriggebliebenen Klumpen Reis voller Fliegen. Gleich neben ihnen lehnte eine ausgefranste Bambusmatte an der Wand.

»Früher hatten wir einen Webstuhl. Aber mein Vater hat ihn vertrunken. Und einen kleinen Beedie-Laden. Nicht hier. Im Zentrum. Den hat er auch vertrunken.«

Purnima hatte noch nie von so etwas gehört. Auf Telugu hieß Alkohol *mondhoo*, was sowohl Medizin als auch Gift bedeutete. Es war tabu, das Wort auch nur zu benutzen, erst recht vor Frauen oder Kindern. Über Trinker flüsterte man nur, sie galten als leprös oder Schlimmeres. Und jetzt im Heim eines Trinkers zu sein – Purnima erschauerte. »Wo ist er gerade?«

Savita sah zum Fenster. »Wahrscheinlich da oben.«

Purnima folgte ihrem Blick. Dort war der Indravalli Konda, der Tempel, der Himmel. »Beim Tempel?«

»Er bettelt dort um Almosen. Normalerweise haben die Priester Mitleid und geben ihm eine halbe Kokosnuss oder, wenn er Glück hat, ein Laddu. Das reicht ihm.« Sie sagte es so beiläufig, dass Purnima sprachlos war.

Sie standen am Fenster und blickten zum Tempel hinauf. Es hieß (es war kein Märchen; es konnte kein Märchen sein, weil es tatsächlich passiert war, Purnima hatte es selbst gesehen), dass einmal im Jahr auf unerklärliche Weise Nektar aus dem Mund der Gottheit floss. Ein süßer, dicker Nektar strömte hervor. Niemand wusste, woher er kam, warum er anfing zu fließen oder aufhörte, doch als Purnima den Blick durch Savitas Hütte schweifen ließ, die einzelne Knoblauchzehe sah, die faulende Zwiebel und den Kürbis, von denen sie wusste, dass es die einzigen Vorräte der Familie waren, vielleicht für die ganze Woche, dachte sie: Der Nektar sollte immer fließen. Wenn wir wirklich die Kinder Gottes sind, wie die Priester sagen, warum fließt der Nektar dann nicht immer?

»Ich weigere mich, ihm meinen Lohn zu geben. Er denkt, ich spare ihn für meine Aussteuer. Tue ich aber nicht. Ich spare ihn für die Aussteuer meiner Schwestern.« Savita sah Purnima an. »Ich heirate nicht, nicht, bis die anderen nicht verheiratet sind.«

»Nein?«

Savita sah an ihr vorbei und sagte: »Nein.«

Der Bauer hatte kein Interesse mehr. Er ließ Purnimas Vater eine Nachricht überbringen. Er könne nicht die verbleibenden acht Monate warten, und außerdem habe er gehört, seine Tochter sei so dunkel wie eine Tamarinde.

Purnimas Vater war enttäuscht. Er löcherte Ramayya, der die Nachricht überbracht hatte, mit Frage um Frage. »Was hat er noch gesagt? Gibt's irgendeine Möglichkeit, dass er sich noch umentscheidet? Eine Tamarinde? Wirklich? Sie ist doch nicht so dunkel wie eine Tamarinde. Oder findest du? Es ist ein Fluch: Töchter, dunkle Haut. Und wenn ich ihm noch eine Ziege kaufe? Oder ein paar Hühner?«

Ramayya schüttelte den Kopf und sagte, es gebe keine Chance. Er nahm einen Schluck Tee und sagte: »Wir finden einen anderen für sie. Ich hab schon einen Tipp bekommen.«

Interessiert blickte Purnimas Vater auf. »Wer?«

Der Junge war aus Repalle. Er hatte gerade seine Mittlere Reife abgelegt und war nun Lehrling in einem Sari-Geschäft. Seine Eltern waren Weber, doch da ihr Sohn nun arbeitete und sie eine Schwiegertochter erwarteten, die durch eine Mitgift und hoffentlich mit einer Charkha zusätzliches Einkommen bringen würde, waren sie etwas langsamer geworden und vor allem damit beschäftigt, ihren Sohn zu verheiraten. »Es gibt aber auch eine kleine Schwester, es ist also noch nicht ganz sicher«, sagte Ramayya. Er meinte natürlich, dass der junge Mann erst heiraten konnte, wenn seine Schwester verheiratet worden war. Doch laut Ramayya war die Hochzeit der jüngeren Schwester bereits abgemachte Sache. Nur die Muhurta – der günstigste Tag und Zeitpunkt für die Hochzeit – musste noch festgelegt werden.

Purnimas Vater war begeistert. »Dann ist ja genügend Zeit«, sagte er lächelnd. »Und was ist mit der Aussteuer?«

Ramayya trank seinen Tee aus. »Liegt in unserem Rahmen. Er ist ja immer noch Lehrling. Aber eins nach dem anderen.«

Am folgenden Nachmittag erzählte Purnima Savita, was sie gehört hatte. Savita war zum Essen aus der Webhütte herübergekommen. Die beiden aßen immer nach Purnimas Vater, und weil er einen Nachschlag vom Paprikacurry gewollt hatte, blieb für Purnima und Savita nur eine kleine Kelle voll. Sie aßen nun hauptsächlich Pickle zum Reis.

»Wo wohnt er, sagtest du?«

»In Repalle.«

Savita schwieg einen Moment. »Das ist zu weit weg.«

»Wo liegt das?«

»Noch hinter Tenali. Beim Meer.«

»Am Meer?«

Purnima hatte das Meer noch nie gesehen und stellte es sich wie ein Getreidefeld vor – sie dachte an ein Reisfeld –, mit Schiffen statt Bergen am Horizont, blau statt grün, und Wellen. Über Wellen hatte sie einmal mit einer Klassenkameradin in der Grundschule diskutiert. »Aber was genau sind Wellen? Wie sehen sie aus?«, hatte sie gefragt. Das andere Mädchen (auch sie hatte das Meer noch nie gesehen), sagte, sie seien rülpsendes Wasser und sähen aus wie eine Katze, die sich streckt. Eine Katze? Die sich streckt? Purnima war skeptisch geblieben.

»Kommst du mich besuchen?«

»Ich sag doch, es ist zu weit weg.«

»Aber mit dem Zug?«

Savita lachte laut auf. Sie hielt ein Stückchen Paprika hoch. »Siehst du das? Und siehst du *das* hier?« Sie zeigte auf ihren Teller Reis und einen winzigen Klecks des Tomaten-Pickle vom Vorjahr. »Das ist ein Festessen für mich. Wie soll ich mir denn je eine Zugfahrkarte leisten können?«

Am Abend lag Purnima auf ihrer Matte und dachte an Savita. Fast war es beunruhigend – etwas sagte ihr, dass sie niemanden würde heiraten können, der so weit weg wohnte, dass Savita sie nicht mehr besuchen könnte. Savita war demnach wichtiger als der Mann, den sie heiraten würde. Konnte das denn sein? Wie war es dazu gekommen? Purnima wusste es nicht. Sie dachte an die Heftigkeit, die manchmal in Savitas Augen trat. Sie dachte an den Blick auf den Tempel aus dem Fenster ihrer Hütte. Sie dachte daran, wie Savita Reis und Buttermilch mit Banane vermischt hatte und wie sie, als Purnima sie schließlich gebeten hatte, doch probieren zu dürfen, breit gelächelt, mit den Fingern ein wenig tropfenden Reis zu einer Kugel geformt und anstatt Purnima diese zu geben, sie damit gefüttert hatte. Sie hatte Purnima die Reiskugel in den Mund gelegt, sodass Purnima mit der Zungenspitze Savitas Finger berührt hatte. Als wäre sie ein Kind. So wie Amma sie früher gefüttert hatte. Nur dass Savitas Geste durch keine Krankheit, kein Sterben getrübt war; Savita war lebendig, lebendiger als alle, die Purnima kannte. Savita ließ selbst die kleinsten Dinge im Leben großartig erscheinen, und wenn Purnima – die sich immer nach mehr gesehnt hatte als nach der Erinnerung an eine Bürste im Haar, nach mehr als dem Läuten einer blauen Uhr oder nach einer Stimme, die sie so oft heraufbeschwor – Savita sah, deren Entzücken, war es für sie, als wäre es ihr eigenes. Und selbst in ihren täglichen Pflichten – Kochen, Wasserholen, Geschirrspülen, Wäschewaschen, endlose Stunden an der Charkha – fand sie nun eine plötzliche und warme Befriedigung. Vielleicht sogar Freude. Doch am meisten überraschte sie, dass sie sich ihr Leben ohne Savita gar nicht mehr vorstellen konnte. Mit wem hatte sie beim Essen geredet, bevor Savita kam? Was hatte sie an Sonntagen getan? Für wen hatte sie gekocht?

Am Abend zuvor hatte ihr Vater, der kaum je viel bemerkte, gesagt: »Diese Savita scheint ein gutes Mädchen zu sein. Sie ist fleißig, das ist keine Frage.« Dann hatte er sich wieder seinem Tabak zugewandt und gesagt: »So eine sollte man nicht herumstromern lassen. Die sollten sie verheiraten. Wie alt ist sie? Zu alt zum Herumstromern, würde ich mal sagen. Schwer zu sagen.«

»Schwer zu sagen«, wiederholte Purnima im Stillen. Was war schwer zu sagen?

Ihr Vater sah sie an. »Sie kommen morgen. Wahrscheinlich am Nachmittag.«

»Wer?«

»Der Junge aus Repalle. Seine Familie.«

»Morgen?«

»Hier.« Ihr Vater gab ihr ein paar Rupien. »Schick deinen Bruder morgen früh los, er soll ein paar Sachen zu essen kaufen. So was wie Pakoras.«

Purnima starrte ihn an.

»Steh da nicht so rum. Nimm schon.«

Als sie am nächsten Morgen Savita davon erzählte, lächelte diese nur. »Das wird sich in nichts auflösen«, sagte sie.

»Woher willst du das wissen?«

»Weil das bei solchen Geschichten immer so ist.«

»Bei was für Geschichten?«

Savita deutete gen Himmel. »Geschichten, die so nicht bestimmt sind. Die falsch sind, bevor sie überhaupt erst begonnen haben.«

»Aber – sie sind auf dem Weg hierher. Gopi ist los, um Pakoras zu kaufen.«

Sie lächelte wieder. »Vor ein paar Tagen war ich morgens auf dem Weg zu euch. Ich ging gerade über die Old Tenali Road, weißt du, wo die Lastwagen auf dem Weg zur Fernstraße durchfahren. Als ich gerade am Betelnuss-Laden vorbeiging, hörte ich einen Schlag. Eher einen dumpfen Aufprall. Ich dachte mir nichts weiter dabei. Aber ich drehte mich trotzdem um, und da sah ich eine Eule auf der Straße. Sie war angefahren worden. Einer ihrer Flügel sah irgendwie falsch aus, wirklich *falsch*. Weißt du, was ich meine? Sie sah tot aus. Oder als würde sie schlafen. Aber nein, sie war wach, Puri. *Wach*. Wacher, als alles, was ich jemals gesehen habe. Sie gab keinen Laut von sich. Keinen Ruf, kein Wimmern. Können Vögel überhaupt wimmern? Jedenfalls saß sie einfach da, wo sie hingefallen war, mitten auf der Straße. Und all die Fahrräder und Leute und Lastwagen rasten an ihr vorbei. Ein Lastwagen fuhr sogar direkt über sie hinweg. Aber die Eule saß einfach weiter da. Ihre Augen sahen aus wie Murmeln. Perfekte schwarz-goldene Murmeln. Die alles spiegelten. Ich war jetzt nah bei ihr, weißt du, und beugte mich über sie und fragte mich, wie ich ihr wohl helfen könnte. Aber was konnte ich schon tun? Ihr zerschmetterter Flügel war schrecklich – wie ein einsamer Tag; wie Hunger. Als ich die Eule so ansah, wurde mir klar, dass sie mir etwas *sagte*. Sie versuchte, mir was zu sagen. Ich schwöre es. Und weißt du was? Was sie mir sagen wollte?«

Purnima schwieg.

»Eulensachen. Sachen, die ich nicht verstehen konnte. Es waren sterbende Worte, Worte einer Sterbenden in einer anderen Sprache. In einer stummen Sprache. Aber die Eule sagte noch was anderes, sie hat mir noch was gesagt. Sie sagte: ›Der Mann aus Repalle ist nicht wichtig. Ihr werdet zusammen sein.‹ Sie hat natürlich dich und mich gemeint. ›So ist das nun mal: Wenn zwei Menschen zusammen sein wollen, finden sie einen Weg. Sie *erschließen* ihn sich. Vielleicht ist es albern oder sogar dumm, so hart an etwas zu arbeiten, das so völlig zufällig, so vollkommen willkürlich ist, wie mit jemandem zusammenzubleiben – als ob ‚mit' und ‚getrennt' an und für sich was bedeuten würden –, aber so ist das ja mit euch Menschen‹, sagte die Eule. Mittlerweile«, fügte Savita hinzu, »war die Eule fast tot, sie keuchte und röchelte: ›Ihr denkt zu viel nach, oder?‹«

»Warte mal«, sagte Purnima. »Das hat die Eule dir alles gesagt?«

»Ja.«

»Sie kennt mich also? Und dich auch? Sie kennt den Mann aus Repalle?«

»Kannte. Wahrscheinlich ist sie mittlerweile gestorben.«

»Okay. Kannte.«

»Ja.«

»Wirklich?«

Savita erwiderte Purnimas Blick unbewegt und sagte: »Ja.«

Am Abend fand die Brautschau statt. Sie kamen um kurz nach sechs. Neben dem Bräutigam, dem Lehrling aus dem Sari-Laden, waren seine Mutter, sein Vater, Ramayya, ein Onkel und eine Tante mitgekommen. Wenngleich der Onkel und die Tante auch ein älterer Cousin und dessen Frau hätten sein können. Es war schwer zu sagen, und Purnima fand es nie heraus.

Als sie ankamen, war Purnima in der Hütte mit den Webstühlen. Die Schwester ihres Vaters half ihr mit ihrem Sari – cremefarbene Baumwolle mit einer grünen Bordüre, er hatte ihrer Mutter gehört – und band ihr eine Girlande Jasmin ins Haar. Purnima hatte es am Morgen geölt und konnte noch Kokos an ihren Fingern riechen. Das Kumkuma hinterließ auf ihnen einen dünnen Pulverfilm, als ob sie einen roten Schmetterling gefangen hätte. Ihre Tante zog beim Haareflechten mit solcher Wucht an den Strähnen, dass Purnima vor Schmerz aufschrie.

»Sei still«, schimpfte ihre Tante. »Mit einem hat's schon nicht geklappt. Was für eine Schande. Was glaubst du denn, wie das ein Mädchen aussehen lässt? Hm? Vishnu sei Dank, dass er dich nie gesehen hat. Das wäre das Ende gewesen. Dein armer Vater. Erst verliert er eine Frau, muss sich alleine um fünf Kinder kümmern, und jetzt das. Arbeitet sich die Finger wund. Aber mit diesem hier wird's klappen. Du wirst schon sehen.« Sie schmierte Purnima eine dicke Schicht Talkumpuder ins Gesicht. Sie legte ihr das Kumkuma und das Kajal neu auf. Dann nahm sie die goldenen Armreife von ihren eigenen Handgelenken und legte sie um Purnimas. »Na also«, sagte ihre Tante und ging ein, zwei Schritte zurück. »Halt die Augen gesenkt und sprich nur, wenn du angesprochen wirst. Werd bloß nicht übermütig! Beantworte einfach ihre Fragen. Und sing was. Wenn sie dich drum bitten, sing was. Eine andächtige Ballade wäre gut. Was Einfaches, damit du's nicht vermasselst.«

Purnima nickte.

Ihre Tante führte sie aus der Webhütte heraus, hinter der Haupthütte entlang und vorne, wo alle saßen, wieder herein. Sie stupste Purnima auf die Strohmatte, auf der schon die Mutter des Bräutigams und seine Tante oder Cousine saßen. Der Vater des Bräutigams saß auf dem Stuhl, die anderen Männer auf der Kante des Hanfseilbettes. Es wurden Höflichkeiten mit Purnimas Tante ausgetauscht, die wohl mit der Tante oder Cousine bekannt war.

Da beugte sich die Mutter des Bräutigams vor und fasste die goldenen Armreife an. »Nicht sehr dick«, sagte sie.

»Nun ja«, sagte Ramayya munter, »das lässt sich ja alles noch besprechen.«

Die Frau lächelte, ließ die Armreife unwillig wieder los und fragte: »Wie heißt du denn, mein Liebes?«

Purnima blickte zu der Frau auf, die wohl ihre zukünftige Schwiegermutter sein würde. Sie war dick, wohlgenährt, der Bauch über der Taille ihres Saris rund wie ein Tonkrug. Ihre Fingernägel und Zähne waren gelb. »Purnima«, antwortete sie. Sie mochte, dass die Frau sie Liebes genannt hatte. Aber sie misstraute ihrem Ton; zu leicht hatte sie vom Umfang der goldenen Armreife zu ihrem Namen gewechselt, als wäre beides ein und dasselbe, Teil derselben Frage, desselben Zwecks.

»Frag sie, Ravi«, sagte die Tante oder Cousine des Bräutigams. »Frag sie was.«

Der Bräutigam saß auf der Bettkante; Purnima konnte nur seine Schuhe sehen (braune Sandalen) und den Aufschlag seiner

Hose (grau mit Nadelstreifen). Seine Fußknöchel – der einzige Teil seines Körpers, der in ihrem Blickfeld lag – waren dunkel, die Haare darauf drahtig und dick. »Kannst du singen?«, fragte er.

Sie räusperte sich. Ein frommes Lied, sagte sie sich. Denk an ein andächtiges Lied. Ihr fiel nichts ein. Nicht nichts, um genau zu sein. Sie dachte an die Eule. Die sterbende Eule, die zu Savita gesprochen hatte. Was hatte sie gesagt? Etwas darüber, einen Weg zu finden, ihn sich zu erschließen. Was würde sie in Repalle tun, allein, ohne Savita? Diese Frage erschien ihr größer als alle Fragen, die ihr je gestellt worden waren. Größer als alle anderen Fragen zusammen. »Kann ich nicht«, sagte sie. »Ich kann nicht singen.«

Ihre Tante holte tief Luft. »Natürlich kannst du singen«, sagte sie und lachte nervös. »Denk doch mal an das Lied, das wir immer im Tempel singen. Über Rama und Sita und ...«

»Ich weiß genau, welches du meinst. Ich kann es nur nicht singen. Wie gesagt, ich kann nicht singen.«

Ramayya erhob sich ein wenig, die Augen aufgerissen. »Schüchtern. Das ist alles. Sie ist ein so schüchternes Mädchen.«

Der Bräutigam räusperte sich. Die Tante oder Cousine sagte: »Na ja, schon gut. Singen ist ja nicht so wichtig. Sie kann doch aber kochen, oder? Wie viele Behälter kannst du pro Tag an der Charkha spinnen?«

»Vier, fünf.«

»Na, siehst du«, sagte die Frau, »das ist gar nicht schlecht.«

»Swapna schafft acht«, sagte die Mutter des Bräutigams. »Und das *mit* dem Baby.«

So ging das Gespräch weiter. Sie tranken den Tee aus, aßen alle Pakoras, auch die meisten Jalebis, und ließen nur ein paar Krümel Zuckersirup auf dem Teller zurück. Sie sprachen darüber, dass es zu wenig regnete, dass die Züge aus Repalle immer

Verspätung hätten, sie sprachen über den Preis von Erdnüssen und Mangos und Reis, und sie sprachen über die neue Regierung und darüber, dass die Preise niedriger und das Obst und Gemüse besser gewesen seien, als noch die Kongresspartei an der Macht gewesen war.

Dann wurde Purnima von ihrer Tante aus dem Zimmer geführt. Sie wurde ausgeschimpft, wie sie es erwartet hatte. »Du Dummkopf«, sagte ihre Tante. »Wer würde jemanden wie dich heiraten? Wer würde jemand so Durchtriebenes heiraten? Vishnu sei Dank, dass deine Mutter das nicht erleben musste. Es hätte sie umgebracht. Eine so schreckliche Tochter. Begreifst du denn nicht? Es geht nicht darum, ob du singen kannst, du Idiotin. Sie wollen sichergehen, dass du *hörst*. Dass du gehorchst. Und jetzt wissen sie es. Jetzt wissen sie, wie durchtrieben du bist.«

Als Purnima am nächsten Tag Savita davon erzählte, lachte die. »Das ist die Lösung! So machen wir's.« Sie wischte Purnima eine Haarsträhne aus dem Gesicht und sagte: »Das ist es. Wir sind in Sicherheit.«

4

In den Tagen nach der Brautschau legte sich eine Hitzewelle über Indravalli. Purnima stand im Dunkeln auf, um die morgendliche Hausarbeit zu erledigen. Wasser am Brunnen holen, für den Tag kochen, fegen und waschen – alles musste vor Sonnenaufgang erledigt sein. Sowie die Sonne über den Horizont stieg, sich dort der kleinste Strahl zeigte, brannte die Erde, als stünde sie in Flammen. Morgens und nachmittags war die Luft still und heiß, sengend; abends kam eine kleine Brise auf, aber auch die nicht viel mehr als ein Hauch. Nachmittags saß Purnima an der Charkha, spann lustlos und wartete darauf, dass es Zeit zum Abendessen wurde. Tagsüber konnte sie nicht bei Savita vorbeigehen: Purnimas Vater saß auch in der Webhütte und beobachtete die beiden von seinem Webstuhl aus. Nachmittags brachte sie den beiden Tee, wechselte jedoch dabei kaum einen Blick mit Savita.

Und Purnimas Vater war außer sich vor Wut. Die Familie aus Repalle forderte jetzt eine noch größere Mitgift, doppelt so viel wie besprochen. »Doppelt so viel«, zischte ihr Vater, »für deine Frechheit.« Außerdem hatten sie Goldarmreife für ihre Tochter gefordert, die jüngere Schwester des Bräutigams. »*Gold*«, sagte ihr Vater, »Gold, Gold, Gold. Begreifst du das? Gold. Was glaubst du, wo ich das Geld dafür auftreiben soll?« Er starrte seine Tochter an, die Augen von der Hitze gerötet und entzündet. »Und nach dir hab ich noch eine. Wann, in zwei oder drei Jahren? Und diese Freundin von dir. Savita. Rate mal, was sie mich neulich fragt. Fragt doch, ob sie den Webstuhl auch außerhalb der Arbeitszeiten benutzen darf. Früher kommen und später gehen darf. *Meinen* Webstuhl. Und fragt das einfach so, als wenn ich es ihr schuldig wäre.« Er schüttelte den Kopf und schlug nach einer Mücke auf seinem Arm. »Eure Dreistigkeit«, sagte er. »Die Dreistigkeit von euch Mädchen, von euch modernen Mädchen, wird noch euer Untergang sein. Sie wird *mein* Untergang sein.«

»Warum?«, fragte Purnima.

»Warum was?«

»Warum will sie zusätzlich arbeiten?«

»Woher soll ich das wissen?«, sagte ihr Vater. »Frag sie doch selbst.«

Purnima sah ihn weiter an.

Er schlug wieder nach einer Mücke. »Na, steh da nicht einfach rum. Hol mir die Fliegenklatsche.«

Sie fragte Savita am nächsten Tag beim Mittagessen. In der Hütte zerfloss die Luft; sie pulsierte weiß und roh vor Hitze. Fliegen schwirrten antriebslos umher, hoben ein wenig vom Boden ab und setzten sich wieder, wie von der Anstrengung erschöpft. Savita schwitzte vom bloßen Sitzen am Webstuhl. Ihr Haaransatz und ihre Schlüsselbeine waren mit Schweißperlen besetzt. Purnima konnte ihren Körper riechen: Urwald, Moschus. Nicht der kleinste Hauch von Waschmittel oder Sandelholzseife, nicht mal Talkumpuder. Tier: Das war ihr Geruch.

Savita unterbrach ihr Kauen und hörte zu, was Purnima von den Leuten aus Repalle erzählte, und dass sie eine höhere Mitgift gefordert hatten. »Kann dein Vater sie ihnen denn geben?«

»Ich glaube nicht. Er kann sich kaum die Mitgift leisten, die er ihnen bislang anbietet.«

»Dann war es das also.«

Purnima zuckte mit den Schultern. »Vielleicht. Aber alle sind mordswütend.«

»Weil du nicht *singen* wolltest? Was sind wir denn, dressierte Affen?«

Purnima antwortete nicht. Stattdessen fragte sie: »Warum möchtest du länger am Webstuhl arbeiten? Warum hast du meinen Vater gefragt, ob du darfst?«

Savita nahm einen Bissen Reis mit Sambar. Ihre Augen blitzten auf. »Ich mache was für dich. Ich mache dir einen Sari. Darum habe ich deinen Vater gefragt, ob ich den Webstuhl benutzen darf. Glaubst du, er lässt mich?«

»Einen Sari? Wie denn? Wo willst du das Garn hernehmen? Wie willst du zwei Saris gleichzeitig machen? Das geht doch gar nicht.«

»Deswegen will ich Überstunden machen. Ich kriege den Sari für deinen Vater fertig, indem ich Überstunden mache. Und wenn der fertig ist, kann ich samstagabends mit deinem anfangen, den ganzen Sonntag lang arbeiten und ihn Montag fertig haben. Und das Garn habe ich vom Weberverband. Hatten die noch über. Anscheinend hat es jemand falsch gefärbt. Indigo. Das können sie nicht überfärben, oder sie haben keine Lust dazu. Jedenfalls habe ich es günstig bekommen.«

»Ein Sari an *einem* Tag?«

»Zwei, wenn ich durcharbeite.«

»Das ist verrückt. Du kannst nicht zwei Tage lang ohne Schlaf durcharbeiten. Und außerdem, warum? Warum willst du einen Sari für mich machen?«

»Das wird mein Hochzeitsgeschenk für dich. Irgendwann wirst du heiraten, das weißt du. Hoffentlich nicht diesen Jungen aus Repalle. Hoffentlich jemanden aus Indravalli. Aber wenn du dann heiratest, werde ich mir nichts anderes leisten können. Und außerdem, schau mal«, sagte sie und hielt eine Handvoll Reis hoch. »Für mich hat noch nie jemand gekocht. Meine Mutter früher wohl mal, aber daran erinnere ich mich nicht. So weit ich zurückdenken kann, habe ich immer für mich selbst gekocht, und für meine Eltern und Geschwister. Und die Bananen. Ich weiß, dass du extra sparst, um sie mir zu kaufen. Aber es ist nicht nur das Kochen. Es ist alles. Alles. Wie du an der Charkha sitzt und spinnst, als würdest du gar kein Garn spinnen, sondern die seltsamsten Geschichten, die schönsten Träume. Und wie du den Tee neben mich stellst, wenn ich am Webstuhl sitze. Und wie du den Wasserkrug hältst, wenn wir von der Quelle zurücklaufen, als ob nichts, nichts auf der ganzen Welt, sich mit der Pracht, der Feinheit dieses Kruges messen könnte. Puri, verstehst du? Alles andere ist so fade, so farblos, bis auf dich. Und dieses Indigo.« Sie lächelte. »Das Mindeste, was ich tun kann, ist, dir einen Sari zu machen. Wie das geht, weiß ich. Und ein paar schlaflose Nächte sind egal. Stell dir nur vor, wenn ich ihn erst an dir sehe.«

Purnima wollte aufstehen, Savita zu sich heraufziehen und sie umarmen. Niemand hatte je – nie – daran gedacht, etwas für sie zu machen. Ihre Mutter, natürlich, aber die war tot. Und nur das Gewicht der Hand ihrer Mutter war ihr geblieben, wie sie die Bürste durch Purnimas Haar zog. Manchmal, eigentlich immer hielt sie sich an dieser Erinnerung fest, als ob dieses Gewicht allein sie über dunkle und wilde Waldwege und schließlich, so hoffte sie, auf eine Lichtung führen könnte, doch das stimmte nicht. Diese Erinnerung vermochte nichts, als ein bisschen Trost zu spenden. Einen Tropfen nach dem anderen nach dem anderen, wie der Tropf, der im Krankenhaus blutig im Arm ihrer Mutter gesteckt hatte. Mit nichts darin. Nicht wirklich. Zucker. Sie hatten Zucker in sie hineintropfen lassen. »Damit sie bei Kräften bleibt«, hatten die Ärzte gesagt. Als ob Zucker etwas gegen Krebs ausrichten könnte. Aber Savita! Savita wollte einen Sari für sie weben. Einen Sari, den sie um sich wickeln und an ihr Gesicht würde halten können. Keine Erinnerung, kein Duft, nichts Vergängliches. Sondern einen Sari. Sie würde in ihn hineinweinen können, ihn auf einem Hausdach ausbreiten können, auf heißem Sand, ihn zur Krishna tragen und darin ins Wasser steigen, sie würde sich in seine Falten legen können, sich schützend gegen die Nacht einhüllen, sie würde darin schlafen können, träumen.

5

Die Eule behielt recht: Die Verhandlungen mit der Familie aus Repalle scheiterten. Sie weigerten sich, bei der Mitgift nachzugeben, auch wenn Ramayya sie dazu gebracht hatte, nur einen Goldarmreif statt zwei für die jüngere Schwester zu akzeptieren.

»Einer, zwei. Was macht das aus? Ich kann mir keinen halben Goldarmreif leisten. Geschweige denn die Mitgift«, sagte ihr Vater.

»Sie haben sie gesehen. Das ist das Problem«, sagte Ramayya. Als Purnima ihm seinen Tee brachte, betrachtete er sie mit solcher Abscheu, dass sie dachte, er könnte ihr den Tee ins Gesicht schütten. Sie ging ein paar Schritte zurück. »Schüchtern«, sagte er verächtlich. »Du bist nicht schüchtern. Unverschämt bist du! Du und dein Vater, ihr habt Glück, dass ich euch überhaupt noch helfe. Es hat sich rumgesprochen, weißt du? Alle von hier bis an die Godavari wissen über dich Bescheid. Wer will dich jetzt noch?«

Als Ramayya gegangen war, gab Purnimas Vater ihr eine schallende Ohrfeige. Er packte sie bei den Haaren. »Siehst du? Siehst du, was du angerichtet hast?« Sein Griff um ihr Haar wurde fester. »Wenn jemand dich noch mal bittet zu singen, was machst du dann?«

Purnima blinzelte. Sie hielt die Tränen zurück. Ihre Kopfhaut brannte, einzelne Haare rissen wie dünne elektrische Drähte. Ihre Geschwister sammelten sich um den Eingang der Hütte, um etwas zu sehen.

»Was?«, knurrte er. »Was tust du dann? Sag schon. Sag's.«

»Singen«, flüsterte sie und verzerrte vor Schmerz das Gesicht. »Ich singe.«

Er ließ sie mit einem Stoß los. Purnima kippte vornüber

und fiel auf die Stahlbecher, in denen sie den Tee serviert hatte. Die Haut an ihrer Handfläche platzte auf. Einer ihrer Brüder lief einen Lappen holen, den sie sich umband. Das Blut durchtränkte das Tuch, und sie musste noch das Abendessen vorbereiten. Sie schickte ihre Geschwister zum Spielen nach draußen und lehnte sich gegen die Wand. Es war die gen Osten. Ihr gegenüber lag ein hohes Fenster. Dort sah sie, wie hinter dem Indravalli Konda die Sonne unterging. Sie sah nicht die Sonne selbst, sondern rosa und gelbe und orangefarbene Wolken, dünn, Enden scharf wie Messer, die auf den Berg zustürzten, als wollten sie ihn bezwingen. Wie irrig, dachte sie: Als ob diese paar nutzlosen Flusen einen Berg zerfetzen könnten.

Sie schloss die Augen. Die Schmerzen in ihrer Hand, auf der Kopfhaut, im Gesicht, wo er sie geschlagen hatte, nichts davon bemerkte sie. Der Schmerz war weiterhin da, doch sie spürte ihn nicht mehr. Es war, als würde sie langsam durch ein zähflüssiges schlickiges Meer schwimmen. Das ist die Hitze, dachte sie; aber die Hitzewelle war vorbei. Es war April, aber auch wenn die Temperaturen ein wenig gesunken waren – obwohl es nach wie vor unklug war, nachmittags nach draußen zu gehen –, würde die Hitze nicht völlig nachlassen, nicht bis in den Juli hinein, wenn der Monsunregen kommen würde. Bis dahin würde die Luft erdrückend bleiben. Die Hütte war erdrückend. Purnima konnte kaum atmen. Sie wollte weinen, fühlte sich aber ausgetrocknet wie eine Kokosnussschale. Die Hitze hatte alles aufgesogen, selbst die Tränen.

Und es war erst April.

Als Savita am nächsten Nachmittag zum Essen hereinkam, sah sie den Schnitt an Purnimas Hand, das Hämatom in ihrem Gesicht und war außer sich vor Wut. »Mach dir keine Sorgen«, sagte sie zornig.

»Sorgen worüber?«, fragte Purnima.

»Nichts. Mach dir um gar nichts Sorgen.« Dann legte sie Purnimas Kopf in ihren Schoß, strich ihr das Haar aus dem Gesicht und fragte: »Möchtest du eine Geschichte hören?«

Purnima nickte.

»Was für eine denn?«

»Du hast doch gefragt.«

»Ja, aber eine alte Geschichte oder eine neue?«

»Eine neue.«

»Warum?«

Purnima dachte einen Augenblick nach. Savitas Schoß war warm, aber uneben, als würde man auf einem schiefen Bett liegen. »Weil ich keine Lust mehr auf alte Sachen habe. Wie Ramayya. Oder diese Hütte.« Sie hob die verletzte Hand zum Gesicht. »Ich will was Neues.«

»Also gut. In dem Fall«, fing Savita an, »war es einmal, aber vor nicht allzu langer Zeit, da du ja eine neue Geschichte möchtest – es war einmal ein Elefant, der hatte Streit mit dem Regen. Der Elefant war stolz. Stolz ging er durch den Wald. Er aß, was er wollte, ragte hoch in die Baumkronen und verscheuchte alle anderen Tiere. Der Elefant war so stolz, dass er eines Tages in den Himmel hinaufblickte, den Regen sah und verkündete: ›Ich brauche dich nicht. Du ernährst mich nicht. Ich brauche dich überhaupt nicht.‹

Als der Regen dies vernahm, blickte er den Elefanten traurig an und sagte: ›Dann gehe ich, und du wirst sehen.‹

Also ging der Regen. Der Elefant sah ihm nach und hatte eine Idee. Denn in der Nähe war ein Teich, und der Elefant wusste, dass dieser ohne den Regen bald austrocknen würde.« Hier hielt Savita inne.

Purnima hob den Kopf aus ihrem Schoß und setzte sich auf. »Was war's? Was war seine Idee?«, fragte Purnima.

Savita wandte ihr das Gesicht zu. Sie lächelte. »Da erblickte der Elefant eine arme alte Krähe, die gerade den Waldweg entlangging und nach Engerlingen suchte. Er befahl ihr, den Teich zu bewachen. ›Nur ich darf aus dem Teich trinken‹, sagte er zur Krähe.

Also saß und saß die alte Krähe dort und bewachte den Teich.

Schließlich kam ein Affe des Weges und sagte: ›Gib mir Wasser!‹

Und die Krähe antwortete: ›Das Wasser gehört Elefant.‹

Der Affe schüttelte den Kopf und ging wieder fort.

Dann kam eine Hyäne und sagte: ›Gib mir Wasser!‹

Und die Krähe antwortete: ›Das Wasser gehört Elefant.‹

Da kam eine Kobra und sagte: ›Gib mir Wasser!‹

Und die Krähe antwortete: ›Das Wasser gehört Elefant.‹

Dann kam ein Sumpfluchs und sagte: ›Gib mir Wasser!‹

Und die Krähe antwortete: ›Das Wasser gehört Elefant.‹

Dann kamen ein Bär und ein Krokodil und ein Reh. Sie alle wollten Wasser, und die alte Krähe gab ihnen jedes Mal dieselbe Antwort.

Schließlich kam ein Löwe des Weges. Der Löwe sagte: ›Gib mir Wasser!‹

Und die Krähe antwortete: ›Das Wasser gehört Elefant.‹

Da brüllte der Löwe und versetzte der armen Krähe einen Hieb mit der Pranke. Dann trank er lange und köstlich aus dem Teich und ging wieder in den Wald.

Als der Elefant zurückkehrte, sah er, dass der Teich ausgetrocknet war.

›Krähe‹, sagte er. ›Wo ist das Wasser?‹

Die alte Krähe blickte betrübt zu Boden und sagte: ›Löwe hat's getrunken.‹

Der Elefant war außer sich. Wütend sagte er: ›Ich habe dir

befohlen, niemanden sonst aus dem Teich trinken zu lassen. Soll ich dich zur Bestrafung fressen oder gleich in einem einzigen Stück verschlingen?‹

›In einem Stück verschlingen, wenn ich drum bitten darf‹, sagte die Krähe.

Und so verschlang der Elefant die Krähe in einem einzigen Stück. Doch sobald die Krähe im Leib des Elefanten war, riss sie – unsere kleine Krähe – an der Leber und den Nieren und am Herzen des Elefanten, bis er starb, krumm vor Schmerz. Da spazierte die Krähe einfach aus dem Leib des Elefanten und davon.«

Savita schwieg.

Purnima sah sie an. »Und was ist mit dem Regen?«

»Dem Regen?«

»Kam er wieder? Füllte er den Teich wieder auf?«

»Der Regen ist nicht wichtig.«

»Nicht?«

»Nein.«

»Aber was ist mit –«

»Das ist auch nicht wichtig.«

»Nicht?«

»Nein«, sagte Savita. »Purnima, worauf es ankommt, ist Folgendes: Es ist besser, in einem Stück verschlungen zu werden, als in einzelnen Happen. Nur dann kannst du gewinnen. Kein Elefant ist zu groß. Nur so kann dir kein Elefant etwas anhaben.«

Sie verfielen in Schweigen.

Savita ging wieder zu ihrem Webstuhl, und Purnima, die das Mittagsgeschirr spülte, betrachtete die Wunde an ihrer Hand, die sich durch das Spülwasser wieder geöffnet hatte, und dachte an ihren Vater, sie dachte an die alte Krähe, und sie dachte: Nanna, bitte. Wenn du mich verschlingst, dann in einem Stück.

6

Savita fing an, länger zu arbeiten. Sie war schnell, doch für die Hochzeitssaison gab es mehr Bestellungen als erwartet. Sie kam frühmorgens, ging spätabends und war fleißiger als alle Männer, die Purnimas Vater je gekannt hatte. Manchmal bemerkte Savita, wie er sie gierig ansah – als würde er schon die Münzen zählen, die sie ihm einbrachte. Es war ihr egal.

»Er zahlt mir was extra«, sagte sie zu Purnima. »Und außerdem, wenn der Andrang erst einmal vorbei ist, habe ich Zeit für deinen Sari.«

Sie wollte Purnima aufmuntern, doch die erwiderte ihren Blick nur traurig. Jeden Abend kam Ramayya zum Tee und vermeldete Niederlagen. Eines Abends, erzählte sie Savita, habe sie an der Tür gelauscht. »Niemand will sie haben. Niemand«, habe Ramayya ihrem Vater verkündet. »Alle haben davon gehört. Sobald sie ihren Namen hören, *deinen* Namen, schütteln sie den Kopf und sagen, sie hätten kein Interesse. Und dunkel noch dazu. So was spricht sich eben rum. Nein, nein, wir müssen vielleicht die Mitgift erhöhen. Irgendein armer Kerl wird das Geld schon brauchen.«

Savita sagte: »Komm morgen zu mir nach Hause. Ich will dir was zeigen.«

Als Purnima die Hütte erreichte, zeigte Savita ihr die Ballen des indigofarbenen Garns für ihren Sari. »Es ist noch nicht ganz abbezahlt, aber der Weberverband hat mir Kredit gewährt.« Sie hielt das Garn gegen Purnimas Haut. »Wie der Nachthimmel«, sagte sie lächelnd. »Und du der Vollmond.«

Purnima rang sich ein Lächeln ab.

Savita bot ihr Tee an, und als Purnima ablehnte, wandte sich Savita zu einer Ecke und fragte: »Nanna, möchtest du welchen?«

Purnima fuhr herum. In der Ecke der Hütte saß ein alter Mann. Zusammengekauert. Die ganze Zeit über war er still gewesen, unsichtbar. Nun bewegte er sich ein wenig, und Purnima wollte sagen: »Nein, bitte stehen Sie nicht extra für mich auf«; dann sah sie, dass er zitterte. Er gab einen Grunzlaut von sich, allenfalls ein kaputtes halbes Wort, und wie zur Antwort goss Savita ihm etwas Tee in einen Stahlbecher. Sie ging zu ihrem Vater, hielt vorsichtig seinen Kopf und setzte ihm den Becher an den Mund.

Er sah Purnima an. Er wisperte, heiser, aber laut, lauter, als Purnima es bei einem so schwach aussehenden Mann für möglich gehalten hätte: »Siehst du das? Siehst du den Tempel?« Er zeigte aus dem Fenster auf den Indravalli Konda. »Die sehen uns genauso gut wie wir sie. Ich habe nachgeschaut. Ich habe mich auf die Treppe des Tempels gestellt und geschaut. Der Eingang von diesem Drecksloch sieht genauso geheimnisvoll, genauso einladend aus wie der Eingang dort oben von hier aus aussieht.«

»Trink«, sagte Savita.

Der alte Mann – zu alt, um Savitas Vater zu sein; er sah eher wie ihr Großvater aus – sagte: »Hab ich schon zu viel. Zu viel, meinst du nicht auch?«

Savita neigte den Becher. Etwas Tee tropfte heraus. Instinktiv zog der Mann seine Hand unter der Decke hervor, und Purnima machte vor Schreck einen Schritt zurück. Die Hand war wie ein Bündel geknickter Zweige, die Haut glatt, die Finger jedoch völlig verkrümmt.

Savita sah den Ausdruck auf Purnimas Gesicht. »Gelenkerkrankung«, sagte sie.

»Stimmt nicht. Keine Gelenkerkrankung. Das wäre zu einfach. Seht ihr das hier?« Er hob seine Hand in die Luft, sodass

Sonnenlicht auf die Fingerspitzen fiel wie in eine Baumkrone. »Das hier ist Freiheit. Das hier ist der menschliche Geist, perfektioniert. Wenn wir alle so geboren würden, gäbe es keinen Krieg. Wir würden wie Brüder leben und hätten Angst davor, einander zu berühren. Weißt du, was ich neulich gesehen habe, Savita? Und du, wie heißt du?« Purnima sagte es ihm, und er antwortete: »Wisst ihr, dass es Orte auf der Welt gibt, an denen die Namen der Menschen keine Bedeutung haben? Das ist wahr. Könnt ihr euch das vorstellen? Was sind das nur für Orte? Leer, das sind sie meiner Meinung nach. Leer und traurig. Ein Name ohne Bedeutung ist wie eine Nacht ohne Tag. Auch solche Orte gibt es, hab ich gehört. Was wollte ich gerade sagen? Savita, der Tee ist kalt«, sagte er lachend. »Seht ihr. Ich rede zu viel. Viel zu viel. Der Alkohol hat mich stillgehalten, der *mondhoo* hat meine Worte festgehalten, hat sie an einen Baum gefesselt. Oh ja! Also, was ich neulich gesehen habe. Mensch, jetzt kann ich mich gar nicht mehr dran erinnern.« Er lachte, heftig und fröhlich wie ein Kind.

Purnima mochte ihn. Ihr war egal, was er hatte sagen wollen, sie wusste auch nicht, was er damit gemeint hatte, Worte seien an einen Baum gefesselt, aber sie mochte ihn, weil er so anders als ihr eigener Vater war. Anders als Ramayya, anders als alle Männer, die sie kannte. Für eine Weile, die ganze Strecke bis zu sich nach Hause, vergaß sie, dass sie dunkel war, dass sie unverheiratbar war, dass nicht genügend Geld für ihre Mitgift da war, dass es Armut gab – noch größer als ihre eigene.

Als Ramayya in der Woche darauf vorbeikam, jubilierte er. Er tanzte fast herbei.

Es war Anfang Mai. Die Brunnen waren ausgetrocknet. Die Bäche waren voller Staub. Der Pegel der Krishna war so niedrig, dass die Wäscherinnen von beiden Ufern bis in die Mitte des

Flusses wateten, um dort zu tratschen. Nach zwei Wochen, und nachdem ein paar Kinder an der Ruhr gestorben waren, stellte die Gemeinderegierung nun Wasser in riesigen Tanks zur Verfügung. An den Tankwagen bildeten sich lange Schlangen – manchmal einhundert, zweihundert Menschen. Die Leute suchten den Himmel nach dem kleinsten Anzeichen einer Wolke ab. Selbst eine dünne Wolke, der schwächste Streifen, ließ sie den Atem anhalten und auf Regen hoffen. Alle wussten, dass der Monsunregen nicht vor Juni oder Juli kommen würde, allerdings hatte jemand gehört, dass es in Vizag ein wenig geregnet hatte, gerade genug, um die Bachbetten zu füllen. Vielleicht würde der Regen die Küste entlangziehen.

Ramayya wirkte davon unberührt. »Purnima«, hatte er gerufen, sobald er in Hörweite gewesen war, »bring mir ein Glas Wasser, ja? Meine Kehle ist ganz ausgetrocknet. Und auch welches für meine Füße. Genügend, um meine Füße zu waschen. Schaut euch nur all den Staub an. Ich bin praktisch hergerannt.«

Wasser?, fragte sich Purnima. Sie warf einen Blick in die fast leeren Tontöpfe und schöpfte vom Boden einen Rest, der für ein kleines Glas reichte.

Als sie es Ramayya brachte, war der bereits mit ihrem Vater im Gespräch vertieft. »Er ist perfekt. Ich hab noch nicht mit der Familie gesprochen, aber er ist perfekt.«

»Wer ist perfekt?«, fragte Purnima.

»Wer glaubst du denn? Such dir mal was zu tun.«

Purnima ging zurück in die Hütte und blieb hinter der Tür stehen.

»Kaum zu glauben. Und ich musste noch nicht mal weit reisen. Nur bis nach Namburu. Die Großeltern des Jungen waren Weber. Anscheinend ganz erfolgreich. Haben ein ordentliches Stück Land bei Namburu gekauft. Früher waren sie Bauern, vor der Unabhängigkeit, aber mittlerweile haben sie das meiste Land verkauft. Haben dabei einen beträchtlichen Gewinn gemacht. Er hat zwei jüngere Schwestern. Die Familie ist auf der Suche nach einer Partie für die ältere, im selben Alter wie unsere Purnima, ist aber wohl ein bisschen wählerisch. Na, sie können sich's ja leisten.«

Purnima hörte ihren Vater fragen: »Und was macht der Junge?«

»Er ist Buchhalter!«, sagte Ramayya triumphierend. »Hat studiert. Weberei bringt kein Geld ein. Weißt du ja. Rein gar nichts.«

»Wie viel wollen sie?«

»Das ist es ja gerade – sie liegen in unserem Rahmen. Na ja, fast. Aber ich hab gehört, dass wir sie vielleicht runterhandeln könnten.«

»Runterhandeln?«

Ramayya scharrte ein wenig mit den Füßen. Schließlich sagte er mit gesenkter Stimme: »Es ist nicht so, als würde mit ihm was nicht *stimmen*. Nicht so was.« Weiteres Fußgescharre, die Stimme noch leiser.

»Aber was ist denn mit ihm?« Purnimas Vater klang nun misstrauisch, lauter.

»Weißt du, unser Mädchen ist auch nicht die beste Partie. Du brauchst also nicht so argwöhnisch zu sein. Es ist nur eine kleine Beeinträchtigung. Eine *Eigenart*. Nichts Besorgniserregendes. Das hab ich zumindest gehört, und überhaupt, wer weiß schon.«

Savita quietschte vor Vergnügen. Sie umarmte Purnima. »Du heiratest also! Und er wohnt auch noch in Namburu. Das ist gar nicht weit weg. Das ist sogar ganz nah. Ich könnte da sogar hinlaufen.«

»Ja«, sagte Purnima. »Vielleicht.« Sie schwieg. Dann fragte sie: »Was ist eine Eigenart?«

Purnima stand vor der Hütte und betrachtete die Palmen. Ein schwacher Lufthauch fuhr durch die Bäume, gerade genug, um die obersten Wedel zum Rascheln zu bringen. Die anderen Pflanzen um die Hütte – ein Niembaum, eine kränkelnde Guave, eine Kürbisranke – sahen erschöpft aus. Sie ließen die Blätter hängen. Resigniert ertrugen sie die Hitze. Geregnet hatte es nicht – auf Regen zu warten war abwegig. Es war erst Mitte Mai. Morgens lag die Temperatur bei etwa neununddreißig Grad Celsius, nachmittags stieg sie auf einundvierzig bis zweiundvierzig Grad. Schatten, dieser flüchtige Ort, wurde bedeutungslos. In der Hütte kochte man wie in einer Pfanne.

Nach und nach erhielten sie von Ramayya weitere Informationen. Er hatte mit den Eltern gesprochen, und die hatten gesagt, ihr Sohn könne erst in zwei Monaten heiraten; Prüfungen, hatten sie gesagt. Der Zeitpunkt war perfekt. Es wäre direkt nach der einjährigen Gedenkfeier für Purnimas Mutter. Der Sohn hieß Kishore. Er war zweiundzwanzig Jahre alt. »Ich hab ihn noch nicht kennengelernt«, sagte Ramayya, »aber da ist nichts, was die Familie nicht erwähnt hätte. Er scheint absolut in Ordnung zu sein. Hochschule. Ein Buchhalter. Was könnte sich unsere Purnima denn Besseres erhoffen?«

»Wollen sie das Mädchen denn sehen? Bestimmt, oder?«, fragte Purnimas Vater.

»Natürlich. Natürlich«, versicherte Ramayya. »Es lässt sich aber nicht absehen, wann der Junge kommen kann. Wie gesagt: Prüfungen.«

»Und die Mitgift?«

»Ist vereinbart.«

Es wurde beschlossen, dass die Familie – zumindest die Eltern – sie Ende Mai besuchen würden. Wenn dieser Besuch reibungslos ablief, würde noch ein ganzer Monat zur Hochzeitsplanung bleiben, und Ende Juni würde die Feier stattfinden. Im Juni!

»Aber so bald!«, sagte Purnima.

Savita war bereits am Planen. »Eben. Das ist es ja. Ich habe kaum Zeit, all die Saris fertigzumachen. Und dann muss ich immer noch deinen machen. Wie fändest du eine rote Borte? Ich glaube, Rot wäre hübsch mit dem Indigo. Ich kann's kaum erwarten! Du. Verheiratet! Könnte ich denn ab und zu hier übernachten? Das wäre einfacher für mich. Dann könnte ich so lange ich wollte am Webstuhl bleiben.«

Als Purnima ihren Vater später fragte, hörte der kaum zu, sagte: »Ja, ja«, und drehte weiter seine Abendzigarette.

Und so fing Savita an, über Nacht zu bleiben. Sie schlief auf derselben Matte wie Purnima – es gab keine zusätzliche. Trotz der drückend heißen Nächte mochte Purnima es, Savita nah bei sich zu spüren. Sie mochte, wie Savita alles, selbst die alltäglichsten Dinge, genießen konnte.

»Schau dir nur den Himmel an!«, rief Savita. »Hast du je so viele Sterne gesehen?«

»Es ist zu heiß, um in den Himmel zu schauen.«

Savita nahm Purnimas Hand und drückte sie. »Meine Amma sagt, dass wir nächstes Jahr vielleicht genügend Geld haben. Für die Aussteuer meiner Schwester. Nach ihr dann noch zwei, aber das ist doch schon was, oder?«

Purnima nickte im Dunkeln. Sie überlegte, Savita von ihrer Mutter zu erzählen, und von der kleinen Uhr mit dem blauen Ziffernblatt, tat es aber nicht. Ihr Vater hätte sie hören können. Sie lag reglos und lauschte dem Atem ihrer Geschwister, und ihr fiel ein, dass sie Savita womöglich nie getroffen hätte, wenn ihre Mutter nicht gestorben wäre. Sie empfand den Gedanken nicht als Verrat: Ihre Mutter war gestorben, und nun war Savita da. Sie dachte über Kishore nach, ihren zukünftigen Ehemann. Die Familie hatte ein Foto geschickt. Ramayya hatte es ihnen gebracht. Doch Kishore war auf dem Bild noch ein kleiner Junge von acht oder neun Jahren. Er stand neben seinen Schwestern, eine auf jeder Seite. Sie posierten beim Fotografen vor einer Leinwand, darauf ein leuchtend weißer Palast und Brunnen und Gärten. Über ihnen stand ein Sichelmond. Wolken zogen auf den Mond zu, zart und romantisch. Purnima hatte das Gesicht des kleinen Jungen aufmerksam betrachtet. Es war ein perfektes Oval. Der Mund eine kleine Mandel. Einen Arm ließ er lustlos hängen, als wollten seine Finger die Spielzeuge oder Murmeln oder Süßigkeiten greifen, die er für die Aufnahme hatte beiseitelegen müssen. Die andere Hand hielt er hinter dem Rücken. Sein Gesicht war ungemein kindlich. Weich, noch Babyzüge darin. Purnima gefiel das. Dann studierte sie seine Augen und wollte in sie hineinsehen oder zumindest irgendetwas in ihnen sehen, doch sie waren leer. Verlassen. Als würde er in einen Abgrund blicken. Ein fremdes Land.

»Das ist ein Foto«, schimpfte Savita. »Was erwartest du denn darin zu sehen? Sein Herz?«

»Ja«, wollte Purnima antworten. »Ich will sein Herz sehen.«

Dieses Mal ließ man Purnima bei der Brautschau keinen Fehler durchgehen. In denselben Seidensari ihrer Mutter wie zuvor gekleidet, wenngleich die Jasminblüten dieses Mal anders arrangiert waren, verflochten mit orangefarbenen Crossandrablüten, wusste sie, dass sie nun noch genauer überwacht würde. Ihre Tante saß näher bei ihr. Anstatt sie wie beim vorangegangenen

Besuch am Ellbogen hereinzuführen, legte die Tante eine Hand auf Purnimas Zopf, wie um jederzeit daran reißen zu können.

Als Purnima sich auf die Matte setzte, lächelte ihr Vater sie an. Er lächelte. Sein Lächeln war kein Ausdruck von Zuspruch, Liebe oder Väterlichkeit. Es sagte nur eines: »Ich beobachte dich. Ich beobachte dich, und das kleinste Anzeichen von Ungehorsam – der kleinste Schimmer in deinen Augen, der auch nur zu Ungehorsam führen könnte – wird Konsequenzen haben.«

Was für Konsequenzen? Purnima senkte den Kopf und erschauerte.

Sie wollte diesen Besuch gar nicht ruinieren. Der Bräutigam war nicht anwesend – sein Vater sagte, er lerne für Prüfungen –, doch seine Eltern, die mittlere Schwester und eine entfernte Cousine aus Indravalli waren da. Purnima sah ihren Vater an und hob den Blick gerade weit genug, um zu sehen, dass der Vater des Bräutigams neben ihrem eigenen recht klein wirkte, schüchtern und zögerlich. Die Mutter, die Purnima gegenübersaß, war dick und wirsch, vielleicht wegen der Hitze oder der Busfahrt von Namburu nach Indravalli, obgleich ihr Blick hart und prüfend war. Die Schwester, die neben Purnima saß, sah sie missbilligend an und sagte kaum etwas. Ihr Blick war wie der ihrer Mutter: prüfend, eitel und ungeduldig, kalt. Beide waren füllig, was Purnima gefiel; Übergewicht bedeutete für sie eine gewisse Fröhlichkeit oder Unbekümmertheit, sicherlich einen gewissen Reichtum. Die Schwester lehnte sich zu Purnima, griff ihre Hand und rieb ihr grob über die Finger, als wollte sie sie zählen. Dann ließ sie die Hand wieder los und lächelte kühl. Die Männer unterhielten sich weiter, und Purnima, die für den Rest des Besuchs zurückhaltend und schweigsam blieb, hätte ihre zukünftige Schwiegermutter fast umarmt, als diese kurz vor dem Gehen Purnimas Kinn in die Hand nahm – nicht sanft;

nein, sanft war die Geste wohl nicht, dennoch lag darin etwas, das Purnima als aufrichtiges Interesse empfand – und sagte: »Nein, du bist bei Weitem nicht so dunkel, wie es hieß.«

Die Schwester schnaubte leise, oder prustete sie sogar? Dann gingen sie.

Am Abend erzählte sie Savita von dem Besuch. Savita war nach Hause gegangen, um ihrer Mutter beim Kochen zu helfen, und vor Einbruch der Dunkelheit zurückgekehrt. Sie saß noch eine Stunde am Webstuhl, und als sie zum Abendessen hereinkam, hatte Purnima ihren Teller schon vorbereitet. Sie hatte Roti gemacht, mit Kartoffelcurry. Es gab Joghurt und ein wenig vom Mittag übriggebliebenen Reis.

»Aber sie wollten nicht, dass du *singst*«, sagte Savita. »Ich mag sie jetzt schon. Kann ich ein bisschen Pickle haben?« Als Purnima aufstand, um das Glas zu holen, fragte Savita: »Und wie ist der Bräutigam? Was ist mit ihm?«

»Prüfungen«, sagte Purnima. Sie wurde still. »Was ist, wenn wir nichts zum Reden haben? Ich meine, er ist immerhin am College. Er muss mich doch dumm finden, oder? Er wird denken, dass ich nur eine Dörflerin bin. Eine Hinterwäldlerin. Und was ist Buchhaltung überhaupt? Was studiert er da?«

»Zahlen«, sagte Savita. »Das sind Zahlen. Dein Vater gibt dir doch Geld, oder? Um Essen zu kaufen. Und du gehst auf den Markt und bekommst dort Wechselgeld. Und schreibst das auf. Ich hab's gesehen. Eine Liste aller Ausgaben, die du deinem Vater jede Woche zeigst? Das ist Buchhaltung. Das ist alles. Und außerdem ist Namburu kleiner als Indravalli. Er ist ein größerer Dörfler als wir.«

Purnima war nicht überzeugt. Das konnte doch nicht alles sein.

Die Hochzeitsvorbereitungen begannen. Es mussten noch ein paar Details zu Mitgift und Hochzeitsgeschenken ausgearbeitet werden, aber Ramayya war zuversichtlich, dass er die Familie würde überzeugen können, ihre Forderungen zu senken. Savita beeilte sich, die Sari-Bestellungen abzuarbeiten, um noch genügend Zeit für Purnimas Sari zu haben. Kishore, ihr Bräutigam, sollte seine Prüfungen Ende des Monats ablegen.

Doch zuerst war da noch die Gedenkfeier zum einjährigen Todestag von Purnimas Mutter. Sie fand Anfang Juni statt. Das Gedenken beinhaltete einen Fastentag. Eine Ziege würde geschlachtet, und der Priester hielte eine Puja ab. Ihr Vater würde das rituelle Anzünden eines Scheiterhaufens vollziehen.

In den Tagen vor der Zeremonie beobachtete Purnima ihren Vater ängstlich: Seine Stimmung verschlechterte sich. Sie nahm an, die Erinnerung an den Tod ihrer Mutter oder die Mitgift müsse der Grund sein.

Er sagte, sie seien bei den Sari-Bestellungen in Rückstand geraten. Wenn Savita abends auch nur für ein oder zwei Stunden nach Hause ging, sagte er: »Weiß sie denn nicht, dass es viel Arbeit gibt? Sag ihr, dass ich ihr was extra zahle, wenn sie länger bleibt. Viel kann ich mir nicht leisten. Es bleibt ja kaum was übrig. Aber ein bisschen.«

Am Gedenktag wurde es entlang der gesamten Küste von Andhra Pradesh kühler. Als sie am Morgen aufwachte, spürte Purnima eine leichte Brise. Keine kühle Brise im eigentlichen Sinne, doch sie freute sich trotzdem. Es musste ihre Mutter sein, die ihr zusah. Die zu ihr sprach. Sie musste wohl sagen: »Purnima, ich bin glücklich. Du wirst eine glückliche Ehe führen.« Sie musste wohl sagen: »Ich vermisse dich auch. Und die Haarbürste«, sagte sie wohl, »ich halte sie noch immer.«

Die junge Ziege, die geschlachtet werden sollte, war vor der

Hütte an einen Pfosten gebunden. Sie war braunweiß gescheckt; weiße Bänder zogen sich um Rumpf und Hufe, und auch auf dem Kopf hatte sie einen Fleck, der bis zwischen die Augen hinunterreichte. Purnima versuchte, die Ziege mit trockenem Gras zu füttern, das sie vor der Hütte ausgerissen hatte. Die Ziege roch daran und sah Purnima an. Ihre Augen waren dunkle Kugeln, ihr Blick neugierig – ob Purnima wohl noch mehr zu fressen hatte? Als die Ziege merkte, dass dem nicht so war, schaute sie wieder weg. Purnima wusste, dass sie die Ziege nicht zu lange betrachten durfte, dass das Hinschauen nur ihr Mitgefühl für das verlorene Tier vergrößern würde, doch der Geruch der Ziege fesselte sie: Urin und Wildnis und Heu.

Sie dachte an diesen Geruch, als sie zusah, wie die Ziege geschlachtet wurde. Das Messer – augenscheinlich nicht scharf genug – musste dem Tier immer wieder über den Hals gezogen werden, wie über einen harten Brotlaib. Die Männer hielten die Ziege auf der Seite, ein Mann saß auf ihrem Hinterteil, zwei andere hielten jeweils Vorder- und Hinterläufe. Ein weiterer Mann hatte ihr einen Eimer unter den Hals geschoben. Aber all das wäre gar nicht notwendig gewesen. Die Ziege, die sich anfangs noch gewehrt hatte, dann das Messer gesehen oder es auch nur erahnt hatte, erschlaffte. Alle Hoffnung verloren, dachte Purnima, oder vielleicht die Nerven. Unter dem ersten Schnitt des Messers bäumte sich die Ziege noch vor Schmerz auf, eine rasche Woge, die durch sie hindurchfuhr und sich wieder legte. Das Messer schnitt nun tiefer, die Ziege blinzelte noch; als blickte sie in ein Grau, dachte Purnima, in eine einbrechende Dunkelheit; jetzt verloschen die dunklen Kugelaugen. Ihr Schwanz schlug ein letztes Mal, die Muskeln ihrem Meister nicht mehr verpflichtet, und der Mann, der den Hals durchsägte, steckte der Ziege den Daumen ins Maul. Purnima fragte sich, ob er das absichtlich tat, um der jungen Ziege noch einen letzten Trost zu spenden, ein letztes Saugen, oder ob es Zufall war. Einen Moment später war die Ziege tot. Zuerst erstarrte ihr Körper, dann hörte das Blinzeln auf. Doch etwas von ihr, fand Purnima, dauerte noch einen Augenblick länger, eine Energie, ein Gefühl des Lebens; dann verschwand auch das.

Der Geruch – der Duft der Ziege nach Urin und Wildnis und Heu – wurde verdrängt durch den Geruch von Kupfer und anderen Metallen, die Purnima nicht benennen konnte: der Geruch ihrer Hände, wenn sie am Brunnen den Eimer heraufgezogen hatte, der Duft nach frisch gescheuerten Töpfen, der Geruch von Flusswasser und Schlick. Er war auch heiß, dieser Geruch, und Fliegen versammelten sich in Heerscharen um die Ziege. Sie tranken und tranken, wie Heere das tun, und widmeten sich dann dem Fleisch.

In der Nacht lag Purnima lange wach. Sie hatte gedacht, dass Bilder der Ziege, ihrer kugeligen Augen, sie wachhalten würden, aber das war es nicht. Sie dachte an ihre Mutter.

Als Purnima neun oder zehn Jahre alt gewesen war, waren sie zu einem Besuch im Dorf ihrer Großeltern mütterlicherseits aufgebrochen. Nach Kaza waren es zwei Stunden mit dem Bus, und ihre Mutter und sie waren früh gefahren, in der Hoffnung, vor Anbruch der Nacht wieder zu Hause zu sein. Ihre Mutter hatte sie noch im Dunkeln geweckt, ihr die Haare gewaschen und sie mit einem Seifenpulver abgeschrubbt, sodass Purnimas Haut rot und zart wurde. Sie hatte Purnima gesagt, sie solle ihren besten Rock anziehen, dazu rote Armreife und silberne Fußringe, die zur Mitgift ihrer Mutter gehört hatten; auf dem Weg zur Bushaltestelle hatte ihre Mutter großzügig zwei rosa Rosen gekauft, eine für jede von ihnen, für jeden Zopf eine.

Der Bus fuhr um kurz nach sieben los. Er war vollgepackt. Sie saßen vorne, im Frauenabschnitt, der hintere Teil war für Männer reserviert. Purnima stieg über Hühner hinweg, über Bündel mit Gemüse und Anmachholz, die den Gang verstellten; Babys heulten und schrien. Sie saß neben ihrer Mutter und blickte aus dem Fenster. Purnima war bisher so selten Bus gefahren, dass die Geschwindigkeit, mit der die Felder am Fenster vorbeirasten, sie begeisterte. Sie sah hinaus und versuchte, alle Hunde und Schweine und Ziegen zu zählen, an denen sie vorbeifuhren. Es waren so viele, dass sie mit dem Zählen nicht nachkam, also fing sie noch einmal mit Hütten an, und als selbst die zu viele wurden, lachte sie und dachte: Berge, ich zähle Berge.

Da kam der Bus mit einem lauten Scheppern und Kreischen plötzlich zum Halten. Alle sahen sich an. Von hinten riefen ein paar Männer. Der Busfahrer, der ruhig und aufrecht sitzen blieb, den Schnurrbart akkurat und in einer frisch gebügelten khakifarbenen Uniform, ließ den Motor wieder an. Es erklang ein schleifendes Geräusch, aber der Motor sprang nicht mehr an. Von hinten wurden die Stimmen lauter.

»Hey, vielleicht schicken sie ja 'ne Abschlepphilfe.«

»Machen sie bestimmt«, rief jemand zurück, »sie heißt Gauri und kaut Gras.«

Der Fahrer sagte, sie sollten still sein.

Der Busfahrer stieg aus – auch die meisten der Männer – und blickte unter die Motorhaube. Purnima hörte einen Schraubenschlüssel oder vielleicht einen Hammer gegen den Motor schlagen, dann wurde es still. Der Bus sank ab. Er sackte sogar ab, als wäre er plötzlich zu erschöpft für die Weiterfahrt. Nun fingen auch die Frauen an auszusteigen. Die Babys waren jetzt still, aufmerksam.

Es war ein kühler Tag, später Oktober, und noch hing die morgendliche Kälte in der Luft.

Purnima stieg mit ihrer Mutter aus. Die hatte ein Tuch dabei, das sie Purnima nun umlegte. Die meisten Mütter hatten sich schon an den Straßenrand gesetzt, die Kinder rannten umher oder spielten im Staub. Die Männer versammelten sich um die offene Motorhaube.

Purnima blickte die Straße auf und ab. In weiter Ferne näherte sich ein Ochsenkarren, kaum zu erkennen im Dunst. Die überfluteten Reisfelder ringsum waren gesprenkelt von Frauen in bunten Saris, vornübergebeugt, den langen Stoff zwischen den Knien. Ein kleiner Tempel leuchtete weiß zwischen den smaragdgrünen Reishalmen. Purnima dachte an den Tempel, an die geschnitzte schwarze Gottheit darin und an die einfache Gabe einer Blume zu ihren Füßen – etwa einer rosa Rose, wie sie beide sie im Haar trugen. Sie setzte sich neben ihre Mutter. Mittlerweile rauchten die Männer ihre Beedies, spuckten aus, lachten, die Frauen kümmerten sich um die Kinder. In ein oder zwei Stunden müsste ein weiterer Bus vorbeikommen, in den sie sich alle hineindrängen würden, soweit es der Platz zuließe. Manche würden wahrscheinlich auf das Dach klettern oder sich außen am Türgriff festhalten müssen. Doch einstweilen wirkten alle vollkommen zufrieden damit, dort am Straßenrand zu sitzen. Die Sonne ein gelbes Vögelchen, das gerade wach wurde und aufflatterte.

Purnima drehte sich zu ihrer Mutter um. Sie war noch nie mit ihr allein gewesen; immer waren ihr Vater oder ihre Geschwister bei ihnen oder gleich draußen vor der Hütte gewesen. Sie erledigte zwar Besorgungen für ihre Mutter, aber nie zusammen mit ihrer Mutter, und wenn sie früher zu ihren Großeltern gefahren waren, dann stets mit einem oder mehreren der

Geschwister. Und in einer Art Offenbarung – dort im Morgenlicht, im roten Staub am Straßenrand – sah sie, dass ihre Mutter schön war. Selbst inmitten der anderen Mütter und umringt von kichernden jungen hübschen Mädchen war ihre Mutter die Schönste. Ihre Augen waren tiefe dunkle Seen, in denen beim Lachen silberne Fischchen sprangen. Ihr Haar kringelte sich im Nacken, und ihr Mund hatte die Farbe der Rosen. Sogar die dunklen Ringe unter ihren Augen sahen hübsch aus, mondbeschienene graue Sicheln, die das Licht anzogen.

»Hast du Hunger?«, fragte ihre Mutter und öffnete ein Bündel mit Essen vom Vorabend, Reis und gewürzter Joghurt und ein Klecks Mango-Pickle.

»Ja«, sagte Purnima.

Und ihre Mutter, den Blick gar nicht auf Purnima, sondern auf den fernen Horizont gerichtet, vielleicht Ausschau haltend nach dem zweiten Bus oder nach dem näher rückenden Ochsengespann, nahm geistesabwesend eine Handvoll Reis, rollte ihn in der Handfläche zu einer Kugel und – wie sie es getan hatte, als Purnima noch klein gewesen war – fütterte sie damit.

Purnima kaute. Der Reis, geformt aus der Hand ihrer Mutter, schmeckte besser als alles, was sie je gegessen hatte; sie konnte sich kein großartigeres Essen vorstellen. Ihre Mutter beachtete sie noch immer nicht. Ihre Gedanken waren andernorts. Vielleicht bei ihrem Ehemann oder bei den Kindern, die sie zurück-, oder bei den Aufgaben, die sie unerledigt gelassen hatte. Doch für den Augenblick, für diese wenigen Momente, reichte Purnima der Körper ihrer Mutter. Er war mehr, als sie sich jemals würde wünschen können. Von ihrer Hand gefüttert zu werden, neben ihr zu sitzen, so nah, dass sie ihre Wärme in der morgendlichen Oktoberkälte spürte, und zu wissen, dass das Leben, sein Gemenge, sie bald wieder voneinander trennen würde. Aber nicht jetzt. Zumindest jetzt, bis der nächste Bus kam, gehörte Purnimas Mutter nur ihr.

Und als ihre Mutter schließlich merkte, dass Purnima Tränen in den Augen standen, hielt sie inne, blickte sie fragend an und lächelte. »Der Bus kommt bestimmt gleich. Das ist doch kein Grund zu weinen, oder? Wir sitzen hier ja nicht mehr lange.«

Purnima nickte, der Reis war ihr im Hals stecken geblieben.

7

Früh am nächsten Morgen, noch in der Dunkelheit, schüttelte Savita Purnima wach. »Machst du Tee?«

Purnima rollte sich von ihrer Matte. Sie faltete die Decken, legte sie auf ihr Kopfkissen und verstaute den Stapel in einer Ecke der Hütte. Ihr Vater und ihre Geschwister schliefen noch.

»So früh«, sagte sie, gähnte und band ihr Haar zu einem Knoten. »Warum bist du so früh wach?«

»Der Sari stellt sich nicht von selbst her. Außerdem hat dein Vater gesagt, dass ich mir etwas dazuverdienen könnte, wenn ich bis zu deinem Hochzeitstag sechs Stück schaffe.«

»Sechs Stück? Das ist alle drei Tage ein Sari.«

»Sieben. Deinen muss ich ja auch noch machen.«

Purnima schüttelte den Kopf. Sie schnitt einen Zweig vom Niembaum und kaute darauf. Als Savita schließlich am Webstuhl saß, brachte Purnima ihr den Tee.

Savita nahm einen Schluck. Dann noch einen. »Kein Zucker?«

»Mein Vater spart alles für die Hochzeit.«

»Hat er dich denn überhaupt schon gesehen?«

Purnima zuckte mit den Schultern. »Ich habe dir doch gesagt, er hat Prüfungen.«

»Prüfungen, Puri? Wie soll er denn von dir träumen, wenn er dich noch gar nicht gesehen hat?«

Purnima wurde rot. Sie war durcheinander.

Eine ganze Zeit lang war sie mit der Zeremonie zum Todestag ihrer Mutter beschäftigt gewesen, aber nun kam sie wieder ins Grübeln. Es war nicht ungewöhnlich, jemanden zu heiraten, ohne ihn vorher gesehen oder seine Stimme gehört zu haben;

aber ihr kam es seltsam vor, dass Kishore, ihr Bräutigam, so gar kein Interesse daran zeigte, sie kennenzulernen. Seine Eltern waren bereits zweimal da gewesen, um die Mitgift zu verhandeln, in der Woche zuvor hatte abends die Cousine aus Indravalli zum Tee vorbeigeschaut, und in ein paar Tagen würden ihr Vater und Ramayya für die Hochzeitseinkäufe nach Guntur fahren, und doch war der Bräutigam selbst nie vorbeigekommen, nicht einmal auf dem Rückweg vom College nach Namburu. Nicht ein einziges Mal. Er musste sogar durch Indravalli *durch*, um nach Namburu zu gelangen! Sie schüttelte den Kopf. Es wäre schön, dachte sie, ihn zu sehen, aber sie konnte nicht darauf bestehen. Gegenüber wem denn? Außerdem war er eine gute Partie, das sagten alle. Jemand mit College-Abschluss; mehr konnte sich Purnima nicht erhoffen. Und diese Eigenart, auf die Ramayya angespielt hatte; niemand hatte sie mehr erwähnt. Wahrscheinlich war es gar nichts.

Purnima blickte sich um. Savita hatte ihren Tee ausgetrunken; die leere Tasse stand auf dem Lehmboden der Hütte. Sie arbeitete an ihrem Webstuhl vor sich hin. Durch die offene Ostseite der Hütte fiel Sonnenlicht herein, und Purnima fragte sich, was er wohl in genau diesem Moment tat, ihr Bräutigam. Sah er der Sonne beim Aufgehen zu? Dachte er an sie?

Manchmal fragte sie sich, ob ihr Vater sie vermissen würde, wenn sie erst verheiratet und nach Namburu gezogen wäre, oder wo ihr Ehemann sonst eine Arbeit finden würde. Denn ihr war der Gedanke gekommen, dass sie, trotz allem, was Savita gesagt hatte, durchaus weiter weg als bis Namburu ziehen könnte. Vielleicht nach Guntur. Oder sogar bis nach Vizag. In jedem Fall wäre sie nicht mehr hier. Würden ihre Geschwister sie vermissen? Ihre Schwester war mittlerweile alt genug zum Kochen und Putzen; sie war zwölf, und bald würde sie an der Charkha arbeiten können. Zumindest zwei oder drei Jahre lang, bis auch sie verheiratet werden würde. Familie – dieses Ding, durch das sie und ihr Vater und ihre Geschwister verbunden waren, kam ihr mit einem Male seltsam vor. Was hatte sie alle wie Muscheln am Strand eingesammelt? Und sie auf einem Fensterbrett zueinandergelegt?

In den Wochen vor ihrer Hochzeit wollte sie ihren Vater fragen. Nicht, ob er sie vermissen würde – das konnte sie natürlich nicht fragen –, doch ob er zum Beispiel ihr Mango-Pickle vermissen würde, oder die gefüllte Aubergine, die sie machte, sein Lieblingsgericht. Dann überlegte Purnima, dass sie ihn gar nicht zu fragen brauchte; sie wusste die Antwort bereits. Sie hatte sie erhalten, als sie zufällig ein Gespräch ihres Vaters mit Ramayya mitgehört hatte; ihr Vater hatte ihm eine Geschichte erzählt, die Purnima noch nie gehört hatte.

Die Geschichte handelte davon, dass ihre Eltern, als Purnima noch klein war, gerade mal ein Jahr alt, sie zum Tempel nach Vijayawada mitgenommen hatten. Den ganzen Morgen über hatte es geregnet. Es war der Tag ihrer Mundana gewesen, der Gabe der Babyhaare an die Götter, und später hatten sie einen Unterschlupf in einem Unterstand aus Palmwedeln gefunden, den ein Fischer am Ufer der Krishna errichtet hatte. »Der Regen hatte abgenommen«, erzählte ihr Vater Ramayya, »doch der Himmel blieb grau, und über dem Fluss, nur ein paar Meter entfernt, hing noch Dunst.« Laut ihrem Vater waren sie gerade dabei, das Mittagessen vorzubereiten, als Purnima davongelaufen war. »Direkt ins Wasser«, sagte ihr Vater. »Sie ist wahrscheinlich einem Boot oder einem anderen Kind hinterher. Das hat sie oft gemacht. Allem nach, was ihr auffiel. Innerhalb von Sekunden«, fuhr er fort, »reichte ihr das Wasser bis zum Hals. Ihre Mutter geriet in Panik. Ich sprang auf und rannte so schnell ich konnte. Es waren nur ein paar Schritte, aber es dauerte eine Ewigkeit. Eine Ewigkeit. Ich ließ sie nicht aus den Augen und beschwor sie im Stillen, genau dort zu bleiben. Ich hatte Angst, dass sie sich bewegen würde, falls ich was riefe – ›Beweg dich nicht!‹ –, so was auch nur flüsterte. Dass sie fallen würde. Der Fluss sie holen würde. Also sagte ich nichts. Ich sah sie nur an und beschwor sie, sich nicht zu bewegen. Und sie bewegte sich tatsächlich nicht«, erzählte er Ramayya, »sie stand reglos wie eine Statue. Als die Sonne zwischen den Wolken durchbrach, glänzte ihr frisch geschorener Kopf. Doch als ich das Wasser erreichte«, sagte er, »hielt ich inne. Ich weiß, ich hätte sie sofort rausziehen und ihr einen Klaps geben sollen, ich konnte es aber nicht. Weißt du«, sagte er, »sie sah wie ein Nichts aus. Nur irgendein Restchen. In diesem Dunst, in diesem Grau, in diesen Unmengen von rauschendem Wasser sah sie wie ein Nichts aus. Irgendein Fischkopf, der zurück ins Wasser geschmissen worden war. Oder ein Stück Treibholz, nicht mal ein sehr großes. Ich schaute sie an«, sagte er, »ich schaute und schaute, und ihre Mutter schrie und rannte auf mich zu, aber ich konnte mich nicht bewegen. Ich stand da und dachte nach. Ich dachte: Sie ist nur ein Mädchen. Lass sie gehen. Da war ihre Mutter schon an mir vorbei und hatte sie aus dem Wasser gerissen. Purnima weinte«, erzählte er, »und auch ihre Mutter weinte. Vielleicht wussten sie beide, was ich gedacht hatte. Vielleicht stand es mir ins Gesicht geschrieben«, erzählte er Ramayya.

Da lachte ihr Vater kurz auf. »So ist das doch mit Mädchen, oder?«, sagte er. »Wann immer sie am Rand von irgendwas stehen, kannst du einfach nicht anders. Du denkst: Ein Stoß. Mehr bräuchte es nicht. Nur ein kleiner Stoß.«

Eine Woche vor der Hochzeit überbrachte Ramayya eine Eilnachricht aus Namburu.

»Was gibt's denn, was ist los?«, fragte Purnimas Vater, der auf der Kante des Hanfseilbettes saß, eine Tasse schwachen, ungesüßten Tees in der Hand, und die Augenbrauen hochzog.

»Es geht um die Mitgift«, sagte Ramayya und schüttelte den Kopf. »Sie wollen zwanzigtausend mehr.« Ramayyas Tee war gesüßt, trotzdem blickte er zu Purnima hinauf, als wäre sie der Grund für die plötzliche Forderung.

»Zwanzigtausend! Aber warum?«

»Sie müssen was gehört haben. Irgendwas. Vielleicht von den Leuten aus Repalle. Wer weiß, was sie gehört haben. Jedenfalls wissen sie, dass es zu spät ist. Du hast dich bereits verpflichtet, du wirst also zahlen müssen.«

Ihr Vater warf Purnima einen so wütenden Blick zu, dass sie rasch in die Hütte ging. Sie dachte an die Mutter aus Namburu, und wie schnell ihre netten Worte zu Staub zerfallen waren; sie dachte an die Resignation in den Augen ihres Vaters und daran, wie die Schwester gelacht hatte. Aber wo war der Bräutigam?, fragte sie sich. Und was hielt er von dieser plötzlichen Forderung?

Am nächsten Morgen verkündete Savita lächelnd: »Heute Nachmittag fange ich an.«

»Brauchst du nicht«, sagte Purnima düster. Sie erzählte von der weiteren Mitgiftforderung, und dass ihr Vater, selbst wenn er beide Webstühle verkaufen würde, kaum genug zusammenbringen würde.

»Was will er jetzt tun?«

Purnima zuckte mit den Schultern und blickte hinaus in das gleißende Licht des späten Vormittags.

Nach einer leichten Abkühlung hatte sich die Hitze wieder erhoben wie eine verwundete Bestie. Tropfend, tretend, war sie über die Ebenen von Andhra Pradesh gezogen, mit solchem

Zorn, dass in der Woche zuvor über dreihundert Menschen gestorben waren. Nach den Morgenstunden blieb es durchweg zu heiß zum Arbeiten; nachmittags schliefen alle vor Erschöpfung, nur um schweißgebadet wiederaufzuwachen.

Trotz der Hitze begann Savita an jenem Nachmittag mit Purnimas Sari, genau, wie sie gesagt hatte. Nach dem Mittagessen, als die anderen ihre Matten ausrollten, zog Savita das indigofarbene Garn auf den Webstuhl, mit rotem Garn entlang des Randes. »Setz dich zu mir«, sagte sie zu Purnima. »Hol deine Matte rein.«

Purnima lehnte sich gegen einen der Holzpfosten, bis ihr fast die Augen zufielen, dann zog sie ihre Matte in die Hütte.

Sie unterhielten sich; Purnima versuchte wach zu bleiben, obwohl ihr die Lider in der sengenden Mittagshitze bleischwer herunterzuklappen drohten. Die meiste Zeit hörte sie Savita zu.

Die erzählte Purnima, ihr Vater sei krank. Noch kränker als zuvor. Den Großteil des Geldes, das sie im Laufe der vergangenen Wochen zusätzlich verdient hatte, hätten sie für seine Medikamente ausgegeben. »Aber bis nächstes Jahr kriegen wir vielleicht doch noch genug zusammen«, sagte sie. Gegen das weiße Licht der Sonne ringsum wirkte Savitas Gesicht weich und ockerfarben, den Zopf hatte sie im Nacken zu einem Knoten gebunden. Sie blickte konzentriert drein, ihre Aufmerksamkeit ganz beim Webstuhl.

Purnima lauschte dem Klappern des Webstuhls, monoton und dabei wie ein Wiegenlied. Das Rauschen des Schiffchens klang, als würde Wasser über sie hinwegspülen, und Purnima schloss die Augen.

Savita erzählte. Wie eine ihrer Schwestern einen Topf Milch hatte anbrennen lassen. Dass in Indravalli gerade ein Kino gebaut wurde. »Vielleicht können wir ins Kino gehen, wenn du zu

Besuch kommst«, sagte sie. »Wir könnten natürlich nur auf dem Boden sitzen. Aber, Puri, stell dir mal vor, ein Kino!«

Purnima spürte, wie sie versank, wie ein Stein zu Boden sank. Sie wusste, dass sie schlief, doch sie hörte noch immer Savitas Stimme. Die Stimme ging einfach immer weiter. Wie das Rauschen des Windes, wie fallender Regen. Und sie sprach: »Vergiss nichts. Kein einziges Detail. Wenn du vergisst, wird es sein, als hättest du dich zu dem Stein auf dem Meeresgrund gesellt. Der, an den wir alle gebunden sind. Also erinnere dich an alles. Press es. Press es zwischen die Schichten deines Herzens wie eine Blume. Und wenn du nachschauen willst, wirklich einmal nachschauen willst, Puri, dann halte die Erinnerungen gegen das Licht.«

Später, in der Nacht, als Purnima in der Haupthütte schlief, setzte sich Savita wieder allein an den Webstuhl. Sie stellte ihre Laterne so, dass Licht auf den Sari fiel, der fast zur Hälfte fertig war. Das Indigo-Garn war bloß die Nacht, die sich selbst in den Himmel und die Sterne webte. Ihre Hände und Füße waren nur der Tag, der dem Einbruch der Dunkelheit zusah.

Ihre Gedanken streiften umher. Das Klappern des Webstuhls führte sie fort. Zurück in ihre Kindheit. Zurück zu dem, was sie zwischen die Schichten ihres eigenen Herzens gepresst hatte. Was sie nun gegen das Licht hielt.

Und es war Folgendes: Sie war drei, vielleicht vier Jahre alt. Ihr Vater hatte damals Gelegenheitsjobs, und manchmal nahm er sie mit, wenn ihre Mutter gerade putzen oder sammeln gehen musste. An jenem Tag arbeitete er für eine reiche Familie, deren Tochter heiraten sollte. Die Aufgabe ihres Vaters bestand darin, winzige Zuckerfiguren in Form kleiner Vögel herzustellen. Savita verstand nicht, wofür die Vögel, kaum größer als ihre

Hand, dienen sollten (»Dekoration«, hatte ihr Vater gesagt; aber wie konnte das sein, fragte sie sich, wo sie doch so köstlich aussahen?), und so saß sie still da und betrachtete den Topf und die Gussförmchen, in der Hoffnung, etwas Zucker könnte heraustropfen. Ihr Vater hatte nur ein Dutzend Förmchen bekommen, also köchelte der Topf vor sich hin, während sie warteten, dass ein Satz aushärtete. Sobald die Zuckervögel, die Flügel ausgebreitet, fest geworden waren, nahm ihr Vater sie vorsichtig aus der Form und stellte sie in die Sonne zum Trocknen. Sie fragte sich, ob sie wohl an einem Vögelchen lecken könnte, nur ein einziges Mal, ohne dass es jemand bemerkte, doch als sie zu ihrem Vater herüberblickte, sah der sie schon an. Mittlerweile hatte er ganz viele Vögelchen hergestellt. Savita hatte ein paar Minuten lang zusammengekauert daneben gesessen, als ihr Vater plötzlich laut Luft holte; als sie zu ihm aufschaute, hatte er die Augen aufgerissen.

Er zeigte mit dem Finger auf eines der Vögelchen. »Sieh nur. Guck mal dieses hier. Sein Flügelchen ist gebrochen.«

Savita folgte seinem Finger. Da! Einem der Vögelchen, das inmitten der Reihen von Vögeln trocknete, war tatsächlich ein Flügel abgebrochen. Sie sprang erschrocken auf. »Was machen wir jetzt, Nanna? Müssen wir für den Vogel bezahlen?«

Ihr Vater schüttelte ernst den Kopf. »Nein, ich denke nicht. Aber wir sollten ihn sicherheitshalber aufessen.«

Savita dachte über diese Erklärung nach und lächelte. Sie lachte. »Ich hol es, Nanna. Ich hol das Vögelchen da raus.«

Sie ging zum Rand der Reihe, in der das Vögelchen saß, und lehnte sich nach vorne, behutsam, behutsam, da verlor sie den Halt, fiel vornüber und zerdrückte alle Vögel unter sich, außer ein, zwei Stück. Einen Moment lang blieb Savita auf den kaputten Vögeln liegen. Tränen schossen ihr in die Augen. Sie wusste, dass sie ausgeschimpft, vielleicht sogar geschlagen werden würde, und vor allem: Ihr Vater würde all diese Vögel noch einmal machen müssen. Schließlich stand sie vorsichtig auf, Arme und Beine, ihr Kleid und selbst das Gesicht voller Zuckersplitter. Ihre Wangen waren heiß von Tränen. Sie hatte Angst, ihren Vater anzusehen, doch als sie schließlich aufblickte, lachte ihr Vater zu ihrer Überraschung. Seine Augen leuchteten. Sie verstand es nicht. »Aber Nanna, du wirst die alle neu machen müssen.«

Ihr Vater lachte noch immer. Er zeigte mit dem Finger auf sie. »Und ich dachte, du seist so schon süß gewesen.«

Sie brauchte einen Augenblick, bis sie begriff, dann warf sie sich in seine Arme; er lachte weiter, umarmte sie fest und hob sie empor.

»Vergiss die Vögel«, sagte er. »Du, du, mein Mädchen, du bist doch die mit Flügeln.«

Jetzt, da sie in einer heißen Juninacht am Webstuhl saß, bedachte sie diese beiden Wunder: ein Mädchen, mit Zucker wie mit Edelsteinen übersät, und die Worte »Du bist doch die mit Flügeln«.

Ein Schatten fiel über das Licht der Laterne.

Savita drehte sich um und sah Purnimas Vater. Er lächelte, und sie dachte: Aber er lächelt doch nie.

Dann sagte er: »Komm mit.«

8

Purnima schlief. Ein Geräusch erreichte sie. Schnitt durch ihre Träume. Sie dachte, es käme von einem Tier, von einem streunenden Hund oder Schwein. Purnima lauschte. Da war es wieder. Ein Weinen.

Von wo kam es? Von wo?

Aus der Webhütte!

Purnima sprang auf. Sie rannte.

In der Webhütte war es düster. Eine Laterne brannte.

»Savita?«, flüsterte sie.

Zuerst nur Stille, außer einer schweren Dunkelheit, als wäre sie in der Hitze zäh geworden. Ein leises Wimmern.

»Savita?« Sie ging zu dem Geräusch. Es kam aus einer Ecke. Purnimas Augen gewöhnten sich an die Finsternis, und sie sah ein Bündel, einen Schatten, noch dunkler als die Schatten ringsum. Sie ging an den beiden Webstühlen vorbei. Sie wirkten nun gigantisch, bedrohlich wie Riesen, zusammengekauert und hungrig. Aber das Bündel in der Ecke – nun sah sie, dass es weinte, dieses Bündel, so leise, so schmerzlich schluchzte, dass Purnima sich fragte, ob es menschlich war, ob das Wesen vor ihr mit irgendetwas außer diesem Weinen auf die Welt gekommen war.

Sie stolperte. Sie bückte sich.

Sie hielt inne. Für einen kurzen Augenblick, flüchtig, dachte sie: Vielleicht träume ich. Vielleicht mache ich gleich die Augen auf. Doch als sie die Hand ausstreckte, berührte sie bloße Haut. Heiß, Hitze wie von sonnenverbrannter Erde. Wie Wüstensand.

Da sah sie Savitas zerrissene Kleidung. Manche noch an ihr, manche um sie. Der Stoff lag um sie herum wie kaputte Segel.

»Savita. Was ist los? Was ist geschehen?«

Das Schluchzen hörte auf.

Purnima kniete sich nieder und hielt Savita an den Schultern. Sie spürte ihre Knochen, deren Kanten. Die Knochen eines kleinen Tieres. Der Rumpf eines winzigen Schiffchens. Savita wich zurück. Dabei fiel Purnimas Blick auf ihren Scheitel. Laternenlicht auf einem Fluss. Savitas Zopf war offen, ihr langes Haar durcheinander, doch ihr Scheitel unberührt. Wasser, das durch eine Schlucht floss.

Da lockerte Purnima ihren Griff um Savitas Schultern. »Wer?«

Savita, den Kopf auf den Knien, gab einen Klagelaut von sich. Leise und schwach und gebrochen.

»Wer?«

Ihre Augen füllten sich mit Tränen.

Savita zitterte so heftig, dass Purnima sie an sich drückte. Sie legte Savitas Kopf an ihre Brust, und so wiegten sie sich hin und her.

Purnima dachte, dass sie Hilfe holen sollte, ihren Vater, die Nachbarn wecken sollte. Doch als sie sich bewegte, bei der kleinsten Regung, packte Savita ihre Hand. Sie packte sie so heftig, dass Purnima sie erstaunt ansah.

»Wer?«

Sie sahen sich in die Augen.

»Puri«, murmelte sie.

Und da verstand sie. Da wusste Purnima es.

Sie schrie, so laut, dass nicht weniger als zehn Leute angerannt kamen. Savita hatte sich zusammengekauert. Zurückgezogen wie ein verwundetes Tier. Stücke ihrer Bluse hingen ihr von den Schultern. Die Schultern selbst braun und kahl wie Hügel in der Ferne. Leute standen nun um sie herum; die Fragen und das Erschrecken und die Rufe sirrten an Purnima vorbei.

Ein Nachbar stand über ihr und fragte: »Was ist nur los mit euch Mädchen?«

»Holt eine Decke«, rief jemand und versuchte, Savita hochzuheben, doch Purnima ließ es nicht zu und bedeckte Savita mit ihrem eigenen Körper. Wozu soll er denn sonst da sein, dachte sie, dieser Körper, der mir gehört; wozu denn sonst?

Am nächsten Morgen war der Himmel fiebrig weiß, die Luft so stickig und heiß, dass sie nach Rauch schmeckte. Purnima öffnete langsam die Augen, ihre Lider schmerzten. Savita saß noch genau wie zuvor da, die Decke übergeworfen, und Purnima betrachtete sie verzweifelt, dachte: Nein, das hier ist kein Traum. Warum konnte es nicht einfach ein Traum sein?

Einen Moment später lief Purnimas Bruder vor der Tür entlang, wandte den Blick ab und sagte: »Nanna will seinen Tee.«

Purnima blickte zu ihrem Bruder auf und, als er wieder weg war, weiterhin zum leeren Türrahmen.

»Nanna will seinen Tee«, äffte sie ihn flüsternd nach, als wären ihr nicht nur diese Worte, sondern jegliche Sprache fremd.

Mit diesen Worten blieb sie sitzen, überdachte jedes einzelne von ihnen, dann stand sie langsam auf.

Savita bewegte sich nicht. Sie erweckte den Eindruck, als wäre sie gar nicht wach, obwohl sie die Augen geöffnet hatte.

Purnima bewegte sich durch die Hitze, geblendet, benommen, von der Webhütte zur Haupthütte, und setzte Wasser auf. Sie gab Milch hinzu, Zucker, Teepulver. Sie sah in die Flamme. Es erschien ihr ungeheuerlich; ungeheuerlich, dass sie nun Tee zubereitete, etwas so Gewöhnliches wie Tee. In der Nacht hatte sich die Welt neu geordnet, und nun Tee; Tee für ihren Vater zuzubereiten, erschien ihr in gewisser Weise als ein grundsätzlicheres Vergehen als das seine. Sie betrachtete den Tee voll Ekel, wie er köchelte, dann kochte, und hielt die Tasse von sich, als ob die Wunde, die ihr Vater geöffnet, zugefügt hatte, bereits eitrig, voller Maden wäre; als ob sie diese Wunde in der Hand hielte.

Er saß auf dem Hanfseilbett draußen vor der Hütte. Die Dorfältesten unterhielten sich in einiger Entfernung, und Purnima sah, wie er angestrengt lauschte. Als er Purnima erblickte, richtete er sich auf und streckte die schwielige Hand aus. Heißer Ekel durchfuhr Purnima; sie zuckte zurück. Sie ging ein paar Schritte auf ihn zu, aber ihre Füße traten auf nichts Festes, auf keinen verlässlichen Grund. Der Boden ist so weich, dachte sie, wie Baumwolle. Da wurde der Ekel zu Übelkeit, die Hitze, der gleißende Morgen ließen sie schwanken, vor ihren Augen schwammen plötzlich schillernde Punkte, grelle Lichtblitze.

Sie war nur noch ein, zwei Schritte von ihm entfernt, als ihr die Beine versagten und dem Schwindel, der Erdanziehung nachgaben. Sie stolperte, verschüttete Tee, streckte einen Arm aus, um ihren Sturz abzufangen, und es war dieser Arm, den ihr Vater packte. Es war dieser Arm – den er noch nie zuvor berührt hatte, solange sie sich erinnerte –, den er nun berührte. Sie spürte die Hitze seiner Haut. Sie dachte an Schlangen, Klauen, Zungen, Finger, Schuppen wie glühende Kohlen. Voller Entsetzen riss sie den Arm zurück und flüchtete zurück in die Hütte.

Zurück zu Savita.

Purnima drückte sich an sie, vergrub sich an ihrer Seite, als wäre sie selbst diejenige, der ein Unrecht angetan worden war. Ein Unrecht? Ein Vater hatte seine Tochter gehalten. Und trotzdem: Sie auf diese Weise festzuhalten, in diesem Moment, mit einem abstoßenden Aufflackern von Liebenswürdigkeit, war für Purnima ein größerer Affront, als wenn er sie viele Jahre zuvor auf der Krishna hätte davontreiben lassen. Warum, wollte sie fragen, warum hast du es damals nicht getan?

Da kam Savitas Vater. Seine Hände – die knotigen Finger knorrig und verkrüppelt – hielt er nun nicht mehr versteckt. Er hatte sie vor sich ausgestreckt, wie um zu flehen. Zu betteln. Die Hände bewegten sich wie wilde Zweige. Krumm von Blitz, Ungeziefer, Krankheit. Aber sein Gesicht, sein Gesicht, sah Purnima, war starr. Leid, wie sie es noch nie gesehen hatte.

»Mein Mädchen«, sagte er, die Augen rot, gebrochen. Seine Stimme in Trümmern.

Er versuchte, Savita hochzuheben – sie mitzunehmen –, doch sie klammerte sich an Purnimas Arm.

»Lass sie«, rief jemand durch die Tür.

Wieder wollte er seine Tochter emporheben, Savitas Griff wurde noch fester, und schließlich blickte Purnima, die sah, wie Savitas Vater sich quälte, zu ihm auf wie auf ein leeres Feld und sagte: »Sie will bleiben.«

Der Nachmittag brachte Durcheinander und unerträgliches Getümmel. Nachbarn, Dorfälteste, Schaulustige, Kinder, die zum Stillsein angehalten und weggeschickt wurden, Männer, überall Männer. Aber Savita, Savita blieb reglos. Seitdem sie Purnimas Arm gepackt hatte, hatte sie nicht mal mehr den Kopf bewegt. Sie hatte einfach die Decke bis zum Hals hochgezogen, einmal geblinzelt und war dann wie ein Stein sitzen geblieben.

Purnima saß neben ihr und, durch Savitas Reglosigkeit irgendwann verängstigt und panisch, hielt ihr kurz einen Finger unter die Nase, um sicherzugehen, dass sie noch atmete. Die feuchte Wärme ihres Atems, seine Feinheit, wirkten den vielen Stimmen entgegen, dem Lärm, den endlos vielen Leuten.

Irgendwann am Nachmittag wollten Hände Purnima fortziehen. Sie von Savita lösen. Dieses Mal war es Purnima, die sich in einer Art Wahn, Rage an Savita klammerte.

Sie hörte jemanden sagen, nicht einmal flüstern: »Das wird sie beflecken. Das ist immer so bei so was. Und das, wo ihre Hochzeit schon so gut wie beschlossen war.«

Jemand anderes sagte: »Ein Misthaufen bleibt ein Misthaufen. Wenn du reintrittst ...«

Purnima fühlte sich wie ein Grashalm, über den erbarmungslos der Wind hinwegfährt. Sie sprach zum Wind. »Bitte«, sagte sie leise, »bitte hör auf.« Doch als er aussetzte, nur für einen Augenblick, war sie wie betäubt von der Stille. Sie hatte Angst, Angst, dass die Stille sie durch den Nebel, die Hitze, die Taubheit hindurch packen und verschlingen würde, Savita und sie, Stückchen um Stückchen.

Der Tag zog sich dahin. Die Hitze blieb unerbittlich. Krallte. Durchdrang alles. Selbst Purnimas Zunge, Ohren und Kopfhaut waren staubbedeckt. Sie achtete nicht darauf; der Abend verging. Sie lauschte. Sie hörte alles. Die Dorfältesten blieben vor der Hütte versammelt und diskutierten, was nun zu tun sei. Am späten Abend gesellte sich Savitas Vater zu ihnen, und hin und wieder hörte Purnima Rufe, die ihr wie das Kreischen seltsamer und aufgeschreckter Vögel vorkamen, in Netzen gefangen.

»Du«, sagte eine Stimme.

Purnima blickte auf. Im Türrahmen der Webhütte stand eine Frau, die sie nicht kannte. Doch die Frau schien sie zu kennen.

»Du«, zischte die Frau. »Es ist deine Schuld.«

Purnima zog sich tiefer in ihre Ecke zurück. Die Wand hinter ihr hart und rau und unnachgiebig. Jetzt wusste sie es: Savitas Mutter.

»Deine Schuld. Du trägst die Schuld.«

»Ich –«

»Wenn du nicht gewesen wärst, eure *Freundschaft*, dann wäre meine Savita nie hierhergekommen. Dann hätte sie hier nie übernachtet. In diesem teuflischen Heim. Nie. Du bist eine Teufelin. Dein Heim ist teuflisch. Und dieser Sari ...« Sie fing an zu weinen; ihr versagte die Stimme. Die Frau rutschte zu Boden. Sie klammerte sich an den Türpfosten. Wie ein Tier kroch sie auf Purnima zu. »Dieser Sari, den sie für dich machen wollte. Sonst wäre das hier nie passiert.«

Sie war nun so nah herangekrochen, dass Purnima ihren Atem im Gesicht spürte. Brennend, ranzig, giftig.

»Mein Kind. Mein *Kind*, begreifst du das? Nein, das verstehst du nicht. Das kannst du gar nicht verstehen, du Teufelin.«

Jemand kam herein. Sie entdeckten die Frau. Sie wollten sie herausziehen. Die Frau schrie – elend, hemmungslos, als würde ihr ein Pfahl durchs Herz getrieben. Sie trat um sich, als sie aus der Hütte geschleift wurde.

Purnima flog Staub in die Augen. Sie blinzelte. Dann legte sich eine große Stille über die Hütte, über Savita und Purnima. Eine tiefe und unerträgliche Stille. Als ob Savitas Mutter ein Tor geöffnet hätte und Luft hereingeströmt wäre. In diesem Moment kamen die Tränen. Und als die Tränen erst einmal flossen, begriff Purnima, dass sie nicht mehr versiegen würden. Sie schluchzte haltlos. Wenn der Tod ihrer Mutter einen Sturm gebracht hatte, konnte das hier die Erde und alle Menschen auf ihr ertränken.

Niemand beachtete sie. Alle gingen in der Webhütte ein und aus. Alle möglichen Leute. Spät am Abend spähte ein Kind – ein kleiner Junge – durch die Tür, und einer der Dorfältesten packte ihn am Arm und zog ihn fort. Er schimpfte mit ihm. »Was gibt's denn da zu gucken?«, hörte Purnima. »Verdorbene Früchte sind verdorbene Früchte.«

Noch immer flossen ihre Tränen.

Irgendwann würgte Purnima vor Weinen und merkte, dass sie vergessen hatte zu atmen. Vergessen hatte, dass es noch etwas wie Luft, etwas anderes als Schmerz gab.

Sie nahm Savitas schlaffe Hand und hielt sie – und da liefen Jugend und Reife und Greisentum an ihr vorüber wie der Kinofilm, den sie nie gesehen hatten, auf den sie und Savita sich so gefreut hatten.

»Savita?«

Nichts.

»Savita?«

Keine Regung. Kein Zucken oder Atmen oder Blinzeln.

»Sag was.«

Spät in der Nacht kamen die Dorfältesten zu einer Entscheidung: Purnimas Vater würde Savita heiraten müssen. Sie waren sich einig: Das sollte seine Strafe sein, und sie war gerecht.

Niemand machte sich die Mühe, Savita darüber zu informieren.

Purnima erfuhr erst davon, als Ramayya am Hütteneingang vorbeilief und sie anzischte: »Sie heiratet noch vor dir. Die Müllsammlerin. Und sie muss deinem Vater nicht mal eine Mitgift geben.«

Purnima starrte ihn an. Sie wandte sich erst von der Tür ab, als sie neben sich eine Bewegung vernahm; Savita hatte geblinzelt.

Die ganze zweite Nacht über saß Savita wieder reglos da.

»Savita«, versuchte Purnima es noch einmal und schüttelte sie, bat sie wieder um ein Wort, eine Geste, bis sie schließlich in einen unruhigen Schlaf fiel, in dem sie verfolgt wurde. Überwiegend von Träumen, Albträumen und Ahnungen, einmal auch von Savitas Stimme.

»Erinnerst du dich noch?«, fragte die Stimme.

Purnima drehte im Schlaf den Kopf; sie murmelte: »Was?«

»An Majuli. An das Flötenlied. Und an die vollkommene Frucht. Erinnerst du dich noch?«

»Ja.«

Es herrschte Stille. Purnima drehte sich im Schlaf, tastete nach Savita, zusammengekauert, doch sie ertastete nur Luft.

»Puri, ich werde im Leben noch einiges sein, aber nicht deine Stiefmutter.«

»Okay.«

Schritte.

»Purnima?«

»Ja?«

»Ich bin die mit Flügeln.«

Am Morgen erwachte Purnima von Schreien und Lärm und Rufen, man bräuchte einen Suchtrupp; sie blickte sich in der Webhütte um; sie war leer. Savita war verschwunden.

PURNIMA

I

Purnimas Hochzeit wurde auf unbegrenzte Zeit verschoben. Die Familie des Bräutigams ließ nicht ab von der Forderung nach zusätzlichen zwanzigtausend Rupien. Gerade jetzt, angesichts der Gerüchte um die beschmutzte Ausreißerin, um deren Freundschaft mit Purnima, und der Andeutungen – von Leuten, die Purnima nicht kannte, die gar nicht in Indravalli wohnten –, Purnima habe ihr beim Weglaufen geholfen. Was das wohl für ein Mädchen sei, könne man sich ja vorstellen, hieß es. Was wäre das wohl erst für eine Ehefrau?

Obendrein erreichten sie jeden Tag immer neue Nachrichten aus Namburu, die darauf schließen ließen, dass die Familie zögerte. Der Vater ließ ausrichten, sein Sohn bräuchte – zusätzlich zu den zwanzigtausend – eine Uhr und ein Motorrad.

Die ältere Schwester des Bräutigams, Aruna, fragte in Gegenwart einiger Dorffrauen aus Namburu, ob es wohl schwierig für sie sein würde, eine Schwägerin zu haben, die so deutlich unter ihr stand.

»Unter dir?«, fragte eine von ihnen. »In welchem Sinn denn?«

Die Schwester hatte sie wohl ernst angeblickt und gesagt: »In dem Sinn, wie auch ein Affe unter mir steht.«

Am meisten wühlte Purnima ein Kommentar der Mutter auf. Die hatte sich nämlich bei einer entfernten Cousine Purnimas darüber beklagt, dass ihr College-Sohn ein Dorfmädchen heiraten sollte: »Was soll man machen? Das ist das Problem bei einem erfolgreichen Sohn: Entweder du verheiratest ihn mit einem modernen Mädchen mit College-Abschluss, die ihn dann mit ihren Lastern und Ansprüchen ruiniert, die für jeden Furz gleich Make-up und modische Saris und Schmuck will, oder du verheiratest ihn mit dem Dorftrampel, dunkel wie ein Senfkorn und mit den Manieren einer Muttersau im Schlamm.«

Hatte sie denn nicht gesagt, Purnima sei gar nicht so dunkel? Sie hatte doch ihr Kinn gehalten?

Purnima wünschte, Savita wäre bei ihr, um mit ihr reden zu können. Savita. Ihr Herz brannte vor Schmerz. Und erlosch wie eine Kerze.

Seit einem Monat war Savita nun verschwunden. Dreiunddreißig Tage. Der Suchtrupp – eine Gruppe junger Männer aus Indravalli (anfangs war auch ein Lokalpolizist dabei, der jedoch zwei Stunden nach Beginn der Suche zurückgekehrt war, sich den Schweiß von der Stirn gewischt und verkündet hatte: »Beim letzten Mal, als ich länger als eine Stunde nach einem Mädchen gesucht habe, war es die Tochter eines Abgeordneten. Wir haben sie schließlich am Grund eines Brunnens gefunden, keine zweihundert Meter vom Haus des Vaters. Es ist immer dasselbe; glauben Sie mir. Bei dieser Hitze gebe ich ihr ein bis zwei Tage. Höchstens drei. Dann finden wir sie, wie sie irgendwo treibt, aufgebläht wie ein Puri.«) –, der Suchtrupp hatte ihr nachgesetzt, bis nach Amravati im Westen, Gudivada im Osten, Guntur im Süden und Nuzividu im Norden. Nichts. Sie waren mit kaum mehr als Gerüchten über Savitas Verbleib zurückgekehrt.

Wo könnte sie hin sein?, fragten sich die Frauen von Indravalli. Wohin konnte man denn bloß verschwinden?

Purnima blickte zur Krishna, nach Osten, und fragte sich dasselbe.

Nach zweimonatigen Verhandlungen erreichten Ramayya und Purnimas Vater einen Kompromiss mit der Familie aus Namburu. Purnimas Vater würde zehntausend Rupien auf die Mitgift drauflegen, fünftausend sofort und weitere fünftausend nach dem ersten Jahr der Ehe, dazu statt eines Motorrads einen Motorroller; Ramayya hatte angemerkt, ein Roller wäre praktischer, wenn Purnima erst Kinder bekäme (»Söhne«, fügte er vorsichtshalber hinzu). Nach einer Woche angespannten Schweigens willigte die Familie aus Namburu schließlich ein, unwillig und laut klagend über die Großzügigkeit ihres Rabatts. Ramayya war außer sich vor Freude, dass die Verbindung besiegelt war, doch Purnimas Vater war niedergeschlagen.

Ramayya wollte ihn aufmuntern: »Jetzt brauchst du die Webstühle nicht zu verkaufen. Und sieh doch mal, danach hast du nur noch eine.«

Als Purnima ihrem Vater den Tee reichte, blickte er düster auf und musterte sie abschätzig. Und Purnima überraschte sich selbst damit, dass sie ihn genauso musterte.

Die Hochzeit wurde für den folgenden Monat angesetzt. Purnima verbrachte bis dahin die meiste Zeit im Inneren der Hütte. Es galt als ungehörig, wenn sich ein Mädchen nach seiner Verlobung im Dorf zeigte, außerdem war da noch die Frage des bösen Blicks der anderen Dorfbewohner, die Purnima – neidisch auf ihr Glück, einen College-Jungen zu heiraten – mit einem Fluch belegen könnten.

»Und außerdem«, sagte ihre Tante, die den Monat über bei ihnen wohnte, um bei den Vorbereitungen zu helfen, »können wir es nicht gebrauchen, wenn du noch dunkler wirst.«

So oder so war es Purnima gleich: Hell und dunkel, drinnen und draußen, Hoffnung und Hoffnungslosigkeit verloren für sie allmählich an Bedeutung.

Manchmal, wenn sie teilnahmslos an ihrer Charkha saß oder ihrer Schwester die Haare kämmte, blickte sie auf, durch den offenen Hütteneingang hinaus, und fragte sich: Was ist das leuchtende Ding da draußen? Was strahlt da so schmerzhaft und so hell? Auch Menschen verloren ihren Platz in ihrem Kopf; sie waren mit nichts mehr verankert, was Purnima als ein Selbst erkannt, kontrolliert oder verstanden hätte.

Einmal, zu Anfang des Monats, kam ihr kleiner Bruder mit einer blutenden Wunde am Arm in die Hütte gerannt. Weinend hielt er ihr den Arm entgegen und wollte verbunden werden, doch Purnima sah nur zu ihm hinunter und lächelte milde, abwesend. Sie gab ihm eine Fünfzig-Paisa-Münze und schob ihn wieder zur Tür hinaus, eine Spur Bluttropfen hinter ihm, und sagte: »Lauf. Eine Banane. Schnell. Savita kommt gleich.«

Ein paar Wochen später sagte ihre Tante, sie solle Reis zum Abendessen aufsetzen, und Purnima blickte aus ihrer Ecke empor, starrte die Tante an, ihre Augen leer wie ein weites Feld, und fragte: »Wer bist du?«

Zwei-, dreimal spürte Purnima ein Blitzen, ein Stechen, das sie nicht benennen konnte. Etwas wie ein Splitter bitterer Kälte oder sengender Hitze. Was war das?

Sie dachte, sie könnte krank sein, dass sie sich mit etwas angesteckt hätte. Malaria womöglich. Doch es setzte sich fest. In ihrem Brustkorb, auf der linken Seite, gleich über dem Herzen. Anfangs waren es nur ein paar Sprenkel – wie wenige Reiskörner, die auf einen Steinboden gefallen waren. Und sie müsste sich nur bücken, um sie wieder aufzusammeln, eines nach dem anderen. Aber die Reiskörner wurden zu einer Last. Dichter. Sie wurden zu einem Hügel Reis. Purnima drückte die flache Hand gegen die Brust, um den Druck der Last zu lindern. Der Schmerz ließ sich nicht lockern, ließ sich nicht lösen; er saß dort, fest wie eine Faust. Purnima dachte an das Gewicht der Hand ihrer Mutter, wie es auf ihrem Haar gelegen hatte, und nun trug sie eine weitere Last, dieses Mal in der Brust. Doch diese Last verwüstete sie, beschwor keinerlei Erinnerung herauf, keine Sehnsucht, keine verlorene Kindheit oder sanfte Stimme oder Hand, die sich hob, um sie zu füttern, die Last beschwor nichts herauf, überhaupt nichts außer fünf Worten: Sie ist nicht mehr da.

2

In der Woche vor der Hochzeit kamen immer mehr Tanten und Onkel und Cousinen und Cousins. In der Hütte herrschte Hochbetrieb. Ein Zelt wurde errichtet, blau und rot und grün und golden. Mangoblätter waren gekauft und zu Girlanden gebunden worden, sie hingen über dem Türrahmen und entlang der gesamten Traufe. Ständig wurden verschiedenste Gegenstände für die Trauzeremonie geliefert – Kurkuma, Kumkuma, Kokosnüsse, Reis und Dals, Päckchen voller Kampfer und Räucherwerk und Fläschchen mit Ölen. Alles musste verstaut und gelagert werden. Und dann war da noch das Kochen. Die gesamte Verwandtschaft – nach Purnimas letzter Zählung mussten es über dreißig sein. Sie alle mussten verpflegt werden; hellgrüne Bananenblätter wurden vor ihnen als Teller ausgebreitet, die schmutzigen Blätter wurden eingesammelt und den Schweinen vorgeworfen. Ihre Tanten und Cousinen halfen, doch alle paar Minuten wurde Purnima von jemandem, in der Regel einer ihrer jüngeren Cousinen, gefragt: »Wo bewahrst du das Salz auf?« Oder: »Stell dir nur vor, jetzt heiratest du einen tollen Mann.« Oder: »Was ist los, warum guckst du mich so an?« Woraufhin Purnima ausnahmslos die Hand auf ihr Herz legte und verwundert war über die Härte und den Schmerz.

Die Tage vergingen.

Der Morgen des Hochzeitstages kam wie ein Eindringling. In schreienden Farben ging die Sonne auf – rosa und violett und orange und grün – und hing wütend am Horizont, bereit für brennende Erde, Frauen, Dörfer. Früh am Morgen versammelten sich die weiblichen Verwandten, die zukünftigen

Schwägerinnen und ein paar Nachbarinnen zu Purnimas Brautzeremonie. Sie ölten ihr das Haar und rieben sie mit Kurkuma ein. Nacheinander segneten sie Purnima mit Reis, versetzt mit Kurkuma, Kumkuma und Sandelholz. Bei den älteren Frauen stand Purnima auf und bückte sich, um deren Füße zu berühren. Aruna, die Schwester, die Purnima mit einem Affen verglichen hatte, stand ein wenig abseits und sah gelangweilt zu. Als sie an der Reihe war, Purnima zum Segen Kurkuma-Reis über das gesenkte Haupt zu streuen, trafen die Körner Purnima wie ein Schlag, wie Hagel, weckten sie aber auch auf, und als würde sie aus einem langen und komplexen Traum erwachen (der so überzeugend gewesen war, so unwiderlegbar, dass die wache Welt, in der sich zwanzig Frauen um sie scharten, alle lächelnd, alle gelbzähnig, Purnima wie die unwahre vorkam), blinzelte Purnima und neigte den Kopf tiefer, sah den geworfenen Reis, und dachte: Reis. Gibt es auf der Welt noch etwas anderes als Reis?

Die Muhurta – der Augenblick, zu dem die Trauzeremonie beginnen würde, beruhend auf den Horoskopen des Hochzeitspaares – war für zwanzig Uhr sechzehn festgesetzt. Nun war es kurz nach neunzehn Uhr, und Purnima saß mit dem Priester – ohne den Bräutigam – auf der Terrasse zur Gauri Puja. Erst danach würde sie zu dem Podest unter den Baldachin geführt und neben Kishore gesetzt werden, bis er ihr schließlich nach weiteren Pujas die Mangalsutra, die Ehekette, um den Hals legen würde. Purnima hörte dem Priester zu und folgte seinen Anweisungen; weiterhin kam ihr alles wie ein Trugbild vor, als wäre sie an einem fernen und unerreichbaren Ort. Sie lauschte dem Brummen in der Stimme des Priesters und starrte in ihren Schoß – den Kopf geneigt, wie es sich für eine Braut gehörte –, die Hände im Gebet gefaltet.

Ihr rot-grüner Sari war aus schwerer Seide. Sie trug etwas Schmuck, größtenteils unecht oder geliehen, und die Reihen von Armreifen um ihre Handgelenke funkelten im Licht der Kampferflamme. Über ihre Arme und Füße zog sich Henna wie Moos, erstickend und beklemmend.

Alles – jeder Schritt von der Brautzeremonie bis zum Ankleiden in einer dunklen Ecke der Hütte, assistiert von ihren Tanten, die Pujas, der junge Priester, der beim Beten gähnte, der unablässige Ansturm von Farben und Lärm und Menschen –, all das spürte Purnima in keiner Weise, sie sah es nur wie durch eine Glasscheibe.

Hinter dieser Scheibe sagte nun der Priester zu Purnima, die sich ein wenig wand, weil ihr die Räucherstäbchen den Atem nahmen: »Hör zu.« Dann sagte er: »Steh auf.« Es war Zeit, zum Mandapam zu gehen, wo ihr Bräutigam auf sie wartete.

Purnimas Vater wartete neben ihr, um sie zum Baldachin zu führen. Sie sah ihn an; sein Gesicht war hart, vielleicht gegenüber seiner Tochter, deren mitgifthungrigen Schwiegereltern, vielleicht gegenüber der eigenen Schwäche – doch Purnima sah nichts davon; sie sah nur Irrsinn, ihren eigenen –, und er sagte, »Lass uns gehen«, und sie fragte: »Wohin denn?«

Die Sonne ging langsam unter, im Westen loderte der Himmel grün und orange und rot. Der östliche Horizont war wieder weiß vor Hitze.

Wo werde ich hingeführt, fragte sich Purnima. Wohin es auch war, sie hatte nichts dagegen. Eigentlich nicht. Erstaunt bemerkte sie den Sonnenuntergang und dachte: Was für ein schöner Abend, und ein so schöner Sari, den ich da trage. Sie war bezaubert. Diese Scheibe, durch die sie spähte: So viel Schönheit lag dahinter. Und doch, irgendwo tiefer dachte sie: Nein, ich will diesen Sari nicht. Ich will diesen Tag nicht. Ich will diesen Vater nicht. Was will ich – was will ich? Sie konnte es nicht beantworten, und so blieb alles, wie es war, sie ging weiter und tat, als wäre sie selig.

Natürlich hielt sie den Kopf geneigt. Sie sah nicht auf, wusste aber, dass sie sich dem Zelt näherten, als plötzlich die Hitze, die Luft ringsum schwerer wurden. Ihr Vater schien es nicht zu merken; er war völlig auf den Baldachin konzentriert und führte sie darauf zu. Die Luft war erdrückend, gar nicht mehr zauberhaft, und Purnima spürte, wie Panik in ihr aufstieg. Sie wollte anhalten, den Arm ihres Vaters abschütteln, doch er hielt sie weiterhin am Ellbogen und führte sie weiter zum Baldachin.

»Ich will nicht«, sagte sie zu ihrem Vater.

Er verstärkte seinen Griff um Purnimas Ellbogen. »Stell dich nicht so an.«

Stell dich nicht so an, dachte Purnima, und diese Worte erschienen ihr recht vernünftig. Und so sagte sie sich im Stillen: »Stell dich nicht so an. Stell dich nicht so an. Stell dich nicht so an. Stell dich nicht so an. Stell dich nicht so an. Stell dich nicht so an. Stell dich nicht so an. Stell dich nicht so an.« Und sie sagte sich die Worte immer weiter vor, immer wieder und wieder, bis sie das Mandapam erreicht hatten, die zwei Stufen hinaufstiegen und sie neben ihren Bräutigam gesetzt wurde.

»Stell dich nicht so an«, sagte sie sich.

Ihr Vater legte ihre Hand in die des Bräutigams. Sie sah nicht hin. Warum hinsehen. Wer war dieser Fremde? Er hielt ihre Hand ohnehin kaum fest. Noch mehr Pujas. Der Priester überreichte ihr zwei Bananen und einen Apfel. Zwei Bananen und ein Apfel. Purnima betrachtete das Obst. Es wirkte vertraut. So verlockend. Als ob sie ihr ganzes Leben lang gewartet hätte, um genau diese Anzahl und Art von Früchten überreicht zu bekommen.

Warum?

Sie wollte den Mann neben sich fragen. Vielleicht wüsste er es.

Gerade wollte sie sich an ihn wenden, als der Priester ungeduldig, wie zum wiederholten Male, fragte: »Ammai, bist du taub? Ich habe gesagt, gib ihm die Früchte.«

Und so wollte Purnima den Mann später fragen, wenn sie ihm die Früchte gegeben hatte. Seine Hand reichte zu ihr herüber, näher und näher, und nun blickte Purnima auf. Gerade weit genug.

Sie zuckte zusammen. Seine rechte Hand, sie war nicht ganz. Ihm fehlten zwei Finger. Der Mittelfinger und der größte Teil des Zeigefingers. Die Spitze des Zeigefingers sah aus wie gehacktes Kochfleisch, noch rosa, und wo sein Mittelfinger hätte sein sollen, war eine Wulst, nach innen gestülpt wie ein alter Mund ohne Zähne. Sie wich zurück.

Das also, dachte sie voll Abscheu, das also meinten sie mit Eigenart. Sie erinnerte sich, dass sie mal jemanden mit ähnlich entstellten Händen gekannt hatte (der Vater von jemandem, aber von wem?). Und sie dachte: Aber wer ist *dieser* Mann? Und warum soll ich ihm die zwei Bananen und den Apfel geben? Sie gehören mir. Diese Früchte. Ich will sie nicht in diese Hand legen, dachte sie; ich will sie nicht in eine Hand legen, die so versehrt ist.

Es lag nicht an den Früchten. Oder vielleicht schon. So oder so, als Kishore schließlich die Mangalsutra um ihren Hals geknotet hatte und die beiden das Feuer siebenmal umschritten hatten – ihre fünf Finger in seinen drei(-einhalb) –, hatte Purnima verstanden. Und die Glasscheibe? Sie verstand jetzt, dass es gar keine Scheibe gab. Es hatte nie eine gegeben. Oder, wenn es eine gegeben hatte, war sie zerbrochen, ein Stein hatte sie zerschlagen – und hier stand sie nun, starrte auf den Stein, die Scherben, die hereinströmende Luft. In diesem Augenblick verstand sie, dass sie verheiratet war.

3

Das Zuhause ihres Ehemannes in Namburu war keine Hütte. Es war ein echtes Haus, aus Beton und mit zwei Stockwerken. Im Erdgeschoss waren vier Zimmer und im oberen Stockwerk ein großes Zimmer, der Rest des Flachdaches diente als Terrasse. Dort wurde Wäsche aufgehängt, und in den heißesten Sommernächten hatten alle ihre Matten dort ausgebreitet und unter den Sternen geschlafen. Aber nun nicht mehr. Jetzt würden Kishore und Purnima dort wohnen, und für ihre erste gemeinsame Nacht wurde Purnima dorthin gebracht. Ihre jüngere Cousine begleitete sie als Anstandsdame, und ihre Schwiegermutter und Schwägerin begrüßten sie an der Tür mit einer brennenden Aarti-Lampe. Purnima blickte auf ihre Zehenspitzen hinab.

Sie spielten ein Spiel, die Neuvermählten, bei dem die Verwandten sie anfeuerten. Das Spiel wurde seit Urzeiten gespielt; dasselbe Spiel, immer auf dieselbe Weise. Man goss Wasser in eine Metallvase, die nach oben hin eng zulief. Ein Ring wurde hineingeworfen. Platsch ins Wasser. Dann mussten die Neuvermählten ihre rechte Hand, nur die rechte, in das Gefäß stecken, und wer zuerst den Ring herausholte, hatte gewonnen. Die enge Öffnung des Gefäßes war entscheidend – die Hände sollten sich berühren. Die Finger sollten ineinandergreifen. Dieses Vorspiel zwischen den beiden Fremden sollte zu Sex führen. Zum ersten Sex. Purnima steckte die Hand in die Schale und ekelte sich sofort. Statt fünf Fingern fühlte sie drei. Weil Daumen und kleiner Finger kaum als richtige Finger gelten konnten, blieb eigentlich nur einer. Und dieser Finger rieb nun gegen ihre Hand. Kishores anderer Fingerstummel, der zerschredderte Zeigefinger, fühlte sich an wie feuchtes, halb gares Fleisch. Der Mittelfinger war nur eine Lücke. Sie lächelte verlegen und versuchte, ihre Abscheu zu verbergen. »Das ist ab jetzt dein Ehemann«, sagte sie sich. »Das ist ab jetzt dein Leben.« Sie blickte auf.

Ihr Ehemann sah ihr direkt in die Augen. Doch sah er sie wirklich an? Eher durch sie hindurch. Sein Blick war merkwürdig. Purnima kannte diesen Blick; woher? Sie ging durch die Erinnerungen ihrer Jugend und ihrer Kindheit, eigentlich ihres ganzen Lebens, und da erschien ihr der Blick auf einmal gar nicht mehr merkwürdig oder unvertraut. Tatsächlich war es der vertrauteste aller Blicke. Es war der Blick eines Mannes: Er zog sie aus, pellte ihr die Kleidung ab, die Unschuld, zerbiss sie, biss in ihr weiches Herz, lachte laut und kostete aus, wie vollständig sein Übergriff, sein Schrecken und Begehren waren.

Und hier war sie nun; bereits halb verspeist, halb verzehrt, halb nackt.

Und hier war sie nun; bereits halb verschlungen.

Da kamen ihr die Tränen – bevor sie sie zurückhalten konnte, noch während ihre Hand nach dem Ring tastete, eigentlich gar nicht ernstlich, denn sie wusste bereits, dass ihr Ehemann ohnehin gewinnen würde, oder eher, dass sie verlieren würde; aber ihre Tränen waren bedeutungslos, weil niemand sie bemerkte, und wenn doch, sie für Tränen der Freude hielt.

Am Abend, nach dem Nachmittag voller Spiele und Scherze mit dem Brautpaar, wurde Purnima gebadet, in einen weißen Sari gekleidet und ihr Haar mit Jasminblüten geschmückt. Ihr wurde ein Glas warmer Milch mit Safran für ihren Ehemann gegeben, und sie ging die Treppe zum Zimmer im oberen Stockwerk hinauf. Langsam. So langsam, dass ihre jüngere Cousine, die sie zusammen mit Kishores weiblicher Verwandtschaft die Treppe hinaufbegleitete, Purnima ansah und sich fragte, ob sie wohl gleich wieder weinen würde.

Die jüngere Cousine, die Malli hieß, wusste nichts von den Geschehnissen in Indravalli; nur dass ein seltsames Raunen über der Feier lag, von dem sie annahm, es müsse mit der verrückt aussehenden Frau zu tun haben, die vor Wochen in Purnimas Armen in der Hütte gelegen hatte, auf die sie nur einen kurzen Blick erhascht hatte, von der jedoch ein Cousin, der mehr hatte sehen können, wusste, sie sei ein Rakshasa, der Neugeborene fraß.

»Aber warum denn Neugeborene?«, hatte sie gefragt.

»Na, weil die am zartesten sind, du Dummkopf.«

Das leuchtete ihr ein. »Wir wären also zu zäh?«

Er sah sie an und seufzte ungeduldig. »Ich schon. Bei dir weiß ich nicht. Lass mich mal sehen.« Er hatte ihr in den Arm gekniffen und gesagt: »Du wärst wahrscheinlich auf der sicheren Seite.«

Trotzdem war Malli erleichtert, Purnima auf ihrer Reise nach Namburu begleiten zu dürfen. So war die Sitte – eine jüngere weibliche Verwandte begleitete die Braut auf deren Reise an den fremden, unvertrauten Ort, in ihr neues Zuhause –, und Malli hatte die Gelegenheit sofort ergriffen.

Doch nun, da sie hier neben Purnima die Treppe hinaufging, einer Cousine, die sie kaum kannte, die ihr aber vorkam, als würde sie fürchterliche Schmerzen leiden, fragte sich Malli, ob sie es nicht doch lieber mit dem Rakshasa hätte aufnehmen sollen.

Vor der Tür des Zimmers ließen Malli und die anderen Purnima allein und liefen kichernd davon.

Purnima blickte ihnen nach.

Sie blickte auf die Tür. Über dem Türrahmen hing eine Girlande junger grüner Mangoblätter. Die Tür war frisch grün gestrichen und mit Punkten von rotem Kumkuma und Kurkuma gesegnet. Sie lehnte sich dagegen und lauschte. Nicht nach

Geräuschen ihres Gatten, der, das wusste sie, hinter der Tür wartete, sondern nach etwas anderem, etwas, das sie nicht benennen konnte. Vielleicht nach einer Stimme, die sie fortführen würde, vielleicht an den Rand des Daches, vielleicht bis an den äußersten Rand. Aber da war nichts. Das Glas Milch in ihrer Hand wurde kälter. Sie blickte auf die Haut an der Oberfläche. Sie war aus dem Nichts entstanden: dünn und runzlig und leicht. Schlau. Wie stellte Milch das an, wie wusste Milch, wie das ging? Sich so zu schützen? Woher, fragte Purnima sich, hatte Milch eine solche Kraft?

Purnima stellte das Glas neben die Tür und ging hinaus auf die Terrasse. Der Beton brannte unter ihren nackten Füßen, doch sie merkte es kaum. In der Mitte der Terrasse glitzerte etwas, aber als sie es erreichte, war es nur ein Bonbonpapier. Wofür hatte sie es gehalten? Eine Münze? Ein Juwel? Purnima wusste es nicht, war aber so enttäuscht, dass sie sich hinsetzte, direkt neben das Bonbonpapier, und es anstarrte.

»Du hättest ein Diamant sein können«, sagte sie. »Du hättest alles sein können.« Das Bonbonpapier starrte zurück.

Mittlerweile war es fast dunkel geworden. Es war auch ein wenig kühler geworden, doch die Nachmittage waren weiterhin heiß, knapp unter vierzig Grad, und der Beton, auf dem Purnima saß, speicherte die Hitze. Es kümmerte sie nicht weiter.

Sie musste jedoch daran denken, wie sie als kleines Kind, mit drei oder vier Jahren, eine ihrer frühesten Erinnerungen, mit ihrer Mutter auf den Markt gegangen war, um Gemüse zu kaufen. Auf dem Rückweg waren sie in ein Lebensmittelgeschäft gegangen, weil sie ein Gramm Gewürznelken brauchten.

Purnima besah sich all die Gläser auf dem Tresen des Geschäfts, voller Schokoladen und Kekse und Süßigkeiten, und bat ihre Mutter, ihr etwas davon zu kaufen.

Ihre Mutter beachtete sie kaum. Sie sagte: »Nein. Dafür haben wir kein Geld.«

Purnima wartete und betrachtete weiter die Gläser.

Eine andere Kundin – eine dicke Dame mit ihrem dicken Sohn – kam in den Laden. Selbst in Purnimas Kinderaugen machte der Junge einen verwöhnten Eindruck. Er war älter als sie, wirkte aber langsamer, als hätte er sein ganzes Leben lang nichts als Butter und Lob bekommen. Er bat nicht einmal um eine Süßigkeit. Er zeigte einfach mit dem Finger auf das Bonbon, das er wollte, und zog am Pallu seiner dicken Mutter.

Der Ladenbesitzer bemerkte seinen Wunsch, öffnete das Glas, lachte servil und sagte: »Lieber Herr Ramana, nehmen Sie so viele Sie möchten.«

Der Junge griff sich eine Handvoll und ging weg. Der Besitzer war damit beschäftigt, die Mutter zu bedienen, und wandte Purnima den Rücken zu. Purnimas Mutter war über die Gewürzgläser gebeugt und sah sich eine Handvoll Nelken an. Purnima blickte wieder zum Glas.

Es war noch offen.

Sie aß das Bonbon erst, als sie wieder zu Hause waren. Den ganzen Weg über umklammerte sie es in ihrer kleinen Faust und wartete, bis sie allein war – während ihre Mutter das Abendessen zubereitete und ihre Brüder spielten –, dann wickelte sie es langsam aus, ein rotes Bonbon, fast so groß wie ihr Handteller, glitzernd wie ein Juwel, ein glänzendes, zuckriges Juwel. Sie leckte daran, einmal, zweimal, bis sie es nicht mehr aushielt und es in den Mund steckte.

Sie hatte schon Bonbons gegessen, aber noch nie ein ganzes; ihre Mutter hatte sie immer in Stückchen zerbrochen, damit Purnima sie sich mit ihren Brüdern teilte. Am schlimmsten daran war das Zerbrechen, fand Purnima – ein vollendet köstliches und rund poliertes Juwel zu zersplittern. Das war ungehörig. Über ihre Mutter ärgerte sie sich dabei noch mehr als über ihre Brüder.

Aber dieses Bonbon, dieses hier war ganz. Sie lutschte daran, bis die Süße ihren Mund durchflutete und sie im Hals juckte. Es war fast nichts mehr da, nur noch ein Scheibchen, als ihre Mutter nach ihr rief. Purnima schluckte den Rest hinunter, und als sie nach hinten in die Hütte ging, wo ihre Mutter kochte, musste sie vom Rauch des Holzfeuers husten.

»Was hast du da?«, fragte ihre Mutter.

Purnima sah sie an.

»Komm mal her«, sagte ihre Mutter.

Purnima machte einen kleinen Schritt auf ihre Mutter zu. Die griff ihre Tochter bei den Wangen und drückte zu. Purnima spitzte den Mund wie ein Fisch.

»Mach auf«, sagte ihre Mutter. »Glaub nicht, dass ich nicht sehe, was los ist.«

Schließlich öffnete Purnima den Mund, nur ein bisschen, und als ihre Mutter fester zudrückte, weit, rot und leuchtend und glänzend wie das Innere eines Granatapfels.

»Hast du das geklaut?«, fragte ihre Mutter.

Purnima schwieg, dann nickte sie.

Ihre Mutter seufzte. Sie sagte: »Man darf nicht stehlen. Das weißt du doch, Purnima, oder? Du darfst nie, nie stehlen.«

Purnima sah ihre Mutter an und nickte wieder.

»Jetzt hast du es schon aufgegessen, wir müssen also morgen in den Laden und ihm Geld dafür geben. Ich sage deinem Vater nichts, hörst du, aber das war nicht deins. Vergiss das nicht, Purnima: Nimm niemals, was nicht dein ist. Kannst du dir das merken?«

Purnima hatte es sich gemerkt, aber richtig fand sie das nicht mehr. Als sie dort mitten auf der Terrasse saß, am Abend ihrer

Hochzeitsnacht, betrachtete sie das Bonbonpapier und dachte an ihre Mutter. Sie dachte an das rote Bonbon; sie schmeckte es noch immer, spürte noch immer, wie die Süße ihren Hals hinunterkroch. Aber richtig fand sie das nicht mehr.

»Amma«, sagte sie zu dem Bonbonpapier, »hätte ich doch nur genommen, was nicht mein war. Hätte ich doch nur darauf beharrt, ihn vor der Hochzeit kennenzulernen, ich hätte seine Finger zählen können, so wie meine gezählt wurden. Hätte ich mich doch nur geweigert. Alles verweigert: dass du stirbst, dass die Ziege stirbt, dass die blaue Uhr zu schlagen aufhört. Hätte ich doch nur gesagt: ›*Du* bist Flötenspiel.‹« Sie hob das Bonbonpapier auf. »Amma, siehst du, hätte ich doch nur genommen, was ich nicht nehmen durfte. Hätte ich doch nur den Mut gehabt.«

Sie ließ das Papierchen los und sah zu, wie es davontrieb.

Sie ging zu der Tür, hinter der ihr Ehemann wartete, inzwischen sicherlich eingeschlafen, und nahm das Glas kalte Milch. Staubkörner waren auf die Oberfläche geweht und trieben nun auf der runzligen Milchhaut umher. Sie schaute die Körnchen an und beschloss, auf sie zu hören: »Halt dich fest«, sagten sie, »bleib an der Oberfläche, und die Gewässer, diese üppigen weißen Fluten, lass sie dich tragen.« Wohin würden sie sie bringen?

Sie wusste es nicht, doch hinter dieser Tür war ein Mann, der nicht ihr Vater war. Und dem sie nun gehörte. Das allein erschien ihr wie eine Verbesserung; allein das war ein besserer Ort.

Im Zimmer standen ein Bett, ein Holzkleiderschrank, um dessen hohen Spiegel sich Reben und Beeren rankten, ein Schreibtisch und ein Fernseher. Ein Fernseher! In Indravalli besaß niemand einen Fernseher.

Kishore sah, wie sie das Gerät anstarrte, und sagte: »Freu dich nicht zu früh. Er ist kaputt.«

Sie wandte den Blick vom Fernseher ab und sah wieder auf das Glas Milch in ihrer Hand. Kishore nahm es und stellte es auf einen kleinen runden Tisch neben dem Bett. Auf dem dünnen gelben Betttuch waren Rosenblätter zu einem Herzen gelegt. Purnima fragte sich, wer das getan hatte. Die Geste war so bezaubernd, so unerwartet, dass sie – vorsichtig, um die Blütenblätter nicht durcheinanderzubringen – nur auf der Bettkante sitzen und sie betrachten wollte. Kishore schien das Herz nicht zu interessieren, denn er zog Purnima geradewegs aufs Bett, zerrte an ihrem Sari, wühlte sein Gesicht, seine nassen Lippen, in den Ausschnitt ihrer Bluse und drückte mit seinen verstümmelten Händen an ihren Brüsten herum.

Im folgenden Durcheinander verpasste Purnima, was genau in sie hineinstieß. Sie heulte kurz auf, zu ängstlich, um zu schreien, aber da keuchte Kishore schon auf ihr herum. Als sie sein Gesicht betrachtete, seine Grimassen, sein Schaudern, wusste sie nicht, was mehr schmerzte – wenn das Ding in sie hinein- oder wenn es hinausfuhr. Doch da war es vorbei. Einfach so. Nach einem letzten Schub blickte Kishore auf sie hinab und lächelte. Ein echtes Lächeln. Und Purnima dachte: Ja, schließlich gehöre ich nun dir.

Dann wälzte er sich von ihr, und im Dunkeln, gerade als Purnima zum ersten Mal die samtigen Rosenblätter unter ihrem Rücken spürte, kühl und gütig wie Regen, sagte er schläfrig: »Ich trinke zwei Tassen Kaffee. Eine gleich morgens nach dem Aufwachen und eine zum Essen, wenn ich aus dem Büro komme. Hast du das verstanden?«

Sie nickte im Dunkeln. Und gab sich größte Mühe zu verstehen.

4

Gegen Ende des ersten Ehemonats fuhr Kishore mit Purnima und seiner Schwester Aruna, siebzehn Jahre alt, sechs Jahre jünger als Kishore, nach Vijayawada. Seine andere Schwester, Divya, die Purnima erst bei der Hochzeit kennengelernt hatte, war zehn Jahre jünger und eine fleißige Schülerin. Sie war still, das Gegenteil von Aruna, und wollte nicht mit nach Vijayawada, weil sie Prüfungen hatte. Und so waren es Purnima und Kishore und Aruna, die sich nach dem Frühstück auf den Weg machten. Purnima trug ihren besten Sari, einen orangefarbenen mit rosa Borte, ein Hochzeitsgeschenk. In einem Lokal beim Busbahnhof aßen sie Masala Dosas. Aruna und Kishore schmeckte es nicht – Aruna fand das Curry fade und den Kellner frech; Kishore fügte hinzu, die Lokale an der Annie Besant Road in der Nähe seiner Firma, seien um einiges besser. Purnima hatte keinen Vergleich; sie war noch nie in einem Restaurant gewesen. Später ging Kishore mit den beiden ins Kino.

Auch das war für Purnima neu.

Während Purnima mit Aruna darauf wartete, dass Kishore die Karten kaufte, stiegen ihr Tränen in die Augen. Sie wünschte sich, sie wäre mit Savita hier, wie sie es einst geplant hatten; doch als sie durch die Flügeltüren auf die Galerie gingen, verschlug es ihr den Atem, und sie vergaß Savita sofort. Noch nie hatte sie einen so großen Raum gesehen. Wie eine riesige Höhle, aber stuckverziert und prächtig beleuchtet. Ehrfürchtig blieb sie stehen – besah sich die roten Plüschsessel, manche mit Rissen, aber noch immer luxuriös, die Wände voller goldener Lichttröpfchen, wo die Lampen hingen, und die Menschenmenge, die auf der Suche nach

Sitzplätzen in den Saal strömte. Kishore und Aruna waren wohl schon mal in dem Kino gewesen, denn sie drückten sich an Purnima vorbei und steuerten auf Plätze in der Mitte der Galerie zu.

Dann ging der Vorhang auf, die Leinwand wurde hell, und wieder staunte Purnima. Die Menschen waren riesig! Sie hielten auf sie zu, bereit, jederzeit hervorzuspringen. Ängstlich riss sie die Augen auf, doch als sie vorsichtig zu Kishore und Aruna hinüberblickte, waren die bereits ganz im Film – eine traurige Geschichte von zwei Liebenden, getrennt durch den Einspruch ihrer Eltern, besonders der des Mädchens, weil der Junge arm war und keine Arbeit hatte (soweit Purnima das beurteilen konnte), aber er sah ungewöhnlich gut aus und hatte ein schönes Motorrad, trotz Armut. Um die beiden voneinander zu trennen, sperrten die Eltern das Mädchen sogar in ein abgelegenes Haus in den Bergen. Der Film war traurig, es gab allerdings auch Gesangs- und Tanzeinlagen der beiden Liebenden in Kaschmir und Shimla und Rishikesh, in denen sie im Schnee umhertollten. Die Schauspielerin trug nur einen schimmernden, leicht durchsichtigen Sari, der sich blau vom Schnee abhob, und Purnima beugte sich zu Kishore und fragte ihn: »Ist ihr denn nicht kalt? Schnee ist doch kalt, oder?«

Er ignorierte sie, oder womöglich hörte er sie nicht.

Am Ende überzeugte der Held die Eltern des Mädchens, indem er ihr Familienunternehmen vor einem gierigen Verwandten rettete, der insgeheim geplant hatte, das Geschäft zu übernehmen und die Familie aus ihrem Anwesen zu werfen. Hätte der Held ihn nicht entlarvt, und ihn nicht mit vorgehaltener Pistole bedroht, hätte die Familie des Mädchens alles verloren – Geld, Juwelen, Autos – und wäre auf der Straße gelandet. Da erkannten die Eltern des Mädchens, wie klug und gescheit der Junge war, und der Film endete damit, dass die Eltern die Hand des Mädchens in die des Jungen legten.

Purnima war so berührt von den strahlenden Gesichtern des Liebespaares, von dem, was die beiden alles hatten überwinden müssen, dass sie weinen musste. Kishore und Aruna sahen sie an und lachten.

»Der war doch nicht mal besonders gut«, sagte Aruna.

Purnima empfand das anders; und auf dem Nachhauseweg, als sich der Bus in der Dämmerung zwischen den Reisfeldern entlangschlängelte und die Baumwoll- und Erdnussfelder entlang der Straße von Vijayawada nach Namburu allmählich in der Dunkelheit verschwanden, als die Umrisse der fernen Hügel mit dem Nachthimmel verschmolzen, wurde ihr klar, dass sie nicht wegen des Films geweint hatte; sie hatte geweint, weil sie nicht vergessen hatte. Keinen Augenblick lang. Savita war dort gewesen, hatte in gewisser Weise neben ihr gesessen. In gewisser Weise war sie sogar mehr da gewesen als Kishore und Aruna.

Purnima sah es vor sich: Als der Held die Waffe zog, hätte Savita nach ihrer Hand gegriffen, und sie hätte ihn gemocht, den Helden, weil er arm war wie sie selbst und weil seine Liebe für die Heldin so süß war, so arglos und sehnsüchtig. »Puri, stell dir nur vor«, hätte sie gesagt und den Kopf geschüttelt: »Stell dir nur vor, wie das Mädchen gefroren haben muss in dem dünnen Sari. Und dieser ganze Schnee«, hätte sie gesagt, »sah doch aus wie Joghurtreis, oder?«

In den Tagen und Wochen nach dem Kinobesuch dachte Purnima oft daran. Nicht an den Film selbst. Nicht direkt. Sie dachte an die Gesichter der Menschen im Saal, besonders Kishores und Arunas. Noch nie hatte sie so etwas gesehen: aufflammende Lichter, schillernde Farben, darin die hingerissenen Gesichter des Publikums. Zuvor hatte sie noch nicht mal den Lichtschein eines Fernsehers gekannt, geschweige denn den einer Kinoleinwand.

Als die Monate vergingen, fühlten sich auch die Ereignisse ihres Lebens immer mehr wie dieses Licht an, fern und doch durchdringend, bedrohlich und doch harmlos.

So kam eines Abends, als Purnima gerade das Abendessen für die Familie kochte, ihre Schwiegermutter in die Küche (zu Purnimas Erstaunen ein abgetrenntes Zimmer) und wollte wissen, wo ihre Granatohrringe seien, ihre blumenförmigen Granatohrringe; sie wolle sie im Tempel tragen. Purnima, die gar nicht gewusst hatte, dass ihre Schwiegermutter ein Paar Granatohrringe besaß, sagte, sie wisse es nicht, und wandte sich wieder dem Curry auf dem Herd zu.

Die Schwiegermutter musterte Purnima, während diese das Curry salzte, seufzte laut und murmelte: »Arme Leute. Bei denen weiß man ja nie.«

Purnima legte den Kochlöffel beiseite, blickte der Schwiegermutter nach und fragte sich: Was weiß man nie?

Doch die Leinwandlichter kamen näher und wurden bedrohlicher.

Dieses Mal trank die Familie an einem Sonntagnachmittag Tee und aß Pakoras. Purnima hatte sich gerade hingesetzt, um ihren Tee zu trinken, als Aruna sie scharf ansah und zu ihrer Mutter sagte: »Jemand hat meinen Seidenschalwar verfärbt. Amma, weißt du, wer das war?« Der Schalwar war zartrosa gewesen und hatte jetzt wohl blaue und violette Flecken. Die beiden drehten sich zu Purnima. Plötzlich blickten sie feindselig drein. »Du hast ihn mit was Blauem eingeweicht, oder? War es das blaue Handtuch? Bestimmt hast du ihn damit gewaschen. Amma, kannst du das glauben? Du bist neidisch, oder? Bei manchen Leuten darf man einfach nichts Schönes besitzen. Ich weiß, dass du ihn mit dem Handtuch gewaschen hast. Wie kannst du nur so blöd sein?«

Purnima wollte gerade widersprechen, konnte sich aber eigentlich gar nicht erinnern. Sie wusch die Wäsche der ganzen Familie, sie könnte also den Schalwar mit dem blauen Handtuch eingeweicht haben. Aber nicht mit Absicht – und ganz sicherlich nicht aus Neid. Sie sah zu Kishore, doch der kaute nur an einem Zwiebel-Pakora. Sie blickte zu ihrem Schwiegervater, der vor seiner Frau kaum je sprach und sich gewöhnlich davonschlich, sobald eine Diskussion hitzig wurde oder sich ihm zuwandte. Heute saß er einfach nur mit gefalteten Händen da und starrte in seinen Schoß wie in einen tiefen Brunnen. Nur Divya war eine Verbündete – sie war ernst, und Purnima hatte sie liebgewonnen, doch als Jüngste wurde sie häufig überhört.

Noch bevor Purnima sich an Divya hätte wenden können, riss die Schwiegermutter ihr am Zopf den Kopf nach hinten. »Bitte sie um Verzeihung«, knurrte sie, »sofort.«

Purnima war so überrascht, dass sie kein Wort herausbrachte, nicht mal aufschrie. Schließlich ließ die Schwiegermutter wieder los, und Purnima bat um Verzeihung; doch später dachte sie beim Einschlafen: Das war töricht von mir. Das war feige. Ich hätte niemals um Vergebung bitten sollen, wenn ich gar nicht wusste, ob ich es überhaupt war. Ich kann mich nicht mal dran erinnern, diesen Seidenschalwar je gesehen zu haben. Was bedeutete es, um Verzeihung zu bitten, fragte sie sich, wenn sie nicht wusste, worin das Verbrechen bestand oder wer es begangen hatte. Es bedeutete gar nichts. Und so entschied sie in diesem Augenblick – entschied es tatsächlich, erstaunt, dass sie einfach etwas entscheiden konnte –, dass sie nie wieder um Verzeihung für etwas bitten würde, was sie nicht getan hatte, für Verbrechen, an die sie sich gar nicht erinnerte. Und so schlief sie lächelnd ein und fing an zu träumen.

Nach sechs Monaten Ehe wurde die Lage düsterer. Purnimas

Vater hatte es geschafft, die ersten fünftausend Rupien zur Hochzeit zu überreichen. Er hatte beim Weberverband einen Kredit aufgenommen, zu einem exorbitanten Zins, hatte aber beide Webstühle behalten können und sogar einen Jungen angestellt – noch klein, er reichte kaum an die Pedale –, um am zweiten Webstuhl zu arbeiten. Aber er hatte es weder geschafft, Kishore einen Motorroller zu kaufen, noch konnte er die verbleibenden fünftausend zahlen. Purnima hätte davon nichts gewusst, da sie kaum Kontakt mit ihrem Vater hatte, wenn nicht ihre Schwiegereltern es immer öfter erwähnt hätten. Erwähnt? Das war nicht ganz das richtige Wort. *Hetzen* traf es eher. Sie fingen an, damit gegen sie zu hetzen.

Anfangs verstand Purnima gar nicht, dass sie von den fünftausend sprachen. Sie blieben vage und sagten Dinge wie: »Also manche Leute. Manche Leute sind einfach zu faul, um ihre Schulden zu bezahlen«, oder: »Niemandem kann man vertrauen, besonders nicht den Armen, denen mit Töchtern. Warum sollen *wir* für deren Pech bezahlen?« Oder: »Lügner – wenn ich eins nicht leiden kann, dann sind es Lügner.«

Nach ein paar Wochen wurden die Vorwürfe spitzer. Als Purnima eines Abends aß, nachdem alle anderen gegessen hatten – zuerst musste sie Kishore und ihrem Schwiegervater auftun, dann der Schwiegermutter und Aruna und Divya –, kam die Schwiegermutter in die Küche, wo Purnima essend auf dem Boden saß, und fragte: »Hast du genug zu essen gekriegt, mein Schatz?«

Purnima sah überrascht auf. Mein Schatz?

»Schon recht so«, fuhr sie fort. »Iss dich nur satt. Du lebst ja auf unsere Kosten. Aber auf wessen Kosten sollen wir leben?«

Purnima wollte mit Kishore darüber reden. Eines Abends sprach sie es an, nachdem sie auf ihr Zimmer gegangen waren.

Die Nächte waren jetzt kühler. Es war Januar, und sie hatten die dünnen Betttücher gegen die Wolldecke tauschen müssen. Der Himmel war von einem tiefen fernen Blau; Wintersterne leuchteten mit kalter Gleichgültigkeit.

Purnima hatte für einen Augenblick auf der Terrasse gestanden und hinaus auf die anderen Häuser in Namburu geblickt, die meisten nur strohgedeckte Hütten, wie die, in der sie aufgewachsen war. Goldenes Laternenlicht war auf die Trampelpfade zwischen den Hütten gefallen, es hatte nach Holzrauch gerochen, dem auf den Kochfeuern siedenden Reis, nach runden Weizen-Phulkas, die direkt über der Flamme rösteten. Purnima hatte nach Indravalli geblickt und gewusst, dass dieselbe kalte Nachtluft auch über Indravalli liegen musste, doch sie hatte keine Nähe gefühlt. Keine Zuneigung. Es war, als wäre mit dem Winter auch in ihrem Herzen eine andere Jahreszeit eingezogen und hätte dort nur Rauch und ferne, gefrorene Sterne hinterlassen.

Als sie wieder ins Zimmer ging, sagte Kishore, sie solle ins Bett kommen. Er lag auf der Bettdecke. »Zieh die Bluse aus«, sagte er.

Purnima zog sie aus und legte sich ihren Pallu um die Schultern, durch dessen Stoff ihre Brüste, ihre schmächtigen Arme erkennbar waren.

»Nein«, sagte er, »das auch.«

Voller Scham legte sie den Pallu ab, auch nach sechs Monaten Ehe und obwohl Kishore praktisch jede Nacht auf ihr war, ohne Bezug zu ihrem Körper und verständnislos gegenüber der rohen Brutalität ihres Ehemannes.

»Massier mir die Füße«, sagte er.

Sie rutschte ans Bettende. Ihre Hände, obgleich schon in Indravalli rau von Charkha und Hausarbeit, waren durch die ständige Arbeit mittlerweile schwielig und rissig, scheinbar der einzige Punkt, an dem die Demütigungen, Anschuldigungen, die tägliche Grausamkeit, der sie im Haushalt ausgesetzt war, sichtbar wurden. Als sie aufblickte, hatte Kishore die Augen geschlossen, und obwohl sie mit nacktem Oberkörper fror, traute sie sich nicht, sich wieder etwas anzuziehen. Sie dachte, er wäre vielleicht eingeschlafen, doch als sie versuchte aufzuhören, rief er: »Mach weiter. Wer hat gesagt, du sollst aufhören?« Dann hörte sie ihn leise schnarchen oder grunzen, und nach einem weiteren Augenblick sagte er: »Komm her.«

Zuerst nahm er sie auf dem Rücken, dann drehte er sie auf den Bauch. Als er schließlich kam, sank er auf ihr zusammen und lag dort so lange, dass Purnima drei verschiedenen Mücken dabei zusah, wie sie sie stachen und wieder davonflogen, betäubt, schwer und aufgedunsen von ihrem Blut.

Als er sich von ihr hinuntergewälzt hatte, wartete sie einen Moment und holte tief Luft. Sie sagte: »Ich kann nichts tun. Ich kann nichts tun, wenn mein Vater das Geld nicht hat.«

Stille. Sie schlug nach einer weiteren Mücke, das Zimmer war nun voll von ihnen, angezogen von der Wärme ihrer Körper.

»Doch, kannst du«, sagte er.

Purnima hielt inne. In der Dunkelheit blickte sie zu ihm hinüber. »Wie denn?«

Seine Stimme wurde kalt. Auch das Zimmer war plötzlich kalt. Die Mücken verschwanden wieder. »Sag ihm, dass es nur noch schlimmer wird, wenn er nicht bezahlt.«

»Schlimmer? Wie denn schlimmer?«

Aber Kishore antwortete nicht, und einen Moment später schnarchte er. Er war tief eingeschlafen. Purnima lag wach, die zurückkehrenden Mücken eine willkommene Ablenkung, ihr Blut eine Opfergabe.

Es lag nicht an diesem Gespräch. Oder vielleicht schon. Jedenfalls ging Purnima nach dieser Nacht, sobald es ihre Aufgaben zuließen, immer öfter heimlich auf ihr Zimmer, beeilte sich, ihre Arbeit zu erledigen, und fand jede erdenkliche Ausrede, um den Hauptteil des Hauses zu verlassen, hinaufzugehen, die Zimmertür hinter sich zu schließen und auf der Bettkante zu sitzen. Sie legte sich nie hin; zu liegen erinnerte sie an Kishore, und an ihn wollte sie nicht denken. Sie wollte auch nicht an Savita denken, und so schloss sie auch nicht die Augen.

Stattdessen studierte sie das Zimmer. Die Wände waren hellgrün gestrichen. An zwei Wänden waren Wasserflecken, aber nicht auf der dritten und der vierten. Jeweils zwei Fenster zu beiden Seiten der Tür zeigten zur Terrasse hinaus und waren zum Schutz gegen Diebe mit Gittern und Fensterläden versehen. Es gab viel zu stehlen, dachte Purnima: Der hölzerne Kleiderschrank war ein schönes Stück; nichts in ihrer Hütte in Indravalli war so schön wie dieser Kleiderschrank. Im Schrank waren hauptsächlich Kishores Arbeitskleidung, daneben ihr Hochzeitssari, Papiere und Schmuck und Bargeld, von Kishore alles in einer Metallkiste verschlossen, und eine Puppe in zerknittertem Plastik, die ein entfernter Verwandter aus Amerika mitgebracht hatte. Außerdem eine Bronzestatue, die Kishore als College-Bester in allen vier Jahren dort erhalten hatte und die er an einem besonderen Platz zwischen Kleidungsstücken geschützt verstaute. Überall steckten Mottenkugeln. An der anderen Wand standen der Fernseher und der Schreibtisch. Der Fernseher war mit einem Stück Musselintuch gegen den Staub bedeckt und funktionierte nach wie vor nicht – Purnima fragte sich, ob er überhaupt je funktioniert hatte –, aber das Zimmer wirkte mit dem Fernseher reich.

Neben dem Fernseher stand der Schreibtisch, und dort lagen Kishores Papiere. Diese Papiere seien andere als die im Schrank, hatte er gesagt. Dies seien seine Arbeitspapiere, die im Schrank Regierungspapiere und Sparbücher. Purnima blickte zu den Papieren, und weil sie unordentlich herumlagen, stand sie auf und ging zum Schreibtisch, um sie ordentlich hinzulegen. Dabei sah sie, dass sie voller Spalten waren – insgesamt sechs, darunter viele Zeilen voller Zahlen und Kritzeleien, die sie unmöglich verstehen konnte, also legte sie die Papiere wieder auf den Tisch. Etwas erregte ihre Aufmerksamkeit: Die erste Zeile der obersten Seite ergab eben doch Sinn. Dort stand einfach in der sechsten Spalte die Summe der Zahlen aus der zweiten, dritten, vierten und fünften Spalte. Die erste Spalte war nur ein Datum. Das war einfach genug; Addition hatte sie lange vor der fünften Klasse, ihrem letzten Schuljahr, gelernt. Sie überprüfte die restlichen Zeilen, mit denen es sich genauso verhielt: Einfache Addition, das war alles.

War es das, was Kishore den ganzen Tag auf der Arbeit tat? Beinahe musste sie laut lachen. Fußmassagen fordern, verlangen, dass sie jeden Morgen seine Hemden bügelte, nach einem Glas Wasser brüllen, sobald er zur Tür hereinkam, als ob er eine Wüste durchquert hätte, als ob seine Anstrengungen ihn vollkommen ausgedörrt hätten, obwohl er einfach nur Zahlen zusammenzählte! Doch als sie sich die anderen Blätter ansah, stellte sie fest, dass es nicht stimmte. Diese Spalten waren nicht zusammengezählt; dort geschah etwas anderes.

Purnima seufzte und ging wieder hinunter. Sie musste noch das Geschirr vom Mittagessen abwaschen und das Abendessen vorbereiten. Die Schwiegermutter und Aruna tranken ihren Tee immer um vier Uhr, und es war schon zehn nach. Purnima eilte in die Küche. Als sie Wasser und Milch aufsetzte, schnell das Teepulver hinzufügte und die Süßwaren hervorholte, dachte sie über die Papiere nach. Wozu genau dienten diese Spalten?

Vielleicht hatte Savita recht gehabt, dachte sie. Vielleicht war Buchhaltung letztendlich nicht viel komplizierter, als wenn ihr Vater ihr Geld für den Markt gab, so gut wie gar nichts, und sie trotzdem so viel Gemüse und Reis davon kaufen musste, dass es für alle reichte; und selbst dann wollte er, dass sie Wechselgeld zurückbrachte, zusammen mit einer vollständigen Liste, was sie wofür ausgegeben hatte. Hatte sie ein Kilo Kartoffeln für fünf Rupien gekauft, hatte er gesagt: »Die hätte ich für vier gekriegt«, und wenn sie Kartoffeln für vier Rupien gekauft hatte: »Kein Wunder. Die sind klein. Und voller Stellen.«

Doch als Purnima Zucker in die Tassen füllte, ließ sie den Löffel sinken. Sie legte ihn ab und blickte erstaunt auf. Gerade hatte sie an Savita gedacht und dabei nicht den gewohnten stumpfen, monotonen Schmerz oder die übliche Verwirrung oder Sehnsucht gespürt, nicht einmal den schneidenden Hass auf ihren Vater. Nichts davon. Sie hatte einfach leidlos an Savita gedacht. Das ging ihr zum ersten Mal so und fühlte sich an, als wäre ihr bei starkem Wind die Schnur eines Flugdrachens in die Hand gelegt worden. Sie lächelte. Sofort verschwand ihr Lächeln wieder. Denn im nächsten Moment war alles wieder da: die Trauer ohne Trost, das Chaos, die Frage, wo Savita war, weshalb sie sich in manchen Nächten in eine Ecke der Terrasse kauerte und weinte, während der Mond abnahm oder zunahm und die Sterne auf sie herabschauten.

Für einen Augenblick jedoch war sie frei gewesen, und außerdem konnten diese Zahlenspalten unmöglich so schwierig sein; diese beiden Dinge wusste sie. Dieser beiden Dinge war sie sich sicher.

5

Zum ersten Mal widersprach Purnima ihrer Schwiegermutter an einem Morgen, als wieder einmal ein möglicher Bräutigam für Aruna begutachtet werden sollte. Aruna war sechs Monate älter als Purnima und noch immer nicht verheiratet. Aruna und ihrer Mutter zufolge lag das Problem bei den Jungen. Sie waren nie gut genug. Einer hatte eine gut bezahlte Arbeit in Hyderabad, neigte aber zu einer Glatze. Bei einem anderen, groß und gut aussehend, hielt sich der Vater eine andere Frau, obwohl seine Ehefrau noch lebte – und vielleicht lag Bigamie ja in den Genen? Noch ein anderer war in jeder Hinsicht perfekt – Arbeit, Haaransatz, Ruf der Familie –, doch er war genauso groß wie Aruna, und ins Kino oder zum Essengehen zog sie gern einmal Absätze an. »Was soll ich denn tun«, sagte sie und zog einen Schmollmund, »soll ich etwa immer flache Sandalen tragen? Wie eine Dörflerin?«

Der Junge, der an diesem Tag kommen sollte, war aus Guntur; er arbeitete bei Tata Consulting und war für ein Projekt in Amerika gewesen, und eventuell müsste er sogar wieder dorthin. Er war Einzelkind, das gesamte Familienerbe würde also an ihn gehen, und er sah auch noch aus wie ein Filmstar. Zumindest hatte das ein Nachbar dem Heiratsvermittler erzählt, als der sich in Guntur erkundigt hatte.

»Welcher Star?«, fragte Purnima. »Der aus dem Film, den wir gesehen haben?«

Aruna sah sie missmutig an und schüttelte den Kopf. »Nein. Nicht der, du Trampel. Einer aus einem guten Film.«

Der Film war auch egal. Seit vier Uhr morgens war das Haus in Namburu in Aufregung. Sämtliche Böden waren gefegt und gewischt. Alle Möbel waren abgestaubt, die Kissen auf den Sofas und Sesseln aufgeschüttelt. Eine kleine Puja wurde gehalten – sobald sich Aruna die Haare gewaschen und sich angezogen hatte, zündete sie für Lakshmi Devi Räucherstäbchen an. Die Familie war für drei Uhr nachmittags angemeldet, hatte jedoch nicht gesagt, ob sie zum Abendessen bleiben würde – was hieß, dass Purnima ausreichend Sambar und Currys vorbereiten musste, falls sie zum Essen blieben, dazu Pulao-Reis und Bhajis.

Sie schnitt gerade eine Aubergine für die Bhajis in Streifen, das Öl schon heiß auf dem Herd, als die Schwiegermutter hereinkam und ihr zurief, sie solle sich beeilen, der Milchmann sei da, die Milch müsse gekocht und der Joghurt angesetzt werden. Purnima drehte die Flamme unter dem Öl herunter und wollte gerade nach dem Milchtopf greifen, als die Schwiegermutter sie noch einmal musterte und sagte: »Lass dich nicht blicken, solange sie hier sind. Bleib oben. Wir denken uns was aus. Wir sagen, dass du für einen Tag nach Indravalli musstest. Irgendwas. Verhalt dich einfach still.«

Purnima drehte sich zu ihrer Schwiegermutter um. »Warum? Warum soll ich oben bleiben?«

Ihre Schwiegermutter seufzte auf. »Du bist nicht – nun, wir wollen doch nicht Arunas Status herabsetzen, oder? Und außerdem, sechs Monate, sieben Monate, und immer noch nicht schwanger? Ich will nicht, dass du auf meine Aruna abfärbst. Auf ihre Aussichten. Unfruchtbare Frauen sind ein schlechtes Omen, und ich will dich nicht hier unten haben.«

Es herrschte Stille. Purnima lauschte. Sie spitzte die Ohren und hörte lediglich das schwache Simmern des Öls, das langsam brodelte, doch auch das verstärkte die andere, größere Stille nur noch mehr. »Wie willst du das wissen?«, fragte sie. »Wie willst du wissen, ob nicht dein Sohn unfruchtbar ist?«

Die Ohrfeige war so heftig, dass Purnima nach hinten fiel und gegen den Herd taumelte. Die Milch stand noch nicht auf der Flamme, das Öl aber schon. Es spritzte über die ganze Wand, tropfte von der Anrichte aus Granit und landete in dicken, heißen Tropfen auf dem Boden. Ein paar Tropfen trafen Purnimas Arm, und sie spürte ihr Brutzeln auf der Haut, hörte ein Zischen, als wenn Papadams ausgebacken würden.

Die Schwiegermutter musterte sie böse und sagte: »Mach nur weiter so. Nur zu. Dann kommt es noch schlimmer. Mach einfach weiter so.«

Schlimmer? Es sollte noch schlimmer kommen? Kishore hatte dasselbe gesagt; war das Zufall? Oder nicht?

Am Nachmittag, kurz bevor die Familie des Jungen eintreffen sollte, wurde Purnima ins obere Stockwerk geschickt und angewiesen, erst wieder nach unten zu kommen, wenn nach ihr gerufen würde. Es war ihr gleich. Sie setzte sich für ein paar Minuten in die Mitte der Dachterrasse, weg vom Rand, sodass sie von unten nicht zu sehen war. Die Familie des Jungen kam kurz nach sechzehn Uhr, als die Blumenverkäufer durch den Ort liefen und singend ihre Blumensorten anpriesen. Purnima hörte das Lied des alten Mannes, der immer Jasmingirlanden verkaufte, prall wie Kissen und mit Blüten, die sich gerade erst öffneten und dabei einen so betörenden Duft verströmten, dass Purnima glaubte, ihn noch über eine Entfernung von zwei, drei Straßen wahrzunehmen.

Manchmal kaufte ihre Schwiegermutter einen langen Strang und schnitt große Stücke, lang wie ihr Unterarm, für Aruna und Divya ab (die gar keinen Jasmin im Haar mochte und ihn wieder herausnahm, sobald ihre Mutter wegsah); ein kurzes Stück nahm sie für ihren eigenen dürftigen Haarknoten, und den Rest gab sie Purnima. Purnima, deren Vater ihr nach dem Tod der Mutter nie Geld für Blumen gegeben hatte, ging sich dann das Haar ölen und flechten, wusch sich das Gesicht, trug frischen Talkumpuder auf Gesicht und Hals auf, umrandete die Augen mit Kajal und malte einen neuen Punkt auf die Stirn. Und erst dann, wenn sie sich der Blumen, ihrer Süße, ihrer Schönheit, als würdig erwiesen hatte, steckte Purnima sie sich schließlich in ihr Haar. Nachts, nachdem Kishore sie genommen hatte – ohne etwas zu den Blumen in ihrem Haar zu sagen; sie fragte sich, ob er sie überhaupt bemerkte –, legte sie den Kopf auf ihr Kissen, und der Duft der Blumen umhüllte sie wie Nebel, Regendunst, wie die schwere Traurigkeit jenes Zimmers im oberen Stockwerk, ihr Ehemann kehrte ihr den Rücken zu, die Fensterläden waren gegen Diebe verriegelt, doch eine leichte Brise schlich sich trotzdem herein und zog an den Enden der Decke, und Purnima lag dort im Dunkeln, die Augen geöffnet, warm, umflutet vom Duft der Blüten.

Die Stimme des alten Mannes mit den Jasmingirlanden verklang, und Purnima stand auf und ging über die Terrasse. Sie betrat das Zimmer und schloss die Tür hinter sich. Die Papiere lagen noch immer auf dem Schreibtisch. Seit zwei Wochen lagen sie im selben Stapel am selben Platz. Sie nahm das oberste Blatt beiseite, das mit der einfachen Addition, und sah sich das nächste an. Dieses enthielt mehr Zahlen und zuoberst eine Überschrift. Die Überschrift war auf Englisch, das Purnima nicht lesen konnte, andere Stellen aber waren auf Telugu. So waren in der ersten Spalte unterschiedliche Fahrzeuge aufgelistet, Autos (6), Lastwagen (3), Traktoren (2), Mähdrescher (2) und so weiter. Neben jeder Maschine stand eine Summe. Der Höhe der Zahlen nach zu urteilen und danach, wie innerhalb einer jeden Gruppe – wie etwa den Autos – alle Zahlen ungefähr gleich groß waren, vermutete Purnima, dass jede Zahl dem Wert des aufgeführten

Fahrzeugs entsprach. Neben einem der Autos stand »verbeult« und ein niedrigerer Wert. Die Lastwagen wiederum waren sehr viel höher bewertet als die Autos. Purnima blätterte zur nächsten Seite. Sie wusste, dass sie es aus Langeweile tat, aber irgendwie machte es auch Spaß. Sie hätte nicht sagen können, warum, nur dass es ihr Befriedigung, ein Erfolgsgefühl verschaffte herauszufinden, was die Zahlen, die einzelnen Spalten bedeuteten. Das Gefühl war ihr unvertraut, und sie wunderte sich darüber: Warum hatte sie es nicht gehabt, wenn sie an der Charkha gearbeitet oder ein besonders gutes Sambar gekocht hatte, nicht mal, als sie die zwei Bananen, den Apfel und die Handvoll Cashewnüsse für ihre Mutter gekauft hatte? Vielleicht war der Grund offensichtlich: Ihre Mutter war gestorben, das Sambar aufgegessen, und die Charkha drehte und drehte sich und hörte niemals auf, sich zu drehen. Aber das hier? Dieser Stapel Papiere? Er führte zu etwas; sie fühlte es. Sie blätterte zur nächsten Seite.

Die Schikanen durch die Schwiegermutter und Kishore wurden schlimmer. Arunas Hochzeit mit dem Jungen aus Guntur war so gut wie beschlossen; nun musste nur noch ein wenig um die Mitgift gefeilscht werden, und um den Schmuck (in Unzen Gold berechnet), den die beiden Seiten der Braut geben würden. Für die Mitgift hatte Arunas Familie das Geld, doch für das Gold mussten sie einen kleinen Hof bei Kaza verkaufen.

Der Verkauf des Hofes brachte nicht genug ein, und so wurde Purnima, wann immer sie ein Zimmer betrat oder eines verließ, von der Schwiegermutter angeschrien: »Dein Lumpenvater hat gesagt, innerhalb eines Jahres. Die gesamten fünftausend. Das Jahr ist um. Und hier stehen wir, füttern dich dreimal täglich und haben nicht mal ein Enkelkind dafür. Lumpenväter bringen Lumpentöchter hervor, das ist meine Meinung. Und mein armer

Sohn, ein Prinz, hat dich jetzt am Hals. Wir hätten nie in so eine Familie heiraten sollen.«

Purnima warf einen verstohlenen Blick auf Kishores entstellte Finger und fragte sich: Wer hat hier wen am Hals?

Kishores Art des Eskalierens war qualvoller, wenn auch weniger öffentlich – der Sex wurde brutaler. Gewalttätig. Er riss sie an den Haaren auf dem Bett herum und stieß mit solcher Wucht in sie, dass sie mit dem Kopf gegen die Wand schlug. Am nächsten Tag blühten auf ihrem ganzen Körper Hämatome auf, grün und blau und grau und schwarz, sie wuchsen wie Nester, als ob winzige Vögelchen sie in der Nacht bauten, eine Feder und ein Ästchen und ein Zweiglein nach dem anderen. Nach zwei Wochen konnte Purnima an Beinen und Armen nicht mehr ihre eigentliche Hautfarbe ausmachen und fragte sich – während sie sich allabendlich für Kishores Heimkehr wappnete, das Abendessen so sorgfältig und langsam wie möglich servierte, ohne dass sie zur Eile ermahnt würde, das Geschirr noch gründlicher abwusch, dann Stufe für Stufe hinaufging, wohlwissend, dass er oben auf sie wartete, wohlwissend, was die Nacht bringen würde, und sogar ein- oder zweimal auf der obersten Treppenstufe die Augen schloss, betete, hoffte, wenn sie sie wieder öffnete, würde Savita vor ihr stehen, auf der Terrasse stehen, lachen, würde sagen: »Lass uns gehen« –, sie fragte sich, musste sich immerzu fragen, ob sie *das* mit schlimmer gemeint hatten.

Kishores Arbeitspapiere entwickelten für Purnima so etwas wie ihre eigene Poesie. Sie hätte sie sich stundenlang, tagelang anschauen können, wären da nicht ihre Arbeiten im Haushalt gewesen, und die bloße Tatsache, dass sie ihre eigentliche Bedeutung nicht verstand. Einzeln gesehen verstand sie die Papiere, aber nicht zusammengenommen: Auf der ersten Seite waren einfach Zahlungen addiert, die Kishores Firma im Laufe der letzten drei Monate erhalten hatte. Auf der zweiten Seite – der mit den Auto- und Lastwagenlisten – standen die Güter der Firma. Auf der dritten Seite – wegen der Spalten mit anderen Firmennamen und den Summen daneben, manche kleiner, andere größer, verstand Purnima diese Seite gleich – waren die Schulden der Firma notiert. Aber was bedeuteten die Papiere insgesamt? Warum mischte Kishore sie immer wieder, tippte Zahlen in eine kleine Maschine und schimpfte über offene Rechnungen? Kredite. Schulden. Es ergab keinen Sinn.

Eine Woche lang erledigte Purnima die Hausarbeit wie abwesend, bis eines Nachmittags, als sie gerade die Wäsche aufhängte, der Wind einen von Arunas Schalwars zu Boden riss, Aruna von hinten auf sie zustürmte, Purnimas Arm packte und sie zu sich herumschleuderte: »Weißt du, wem der gehört? Weißt du, wie viel der wert ist?«

Purnima sah sie an und musste lächeln. Es war so einfach. Natürlich. Das war es. Die Papierstapel auf dem Schreibtisch: Sie ergaben etwas. Sie summierten sich auf den Wert der Firma.

Und während sich die Papierstapel immer wieder erneuerten – Kishore nahm einige mit zur Arbeit, brachte andere mit nach Hause und merkte nie, dass Purnima die Papiere studierte, aus ihnen lernte –, sah sie die Welt allmählich anders, klarer: Da war einmal, was man schuldete; dann das, was man verkaufen konnte, um die Schulden zu bezahlen; und nur von dem, was davon übrig blieb (wenn überhaupt), ließ sich behaupten, dass es einem wirklich gehörte, dass man es wirklich lieben durfte.

6

Nach anderthalb Jahren Ehe wurden die Sticheleien zu offener Feindschaft. Purnima erlebte keinen Tag, an dem sie nicht geschlagen oder angeschrien oder dazu gezwungen worden wäre, um Vergebung zu bitten (für die kleinsten Vorfälle, ein paar Teetropfen auf dem Steinboden). Noch immer standen die fünftausend Rupien aus, und die Schwiegermutter und Kishore erinnerten Purnima daran, wann immer diese einen Bissen aß oder ein Glas Wasser trank.

»Meinst du, das ist kostenlos?«, zischte die Schwiegermutter. »Meinst du, das Wasser ist kostenlos? Die Pumpe einzubauen, hat dreitausend Rupien gekostet. Damit *du* nicht zum Brunnen gehen musst. Und was glaubst du, woher wir die dreitausend Rupien haben? Woher wohl? Bestimmt nicht von deinem Vater. So viel steht fest, dieser Dieb. Ihr beide. Diebespack.«

»Aber die Wasserpumpe wurde in dem Jahr eingebaut, bevor ich nach Namburu kam«, wollte Purnima sagen, sagte jedoch nichts. Nicht, weil sie Angst gehabt hätte; Angst verlor in ihrem Leben langsam an Bedeutung – Angst hatte sie schon so lange, zuerst vor ihrem Vater, dann vor ihrer Schwiegermutter und Aruna und Kishore, dass Angst für Purnima ermüdend geworden war, alltäglich, und sie genauso langweilte wie Abwaschen oder Bügeln. Warum sollte sie Angst haben? Sie hatte das Haus ihres Vaters verlassen, und nichts hatte sich geändert. Vielleicht änderte sich ohnehin nie etwas. Sie begriff nun, dass Savita richtig gehandelt hatte, als sie davongelaufen war. Es war richtig von ihr gewesen zu fliehen. Angst brachte nichts, die Monotonie der Angst aber genauso wenig.

Doch wie aus dem Nichts änderte sich alles. Es hörte einfach auf.

Das Geschrei hörte auf, die Forderungen, die Gewalt. Purnima erledigte ihre Arbeiten und wurde einfach ignoriert. Manchmal erwischte sie Kishore oder die Schwiegermutter dabei, wie sie sie beobachteten, als würden sie warten. Aber worauf? Sie wusste es nicht, aber eines wusste sie: Sie musste bald schwanger werden. Sie hatte gehört, dass unfruchtbare Frauen durch zweite Ehefrauen ersetzt würden. Das hätte ihr nicht viel ausgemacht – sie hätte es sogar bevorzugt; sie dachte jedoch, wenn erst die zweite Ehefrau da wäre, könnte sie selbst nach Indravalli zurückgeschickt werden. Manchmal träumte sie, dass sie schon zurückgeschickt worden wäre, und wenn sie die Webhütte beträte, säße Savita am Webstuhl und erwartete sie. Aber das war nicht wahr; nur ihr Vater war dort, und Purnima weigerte sich, ihn zu besuchen.

Selbst an Festtagen, wenn von Töchtern erwartet wurde, ihr Elternhaus zu besuchen, ging Purnima nicht. Warum sollte sie? »Nein«, sagte sie entschieden, »ich gehe nicht.«

Und ihre Schwiegermutter fluchte leise und murmelte: »Nein, warum solltest du auch. Das würde uns eine Woche Essen sparen, warum solltest du also?«

Arunas Hochzeit – mit dem Mann aus Guntur – wurde schließlich für Ende August festgelegt. Die Familie war überglücklich. Es war Juli geworden, und eifrige Vorbereitungen setzten ein. Es gab Einkäufe zu erledigen, Einladungen mussten verschickt, die Hochzeitshalle gebucht werden.

Aruna war außer sich vor Freude. Sie packte Divya an beiden Armen und drehte sich lachend mit ihr im Kreis umher. »Er ist so schön, Divi, und so reich, und wir werden in Amerika leben. Sein Vater hat zu Nanna gesagt, dass er da bald wieder für ein

Projekt hinmuss. Oh, Divi! Kannst du dir das vorstellen? Ich, in Amerika. Ich brauche Kleider. Amma, ich brauche neue Kleider. Keine hässlichen Schalwars, sondern moderne Kleider. Amma, hast du gehört?«

So ging es weiter und weiter, und Purnima war froh, dass Aruna bald aus dem Haus sein würde.

Mitte Juli wurden die Vorbereitungen intensiver, bis eines windstillen Tages zur Teestunde der Heiratsvermittler Balaji vor der Tür stand. Er wurde charmant hereingebeten, doch nach einem einzigen Blick in sein Gesicht stellte Purnimas Schwiegermutter ihre Tasse ab.

»Was ist passiert?«, fragte sie. »Was stimmt nicht?«

Der Heiratsvermittler blickte auf die fast leeren Teetassen, dann zu Purnima. »Steh nicht einfach rum. Tee. Bring uns Tee.«

Als Purnima zurückkehrte, war Aruna schon am Weinen.

»Abgesagt? Aber warum?«, jammerte die Schwiegermutter.

Balaji ging nicht darauf ein. Sagte nur, dass die Familie es sich anders überlegt habe.

»Anders überlegt? Aber warum? Warum? Wir haben ihnen doch alles gegeben, was sie wollten.«

Er nippte an seinem Tee und sah Aruna traurig an. »Sie ist ein gutes Mädchen. Wir finden einen anderen für sie.«

»Einen anderen? Sie Idiot. Was ist mit diesem passiert? Wie sieht das denn aus? Fast schon am Altar, und sie sagen ab. Warum?«

Sie erfuhr nicht mehr von ihm, als dass es besser sei, die Geschichte hinter sich zu lassen. »Schaut nach vorne«, sagte er zu Purnimas Schwiegermutter. Der Weg nach vorne sei der einzige.

Doch Gerüchte sickerten durch.

Jemand hatte der Familie aus Guntur erzählt, Kishores entstellte Hand sei genetisch bedingt, und dass auch Arunas zukünftige Kinder Missbildungen haben könnten.

»Das ist lächerlich«, sagte Kishore wutentbrannt. »Was für Idioten! Dongalu!«

Purnima tat ihm gerade das Abendessen auf. Sie gab etwas Reis auf seinen Teller und fragte: »Ist es das?«

»Ist es was?«

»Ist es genetisch bedingt?«

Kishore wurde bleich; er stand vom Tisch auf und verließ wortlos das Zimmer.

»Raus!«, schrie ihre Schwiegermutter. »Raus aus diesem Haus! Es liegt an dir. Deinetwegen haben sie die Hochzeit abgesagt. Du bist ein Fluch für diese Familie. Alles ist deinetwegen.«

Bin ich denn ein Fluch?, fragte sich Purnima zerstreut und stieg die Treppe hinauf. Sie ging nicht ins Schlafzimmer, wo Kishore sein würde. Sie stellte sich auf die Terrasse und blickte auf die wogenden Palmen in der Ferne und die niedrigen Strohhütten darunter, drehte sich nach Westen und sah, wie die letzten Sonnenstrahlen den Himmel verließen, als hätten sie keine Verwendung mehr für ihn, und Purnima wollte gerne hinterher, der Sonne hinterher, und dachte: Worauf hat sich mein Leben summiert? Was wurde genommen, was ist geblieben? Was ist sein Wert?

Sie hörte Schritte. Sie dachte, es müsse Kishore sein und wappnete sich schon, doch es war Divya mit einem Teller Reis.

»Du hast noch nichts gegessen«, sagte sie.

Purnima hätte vor Dankbarkeit fast aufgeheult.

Divya drehte sich um und ging wieder hinunter.

Purnima saß bis spät in die Nacht auf der Terrasse und schlich dann leise ins Schlafzimmer. Kishore hatte sich zur Wand gedreht, und sie dachte, er schliefe, aber nein, er atmete stockend und ungleichmäßig. Er war wach – und wütend. Sie spürte seinen Zorn. Sie legte sich an die andere Bettkante und wartete, stellte sich auf das Schlimmste ein, doch schließlich schien er einzuschlafen. Vielleicht schlief auch sie ein.

Auch der nächste Morgen war seltsam still. Divya ging in die Schule; Aruna blieb mittlerweile fast nur noch in dem Zimmer, das sie sich mit Divya teilte. Kishore ging nicht zur Arbeit. Er sagte, er fühle sich nicht gut, doch anstatt sich hinzulegen, schloss er sich mit seiner Mutter im oberen Schlafzimmer ein.

Am Nachmittag kam Purnimas Schwiegermutter herunter. Sie sah Purnima freundlich an und fragte: »Mein Liebes, wie wär's mit ein paar Bhajis zum Tee? Ich habe Lust auf Bhajis. Würd's dir was ausmachen?«

Purnima starrte sie an. Diese Stimme kannte sie nicht.

Es war nur eine einzige Kartoffel im Haus, und ein paar Zwiebeln, die schnitt sie also und stellte das Öl auf den Herd. Ihre Schwiegermutter blieb in der Küche und bot sogar an, beim Schneiden zu helfen, aber Purnima sagte, es sei kein Problem; sie würde die Bhajis schon machen. Das Öl fing an zu sprudeln und rauchte leicht. Purnima tauchte eine Zwiebel in den Teig. Da kam Kishore in die Küche.

Purnima erschrak – noch nie hatte Kishore die Küche betreten, kein einziges Mal.

Auch er lächelte freundlich.

Nein, dachte sie in diesem Moment. Nein.

Nichts ergab Sinn, und doch ergab es Sinn.

Sie ließ die Zwiebel zurück in den Teig fallen und wich ein paar Schritte vom Herd und von den beiden zurück. Da schnellten sie vor; einer auf Purnima zu, der andere zum Herd.

Purnimas sah nicht mehr klar. Sie wusste nicht, wer sie packte, stieß die Person aber so heftig von sich, dass sie selbst das Gleichgewicht verlor. Sie fiel zu Boden, die beiden waren nun beim Herd.

Was machen sie da? Ihr blieb gerade noch Zeit zu denken: Was machen sie da?, als ein Arm etwas vom Herd stieß, und Kishore und seine Mutter zur Seite und wegsprangen.

Purnima wollte ihnen nachblicken, und so spritzte das Öl über ihre linke Gesichtshälfte, ihren Hals, auf Oberarm und Schulter. Purnima spürte ein Feuer brennen, dann erlosch das Feuer und alles andere mit ihm.

7

Kishore und die Schwiegermutter weigerten sich, die Krankenhausrechnungen zu bezahlen, und so wurde Purnima nach zwei Tagen entlassen. Nur ihr Schwiegervater und Divya holten sie ab; als sie sich in die Autorikscha setzte, Gesicht und Hals und Arm und Schulter bandagiert, fühlte sie sich so klein, so schwach, dass sie in der Mittagshitze zitterte.

Ihr Schwiegervater sagte: »Du kannst noch ein, zwei Tage bleiben, aber dann musst du gehen. Es bringt nichts, in Namburu zu bleiben. Es bringt nichts. Ich kaufe dir heute Abend eine Fahrkarte nach Indravalli.«

Purnima nickte unmerklich, und selbst das leichte Nicken erzeugte in ihrer linken Gesichtshälfte einen vernichtenden Schmerz.

Als sie zu Hause ankamen, saßen die Schwiegermutter und Kishore im Wohnzimmer und sahen Purnima missbilligend an. Divya führte sie die Treppe hinauf und ging oben zuerst ins Schlafzimmer, um den Spiegel des Kleiderschranks zu verhängen. Erst dann trat Purnima ein. Sie legte sich aufs Bett. Divya ging und kam am Abend mit einem Teller Essen zurück. Purnima blickte auf das Essen und fing an zu weinen. Divya ging wieder, kam mit einem Glas Milch zurück und zwang Purnima, zumindest dieses zu trinken.

Der nächste Tag verging genauso. Nur Divya kam und ging. Dieses Mal brachte sie ihre Bücher mit, öffnete eines und begann zu lesen. Purnima gab einen Laut von sich, ein Piepsen.

Divya blickte von ihrem Buch auf. »Das ist mein Telugu-Buch«, sagte sie. Das Buch sei noch aus der britischen Zeit; die kleine Schule in Namburu habe nie genug Geld, um neue Bücher zu kaufen.

Purnima öffnete den Mund, die winzigste Öffnung, um etwas zu sagen, doch der Schmerz durchschoss sie wie eine Kanonenkugel.

»Soll ich dir vorlesen?«

Purnima blinzelte.

Die Geschichte, die Divya vorlas, handelte von einem Mann auf einem Schiff im frühen neunzehnten Jahrhundert. Der Mann hieß Kirby.

Divya machte eine Pause und sagte: »Hier steht nicht, ob das sein Vorname oder Nachname war.« Sie las weiter.

In der Geschichte reiste der Mann Kirby auf einem Schiff von Pondicherry nach Afrika. Auf dem Schiff lernte er einen anderen Mann kennen, einen portugiesischen Oberst. Der Oberst reiste laut Kirby zum Anwesen seiner Familie nach Mosambik. Seine Familie baue Sisal an, erzählte der Oberst Kirby, und redete dann in einem fort davon, wie Sisal aussah (»wie eine mexikanische Agave«, schrieb Kirby, wenngleich Purnima und Divya auch mit dieser Erklärung keinerlei Vorstellung hatten, wie die aussehen sollte), wie man ihn anbaute und erntete. Die Blätter der Sisalpflanze könnten tiefer als ein Schwert schneiden. Da fragte Kirby den Oberst: »Aber wie fassen Sie sie dann an?«

»Oh, das tun wir gar nicht«, antwortete der Oberst. »Das machen alles die Neger.«

In seiner letzten Nacht an Bord, bevor er am nächsten Morgen in Lourenço Marques an Land gehen würde, erzählte der alte Oberst Kirby folgende Geschichte:

»Eines Winters«, begann der Oberst, »war ich in Wellington stationiert, bei Madras. Vor vielen Jahren. Ganz plötzlich wurde unser Quartier von Ratten überrannt. Hunderte und Aberhunderte. Sie waren in den Lebensmitteln, in den Betten, in der Artillerie. Und nicht einfach irgendwelche Ratten«, sagte er und wölbte die Hände zur Größe eines Esstellers. »Sie waren riesig. Jedenfalls wusste niemand, wie wir sie loswerden konnten. Wir versuchten es mit Gift und Fallen und holten sogar einen Medizinmann aus den Bergen, irgendeinen Experten für Nager und Skorpione und solche Viecher. Sehen Sie, nichts davon half. Die Ratten machten einfach weiter, überall rumzufressen und hinzuscheißen.« (An dieser Stelle verwies eine Fußnote darauf, dass der Oberst *defäkieren* hatte sagen wollen.)

»Nach etwa einem Monat«, erzählte der Oberst weiter, »bemerkte ein junger Soldat, dass, nachdem er auf den Boden gespuckt hatte, eine Ratte herbeikam, an seiner Spucke schnüffelte und mit den gütigsten, kummervollsten Augen, die er je gesehen hatte, zu ihm aufblickte. Der Soldat erzählte uns am Abend davon, beinahe als Witz. Aber ich merkte, dass der junge Mann ein wenig erschrocken war. Der Lagerarzt hörte davon, und in derselben Nacht diagnostizierte er bei dem jungen Soldaten Tuberkulose im Anfangsstadium.«

Kirby schrieb, dass der Oberst hier einen Schluck Champagner nahm (wieder wussten Purnima und Divya nicht, was gemeint war und zuckten mit den Schultern). »Sehen Sie«, sagte er, und stellte sein Champagnerglas ab, »Ratten erkennen Tuberkulose lange vor der modernen Medizin. Diese verfluchte Ratte rettete gewissermaßen das ganze Lager vor einer Epidemie. Ungeheuerlich, nicht wahr?«

Daraufhin fragte Kirby den Oberst: »Und die Ratten? Was geschah mit ihnen?«

»Das ist das Komische daran. Eines Tages verschwanden sie einfach. Packten ihre Sachen und waren weg. Als ob es ihr einziges Anliegen gewesen wäre, uns zu warnen. Das zu retten, was sie vernichten wollte.«

Da, schrieb Kirby, habe er laut aufgelacht, doch der Oberst habe nur die Augen geschlossen. Am Ende der Geschichte in dem Telugu-Buch erzählte er, dass früh am nächsten Morgen, als das Schiff in Lourenço Marques angelegt habe und sie den Oberst wecken wollten, der Oberst tot gewesen sei. Er habe bleich in seiner engen Koje gelegen, die Haut fast durchsichtig, und Kirby habe fast sehen können, wie das Blut aus dem Herzen des Obersts geflossen sei.

Das war das Ende der Geschichte, und als Divya zu lesen aufhörte, sah Purnima sie an. Ein Mädchen im selben Alter, in dem sie Savita kennengelernt hatte. Sie blickte auf Divyas Hals – braun wie Rinde, eine pochende Vene, gleichmäßig pulsierend, ein Leuchtturm unter der Haut – und dachte an den armen Oberst, an die Ratten, an Mosambik, wo immer das sein mochte, und Purnima musste sich gar nicht fragen, wie das wohl aussähe, Blut, das aus einem Herzen fließt.

Der nächste Tag war ein Sonntag. Alle waren zu Hause. Purnima konnte sie unten hören, wie sie redeten, lachten und wie Verkäufer, meist Gemüseverkäufer, an den Haustüren hielten, lauthals ihre Waren anpriesen, Auberginen und Bohnen und Paprika, erst am Morgen gepflückt. Die Schalen der Früchte noch von Tau benetzt. Die Krishna floss gar nicht an Namburu vorbei, doch Purnima meinte, im Wind den Geruch des Flusses zu erkennen; sie sah die Fischernetze, die ins Wasser geworfen wurden und wie Wickelröcke umherwirbelten. Wenn sie die Augen schloss, sah sie die Saris, die am anderen Ufer trockneten. Alle Farben, flatternd in der Brise über dem Fluss, Felder voller Wildblumen.

Sie hielt die Augen nun die meiste Zeit geschlossen. Sie blieb den ganzen Tag auf ihrem Zimmer und ging nur hinunter, um die Latrine zu benutzen. Sie hatte sich seit dem Angriff in der Küche nicht mehr gewaschen, und ihr Geruch nach Moschus und Tier, vermischt mit dem Geruch von Schweiß, von muffigen Verbänden, von Kupfer (hatte sie ihre Periode bekommen? Vielleicht. Sie sah nicht nach) und von verbranntem Fleisch, immer der Geruch von verbranntem Fleisch, überwältigte sie, wenn sie zu schlafen versuchte. Sie wollte nicht schlafen. Sie wollte wach bleiben, falls nötig die ganze Nacht.

Ihr Schwiegervater war am Abend zuvor nach oben gekommen und hatte ihr eine Zugfahrkarte nach Indravalli gegeben. Zweite Klasse statt dritter, sodass sie verhältnismäßig bequem reisen würde. Er hatte ihr nicht in die Augen gesehen, aber sie wusste, dass es ihm leidtat. Sie wusste so wenig von ihm, doch plötzlich wusste sie, dass er ein Leben voll Bedauern lebte. Bevor er wieder ging, blieb er kurz an der Tür stehen, und auf dem Bett liegend dachte Purnima, dass sie beide wie verwundete Tiere in einer dunklen Höhle aussehen mussten.

Als er gegangen war, starrte Purnima auf die Fahrkarte und legte sie unter ihr Kopfkissen. Es war der Passagierzug, der zweimal täglich fuhr, der Namburu um vierzehn Uhr dreißig verließ und um vierzehn Uhr fünfundfünfzig in Indravalli ankam. Fünfundzwanzig Minuten. Mehr war es nie gewesen.

Sie dachte, Kishore könnte noch heraufkommen, wenn auch nur um sicherzustellen, dass sie wirklich das Haus verließ, doch abends kam nur Divya und brachte Purnima das Essen, Reis und Dal, der Reis weich gekocht, sodass Purnima wenig kauen musste. Nachdem Divya gegangen war, schloss Purnima die Augen.

Als sie sie wieder öffnete, war es dunkel. Am Himmel stand ein Dreiviertelmond, und so konnte sie beim Betrachten des dämmrigen Zimmers die Umrisse der Möbel erkennen, den glänzenden Steinfußboden, das Blumenmuster auf ihrer Decke. Sie sah zum Schreibtisch; selbst im Mondlicht sah sie den Stapel Papiere, die Buchhaltung, die zu enträtseln ihr so viel Freude bereitet hatte, ein solches Gefühl von Erfolg und Sinn. Es bedeutete nichts, wurde ihr klar, und ihr brach das Herz. All das bedeutete nichts. Es bedeutete nichts angesichts von etwas so Simplem wie heißem Öl und Bosheit.

Sie stand mühsam auf, trat in das silberne Mondlicht und hinaus auf die Terrasse. Die Terrasse würde sie vermissen; neben Divya das Einzige, was sie aus den zwei Jahren in Namburu vermissen würde. Sie ging an den Rand der Terrasse, blickte hinauf zu den ersten Sternen und dachte an die vielen Jahre, die ihr zu leben blieben. Vielleicht blieben ihr auch gar keine. Man konnte es unmöglich wissen. Aber wenn sie nicht noch in derselben Nacht sterben würde, wenn sie nicht noch innerhalb des Zeitraums sterben würde, den ein Mensch sich ohne Weiteres tatsächlich vorstellen konnte (einem Tag? einer Woche?), was, fragte sie sich, werde ich mit all diesen Jahren tun? Mit all den vielen Jahren?

Nach vorne zu blicken, begriff Purnima, hieß auch zurückzublicken. Und so sah sie ihre Mutter, wie sie einst gewesen war: jung und lebendig. Am Webstuhl bei Laternenlicht oder über einen dampfenden Topf gebeugt oder bei einem von Purnimas Brüdern oder ihrer Schwester, wie sie deren Gesichter abwischte oder sie badete oder ihnen die Haare aus den Augen strich. Das war alles, was ihre Mutter in Purnimas Erinnerung je getan hatte: etwas für andere. Sogar Purnimas liebste Erinnerungen – wie ihre Mutter sie auf der Busfahrt zu den Großeltern mit der Hand gefüttert hatte, das Gewicht dieser Hand auf ihrem Haar beim Kämmen – kreisten sämtlich darum, dass ihre Mutter etwas für ihr Kind tat, nie für sich selbst. Hatte ihre Mutter so ihr Leben verbringen wollen? Sollten Leben so verbracht werden?

Nun blickte Purnima in die Zukunft. Sie sah sich nach Indravalli zurückkehren. Am nächsten Tag würde sie um vierzehn Uhr fünfundfünfzig aus dem Zug steigen und zum Haus ihres Vaters gehen. Sie sah ihn klar vor sich, wie er auf der Veranda saß, auf dem Hanfseilbett, rauchte und sie betrachtete. Auf dieselbe Art und Weise, wie auch sie ihn betrachten würde. Vielleicht würden ihre Geschwister da sein, vielleicht auch nicht.

Doch was die Zukunft am klarsten bereithielt – noch klarer als das Bild ihres Vaters –, war das Bild eines Schlachtfeldes. Und kein Schlachtfeld, in allen Geschichten der Menschheit, glich jenem, das Purnima nun vor sich sah: blutgetränkt und übersät – womit? Sie ging näher heran, ging auf die Knie, um besser sehen zu können, und ihre Augen weiteten sich: Sie selbst war es. Das Feld war übersät mit ihren Gliedern, Organen, Füßen, Händen, ihrem Skalp und Haaren, und selbst mit ihrer Haut, in Fetzen, wie von Hunden zerfleischt.

Purnima blinzelte, aber es waren keine Tränen, die sie zurückhalten musste. Was war das? Sie wusste es nicht, sah es aber – es schwebte in der Luft, erstickend, wirbelnd wie Asche.

Sie ging zurück ins Zimmer, zog die Zugfahrkarte unter dem Kopfkissen hervor und riss sie entzwei, in Viertel, in Achtel, und warf die Papierschnipsel wie Konfetti in die Luft. Leicht verzückt sah sie ihnen beim Fallen zu, drehte sich zum Kleiderschrank, öffnete ihn und nahm die verschlossene Schatulle heraus. Sie konnte keinen Schlüssel finden; wahrscheinlich war er an dem Schlüsselbund, den ihre Schwiegermutter immer am Bund ihres Saris trug. Ruhig nahm Purnima die Statue – die, die Kishore als Jahrgangsbester im College bekommen hatte – und schlug damit gegen das Schloss. Das Schloss zerbrach, die Statue aber auch, an der Lötstelle zwischen graviertem Sockel und Figur (ein Vogel, der sich von einem Zweig erhob). Purnima warf beide Stücke zurück in den Kleiderschrank. Die Papiere in der Schatulle interessierten sie nicht, doch den Schmuck – nur ein dünnes Goldkettchen und zwei Armreife; den Rest verwahrte Kishore in einem Bankschließfach – knotete sie in das Ende ihres Pallus und steckte ihn in den Bund ihres Saris; das Bargeld (knapp über fünfhundert Rupien) steckte sie in ihre Bluse, neben die linke Brust. Dann warf sie auch die Schatulle zurück in den Schrank, schloss die Tür und blieb davor stehen.

Der Spiegel war noch immer mit einem Tuch verhängt, und Purnima blickte auf das Tuch, als würde es eine Antwort bereithalten. Ein Zeichen. Aber es hielt nichts bereit; es war einfach nur ein Tuch. Sie riss es so heftig vom Spiegel herunter, dass ein Luftzug entstand; ihre Haare flogen kurz auf, als stünde sie am Meer. Purnima spürte davon nichts, keinen Wind und kein Meer. Reglos stand sie vor dem Spiegel – noch nie hatte sie sich so genau betrachtet. Der Spiegel in Indravalli war nur ein Handspiegel gewesen, und in ihrer Zeit in Namburu, auch wenn sie dort fast zwei Jahre lang gelebt hatte, hatte sie nie wirklich vor diesem Spiegel gestanden. Oder vor irgendeinem anderen. Doch nun stand sie da. Sie sah, dass sie kein Mädchen mehr war. Und wenn sie jemals hübsch gewesen war, war sie es nun nicht mehr. Sie ging näher heran, hob die Hände zum Gesicht und entfernte die Verbände, einen nach dem anderen. Die linke Gesichtshälfte und ihr Hals waren, wie sie es sich vorgestellt hatte, oder noch schlimmer: hellrot, voller Pusteln, die Verbrennung an den Rändern grau und schwarz, die linke Wange hohl, rosa, schillernd und feucht, wie von innen nach außen gestülpt. Der linke Arm und die Schulter waren weniger schlimm als gedacht. Dort waren nur kleinere Öltropfen gelandet, kein ganzer Schwall, und die Spritzer heilten bereits langsam. Aber sie wusste, bei Gesicht und Hals musste sie aufpassen, dass sie sich nicht entzündeten, sie brauchte also saubere Mullwickel und Jod. Ohne Bandagen sah sie noch entstellter aus als mit ihnen.

Sie erinnerte sich, wie der Arzt durch ihren Morphiumnebel gesprochen hatte: »Du hattest Glück, dass es dich nicht unter dem Hals erwischt hat.«

Schläfrig hatte sie ihm den Kopf zugewandt.

»So verlässt dich dein Ehemann nicht. Solange du vernünftige Brüste hast, verlässt dich kein Mann.«

Hätte sie nicht im Opiatnebel gelegen und wäre sie nicht so froh gewesen, einfach die Augen zu schließen, hätte sie vielleicht gesagt: »Dann wünschte ich, es hätte auch die Brüste getroffen.«

Purnima legte sich wieder aufs Bett und wartete. Sie wartete bis zum dunkelsten Teil der Nacht, dann zog sie sich einen frischen Sari an, trank das Glas Wasser, das Divya ihr hingestellt hatte, und schlich nach unten, zur Tür hinaus und hinaus aus Namburu, all das tat sie überraschend geübt und präzise und gezielt, denn natürlich wusste sie, was sie tun würde, egal, wie lange sie dazu brauchen würde, egal, wie schwierig der Weg sein würde, und wusste, wo all dies schon immer hingeführt hatte, immer.

Sie würde Savita finden.

8

Purnima rechnete sich aus, dass Savita etwa gegen vier Uhr morgens das Haus verlassen haben musste. Darauf kam sie, weil sie sich erinnerte, wie sie in jener letzten Nacht mit Savita im Arm eingeschlafen war, und als sie bei Sonnenschein aufgewacht war, war Savita nicht mehr dagewesen. Wann war die Sonne aufgegangen? Um halb sieben oder sieben? Wenn dem so war, hatte Savita sehr viel früher verschwinden müssen, um unentdeckt zu bleiben, und war demnach wahrscheinlich um vier oder fünf Uhr morgens weggegangen. Eher gegen vier, vermutete Purnima. Warum nicht früher, warum nicht gegen zwei oder drei Uhr morgens? Das wäre möglich, dachte Purnima, aber wohin wäre sie dann gegangen? Um diese Uhrzeit fuhr kein einziger Bus oder Zug, und zu versuchen, an der Schnellstraße einen Lastwagen zu finden, wäre zu riskant gewesen. Außerdem, falls sie das getan hatte, an der Tenali Road in irgendeinen Lastwagen eingestiegen war, konnte sie mittlerweile überall sein. Dann wäre sie jetzt vielleicht in Assam oder Kerala oder Rajasthan oder Kaschmir. Oder irgendwo dazwischen. Überall. Und diese Möglichkeit wollte Purnima gar nicht erst in Betracht ziehen.

Auch dass seit Savitas Verschwinden knapp zwei Jahre vergangen waren, wollte sie nicht bedenken, ebenso wenig wie die Tatsache, dass Savita in dieser Zeit sonst wohin verschwunden sein könnte. Diesen Gedanken ließ Purnima nicht zu. Schließlich, so sagte sie sich, war Zeit einfach. Sie war kein Rätsel. Zeit war nackt und ungerührt; sie war wie der Büffel, der die Felder pflügte. Die Zeit trottete nur dahin, nie zögernd, und ohne einen Gedanken im Kopf. Zeit waren alle ihre Tage in Namburu, und all die Tage davor. Aber Geografie? Geografie war Purnima hingegen ein Rätsel. Berge, Flüsse, riesige und endlose Ebenen, Meere, die sie nie gesehen hatte. Geografie war das Unbekannte.

Und so war es entschieden: Wenn Savita gegen vier Uhr morgens gegangen war, hatte sie nur einen von zwei Bussen nehmen können. So früh morgens fuhren nur zwei Busse. Einer nach Süden, nach Tirupati, der andere in den Norden, nach Vijayawada. Und damit stellte sich schon ein weiteres geografisches Rätsel: Welchen der beiden hatte sie genommen?

Purnima dachte gerade über diese Frage nach, als eine Erinnerung sie anwehte. So zart, so sehr wie Spinnfäden, dass man es kaum einen Gedanken hätte nennen können, nicht einmal das Fragment eines Gedankens, aber da war es, sie war sich sicher, dass da etwas war, und sie zog daran, als hätte sich ein Spinnennetz tief in ihren Sinnen verfangen.

Mittlerweile hatte Purnima den Stadtrand von Namburu erreicht. Sie war auf dem Weg zum Busbahnhof an der Schnellstraße, nicht dem Busbahnhof im Ort, um ungesehen zu bleiben. Als sie sich dem Busbahnhof näherte, fiel ihr Blick auf ein Werbeplakat für Amla-Öl. Darauf war eine grüne Amla-Frucht, aus der glitzerndes, sonnendurchleuchtetes Öl direkt in eine hellgrüne Flasche tropfte. Neben der Flasche zeigte ein Foto eine Frau mit kräftigem, glänzendem Haar, sie warf gerade den Kopf herum, und ihr Haar breitete sich fächerförmig zum Betrachter hin aus. Vermutlich hatte das Amla-Öl ihr Haar so glänzend und kräftig gemacht. Purnima starrte auf das Plakat, sie betrachtete die perfekte Amla, die Öltropfen und die Frau, dann wieder die Amla. Die vollkommene Frucht.

Sie wischte das Spinnennetz beiseite, und da wusste sie es. Sie wusste, wohin Savita gegangen war: nach Majuli. Sie musste nach Majuli gegangen sein.

Purnima lächelte; ihr gesamtes Gesicht ging in Schmerzen auf, aber sie lächelte trotzdem. Und wo lag Majuli? Sie erinnerte sich. Im Brahmaputra, hatte Savita gesagt; und so viel wusste Purnima über Geografie: Der Brahmaputra lag im Norden, und so winkte sie zwanzig Minuten später den Bus nach Vijayawada heran, nach Norden, und bemerkte gar nicht erst, wie der Fahrer und der Schaffner und die alte Frau, neben die sie sich setzte, ihr Blicke zuwarfen, abgestoßene Blicke, und sie anstarrten, ihre Verbrennungen, ihr Gesicht nun nicht mehr verhüllt, sondern roh und rosa wie der Sonnenaufgang.

Als sie in Vijayawada ankam, ging sie noch in der Dunkelheit zu einem Stand, an dem es Medikamente und Verbandszeug gab, um Mullbinden und Jod zu kaufen. Der Verkäufer zeigte ihr, wie sie das Jod auftragen und die Verbrennungen verbinden musste – ein alter Mann mit Brille, der nicht fragte, wie es zu den Verbrennungen gekommen war, als ob er Frauen mit genau solchen Verletzungen tagtäglich bedienen würde. Purnima nahm an, dass dem wahrscheinlich so war und er nur überlegte, ob es Öl oder Säure gewesen war. Aber selbst das fragte er nicht, und Purnima dachte, dass er es vielleicht beim bloßen Anblick der Wunde erkennen konnte. Doch sie mochte ihn; sie mochte, wie er ihr sanft zeigte, wie sie den Verband um den Hals und über die Wange legen und ihn verknoten musste, sodass er fest, aber nicht zu eng saß.

Er sagte: »Das braucht Luft«, und meinte die Verbrennung, dann fragte er: »Was brauchen Sie sonst noch?«

Purnima sagte, sie bräuchte eine Wegbeschreibung zum Bahnhof, und er nickte. Auch das hatte er anscheinend erwartet.

Der Weg dorthin, sagte er, sei weit, und sie solle lieber den Bus nehmen.

Purnima wollte trotzdem laufen, und auf dem Weg kaufte sie sich ein Päckchen Idlis, weil sie mehr nicht hätte kauen können. Dann trank sie eine Tasse Tee, im Stehen neben einer Teebude, während die Männer ringsum sie unverhohlen anstarrten, oder verstohlen, doch allesamt voll Ekel, wissend, was unter ihren Verbänden lag, und vielleicht ein oder zwei von ihnen beschämt.

Als Purnima nach einer Stunde den Bahnhof erreichte, wurde es gerade hell. Der weiße Marmorboden, übersät mit schlafenden Körpern, leuchtete hell durch ein Gemenge von Armen und Beinen von Alten und Jungen. Sie lief vorsichtig zwischen ihnen hindurch, ging in die Vorhalle und las die Anzeigetafel. Majuli würde natürlich nicht aufgeführt sein, es war ja eine Insel, also suchte Purnima nach allen Zügen gen Norden. Es gab keinen. Zumindest keinen, der von Vijayawada abgefahren wäre.

Sie starrte weiter auf die Tafel und fragte sich, ob sie sich irrte, aber es fuhr kein einziger Zug weiter als bis nach Eluru. Sie drehte sich um und ging zum Frauenschalter. Er war noch nicht geöffnet und würde auch erst in zwei Stunden öffnen. Erst wollte Purnima in der Vorhalle warten, beschloss dann aber, dass sie auf dem Bahnsteig vielleicht mehr Informationen erhalten würde.

Sie bezahlte fünf Rupien für eine Bahnsteigkarte, und als sie den ersten Bahnsteig betrat, war er voller regem Betrieb. Ein Nachtzug aus Chennai war gerade angekommen. An den Kaffee- und Teeständen dampfte es, ein Puri-Verkäufer lief am Zug auf und ab und rief in die Fenster, Schachteln voller Vadas und Idlis stapelten sich in die Höhe, und selbst die Buden mit Zeitschriften und Zigaretten und Keksen waren geöffnet, auch vor dem Laden gegenüber, in dem Zuckerrohrsaft frisch gepresst wurde, drängten sich schon die Leute. Als sie am Trinkwasserbrunnen vorbeiging, stand eine Menschenmenge davor, und alle drängten, um an einen der sechs Hähne zu gelangen.

Purnima hatte noch nie so viele Menschen gesehen. Sie blieb einen Moment lang stehen, desorientiert, bis ihr einfiel, dass sie jemanden nach den Zügen gen Norden fragen wollte. Dutzende Gepäckträger liefen umher, in ihren ziegelsteinfarbenen Hemden waren sie scheinbar überall, doch sie beachteten Purnima nicht und schubsten sie sogar ein paarmal aus dem Weg. Purnima zog sich an eine Wand zurück, weg vom Zug, und wartete. Schließlich, nach zwanzig Minuten, fuhr der Zug ab, und plötzlich hörte alles wieder auf. Jetzt standen die Träger, die nicht angeheuert worden waren, lustlos herum, tranken einen Tee oder Kaffee und warteten auf den nächsten Zug.

Purnima zog ihren Pallu über den Kopf und ging auf eine Gruppe von dreien zu, die bei einem der großen Tragbalken standen. Die drei redeten nicht miteinander, standen aber eindeutig beieinander.

»Wissen Sie, was mit den Zügen nach Norden ist?«, fragte Purnima.

Der Dünnste der drei, fast noch ein Jugendlicher, musterte sie von unten nach oben, bis sein Blick kurz unter ihrem Gesicht verharrte. »Sehe ich aus wie der Informationsschalter?«

»Der ist geschlossen.«

»Dann wart halt«, sagte einer der beiden anderen.

»Aber es wird kein einziger Zug nach Norden angezeigt. Keiner, der weiter als bis Eluru fährt. Wissen Sie denn irgendwas darüber?«, fragte sie den dritten Mann, ein wenig älter, sein Schnurrbart und dicker Haarschopf ergrauten.

Auch er sah Purnima an, hauptsächlich ihr bandagiertes Gesicht, das sie erfolglos zu verbergen versuchte. »Die Naxaliten. Die haben hinter Eluru die Gleise gesprengt.«

»Also fahren gar keine Züge?«

»Hast du mich nicht gehört?«

»Aber gar keine Züge? Kein einziger? Wie kann das denn sein?«

Der junge Mann lachte. »Diskutier das doch mit Indian Railways. Die erklären das bestimmt gerne.«

Purnima wandte sich von den Gepäckträgern ab und ging zurück zu ihrem Platz an der Wand. Sie ließ sich in die Hocke gleiten.

Wie lange würden ihr die fünfhundert Rupien reichen? Nicht sehr lange. Und noch war es zu früh, um den Schmuck zu verkaufen. Sie beschloss, im Bahnhof zu bleiben, in der Vorhalle zu schlafen, neben den anderen Leuten, oder auf einem der Bahnsteige, vielleicht auf dem, der am weitesten vom Signalhäuschen entfernt war, bis die Gleise im Norden repariert wären oder sie hinausgeworfen würde. Sie konnte sich an den Wasserhähnen waschen, an den Buden essen, und Latrinen, nun, die Latrinen waren ohnehin einfach die Gleise. Warum habe ich keine Decke mitgenommen?, dachte sie und ärgerte sich über sich selbst.

Sobald sie sich zum Bleiben entschieden hatte, kaufte sie sich zuallererst eine kleine Wasserflasche, um sich waschen zu können, dann setzte sie sich neben Higginbotham's Bücherstand und versuchte auszusehen, als ob sie dort hingehörte, als ob sie auf einen Zug wartete, oder auf jemanden – jemand Nahestehendes, jemand in einem Zug. Neben dem Verkaufsstand war eine Nische hinter einem Ständer mit Zeitschriften und Comics, und Purnima entdeckte, dass sie dort perfekt hineinpasste und unsichtbar blieb, solange sie ihre Beine vor die Brust zog. Von diesem Aussichtspunkt aus bemerkte sie erstaunt, wie wenige Leute hinunterblickten. Niemand, soweit sie nach ihren ersten Stunden in der Nische beurteilen konnte.

Nach einer Weile stand sie auf, um sich die Beine zu vertreten und ging auf die Fußgängerbrücke, die hoch über den

Gleisen verlief und von der Treppen auf die Bahnsteige hinabführten. Von dort oben sah sie zu, wie die langen Züge eintrafen und wieder abfuhren, betrachtete die Dächer über den Bahnsteigen und die Gleise – wie viele waren es? Vielleicht zwanzig, vielleicht auch mehr; sie hatte so etwas noch nie gesehen; sie hatte nicht gewusst, dass es so viel Handel, so viele Menschen und so viele Reisen auf der Welt gab – in alle Richtungen ziehend wie die Linien einer Handfläche.

Dies wurde ihre tägliche Routine: Auf einem der Bahnsteige schlafen, oder in der Vorhalle, jeden Morgen als Erstes auf der Anzeigetafel nachschauen, ob ein Zug weiter als bis nach Eluru fuhr, und wenn es keinen gab, sich ein Päckchen Idlis und einen Becher Kaffee oder Tee kaufen, stimmungsabhängig, dann entweder auf und ab gehen oder sich in der Nische bei Higginbotham's zusammenkauern.

Erst zu Anfang der zweiten Woche traf sie Rishi. Er war ein dünner Junge, etwa in ihrem Alter, vielleicht ein wenig jünger. Es war ihr schon aufgefallen, wie er über die Bahnsteige schlich, ganz am Rande, und alle, die an ihm vorbeigingen, musterte. Er musterte die Menschen so genau, dass Purnima sich fragte, ob er sie zeichnen oder sie ausrauben wollte. Aber das tat er nie, zumindest nicht, soweit Purnima sehen konnte. Er war jeden Tag da, genau wie sie. Er hatte auch sie ein paarmal gemustert, wenngleich sie ihn ignoriert hatte und weitergegangen war.

Trotzdem musste er gewusst haben, dass sie die meiste Zeit hinter Higginbotham's wohnte, denn eines Nachmittags kam er herüber und sah sich den Ständer mit Zeitschriften und Comics an. Er zog ein *Panchatantra*-Heft heraus und blätterte darin. Dann griff er eine Filmzeitschrift mit einer Frau in einem roten Kleid auf dem Titel. Als er auch diese zurück in den Zeitschriftenständer steckte, rief jemand, den Purnima nicht sehen konnte: »Hey. Hey! Du da. Entweder du kaufst das oder nicht. Aber schmier's nicht mit dem Haarfett von deiner Mutter voll.« Der Junge trat einen Schritt vom Zeitschriftenständer zurück – Purnima sah seine Sandalenfüße –, da wandte er plötzlich den Kopf und sah sie direkt an.

Purnima zuckte zusammen. Ihr Herz setzte einen Schlag aus. War er von der Polizei?

»Was ist mit deinem Gesicht passiert?«, fragte er.

Purnima zog ihren Pallu über die Stirn, fast bis über die Augen, und sagte nichts.

»Bist du taub?«

Sie zuckte mit den Schultern.

»Lass mich mal sehen.«

Er kam auf sie zu; Purnima drückte sich enger an die Wand. Er ging ein wenig in die Knie, langsam, anmutig. Er war nicht von der Polizei; da war sich Purnima auf einmal sicher, trotzdem blickte sie ihn weiter nur zaghaft von unten her an.

Er sah ihr in die Augen und sagte: »Am Hals auch? Dein Vater oder dein Ehemann?«

Purnima schwieg einen Moment, als ob sie sich entscheiden müsste, und sagte: »Niemand. Es war ein Unfall.«

Der Junge nickte. »Ist es immer. Ich heiße Rishi. Und du?«

Warum redete er mit ihr? Was wollte er? Sie hatte offenkundig kein Geld, doch er machte ihr ohnehin keine Angst. Mehr als alles andere wirkte er wie ein Bruder. Trotzdem antwortete sie nicht, und nachdem er noch kurz verharrt hatte, zuckte er schließlich mit den Schultern und ging davon. Sie sah ihm nach: Er lief nur so weit, dass Purnima ihn noch sehen konnte, dann sprach er mit einem, der gerade Jutesäcke von einem Güterzug lud, dann kaufte er sich einen Tee. Ein paarmal blickte er zu Purnima, als ob er sicherstellen wollte, dass sie noch da war, und als er den Tee ausgetrunken hatte, winkte er ihr zu, als ob sie sich schon ihr ganzes Leben lang kannten, als ob sie eine alte Freundin wäre, die er am Bahnhof verabschiedete, dann ging er direkt an ihr vorbei, durch die Vorhalle und hinaus in die Welt.

Am nächsten Tag war er wieder da. Und am Tag darauf. Und am Tag darauf. Und jedes Mal winkte er Purnima zu, wenn er morgens ankam, und wieder, wenn er abends ging. Sie war überrascht, dass sie sich allmählich auf ihn freute. Wenn er zufällig tagsüber an ihr vorbeiging, wie es oft geschah, da sie ja beide dieselben zehn Bahnsteige auf und ab gingen, winkte er nicht; dann sah er sie gar nicht an. Einmal wären sie fast zusammengestoßen, auf der Fußgängerbrücke über den Gleisen, doch er nahm sie dabei kaum zur Kenntnis. Wie seltsam, dachte sie. Am Abend, nachdem die beiden fast ineinandergelaufen waren, sah Purnima Rishi auf den Ausgang zusteuern, fragte sich, wohin er abends wohl immer ging, sprang auf und sagte: »Purnima.«

Er sah sie an und lächelte, und Erleichterung und Wärme durchströmten sie.

Danach schlenderten sie zusammen und redeten fast jeden Tag miteinander. Sie erzählte ihm von Kishore, von ihrer Schwiegermutter und sogar von Indravalli, ein wenig auch von ihrem Vater. Dann fragte sie: »Wohin gehst du abends immer?«

Er richtete sich auf, und sein Ton wurde ernst. »Ich habe einen sehr wichtigen Job.«

»Ach? Aber du bist doch den ganzen Tag über hier. Ist das denn ein Nachtjob?«

Einen Augenblick lang schien er darüber nachzudenken, und schließlich sagte er: »Ich arbeite hier. Ich arbeite jetzt gerade. Abends erstatte ich meinem Chef Bericht.«

»Du *arbeitest* jetzt gerade? Aber du läufst doch nur rum.«

»Das sieht nur so aus. Das verstehst du nicht.«

Vielleicht nicht, dachte Purnima; aber sie erkannte, wenn jemand gerade arbeitete, und Rishi war nie und nimmer am Arbeiten. »Und was machst du?«

»Ich finde Leute.«

»Wen denn zum Beispiel? Vermisste?«

Er zuckte mit den Schultern. »Wie lange willst du noch hierbleiben? Hinter Higginbotham's?«

»Bis die Züge in den Norden wieder fahren.«

»Die Naxaliten haben die Gleise gesprengt.«

»Was glaubst du denn, warum ich noch immer hier bin?«

»Das mit den Gleisen kann Wochen dauern, oder Monate. Warum fährst du nicht einfach außen rum?«

Die Idee war Purnima nie gekommen. Warum hatte sie daran nie gedacht. So einfach.

»Hast du jemanden im Norden? Jemanden, der auf dich wartet?« Er klang plötzlich seltsam neugierig.

»Ja. Gewissermaßen.«

»Du lügst«, sagte er.

»Ich lüge nicht. Worüber denn?«, fragte sie.

»Auf dich wartet niemand. Ich spüre das. Ich weiß, dass du allein bist.«

Purnima kratzte an ihren Verbänden. Sie juckten mittlerweile, und sie konnte kaum schlafen oder essen oder sonst irgendetwas tun, so wahnsinnig machte es sie, nicht zu kratzen. »Woher willst du das wissen?«

»Ich helfe Mädchen wie dir«, sagte er. »Mädchen, die allein sind. Ich helfe ihnen dabei, einen sicheren Ort zu finden und Geld zu verdienen. Bis sie so weit sind, weiterzuziehen. Zum Beispiel, bis die Gleise repariert sind. Aber die meisten gehen gar nicht wieder, so wohl fühlen sie sich.« Er fragte Purnima, ob sie einen Tee wolle, und sie sagte Ja.

»Und was müssen sie tun?«

»Büroarbeit. Sekretärinnensachen. Oder sie arbeiten in einem schicken Geschäft. Manchmal in einem Sari-Laden. Solche Sachen. Einfache Arbeit.«

»Und du hast schon vielen Mädchen geholfen?«

Rishi nickte. »Oh ja. Hunderten. Wahrscheinlich mehr. Ich kenne jedes Mädchen, das diesen Bahnhof durchquert. Weißt du, ich hab ein gutes Gedächtnis. Ich kenne sie alle. Und ich weiß, wer so einen Job gebrauchen könnte.«

Purnima schwieg, dann fragte sie: »Wirklich jede?«

»Kein einziges Mädchen steigt an diesem Bahnhof in einen Zug oder aus einem heraus, ohne dass ich es wüsste. Ich erinnere mich an ihre Gesichter. Die vergesse ich nie. Manchmal unterhalte ich mich mit ihnen, so wie jetzt gerade mit dir, dann fangen sie die Jobs an, und später ist es ihnen dann immer wichtig, noch mal herzukommen, um sich bei mir zu bedanken.«

»Ich habe noch nie gesehen, wie sich ein Mädchen bei dir bedankt hätte.«

Er seufzte laut. »Wie solltest du auch? Du sitzt ja wie ein Maulwurf hinter Higginbotham's. Ich muss jetzt jedenfalls arbeiten. Ich kann hier nicht rumstehen und den ganzen Tag lang mit dir quatschen. Bring das Glas zurück, wenn du fertig bist.« Er deutete auf ihre Teetasse und drehte sich um, wenig überzeugend. Langsam ging er den Bahnsteig hinunter.

»Warte!«, rief Purnima. Er hielt ein paar Meter vor ihr inne, und sie dachte, er lächele, war sich aber nicht sicher. Es war nur ein Gefühl. Warum sollte er lächeln?

Als er sich zu ihr umdrehte, war sein Gesicht ernst. »Was? Ich hab Sachen zu erledigen.«

»Wirklich jedes Mädchen?«

»Ja. Hab ich doch gesagt.«

»Wie lange bist du schon hier? Am Bahnhof?«

»Warum?«

»Ich bin nur neugierig.«

Er überlegte kurz. »Vielleicht drei Jahre. Vier.«

Ein Schauer durchfuhr Purnima, und sie dachte: Was, wenn ja? Wenn er sie tatsächlich gesehen hatte? »Hast du vielleicht ein Mädchen gesehen, vor knapp zwei Jahren? Sie müsste ein bisschen größer als ich gewesen sein. In einem blauen Sari, mit einem Pfauenmuster. Ein schönes Lächeln. Aus Indravalli?«

Rishi dachte lange nach. Dann leuchteten seine Augen auf. »Was noch?«

»Sie ist dünn, nicht ganz so dünn wie ich. Glatteres Haar, mit Löckchen um die Stirn. Wahrscheinlich war sie auch auf dem Weg nach Norden.«

»Hatte sie einen hübschen Mund? Und hast du gesagt, ihr Sari war blau?«

Jetzt leuchteten auch Purnimas Augen auf. »Ja! Und sie heißt Savita. Hast du sie gesehen?«

»Savita? Hast du Savita gesagt?« Rishi lächelte – ein breites Lächeln, das sein dünnes Gesicht ein wenig fülliger machte, als ob seine Wangen nur für dieses Lächeln aufgegangen wären. »Warum hast du das nicht gleich gesagt? Natürlich kenne ich Savita.«

»*Wirklich?*«

»Ja, das muss jetzt zwei Jahre her sein. Ich erinnere mich jetzt dran. Und sie war aus Indravalli. Kommst du da auch her?«

»Was hat sie gesagt? Wo ist sie hin?«

»Nicht nach Norden. Wie kommst du auf die Idee, dass sie nach Norden ist? Sie ist hier in der Stadt. In Vijayawada. Ich habe ihr einen Job besorgt.«

»Hier? In Vijayawada?«

»Ja, hier. Komm, ich bring dich zu ihr.« Er lächelte wieder, und jetzt bemerkte Purnima, dass einer seiner Zähne verfärbt war; im Unterkiefer, vorne. Sie betrachtete den Zahn und fragte sich, ob Rishi log.

9

Sie verließen den Bahnhof durch dieselbe Tür, durch die Purnima ihn knapp zwei Wochen zuvor betreten hatte. Für eine Weile, die Purnima wie Stunden vorkam, gingen sie durch die Green Park Colony und Chittinagar und kamen schließlich in eine Gegend voller maroder Gebäude und Hütten. Die Teestände wirkten schmutziger, und rot geränderte Männeraugen folgten ihnen. Beim Anblick von Purnimas Verbänden wandten sie sich rasch ab.

»Musst du die tragen?«, fragte er.

»Was tragen?«

»Diese Bandagen.«

Sowie Purnima an die Verbände dachte, überkam sie wieder das Bedürfnis zu kratzen. »Natürlich muss ich die tragen.«

»Vielleicht hat Savita was dagegen.«

»Warum sollte sie denn?«

Sie gingen weiter. Mittlerweile waren die schmuddeligen Gebäude Brachflächen gewichen. Purnima merkte, dass sie sich immer weiter von der Krishna entfernten. Auf den Brachen waren nur Schweine und streunende Hunde und Müllhaufen. Am Rande eines der müllbedeckten Felder stand ein riesiges Haus, viel größer als alle anderen in der Gegend, und auch in sehr viel besserem Zustand. Sie gingen die Einfahrt hinauf.

»Hier ist Savita? Hier arbeitet sie?«

»Sozusagen«, sagte er unbestimmt.

Rishi klingelte nicht; sie gingen einfach ins Haus. Sobald sie eingetreten waren, hörte Purnima von oben Schritte. Sie blickte hinauf zu einer Galerie und sah dort fünf oder sechs Mädchen, in ihrem Alter oder jünger, die gleich wieder verschwanden. Savita war nicht dabei.

Rishi sagte: »Komm«, und führte sie weiter den Flur hinunter.

Am Ende lag eine Tür, und als sie das Zimmer betraten – dieses Mal mit Anklopfen –, saß dort hinter einem Schreibtisch ein dünner Mann mit großer Brille. Sein Gesicht war voller Pusteln wie die Schale einer Jackfruit, vielleicht von einer Kinderkrankheit, dachte Purnima. Er blickte auf, und als er sie sah, verwandelte sich sein Ausdruck von Langeweile zu Abneigung. Doch in seinem Blick lag mehr als nur Abneigung, und im Angesicht einer so offenen und sprungbereiten Brutalität wollte Purnima beinahe kehrtmachen und fliehen.

»Was ist das?«, fragte der Mann Rishi, ohne ihn anzusehen.

»Bahnhof, Guru.«

»Bist du bescheuert?«

»Guru, du hast doch gesagt, wir hätten nicht genug. Ich hab also gedacht, vielleicht –«

»Ist das so? Hast du also gedacht?«

Rishi senkte den Kopf und nickte.

»Na, dann bringst du sie jetzt eben zurück«, knurrte der Mann. »Sie ist hässlich. Und diese Verbände. Wer soll denn dafür was zahlen? Hast du denn gar keinen Verstand. Für so was zahlt niemand. Das ist das Problem. Und rate mal, was Samuel getan hat? Ohne ein Wort weg ist er. Hat eins der Mädchen mitgenommen. Und was soll ich jetzt tun? Niemand für die Buchhaltung und ein Mädchen weniger. Und du. Schleppst *das* hier an. Werd sie wieder los.«

Purnima blickte von Rishi zu dem Mann am Schreibtisch. Sie dachte an ihr Geld und an ihren Schmuck und dass sie vielleicht nie wieder eine solche Chance bekäme. »Kennen Sie meine Freundin? Aus meinem Dorf. Rishi hat gesagt ...«

Der Mann kritzelte etwas in ein Buch, eine Art Kassenbuch, und als Purnima sprach, sah er sie erstaunt an, wie verblüfft, dass sie eine Stimme besaß. Er ballte langsam eine Faust. »Ich habe gesagt, schaff sie hier raus.«

»Rishi hat gesagt, dass Sie meine Freundin kennen.«

Er legte den Stift beiseite, und Purnima sah seine wachsende Wut. Wie sie Mund, Nase und schließlich seine Augen zu zornigen Nadelspitzen verengte. »Weißt du, ich hab schon attraktivere Affen als dich gesehen.«

Rishi griff sie am Arm, um sie aus dem Zimmer zu ziehen.

Purnima schüttelte ihn ab. Sie dachte an die Webhütte, an den Morgen, nachdem Savita verschwunden war, und wie Savita hinaus in die Nacht gegangen sein musste, allein. Sie fragte sich, ob Savita noch einmal an der Tür stehen geblieben war, nach einem Grund zum Bleiben gesucht und keinen gefunden hatte. Nichts würde für Purnima je einsamer sein als dieser Gedanke. »Ich kann Buchhaltung«, sagte sie.

Der Mann sah sie an.

»Ich kann Bücher. Buchhaltung. Habe ich gelernt.«

Der Mann lachte. Er sagte: »Seit wann lernen Dorfmädchen denn Buchhaltung? Wo hast du gesagt, kommst du her?«

»Kann ich aber. Ich zeige es Ihnen.«

Er sah Rishi an, der seinen Blick erwiderte. Beide sahen zu Purnima. Der Mann drehte das Kassenbuch zu Purnima um: »Na dann mal los.«

Purnima betrachtete die Einträge. Zuerst sah sie nur ein Zahlengewirr, über den meisten Spalten standen Buchstaben und in der Spalte ganz links wiederum Zahlen, die nur Daten sein konnten. Doch je länger sie hinschaute, umso mehr zeigte sich ein Muster: Unter manchen Buchstaben waren die Zahlen durchweg größer. Und die Daten stammten aus dem vorangegangenen

Monat. Da begriff sie auch, wofür die Buchstaben standen; es waren Initialen. Drei von ihnen waren ein S, dahinter stand jeweils eine Zahl. Kalter Schweiß lief ihr den Rücken hinab.

»Wäre es nicht besser, wenn Sie mehr Angaben hätten? Zum Beispiel, ob es immer wieder derselbe Mann ist. An welchen Tagen er kommt. Und ob er immer dasselbe Mädchen will. Wenn Sie das nachverfolgen, können Sie mehr verlangen.«

Es herrschte Stille. Ein Hund bellte.

»Du kannst das also tatsächlich«, sagte der Mann. Er sah sie an, wie zum ersten Mal überhaupt. »Was kannst du sonst noch?«

»Ich kann kochen, und ich kann putzen, und ich kann an der Charkha arbeiten.«

Guru gab Rishi mit einer Handbewegung zu verstehen, dass er das Zimmer verlassen solle. Sobald Rishi gegangen war, betrachtete Guru Purnima mit plötzlichem Interesse, darin Grausamkeit, Berechnung.

»Guru«, sagte er. »So heiße ich. Wir haben noch mehr von diesen. Sieben Stück insgesamt. Du musst sie alle führen. Wo wohnst du?«

»Im Bahnhof.«

»Hinten gibt's ein Zimmer. Dort kannst du schlafen. Nichts in dem Zimmer gehört dir, aber wir können es ein paar Tage lang versuchen. Willst du es ein paar Tage lang versuchen?« Sein Ton war schärfer geworden und richtete sich auf sie wie ein Dolch, und Purnima verstand, dass er nicht mehr von den Kassenbüchern oder Buchhaltung sprach. Sie nickte.

»Was ist mit deinem Gesicht passiert?«

»Nichts«, sagte Purnima. »Ich hatte einen Unfall.«

Guru lächelte grässlich. Er lehnte sich zurück und fragte: »Öl? Oder Säure?«

Sie bekam ein fensterloses Zimmer im hinteren Teil des Gebäudes, im Erdgeschoss. Auf dem Boden stand eine Pritsche, über der Tür hing ein gerahmtes Bild von Ganesha, und in einer Ecke stand ein kleiner Kühlschrank. Nebenan war ein Badezimmer mit einer Latrine und einem Waschbecken mit fließendem Wasser und einem hohen Fenster, an das Purnima nicht heranreichte. Sie blieb stehen und starrte hinauf zu dem unerreichbaren Rechteck Licht. Sie betrachtete das Badezimmer; sie war noch nie in einem Zimmer mit eigener Toilette oder fließendem Wasser gewesen. Sie versteckte das Geld und den Schmuck unter der Pritsche und wusch sich.

Als sie aus dem Badezimmer kam und die Zimmertür öffnen wollte, war sie verschlossen. Sie drückte dagegen, schlug dagegen und rief; von der anderen Seite kam kein Geräusch. Sie ging einen Schritt zurück und starrte die Tür an. Vielleicht war sie unbeabsichtigt verriegelt? Aber das war nicht möglich; sie hatte die Metallstange am Türgriff gesehen, die man in ein paar Kerben schieben musste, um die Tür zu verriegeln. Was hieß das? Sperrten sie sie tatsächlich ein?

Bei dem Gedanken schrie sie laut auf. Als sie sich gegen die Tür schmiss, fiel das Ganesha-Bild von der Wand. Sie wurde heiser vom Schreien und Weinen; ihre Hände brannten vom Schlagen. Nichts. Von draußen kein Geräusch. Schlaff ließ sie sich gegen die Tür fallen und schloss die Augen. Als sie sie wieder öffnete, fiel ihr Blick auf den Kühlschrank am anderen Ende des Zimmers. Unsicher stand sie auf und schaute hinein. Es waren zwei Flaschen Wasser und eine Schale voll glänzendem Obst darin: Guaven und Äpfel und Sapoten und Trauben. Sie schloss den Kühlschrank und schlug wieder gegen die Zimmertür. Immer noch nichts. Erschöpft legte sie sich auf die Pritsche und zwang sich zu schlafen.

Als sie aufwachte, wusste sie nicht, wie viel Zeit vergangen war. Einen Augenblick lang hatte sie Angst. Wovor?, fragte sie sich. Eingesperrt zu sein? Dass sich die Tür nie wieder öffnen würde? Dass sie sich öffnen würde?

Und plötzlich merkte sie, dass sich nichts von alldem groß von ihren Jahren in Namburu unterschied, und so ging sie zurück zum Kühlschrank und trank zögerlich aus einer der Wasserflaschen. Dann nahm sie noch einen Schluck, einen längeren. Sie hatte Hunger und griff nach einer Frucht, doch da hielt ihre Hand wie von selbst inne; gerade hatte sie einen Apfel nehmen wollen, nun hielt sie die Hand reglos in der Luft, fragte sich, warum, und Gurus Worte fielen ihr ein: »Nichts in dem Zimmer gehört dir.« Warum hatte er das gesagt? Wie seltsam, so etwas zu sagen. Doch war es das? Ihre Hand schwebte weiter über der Frucht. Vielleicht ist das hier ein Test, dachte Purnima mit plötzlicher Klarheit. Vielleicht will er prüfen, ob ich mir etwas von dem Obst nehme. Bei einem Buchhalter wäre es eine durchaus vernünftige Prüfung: zu sehen, ob sie ihren Arbeitgeber bestehlen würde. Zu nehmen, was ausdrücklich als nicht das Ihrige benannt worden war. Sie hatte Hunger, und einen Moment lang wollte sie die Frucht einfach trotzdem nehmen; aber dann dachte sie: Falls Savita wirklich hier ist, vertue ich, wenn ich jetzt einen Apfel esse, meine einzige Chance, sie zu finden.

Sie schloss den Kühlschrank wieder.

Sie blieb drei Tage lang in dem Zimmer, ohne etwas zu essen. Zuerst kam ein langsamer, wachsender Hunger, der bald beständig an ihrem Magen fraß. Sie krümmte sich vor Schmerzen. Dann kam die Schwäche. Purnima zwang die Bestie Hunger stillzuhalten, blieb auf der Pritsche wie daran festgekettet und trank große Schlucke Wasser. Sie schlief unruhig, blieb jedoch lange liegen. Nach der Hälfte des zweiten Tages war ihre Haut heiß und fiebrig. Das Wasser half nicht. Sie fragte sich, ob sie krank sei. Sie zog ernsthaft in Betracht, das Obst einfach doch zu essen – was wäre, wenn sich die Tür gar nicht mehr öffnen würde? –, dachte aber an Savita. Sie war hier. Purnima musste nur diesen Test bestehen; Savita war hier. Sie legte sich wieder auf die Pritsche und dachte an Essen. Das half nicht. Also dachte sie an Hunger. In Indravalli hatte es viele Tage gegeben, an denen sie hungrig gewesen war, an denen sie ihre Portion ihren Geschwistern gegeben hatte, aber immer war ein wenig für sie selbst übriggeblieben, wenn auch nur eine Handvoll Reis mit Pickle. Doch dieser Hunger nun, dieser Hunger war ein wüstes Land.

Die Schwäche breitete sich aus. Es erschöpfte sie, ins Badezimmer zu gehen, die Wasserflasche zu heben. Am dritten Tag funktionierte ihre Haut nicht mehr richtig. Als ein Wassertropfen auf ihrem Arm landete, zuckte ihr ganzer Körper zusammen. Es war, als hätte sie keine Haut mehr, als hätte das Wasser rohes offenes Gewebe getroffen. Am dritten Tag wusch sie sich nicht mehr. Sie konnte sich kaum aufrecht halten. Allmählich ging von ihr ein strenger Geruch aus. Sie dachte, ihre Verbrennungen hätten sich womöglich entzündet, oder dass die Mullbinden faulten, doch es war keines von beiden: Es waren ihre Poren. Nicht der übliche Schweiß; dessen Geruch kannte sie. Dies hier war schwerer, intensiv und beißend. Das Laken auf der Pritsche war davon durchtränkt, und trotzdem empfand Purnima diesen sonderbaren Geruch ihres ausgehungerten Körpers, ihrer brennenden Glieder, als wäre Hunger der natürlichste Zustand, der wahrste. Sie wollte nicht mal mehr essen; Essen wurde zu etwas Abstraktem, zu einer Erinnerung, der sie teilnahmslos gegenüberstand, und für die sie hin und wieder Hass empfand.

Am Morgen des vierten Tages öffnete sich die Tür.

Purnima, noch auf der Pritsche, öffnete die Augen und machte sich nicht die Mühe aufzustehen. Es war Guru. Er sah sie an, augenscheinlich angeekelt, und sagte: »Was ist das für ein *Geruch*?«

Sie sah ihn weiter an und schloss die Augen. Sie sagte: »Ich habe sie nicht gegessen.«

Er ging zum Kühlschrank, sah hinein und sagte: »Hast du also nicht«, dann drehte er sich zu ihr um. »Wäre mir auch egal gewesen, wenn du sie gegessen hättest.«

Sie öffnete wieder die Augen.

»Dachtest du, mir geht's darum? Zu sehen, ob du das Obst essen würdest?« Er lachte. »Ihr Dorfmädchen seid immer so herrlich blöd. Das hätte dir eh nur einen Tag gereicht. Nein, ich wollte dir zeigen, was mein ist, ich wollte, dass du wirklich zu schätzen weißt, was mein ist.« Purnima richtete sich langsam auf, verwirrt, und er sagte: »Nein, nein, steh nicht extra für mich auf. Leg dich sogar lieber wieder hin, und dreh dich um.«

Sie legte sich wieder, blieb jedoch auf dem Rücken und sah Guru an.

»Wenn du für mich arbeiten willst, musst du verstehen, was mein ist. *Du* bist mein. Was du isst, ist mein. Dein Schweiß, dein Gestank sind mein. Deine Schwäche ist mein. Aber vor allem ist dein Hunger mein.« Er stand nun über ihr und blickte auf sie hinab. »Begreifst du das? Dein Hunger ist mein. Und jetzt«, sagte er und öffnete seine Gürtelschnalle, »dreh dich um. Ich mag keine Gesichter. Besonders nicht deins.«

Am folgenden Tag fing sie an, für ihn zu arbeiten. Ihr Tisch stand neben seinem, war niedriger, sodass er sie überwachen konnte. Doch er war kaum da. Gewöhnlich war sie allein, ließ die Tür offen stehen, und bei jedem Mädchen, das daran vorbeiging, blickte sie auf.

Keine von ihnen war Savita. Zumindest nicht in diesem Haus. Purnima durfte nicht mit ihnen sprechen – wenn Guru da war, beobachtete er sie aufmerksam, und wenn er nicht da war, beobachtete sie der Koch, Raju; trotzdem nickte oder lächelte Purnima jedes Mal, wenn eines der Mädchen nach unten kam. Meistens ignorierten die Mädchen sie. Ein paar der jüngeren oder neueren erwiderten ihren Blick traurig oder mutig, dann gingen sie wieder hinauf. Insgesamt waren es dreizehn Mädchen. Aber waren es denn Mädchen?, fragte Purnima sich. Natürlich. Wahrscheinlich war keine von ihnen älter als sechzehn. Doch etwas fehlte ihnen; irgendeinen Kern der Mädchenjahre hatten sie verloren. Was war es? In den ersten paar Wochen im Bordell dachte Purnima jeden Tag darüber nach. Unschuld, das ganz sicher. Offensichtlich. Und sie waren geschädigt. Auch das war offensichtlich. Aber noch etwas anderes. Etwas Unmerklicheres.

Dann sah sie es. Sie kam darauf, als eines der Mädchen nachmittags durch das Haus schlurfte, nachdem es gerade aufgewacht war, auf dem Weg zu den Latrinen. Das Mädchen rieb sich die Augen, und ihr Gesicht war aufgedunsen vor Schlaf oder vor Erschöpfung. Als sie an der Hintertür stand und hinausblickte, blieb ihr Blick unverändert und gleichgültig. Und beim Anblick dieses Ausdrucks, dieser Gleichgültigkeit, begriff Purnima: Das Mädchen hatte den Sinn für Licht verloren. Dem Mädchen, all den Mädchen, war es eigentlich gleich: Licht, Dunkel, Morgen, Nacht. Doch Purnima sah, dass es kein äußeres Licht war, das die Mädchen nicht mehr wahrnahmen. Es war ein inneres. Und *das* war der verlorene Kern ihrer Mädchenjahre: ein Sinn für das eigene Licht.

Purnima dachte an Licht, dann an Savita. Sie hatte sieben Bücher zu prüfen. Sie hatte sogar eine kleine Rechenmaschine bekommen, wie sie auch Kishore benutzt hatte. Die Maschine machte alles viel, viel schneller. Aber auch so arbeitete Purnima gründlich und suchte dabei die ganze Zeit nach einer Möglichkeit, um die anderen Bordelle, die anderen Mädchen zu sehen. Inzwischen wusste sie, dass Rishi gelogen hatte, als er am Bahnhof gesagt hatte, er kenne Savita, doch weil Guru fast alle Bordelle in Vijayawada betrieb, entschied Purnima, dass sie nicht nach Norden fahren konnte, bis sie sich nicht sicher war. Und so blieb sie und wartete.

Nach neun Monaten im Bordell hatte Purnima nur zwei der anderen Häuser besucht; sie hatte Guru gebeten, ihn begleiten zu dürfen, wenn er dort das Geld einsammelte.

»Ich bin keins der anderen Mädchen«, hatte sie gesagt. »Ich möchte auch mal rauskommen.«

Widerwillig hatte er sie mitgenommen; sie spürte, dass er ihr allmählich vertraute. Sie stahl nie Geld, bat nie um Geld und machte nie einen Fehler in der Buchführung. Manchmal vertraute Guru sich ihr sogar an, und irgendwann zahlte er ihr sogar einen kleinen Lohn. Sie wusste, dass er ihr wegen ihrer Narben vertraute, soweit er das überhaupt tat. Seltsam, aber so war es. Sie trug nun keine Verbände mehr, die Verbrennungen waren geheilt und hatten Narbengewebe hinterlassen, das leuchtend rosa glänzte und spannte. Sie sah damit versehrt aus, harmlos und vor allem mitleiderregend.

Eines Tages beschwerte sich Guru über die Kosten, um für die fast einhundert Frauen und Mädchen in den Bordellen Essen und Kleidung und alles Mögliche zu kaufen. »Tausende von Rupien gebe ich jeden Monat aus. Tausende. Sie tun nichts als essen.«

Purnima schwieg. Sie wusste, dass er mit den Mädchen jeden Monat über einhunderttausend Rupien verdiente. In manchen Monaten sogar das Doppelte: zwei Lakh.

»Zum Beispiel, gerade neulich, sagt mir eine, sie hat Geburtstag, und ob ich ihr was Süßes kaufe. Ihr Geburtstag! Und ich sag ihr: ›Für zehn Männer pro Nacht kriegst du was Süßes. Dann kriegst du was Süßes.‹«

Purnima nickte.

»Jeden Tag. Jeden Tag essen und essen sie.«

Sie wandte sich wieder ihrer Arbeit zu; Guru beschwerte sich viel, und sie hatte sich daran gewöhnt.

»Und diese Dreistigkeit. Einmal sagt diese eine zu mir: ›Ich will eine Banane.‹ Und ich sag: ›Ich kauf dir doch schon Reis. Iss den.‹ Und weißt du, was sie sagt?«

»Nein. Was?« Purnima blickte kaum auf.

»Sagt sie: ›Aber ich esse gerne Bananen mit Reis. Mit Joghurtreis.‹ Kannst du dir das vorstellen? Eine Banane! Die schiere Dreistigkeit.«

Purnimas Kopf schnellte hoch. Sogleich beruhigte sie ihre Gedanken, ihre Stimme, und sagte nur »Oh.« Und: »Was ist mit dem Mädchen passiert? Die mit der Banane?«

Guru zuckte mit den Schultern. »Wir haben sie verkauft.«

»Verkauft? An wen denn?«

Guru blickte auf. Seine Augen verengten sich. »Glaubst du etwa, wir haben nur diese Scheißbordelle? Denkst du, du kriegst *alle* Bücher? Das meiste Geld machen wir damit, Mädchen zu verkaufen. An reiche Männer. Saudis. Dubai.«

Purnima holte tief Luft. Sie sagte sich: Lass es ihn nicht sehen. Er sagt es dir nicht, wenn du es ihn sehen lässt. »Aber diese«, sagte sie leichthin, »die mit der Banane. Wo ist sie hin?«

»Ich glaube, sie war in unserer großen Lieferung. Vor etwa einem Jahr. Irgendein Reicher in Amerika. Stell dir das mal vor: Er wollte Mädchen, um Wohnungen zu putzen. Anscheinend kostet es da drüben richtig viel Geld, Leute zum Putzen anzustellen.

Zum Putzen. Bloße Dalits. Es war für ihn billiger, sie einfach zu kaufen. Er hat Hunderte. Wohnungen, meine ich. Irgendwas mit Seetle, Sattle. Weiß nicht. Aber er hat ordentlich für sie bezahlt.«

Purnima spürte, wie die Luft ringsum kühler wurde. Knarrend öffnete sich ein großes Holztor. »Und wie kommt man dahin?«

Guru lachte. Er heulte auf vor Lachen. »Das ist weit weg. Weit, weit weg. Da kommst du nie hin.«

Purnima lachte mit. Doch sie wusste, dass er sich irrte.

SAVITA

I

Savita wusste, sie würde keine Banane bekommen, zumindest nicht zu Anfang. Was brauchte es, um etwas so Simples, eine solche Kleinigkeit wie eine Banane zu kriegen?

Sie würde es herausfinden.

Savita wusste auch, dass sie sich an Guru, den Chef des Rings, halten musste. An niemanden sonst. Gelegentlich kam er vorbei, um nach seiner Ware zu sehen, wie er die Mädchen nannte. Das erste Mal ein paar Wochen nach ihrer Ankunft.

Sie hatte Indravalli frühmorgens verlassen, am Tag, an dem sie Purnimas Vater hätte heiraten sollen. Ihr tat alles weh. Drei Tage lang hatte sie zusammengekrümmt in der Ecke der Webhütte gelegen. Sie hatte nicht geweint, nicht geblinzelt (zumindest nicht, dass sie es gemerkt hätte), sie hatte weder gehofft noch gebetet noch Schmerz verspürt oder einen einzigen Gedanken gedacht. Keinen. Nun, höchstens einen einzigen. Der war gewesen: Was ist nun besser? Das hier? Oder tot sein? Oder war das ein und dasselbe? Bevor sie die Webhütte und die schlafende Purnima verlassen hatte, hatte sie die winzigen Knoten von Purnimas halb fertigem Sari gelöst, der auf dem Webstuhl gehangen hatte wie ein Leichentuch, hatte den Stoff zusammengefaltet und ihn sich in die Bluse, vor die flache Brust gesteckt.

Dann hatte sie Indravalli verlassen und gewusst, es würde für immer sein.

Als sie die Bushaltestelle erreichte – die an der Schnellstraße, nicht die im Zentrum –, kam zuerst der erste Bus nach Vijayawada. Außer dem Busfahrer saß niemand darin. Nicht einmal die Bauern machten sich um diese Uhrzeit auf den Weg zum Markt.

Savita hatte kein Geld, nicht eine Paisa, und als sich die Bustür öffnete, blickte sie den Fahrer an, keineswegs flehend, sondern ernst und bestimmt, und sagte: »Es kriegt eh keiner mit, wenn Sie mich kostenlos mitfahren lassen.«

Der Busfahrer musterte sie, lachte, schloss die Tür wieder und fuhr ab.

So blieben nur die Lastwagen. Nach ein paar Minuten erschien einer am Horizont. Er fuhr weiter, wurde nicht einmal langsamer, so, wie auch vier weitere sie vollkommen ignorierten, bis zum sechsten. Dieser war aufwändig bemalt, mit einem Ganesha über der Windschutzscheibe, auf einer Seite ein friedlicher See mit Hütte und Kühen und auf der anderen ein Strauß Rosen. Von der Stoßstange baumelten zwei frische Limonen, Glücksbringer. Im Inneren hing eine rote Wimpelkette über der Windschutzscheibe, die auch schon ohne Sonnenlicht glitzerte. Savita winkte dem Fahrer vom Straßenrand aus, und als er anhielt, sah sie, wie jung er war, kaum älter als sie selbst. Von Nahem, nachdem sie in die Fahrerkabine geklettert war, waren seine Zähne strahlend weiß, ein Weiß, wie sie es noch nie gesehen hatte, weißer noch als der Tempel auf dem Indravalli Konda, obgleich seine Augen trübe waren, gerötet, vielleicht aufgrund von Schlafmangel oder Staub oder Alkohol.

»Wo willst du hin?«

»Kommt drauf an«, sagte sie. »Wo fährst du denn hin?«

»Nach Pune.«

»Dann fahre ich da auch hin.«

Da lächelte er, und dieses Mal war sich Savita nicht mehr sicher, ob seine Zähne tatsächlich strahlten. Weiß waren sie, aber strahlend?

Nach weniger als zehn Minuten auf der holprigen Schnellstraße, vorbei an geschlossenen Teebuden, dunklen Hütten, taufeuchten Reisfeldern und schlafenden Hunden, verließ die Hand des Fahrers das Lenkrad. Er ließ die Hand nicht langsam über den Sitz wandern, wie Savita es vielleicht erwartet hätte, sondern verlagerte sie einfach mit einer einzigen Bewegung auf ihren Oberschenkel.

»Ich hab keine Eile«, sagte er. »Und du?«

Savita holte tief Luft.

Und da verstand sie, dass sich eine Tür für sie geöffnet hatte. Nicht in diesem Augenblick, sondern drei Tage zuvor. Sie fragte sich, was es damit auf sich hatte. Warum hatte sie nie gewusst, dass es diese Tür gab? Sie hatte keine Antwort. Oder vielleicht hatte sie die Antwort nur nie wissen wollen. Doch nun war die Tür offen und sie hindurchgegangen. Natürlich hatte Purnimas Vater die Tür geöffnet und Savita hindurchgedrängt, und sie war zornig, furchtbar zornig – aus keinem anderen Grund, als dass er sie nicht gefragt hatte, was sie wollte. Er hatte nicht gesagt: »Dort ist eine Tür. Siehst du sie? Willst du, dass ich sie öffne? Willst du wissen, was auf der anderen Seite liegt?« Nun war es geschehen. Und fortan, das wurde ihr klar, würden Männer nur noch das in ihr sehen: ein Ding, in das sie eindringen mussten, in dem sie kurz blieben und es dann wieder verließen.

Sie fuhren weiter. Langsam kroch die Hand des Lastwagenfahrers ihren Oberschenkel hinauf. Sie überquerten die Krishna und bogen auf die Fernstraße ab.

Doch wenn das mit der Tür wahr war, musste noch etwas wahr sein. Sie musste gar nicht lange darüber nachdenken; eigentlich hatte es schon die ganze Zeit über wie am Straßenrand gewartet. Und es war Folgendes: Es gab noch eine weitere Tür. Eine kleinere, wichtigere. Sie lag versteckt. Und hinter dieser anderen Tür, das wusste Savita, lagen die eigentlichen Schätze: ihre Liebe für Purnima, ihre Liebe für ihre Eltern und für ihre Schwestern. Diese Schätze schimmerten. Wie sich Tuch anfühlte, der Stoff an ihrer Brust, eigentlich alle Stoffe. Wie Stoff deine Haut wie eine Hand berührte (nicht wie die des Lastwagenfahrers, sondern eine feine Hand, absichtslos), dich schützte und mit der Zeit weicher wurde. Nachts leuchteten diese Schätze; die Erinnerung an die Hände ihres Vaters (schon waren sie zur Erinnerung geworden), wie er ängstlich, sehnlich die Hände ausstreckte, der Geschmack von Joghurtreis mit Banane, sahnig und süß, wie sich ihr Herz füllte, doch niemals brach.

»Halt an«, sagte sie.

Kurz vor Savitas Schritt hielt die Hand des Lastwagenfahrers inne.

»Hier?«

»Ja, hier.«

»Aber wir sind gerade mal an Vijayawada vorbei. Du hattest Pune gesagt.«

Sie betrachtete ihn, seine dunklen Lippen, die obere fast komplett vom Schnurrbart überlappt. Er lächelte sie an, als sollte sie zurücklächeln. Sie sah ihn nur weiter an, seine roten Augen und weißen Zähne. Er fuhr langsamer, doch er hielt nicht an. Savita blickte aus dem Fenster. Neben einem Müllhaufen lag ein räudiger Hund; ein Stück weiter kratzte ein Huhn im Dreck. Um den Tieren auszuweichen, würde er das Steuer herumreißen, dachte sie. Würde jeder. Dann dachte sie: Der Schlüssel liegt bei mir.

Sie griff nach seiner Hand auf ihrem Oberschenkel und riss ihm das Handgelenk nach hinten. Er zuckte und machte eine Vollbremsung. Der Lastwagen neigte sich zur Seite und hielt mit kreischenden Bremsen an.

»Du Schlampe, Pakshi! Raus mit dir!«

Sie stieg aus dem Lastwagen, und er fuhr laut quietschend in einer Staubwolke davon. Savita stand an der Fernstraße und blickte nach Osten und nach Westen. Im Osten lag der Stadtrand von Vijayawada. Sie waren schon an der Stadt vorbei, aber sie könnte einfach dorthin zurücklaufen. Zurück. Vielleicht war das nicht sehr schlau. Im Westen lagen Hyderabad, dahinter Karnataka, dann Maharashtra und das Arabische Meer. Nicht dass Savita das gewusst hätte; sie wusste nur, dass im Westen Pune lag, und dahinter ein Meer. Sie ließ sich in den Staub am Straßenrand sinken und fragte sich, was sie nun tun sollte. Auf dieser Straße fuhren mehr Fahrzeuge, meist Lastwagen. Sie könnte noch mal einen anhalten, in der Hoffnung auf einen besseren Mann. Die meisten würden sie mit nach Pune nehmen, wenn sie denn nach Pune wollte. Welche Sprache sprach man dort? Marathi – was sie gar nicht beherrschte. Was, wenn sie jemanden bitten würde, sie mit nach Bangalore zu nehmen? Dort sprach man Kannada. Näher am Telugu, aber auch nicht ganz. Sie blickte wieder nach Vijayawada. Es wäre klüger, dorthin zurückzukehren. Es wäre besser, zuerst ein wenig Geld zu verdienen, und um Geld zu verdienen, wäre es am besten, dort zu bleiben, wo sie die Sprache beherrschte. Und sollte irgendwer aus Indravalli sie tatsächlich suchen – was sie bezweifelte –, dann zuletzt an einem so naheliegenden Ort wie Vijayawada. Das vermutete sie zumindest. Was Savita aber wusste: Klug zu sein war besser, als schlau zu sein.

Alle nannten ihn Boss oder Guru, obwohl er wahrscheinlich ganz anders hieß. Er trug eine riesige Brille, war dünn, drahtig, und machte einen schwachen Eindruck, doch seine körperliche Erscheinung trog. Savita sah es in seinen Augen. Seine Augen: Sie durchbohrten sie wie Gestein, Gebirge, den Himalaya, nicht auf der Suche nach Metallen oder Mineralien oder Edelsteinen, sondern nach Mädchen; Mädchen, arm und hübsch, was, das verstand sie allmählich, einfach ein anderes Wort für Geld war.

Als Guru zum ersten Mal vorbeikam, stand Savita noch unter Drogen. Sie hatte es ihnen so leicht gemacht; es war fast zum Lachen. Sie war zu Fuß zurück nach Vijayawada gegangen. Drei Wochen lang hatte sie in Schneidereien und bei Näherinnen nach Arbeit gesucht und im Goldschmiedeviertel neben einem Rinnstein geschlafen; es roch nach den Kohlebecken, über denen tagsüber das glänzend gelbe Metall bearbeitet wurde, und nachts wimmelte es vor Ratten und Schweinen. Eine Ratte hatte an Savitas Ohr geknabbert, als diese geschlafen hatte. Savita aß, was sie fand: das weiße Innere weggeworfener Bananenschalen, ein angebissenes Roti, ein Stück Kokosnuss aus dem Kanaka-Durga-Tempel. Nach knapp einem Monat war sie in der Nähe der Annie Besant Road in einer engen Gasse zu einem Teestand gegangen und hatte dort bei einer Gruppe Männer gestanden, hatte nach oben durch die Schlucht der rußverschmierten Häuserwände in den dünnen, sonnenhellen Streifen Himmel geblickt, zwischen den Wäscheleinen hindurch, die sich kreuz und quer zwischen den Gebäuden spannten und den Morgenhimmel zerschnitten. Sie fragte sich, was sie nun tun sollte. Ein Mann, den sie in der zusammengedrängten Gruppe nicht bemerkt hatte, trat zu ihr und bot ihr eine Tasse Tee an. Savita blickte von der dampfenden süßen Tasse Tee in sein Gesicht. Er war mittleren Alters und trug saubere Hosen und ein gutes Hemd; sein Haar war ordentlich geölt und gekämmt.

»Na, komm schon. Bedien dich.«

Sie zögerte.

»Wartest du auf jemanden?«

»Ja. Auf meinen Mann.«

»Und wo ist deine Ehekette?«

Sie zuckte mit den Schultern, und er lachte. Da begriff sie ihren Fehler: Sie hätte sich sofort an den Hals fassen sollen.

Doch er lachte nur noch ein bisschen, gutmütig, und sagte: »Komm schon. An diesem Stand gibt's den besten Tee der Stadt.«

Sie nahm einen Schluck, dann noch einen und noch einen. Dann trank sie das Glas aus. Zuerst wurde ihr schwindelig, und sie dachte, es läge am Hunger, doch als sie die Augen wieder öffnete, war sie in einem klammen, fensterlosen Zimmer mit Betonwänden, Hände und Füße auf einem Hanfseilbett festgebunden. Egal, wie sehr sie sich wand und schrie, es kam niemand; das Seil gab nicht nach.

Nach einer Weile, die ihr wie Tage vorkamen, betrat jemand das Zimmer, ein Junge, dachte sie, war sich aber nicht sicher, denn im Zimmer und vor der Tür war es dunkel. Der Junge ertastete das Bett, dann ihr Gesicht. Als er es gefunden hatte, hielt er ihr die Nase zu, bis sie den Mund öffnete. Er flößte ihr eine bittere Flüssigkeit ein, dieses Mal ohne Tee.

Wieder fiel sie in einen tiefen Schlaf.

Drei oder vier oder fünf Tage später – vielleicht war es auch ein Monat – öffnete sich die Tür wieder. Dieses Mal fiel schwach gelbes Licht ins Zimmer, und Savita konnte ein kleines Mädchen erkennen. Die Kleine trug einen Eimer, der viel zu schwer für sie war, sodass sie einen Teil des Wassers auf dem Boden und über ihr zerschlissenes Kleidchen verschüttete. Obwohl Savitas Gedanken unscharf blieben, ihr Körper schlaff, befahl sie sich: Sprich mit ihr. Sprich mit dem Mädchen. Sag ihr, dass du alles tust, alles. Savita öffnete den Mund – oder meinte, ihn zu öffnen –, brachte aber keinen Laut hervor. Sie strengte sich noch mehr an, schloss die Augen, konzentrierte sich auf den Nebel, die Schwere, und befahl sich zu sprechen.

»Bind mich los«, flüsterte sie schließlich. »Bitte.«

Anscheinend hörte das Mädchen sie nicht. Weiter fuhr sie Savita mit einem feuchten Lappen über Beine, Schritt, Achseln, Brust. Meine Brust, dachte Savita. War das Stoffstück für Purnimas Sari noch da?

»Der Sari«, krächzte sie.

Das Mädchen hatte das Stoffstück gerade entdeckt. Sie hielt es ans Gesicht, schien kurz daran zu riechen und warf es in eine Ecke. Savita schluchzte auf. Ein Tier. Verwundet. Das Kind beachtete sie noch immer nicht. Die Kleine setzte ihre Arbeit fort und wischte Savita mit dem feuchten Lappen über Hals und Arme. Als sie zu Savitas Händen gelangte, packte die sie am Arm. Sie zog das Mädchen näher zu sich, sodass sie ihr Gesicht im trüben Licht, das durch die halb geöffnete Tür hereinfiel, sehen konnte. Sie blickte dem Mädchen in die Augen; die Kleine erwiderte ihren Blick, doch ihre Augen blieben unbewegt, ausdruckslos, grau, wie durchdrungen vom Beton ringsum.

Savitas Angst brach durch Schichten von Verwirrung, Wut und Schmerz, und sie fragte das Mädchen: »Kannst du mich denn nicht hören?«

Da stieß das Mädchen einen Klagelaut aus, noch tierhafter, noch verwundeter als sie selbst. Und bei diesem Ton begriff Savita, wie vollständig ihre eigene Gefangenschaft war, wie unbedingt ihr Schicksal, und dass sie weder schlau noch klug gewesen war: Das Mädchen war taubstumm, und der Junge war blind.

Sie wollte um sich schlagen. Sie riss an ihren Hand- und Fußgelenken, aber die Knoten wurden so nur noch fester. Sie schlug mit dem Kopf gegen das Bett, schrie und weinte. Sie versuchte, das Seil mit den Zähnen zu schnappen. Der Abstand war zu groß, um es durchzubeißen, sie erreichte aber die Enden und kaute daran, bis ihr Zahnfleisch blutete. Sie schmeckte Kupfer und dachte: Gut. Sie dachte: Wie lange dauert es zu verbluten? Aus dem Zahnfleisch? Die Drogen spuckte sie aus, verschluckte sich daran, würgte jedes Mal, wenn der Junge sie ihr einflößte. Da fing er an, sie ihr zu spritzen – meist, indem er ihr die Nadel in den Bauch drückte, und wenn sie sich zu sehr wand, einfach seitwärts ins Gesäß. Doch selbst im Nebel, in ihrer Verwirrung, nahm Savita noch klar die Bettkanten wahr, die dunklen Ecken des Zimmers, und in der feuchten Kälte der fensterlosen Wände dachte sie an die Schönheit, die sie verloren hatte: Sonnenlicht, Wind, Wasser.

Zwischen Schlaf, Schweiß, Wachen und Erbrechen strömten Erinnerungen ein und aus, über sie hinweg und hinaus – wie Atem. Da war der leuchtende Tempel auf dem Indravalli Konda, der Duft von frisch gekochtem Reis, das Rufen der Blumenverkäufer, verstreute Blütenblätter, da waren die Worte einer Eule, das Gefühl des Webstuhls in ihren Händen, von Garn, von Form, von etwas, das eine Form annahm, zu etwas wurde. Sie hätte einen Fluss weben können; sie hätte ein Meer weben können. Warum lag sie hier, warum?

Kurz nachdem das Mädchen Savita wieder gewaschen hatte, öffnete sich die Tür. Dieses Mal war es ein Mann, den Savita noch nie gesehen hatte. Obwohl, eigentlich war ihr Blick so verschwommen, sie selbst so schwach, vollgepumpt und high, ihre Gliedmaßen waren schon seit Langem taub: Es hätte auch ihr Vater sein können.

Aber es war nicht ihr Vater.

Als der Mann – von dem sie bald erfahren sollte, dass er Guru hieß – hereinkam, fiel Licht durch die Tür. Savita kniff die Augen zusammen. Er kam zum Bett und lächelte dünn. Er legte ein Messer an die Bettkante, gerade so, dass Savita es nicht erreichte. Da trat trotz Savitas Schwachheit etwas Waches, Klares in ihr Bewusstsein. Sie wollte einen Satz machen und warf dabei fast das Bett um. Sie warf sich hin und her, bis das Messer klappernd zu Boden fiel. Guru beachtete sie nicht weiter. Er ging in die Ecke des Zimmers, wo Purnimas halb fertiger Sari lag, und tippte ihn mit der Schuhspitze an.

Er beugte sich ein wenig vor, um besser sehen zu können. Er zog den Kopf zurück, als wäre der Stoff ein Stück faulendes Fleisch, lächelte und sagte: »Ich kenne dieses Webmuster. Unverwechselbar. Du kommst aus Indravalli, oder?«

Savita schwieg. Er kam zum Bett zurück. Jetzt lächelte er breiter. Sie blickte zu ihm auf, beschimpfte ihn und flehte; sie spürte, was nun kommen würde.

Er sagte nur sanft: »Du stinkst. Es gibt nichts Schlimmeres als eine Frau, die stinkt.« Er hob das Messer auf und betrachtete aufmerksam die Klinge. Nach einer Weile sagte er: »Höchstens eine Sache, nur eine. Eine Frau, die nicht gehorcht.« Er legte die Klinge auf Savitas Haut und zog mit der Spitze über ihre Wange und ihren Hals. Dann riss er mit dem Messer ihren Sari auf. Er zeichnete mit der Messerkante ihre Brüste nach. »Da ist ja nicht viel dran, was?« Er blickte auf sie hinunter. »Und gehorchst du? Du gehorchst doch jetzt, meine Kleine, oder?« Er sah ihr in die Augen, fast gütig, dann spuckte er ihr ins Gesicht. Inmitten von Savitas Schwindel, ihrer Angst, landete die Spucke zwischen Mundwinkel und Wange. Guru verrieb sie weiter. »Da war ein Fleck«, sagte er sanft, stand auf und ging.

Der dicke Spuckefleck trocknete auf Savitas Wange. Guru hatte Betelnuss gekaut; Savita konnte es noch stundenlang riechen.

Sie banden Savita los, schlossen sie aber weiter in dem Zimmer ein. Sie stellten sicher, dass sie süchtig wurde – sobald der Junge mit der Nadel nur ein paar Minuten zu spät kam, schlug Savita gegen die Tür, zitternd und flehend und irre, mit brennender Haut –, und als sie versorgt war, ließen sie sie durch den Entzug gehen. Als sie Savita schließlich aus dem Zimmer ließen (einen Monat später, zwei?), hatte sie fast zehn Kilogramm abgenommen, und ihr Gesicht war hager und grau. Dicke Haarbüschel waren ihr ausgefallen. Sie war voller Prellungen, ihre Hand- und Fußgelenke noch immer rot entzündet.

Die Madam sah sie nur kurz missbilligend an, als wäre Savita ein ungezogenes Kind, das zu spät zum Abendessen heimgekehrt war.

Savita senkte den Kopf und glaubte, ebendieses Kind zu sein.

Ihr erster Freier war ein Mann mittleren Alters, vielleicht vierzig oder fünfundvierzig. Er arbeitete in einem Büro; Savita sah es auf den ersten Blick, eine lange Hose und ein ordentliches Hemd, eine Golduhr, saubere Zehennägel. Auf der Stirn hatte er noch leichte Aschereste – hatte er am Morgen die Puja selbst gehalten, oder war es seine Frau gewesen?

Anfangs wirkte der Mann verlegen, doch dann setzte er sich neben sie auf die Bettkante und fragte: »Gibst du mir einen Kuss?«

Savita sah ihn an. »Ich weiß nicht, wie das geht.«

Ein Satz von solcher Arglosigkeit, dass der Mann fast dahinwelkte. »Komm«, sagte er nach einem Moment, »ich zeige es dir.«

Von dort an wurde die Mechanik der ganzen Sache zur Routine: die fünf bis sechs Freier pro Tag, die Madam immer am Schimpfen und Beschuldigen, das Reden und Lachen und Kichern und Schweigen der anderen Mädchen, an deren Namen Savita sich erinnern wollte, es aber nicht konnte, als ob ihr Geist weich geworden wäre, nachgegeben, aufgegeben hätte. Als ob ihr Geist etwas Grundlegendes aufgegeben hätte – Königreich, Untertanen, Thron –, als ob selbst das Blut in ihren Gefäßen aufgegeben hätte, weil es die Weite ihrer Erinnerung, die Sorge um neue Namen nicht mehr tragen wollte.

Doch eines blieb – eine Konstante, ein Trost –, und das war der Stoff, auf dem sie lag. Wenn die Männer in sie stießen und ihr das Gesicht ins Laken drückten – grober billiger Stoff, von einem der schäbigen Stände in Governorpet –, schloss Savita die Augen und grub Gesicht, Rücken, Knie, Handflächen noch tiefer und tiefer in den Stoff. Sie roch gewebtes Tuch, abgewetzt von Nutzung und Sperma. Sie hielt Tränen zurück. Sie hielt jeden Gedanken an Purnima zurück. Sie hielt ihre Kindheit zurück, auf Müllhalden vergeudet. Sie hielt ihren Vater zurück, ihre Mutter, ihre Schwestern, ihre verlorenen Brüder. Sie hielt den lehmigen Duft der Krishna zurück, die lachenden Wäscherinnen, das flackernde Tempellicht, die Dunkelheit der Webhütte, ewig trauernd. Was sie aber losließ, was sie wie einen Vogel aus einem Käfig schnellen ließ, war der Flug ihrer Hände beim Weben.

Diese eine Erinnerung gestattete sie sich.

Einst, als Savita noch klein gewesen war, war sie mit ihrer Mutter in die Baumwollfelder zwischen Indravalli und Guntur gegangen. Ihre Mutter hatte einen Sommer lang dort gearbeitet, und Savita war ihr hinterhergetrabt, zu den aufgeplatzten Baumwollkapseln hinaufgesprungen und hatte helfen wollen. Sie war noch viel zu klein gewesen, doch ein Baumwollbausch war aus der Hand ihrer Mutter gesegelt, Savita hatte ihn aufgefangen und vor Vergnügen gequietscht, als hätte sie sich ein Stückchen einer Wolke geschnappt. Sie hatte ihre Mutter am Pallu gezogen und ihr die Baumwolle wie einen Preis entgegengehalten, aber ihre Mutter hatte kaum aufgeblickt; sie hatte nur gesagt: »Behalt sie. Dein Kleid ist daraus gemacht.«

Bei diesen Worten war Savita inmitten des Feldes unter der heißen Sommersonne ruhig stehen geblieben und hatte die Baumwolle in ihrer Hand betrachtet, weich, voller Samen, dann hatte sie hinaus auf die Reihen um Reihen der Baumwollblüten geblickt, runde weiße Monde hoch oben, fein und unerreichbar. Sie hatte ihr Kleid betrachtet, ein ausgewaschenes Rosa, am Saum ausgefranst, dreckig, aber doch noch ein Kleid. Aber wie denn?, hatte sie sich gefragt. Wie konnte diese Flocke mit den kleinen braunen Samen zu meinem Kleid werden? Sie dachte, es müsse ein Geheimnis sein, ein Erwachsenengeheimnis. Oder vielleicht doch Zauberei. Jedenfalls ein Geheimnis. Immer ein Geheimnis, selbst als sie herangewachsen war und an der Charkha saß, dann am Webstuhl, dann neben Purnima, gemeinsam beim Abendessen, was ihre Weberei als Beitrag zum Erwerb von Essen – Essen! – überhaupt erst ermöglicht hatte. Also ein noch größeres Geheimnis: Vom Samen zu Tuch zu Essen zu Freundschaft.

Und dieses Geheimnis behielt sie. All die Jahre über. Von damals bis heute. Im Bordell behielt sie das Geheimnis nah bei sich, versteckt in ihrem Kopfkissen. Zusammen mit Purnimas halb fertigem Sari (im Drogenrausch hatte sie danach geschrien, und jemand hatte – nicht aus Nettigkeit, sondern damit sie den Mund hielt – das Stoffstück in einer Ecke des Betonzimmers gefunden, es mit dem Fuß angestupst und ihr ins Gesicht geschmissen).

Da spürte sie es: das Geheimnis des Gewebes, und das Gewebe selbst. Sie spürte, wie beide in ihrem Kissen brannten, wie Geheimnisse das eben tun.

2

Ein paar Monate später sah sie Guru wieder.

Eines der Mädchen war krank. Sie hatte sich bei einem Freier angesteckt, lag mit hohem Fieber im Bett, Oberschenkel und Schritt voll blasigem Ausschlag, und konnte nicht mal einen Schluck Buttermilch trinken. Die Mädchen drängten sich um sie. »Ein Arzt!«, rief eine.

Die Madam schob sich durch das Gedränge nach vorne. »Es ist Sonntag«, sagte sie ungerührt. »Da kostet er mehr.«

Sonntag.

Es gab noch so etwas wie Tage, begriff Savita plötzlich. Es gab noch so etwas wie Zeit. Ihr kam ein Gedanke. Irgendwo hinter ihren Augen nahm etwas Kleines Gestalt an.

Am Nachmittag kam Guru. Die Madam hatte ihn angerufen und darum gebeten. Wieder versammelten sich die Mädchen. Dieses Mal bemerkte Savita, dass Guru kleine Absätze trug und seine Zähne vom Betelnusskauen orange waren.

»Wegen so was holst du mich?«

Die Madam knetete nervös die Hände. »So einen schlimmen Fall hab ich noch nie gesehen.«

Er betrachtete das bleiche Gesicht des Mädchens, die Lippen vom Fieber blutig aufgeplatzt. »War sie eine von den Beliebten?«

»Ja, ist sie«, sagte die Madam.

Guru betrachtete das Mädchen noch ein wenig, dann drehte er sich auf seinen kleinen Absätzen um, ging zur Tür und sagte: »Lass sie sterben.«

Savita sah ihn aus dem Zimmer gehen. Das Mädchen wimmerte im Schlaf, als ob sie Gurus Worte gehört hätte. Obwohl das kaum möglich war, nicht durch all die Schichten von Hitze und Verschleiß und Verfall. »Lass sie sterben.« Einen Augenblick hingen die Worte in der Luft, dann brachen sie erneut auf und wanden sich nun durch Savitas eigene Schichten von Hitze und Verschleiß und Verfall. Ihre Augen weiteten sich; sie schmerzten wie von neuem Licht. Da war eine Tür, erinnerte sie sich, eine versteckte. Dahinter lagen ihre Schätze. Und die Tür war verschlossen geblieben, trotz des Teestands und des fensterlosen Zimmers und der Drogen, trotz all der Männer und Männer und Männer. Und durch diese Tür bahnten sich die Worte nun einen Weg zu ihr.

Sie sah sich im Zimmer um.

Mit einem Mal erschien es ihr, als wären sie alle einfach Kinder, die darauf warteten zu sterben. Und im nächsten Augenblick dachte sie: Nein. Nein, alt sind wir. Alte, uralte Frauen, verwüstet von der Zeit, und wir warten darauf zu sterben.

Und dieser Gedanke löste die anderen Gedanken aus.

Der erste Gedanke war dieser: Hier konnte sie nicht bleiben. Für Savita war dieser Gedanke gar nicht offensichtlich. Seit Purnimas Vater sie vergewaltigt hatte, war ihr das Leben nur noch widerfahren, aber sie hatte nicht mehr selbst gelebt. Als er ihr die Hand über den Mund gelegt hatte, war ein Schleier über sie gefallen. Als er ihr die Beine auseinandergedrückt hatte, war etwas in ihr verblichen. Als sie in sein Gesicht geblickt und dort auch ein klein wenig das ihrer Freundin gesehen hatte, war etwas in ihr zerbrochen. Was bedeutete es danach noch, wo sie lebte, wo sie aß oder wo sie ihre verbleibenden Atemzüge atmete? Was würde das jetzt noch ändern? Und als ihr nun der Gedanke kam, von dort fortzumüssen, unbedingt von dort fortzumüssen, war sie überrascht, wieder zu leben. Dass es doch etwas bedeutete. Dass das hier wieder Leben war.

Ihr zweiter Gedanke: Sie musste an Guru vorbei. Sie erinnerte sich daran, wie ein paar Monate zuvor ein Freier einen Holzknüppel hatte benutzen wollen und sie entsetzt aus dem Zimmer gerannt war; die Madam hatte sie wieder ins Zimmer geschubst und gesagt: »Es wäre doch schade, wenn jemand deinem Vater die Finger abzwickt, oder? Oder wenn eine deiner Schwestern auch hier landet?« Die Madam hatte dieses Wissen nicht selbst zusammengetragen. Das war Guru gewesen. So viel wusste Savita. Und obwohl sie in den vergangenen Monaten kaum je völlig bei Bewusstsein gewesen war, hatte sie doch verstanden, dass es sich hier nicht nur um ein einzelnes Haus oder eine einzige Bordellmutter oder ein einziges Unternehmen handelte; bei Weitem nicht. Es gab einen Chef – Guru – und Stellvertreter, wie die Madam, und Fußsoldaten, wie den Mann, der ihr den Tee angeboten hatte, und den Jungen, der ihr die Spritzen gesetzt hatte, und das Mädchen, das sie gewaschen hatte, und andere, die sich in Indravalli umgehört hatten, um sicherzugehen, dass niemand Savita suchte, oder zumindest, dass niemand das Geld oder die Macht oder den Einfluss hatte (alles drei ein und dasselbe), um sie zu suchen.

Ihr dritter Gedanke war dieser: Sie brauchte einen Vorteil. Klare Vorteile gab es nur wenige auf der Welt. Sie hatte eindeutig kein Geld, sie konnte nur weben und kaum lesen und schreiben. So blieb nur eines: ihr Körper. Mein Körper, mein Körper, dachte sie und blickte hinab an der verbrauchten Hülse des Mädchens, das sie einst gewesen war, die Brust noch immer flach, die Hände noch immer groß, die Haut noch immer dunkel. Sie ging zum Spiegel – ein kleiner runder Spiegel mit einem grünen Plastikrahmen, der an der Wand gegenüber ihrem Bett an einem Nagel hing. Sie hatte noch nie hineingesehen, kein einziges Mal, doch nun nahm sie den Spiegel ab und betrachtete ihr Gesicht. Augen,

Mund, Nase. Die Wölbung ihrer Wangen, den Bogen ihrer Wimpern. Sie führte den Spiegel näher ans Gesicht, weiter weg. Sie neigte ihn; hielt ihn wieder gerade. Sie schaute. Und dort – was war das?

»Stopp«, sagte sie ins leere Zimmer. »Genau da.« Und sie ließ den Spiegel genau dort verweilen. Und in diesem Moment sah sie es. War es schon immer dort gewesen? Das Licht in ihrem Inneren. Wie hatte es all die vorherigen Monate überstanden? Wie hatte es überlebt? Egal, es war größer als sie selbst, es war größer als alles. Als sie das Licht sah, lachte sie, vielleicht zum ersten Mal seit der Nacht in der Webhütte. Als sie verstand, dass dieses Licht ihr eigenes war.

Während der nächsten Tage betrachtete sie die anderen Mädchen im Bordell genauer; ihre Gesichter, ihre Augen; fünf von ihnen waren schon länger da als Savita, eine andere erst seit einem Monat. Und keine von ihnen hatte das Licht, nicht eine. Es war erloschen. Anders als ihres, ihr eigenes Licht.

Und so hatte sie nun zwei Vorteile: Sie hatte ihren Körper, und sie hatte ihr Licht.

Sie wartete auf den rechten Augenblick. Bei jedem Vollmond sah sie zum Himmel auf.

Es dauerte fast ein Jahr, doch eines Winterabends kam Guru, um die Bücher zu prüfen, und Savita wartete vor der Tür der Madam. Sie hörte ihn sagen, er habe jemand Neues für die Buchhaltung, zuverlässig, meinte er und lachte, der Rest des Gesprächs blieb unverständlich.

Als er aus dem Zimmer kam, trat Savita einen Schritt vor. Guru war überrascht, oder zumindest kam es Savita so vor, denn sein Mund zuckte leicht, auch wenn er sonst nichts sagte oder tat, was Überraschung verraten hätte.

»Kenn ich dich?«

So viele Mädchen besaß er also: mehr, als er sich merken konnte.

»Savita.«

»Savita?«

»Ich bin die, die du angespuckt hast.«

Er schien über ihre Worte nachzudenken, über die Tatsache, dass sie ausgesprochen worden waren. Ausgerechnet ihm gegenüber.

»Ich hätte gerne eine Banane«, sagte sie.

Inzwischen war die Madam zur Tür gekommen. Sie funkelte Savita an und lachte nervös. »Eine Lustige. Es ist doch immer nett, wenn mal ein witziges Mädchen dabei ist.«

Savita stemmte die Füße in den Boden. Sie zwang sich, gerade zu stehen, und funkelte zurück.

Guru sah amüsiert aus. Er wiegte sich auf seinen Absatzschuhen vor und zurück, Auge in Auge mit Savita und sagte: »Du kriegst schon genug Reis.«

»Ja. Aber ich hätte gerne eine Banane zum Reis. Zu Joghurtreis.«

Er lachte laut und lange. Als er schließlich aufhörte, senkte sich seine Stimme wie ein Stein. »Komm mit«, sagte er. »Ich zeig dir, wie du eine Banane kriegst.«

Sie folgte ihm ins Zimmer. Er schickte die Madam in den Flur, schloss die Tür hinter ihr, ging zum Schreibtisch in der Mitte des Zimmers und schlug eines der großen Bücher auf, die auf einer Ecke gestapelt lagen. Savita hatte noch nie ein so dickes Buch gesehen, die Seiten voller Linien und Spalten und Zahlen und endlosen Kritzeleien.

»Schau mal hier«, sagte er und zeigte auf eine Zeile in der Mitte einer Seite.

Sie beugte sich vor. Nein, sie sah nichts. Sie sah nur willkürliche Zeichen.

»Hier steht, wie viel du jeden Monat einbringst. Und schau mal hier. Diese Zahlen bedeuten, wie viel du mich kostest. Die Differenz ist mein Profit. Verstehst du das?«

Savita nickte.

»Sehr gut. Dann musst du auch verstehen, dass du für jede Banane, die du willst, einfach einen Freier mehr annehmen musst. Eine Banane, ein Freier. Klar?« Er sah sie an.

Savita erwiderte seinen Blick. »Klar. Außerdem möchte ich wissen, wie man von hier wegkommt.«

Er setzte sich auf den Stuhl hinter dem Schreibtisch und legte die Handflächen aneinander. In seinem Blick lag Sorge, vielleicht auch ein wenig Süße. »Vergiss, was ich über Frauen gesagt habe, die nicht gehorchen wollen. Das Schlimmste ist eine Frau, die weiß, was sie will.« Er stand langsam auf und kam um den Tisch. Seine Absätze klickten auf dem Steinboden. »Lass uns mal hiermit anfangen«, sagte er und führte sie zu der Pritsche in der Zimmerecke. Savita legte sich auf den Rücken, doch er drehte sie um und nahm sie so. »Ich mag keine Gesichter«, sagte er.

In den nächsten Monaten suchte Guru sie auf, wann immer er ins Bordell kam. Das geschah nicht sehr oft; gewöhnlich ließ er die Bücher in das Haupthaus bringen, wo die Buchhaltung saß. Irgendwo außerhalb der Stadt, hatte Savita gehört.

Er fragte namentlich nach ihr.

Jedes Mal fragte er sie, wie viele Bananen sie in diesem Monat verdient habe.

»Sechs«, sagte sie dann, oder: »fünf.«

»Magst du sie so sehr?«, fragte er sie.

»Sie lassen mich nicht vergessen«, sagte sie.

»Was denn vergessen?«

Da lächelte Savita nur und brannte heller.

Im Frühjahr bestellte Guru Savita in sein Büro. Fast zwei Jahre waren vergangen, seit sie aus Indravalli geflohen war. Als sie sich im Zimmer umblickte, bemerkte sie, dass die Bücher nicht mehr da waren; nur Guru, der hinter dem Schreibtisch wartete.

»Setz dich«, sagte er. Und als sie sich gesetzt hatte: »Es gibt da einen Saudi-Prinzen.«

»Saudi?«

»Das ist ein Land.«

»Ist das eine Geschichte?«

»Gewissermaßen. Ja, ja, ist es. Er will ein Mädchen kaufen. Jung, aber nicht zu jung. Du könntest gerade richtig sein.«

Savita hörte zu.

»Ein Lakh Rupien. Wir machen halbe-halbe. Ein paar Jahre dort, und du bist frei.«

Savitas Augen weiteten sich. Fünfzigtausend Rupien! Damit könnte sie ihre Schwestern verheiraten; sie könnte ihren Eltern ein Haus kaufen, ein Schloss. Aber stopp! Warum sollte er das Geld mit ihr teilen? Warum sollte er ihr auch nur eine einzige Paisa geben?

»Es ist nur so ...« Guru zögerte. Savita hatte noch nie erlebt, dass er zögerte. »Es ist nur so, er hat interessante Vorlieben.«

»Was für Vorlieben?«

»Er mag Amputierte.«

»Was sind Amputierte?«

»Leute, denen ein Körperglied fehlt.«

Savita stutzte. »Aber mir fehlt keins.«

Er sah sie an. Lange, hart.

»Nein.« Als sie Gurus Vorschlag begriff, lachte sie erschrocken. »Im Leben nicht!«

Er sah sie weiter an und wartete.

Sie sprang auf, atmete heftig.

»So bist für mich etwa ein Viertel so viel wert«, sagte er. »Sagen wir mal fünfundzwanzigtausend. Weißt du eigentlich, wie lange es dauern würde, bist du dich hier rausgekauft hast?«

Savita dachte an das Buch, die Zeichen, die Zahlen. Sie dachte daran, wie viel eine Banane kostete. »Ist mir egal. Ich werde nicht –«

»Die Frage ist also«, unterbrach Guru sie, »willst du so viel wert sein, wie du wert bist, oder willst du mehr wert sein?«

Auf der ganzen Welt gab es wohl keine größere Frage.

Savita sah auf ihre Hände hinab, und als wäre ihr Blick eine Vorhersage, sagte Guru, als sie fragte: »Welches Körperteil?«, sofort: »Irgendeins. Sagen wir, eine Hand. Eine von beiden. Du entscheidest, welche.«

Die Operation sollte zwei Tage später stattfinden, wurde jedoch auf den folgenden Tag vorverlegt. Weniger Zeit, um meine Meinung zu ändern, dachte Savita. Trotzdem lag sie die ganze Nacht wach und fuhr mit ihrer linken Hand über ihren Körper. Wie können sie eine Hand nehmen? Wie kann eine Hand genommen werden?, fragte sie sich. Den Handteller, die Finger, die Halbmonde an den Fingerspitzen. Die Wärme des Blutes unter der Haut, bereits weniger, schon verloren. Die Enden eines Körpers so schön wie sein schlagender Kern. Da entschied sie: Nein, ich tue es nicht, ich lasse sie nicht. Doch da blickte sie in das dunkle Zimmer, sah dort ihre wartenden Schwestern, deren ausstehende Mitgiften, und wusste, dass sie es doch tun würde, musste. Sie würde sie ihnen geben – ihre Hand; ihr blieb nichts anderes zu verkaufen.

3

Es hieß Vollnarkose, und für Savita fühlte es sich an, als wäre ein Licht erloschen, als ob Nacht ein großes Loch durch sie geschlagen hätte. Als sie aufwachte, war der Stumpf ihres linken Armes verbunden.

Der Arzt strahlte stolz und sagte: »Bis jetzt die Sauberste. Es sieht beinahe hübsch aus.«

Als der Verband entfernt wurde, saß Savita in ihrem Zimmer und starrte auf den Stumpf. Was haben sie mit meiner Hand gemacht?, fragte sie sich. Wo haben sie meine Hand hingebracht? Wenn jemand für einen Armstumpf zahlte, zahlte jemand anderes womöglich für eine Hand.

Wie dem auch sei, dachte sie, am Ende war es tatsächlich auf den bloßen Körper hinausgelaufen.

Sie hielt die Tränen zurück. Nie wieder würde sie am Webstuhl sitzen können, oder an der Charkha, aber warum müsste sie auch? Mit fünfzigtausend Rupien konnte sie alles Tuch der Welt kaufen. Chiffon und goldgesäumte Seidensaris. Saris, die sie sich bislang gar nicht hatte vorstellen können, konnte sie ihren Schwestern nun als Hochzeitsgeschenke kaufen. Bei diesem Gedanken griff sie in den Kopfkissenbezug und zog Purnimas halb fertigen Sari hervor. Sie umklammerte den Stoff; sie vergrub den Kopf in den Falten. Welchen Grund gab es für Traurigkeit? Es war doch nur eine Hand. Stell dir nur vor, wie überrascht Nanna sein wird. Wie er sich freuen wird. So viel Geld. Und doch, und doch war das Stückchen Sari, das sie hielt, die wahrste Gabe von allen – das wusste sie, das Wissen lag in ihrem Herzen wie in einer verborgenen Höhle. Was bedeuteten sie, die Gaben, die noch kommen sollten? Was bedeuteten sie ihr schon? Von Bedeutung war nur, dass einst, vor langer Zeit, ein Stück indigofarbenes Garn auf ein Stück rotes Garn getroffen und dabei Schönheit entstanden war. Mut.

Sie hob den Kopf und spürte etwas Feuchtes. Sie hatte geweint. Und die Baumwolle, wie Baumwolle das tut, hatte ihre Tränen aufgenommen.

Savita wartete auf ihr Ticket nach Saudi. Sie wollte eine Landkarte auftreiben, fand aber keine.

Als sie die Madam fragte, wo Saudi liege, sagte die: »In der Wüste.«

Also musste es bei Rajasthan sein. Das war nicht so weit weg. Wenngleich ihr einfiel, dass weit weg vielleicht der beste Ort sein könnte. Umzukehren war falsch gewesen, nach Vijayawada zurückzugehen, wo sie noch immer, je nach Windrichtung, die Fluten der Krishna riechen konnte. Und dieser Geruch ließ sie mit Schrecken verstehen, wie wenig sie erreicht hatte, wie sehr sie gescheitert war: Sie hatte es ganze zwanzig Kilometer über Indravalli hinaus geschafft. Was wäre passiert, wenn ich nach Pune gefahren wäre? Sie betrachtete das Nichts am Ende ihres linken Armes und dachte: Hätte ich dich dann noch? Aber jetzt würde sie noch weiter wegfahren, und weit zu reisen und später heimzukehren, und zwar mit Geld, war, so fand sie, was die Krähe ihr an jenem lang vergangenen Tag geraten hatte: »Wenn du gefressen wirst, lass sie, aber stell sicher, dass du sie später selbst frisst.«

Geld. Mit Geld frisst du sie später selbst.

Sie zählte nun nicht mehr zu den normalen Prostituierten, sondern zu den besonderen. Was hieß das? Savita war sich nicht sicher. Zum einen musste sie nicht mehr so viele Freier bedienen, denn wie sich herausstellte, war der Amputierten-Fetisch eher wenig verbreitet; die meisten Männer wollten lieber ein Mädchen mit zwei Händen. Doch ihre verbleibenden Freier bezahlten mehr und waren sehr viel gesprächiger als zuvor, als ob ihre fehlende Hand ein teures Gesprächsthema wäre, als ob sie Savita die zusätzliche Fähigkeit verlieh, das Innerste der Männer zu verstehen, ihre tiefsten Ängste. Savita hörte gerne zu. Sie wurde sogar eine so gute Zuhörerin, dass sie den Kummer eines Mannes – den Ursprung seines Kummers – spürte, sobald er das Zimmer betrat. Es war einfach. Ein Mann mit nörgelnder Ehefrau hielt den Kopf beim Eintreten ungewöhnlich hoch. Ein Mann, der als Kind nicht geliebt worden war, wartete darauf, dass sie zuerst etwas sagte. Ein Mann ohne Geld – der womöglich gerade dabei war, sein letztes Geld für sie auszugeben – ließ die Hand ein bisschen zu lange auf der Türklinke liegen.

Einmal gestand ihr ein Freier, im Gefängnis gewesen zu sein. Weil er seinen Bruder ermordet habe, sagte er, doch nicht mehr. Dann erzählte er ihr, er sei nach drei Jahren aus dem Gefängnis entkommen und über zwanzig Jahre lang auf der Flucht gewesen. In Meghalaya, sagte er, in den Wäldern. Er sei der verwöhnte älteste Sohn einer wohlhabenden Familie gewesen. Weizenhändler. »Ich wusste nicht mal, wie man Reis kocht«, sagte er, »geschweige denn, wie man in der Wildnis überlebt.« Doch er habe gelernt, sich in den Wäldern zu behaupten, und schließlich sei ihm so manches klar geworden.

»Was denn zum Beispiel?«, fragte Savita.

Er schwieg. Savita wartete. Sie betrachtete ihn. Er sah nicht aus wie jemand, der auf der Flucht war, obgleich sie nicht wusste, wie so jemand wohl aussah. Sie hätte gedacht, zumindest wild, irgendwie gehetzt; dieser Mann sah recht gleichmütig aus, zufrieden sogar, als käme er gerade von einem erfrischenden Bad und einem schönen Frühstück.

Schließlich, nach zehn Minuten Schweigen, sagte der Mann, das Haar grau, die Augen dunkel: »Nach fünf Jahren im Wald merkte ich, dass ich nichts mehr fühlte. Nicht nur, dass ich keinen Schmerz oder keine Einsamkeit oder Lust mehr spürte. Nicht nur solche Dinge, auch mein eigenes Herz spürte ich nicht mehr. Weißt du, was ich meine? Es schlug weiter, aber genauso gut hätte ein Stein gegen einen anderen schlagen können.«

Im elften oder zwölften Jahr sei er kein Mensch mehr gewesen: »Ich erlegte ein Tier, mit einer Falle oder einem einfachen Bogen und Pfeilen, und tötete es ohne einen weiteren Gedanken. Erwürgte es oder brach ihm den Hals, blickte ihm dabei in die Augen und spürte nicht das kleinste bisschen. Nicht mal einen Sieg. Ich schlug einem Tier mit bloßen Händen den Kopf ein, und mir kam es vor, als würde ich eine Nuss knacken.« Als er das zwanzigste Jahr erreichte, habe er sich an kein anderes Leben als das eines Flüchtigen mehr erinnern können. Er habe noch Erinnerungen gehabt an die Zeit vor seinem Ausbruch. Vage Erinnerungen an seine Zeit im Gefängnis, noch vager daran, einst ein Sohn gewesen zu sein, ein Bruder. »Es war, als ob ich dazu geboren worden wäre, ein Flüchtiger zu sein. Nicht nur das. Als wäre ich schon als Flüchtiger geboren worden. Weißt du, was ich meine?«

Dieses Mal wusste Savita, was er meinte, ein klein wenig.

»Hin und wieder traf ich andere, die auf der Flucht waren. Manchmal auch Angehörige der dort lebenden Stämme. Aber üblicherweise ließen sie mich in Ruhe. Niemand stellte Fragen. Fragen sind für die Lebenden, und jeder sah schnell, dass ich tot war. Zu Anfang meines vierundzwanzigsten Jahres fing ich an, zum Universum zu sprechen. Ich sprach nicht nur zu ihm, ich befehligte es. Ich konnte Wolken teilen. Ich konnte Fische dazu bringen, zu mir zu schwimmen, mir in die Hand zu schwimmen, allein indem ich es ihnen mit meiner Hand befahl. Ich konnte bestimmen, dass der Wind aufhörte zu wehen. Eines Nachts schlief ich tief im Wald – ich durfte mich nie in der Nähe einer Rangerstation aufhalten, oder bei einem Dorf, selbst nicht dem kleinsten –, als ich durch ein seltsames Rascheln erwachte. Als ich mich aufsetzte und umsah, erblickte ich eine Kobra, die mich fixierte. Ich hatte ein einfaches Beil gebastelt und tastete nun danach.

Aber die Kobra war schneller. Sie umschlang meine Hand, gerade als ich das Beil berührte, und sagte: ›Du kannst mich nicht zweimal töten.‹ Da wusste ich, dass es mein Bruder war. Und die Kobra sagte: ›Finde etwas für mich heraus.‹ Ich wartete. Ich dachte, sie – er – würde mir sagen, ich solle herausfinden, ob es unseren Eltern gut ging, ob Schicksal und Zufall miteinander kämpften oder zusammenspielten oder ob der Kreislauf unseres Leides jemals wirklich aufhörte, doch stattdessen sagte die Kobra: ›Finde für mich heraus, wie tief die Erde des Waldes reicht.‹

›Wie tief?‹, fragte ich.

›Ja. Ich habe es versucht, weißt du. Ich habe versucht, mich bis ganz nach unten zu schlängeln; das tun wir Schlangen schließlich. Aber ich finde den Grund nicht. Es ist, als müsste ich weiter und weiter und weiter. Als ob es womöglich kein Ende gäbe. Aber es muss doch eines geben. Vielleicht reicht die Erde des Waldes bis auf den Erdkern hinunter oder bis an einen noch dunkleren Ort oder einen noch heißeren. Glaubst du nicht?‹

›Nein, glaube ich nicht‹, sagte ich.

›Ich auch nicht‹, sagte die Kobra und glitt in den Wald davon.«

Hier sah der Mann (augenscheinlich nicht mehr auf der Flucht, denn er saß ja in Savitas Zimmer) sie an, vielleicht zum ersten Mal überhaupt, und sagte: »Und da verließ ich den Wald. Gleich am nächsten Morgen. Denn weißt du, die Kobra wollte gar keine Antwort; sie wollte gar nichts, zumindest nicht wissen, wie tief der Wald reichte. Was sie mir zeigen wollte, war, dass Schuld kein Ende hat, dass der Preis, den wir bezahlen, kein Ende hat, dass wir der Wald sind und dass unser Gewissen, unsere Hölle, sein Boden ist.«

Er betrachtete sie. Sie fragte sich, ob sie jetzt etwas sagen sollte, doch nein, er betrachtete sie einfach.

»Gleich am nächsten Morgen ging ich zur nächsten Rangerstation. Ging direkt rein und erzählte ihnen, wer ich war und was ich getan hatte. Zuerst glaubten sie mir nicht. Irgendein Typ, der erzählt, er habe fünfundzwanzig Jahre lang im Wald gelebt – warum sollten sie auch? Sie hielten das gar nicht für möglich. Aber nachdem sie sich ein wenig beratschlagt hatten, fuhren sie mich auf das Polizeirevier nach Shillong. Und da mussten sie meine Geschichte dann aufnehmen. Die riefen also wiederum das Polizeirevier in Guntur an, die sagten aber, das alte Gerichtsgebäude, wo all die alten Kriminalakten aufbewahrt worden waren, sei vor langer Zeit niedergebrannt, schon vor Jahren, und ihre eigenen Akten aus dieser Zeit, in irgendwelchen Kisten in einem muffigen Hinterzimmer, hätten die Ratten zerfressen, also gäbe es eigentlich überhaupt keine Aufzeichnungen über mich. Nirgendwo. Der Wachtmeister legte den Hörer auf, sah mich an und erklärte mir alles, was die Polizei in Guntur ihm gesagt hatte, fast entschuldigend. Er sagte, ich könne gehen.«

»Was hast du dann getan?«, fragte Savita.

»Ich fuhr nach Hause. Doch meine Eltern waren in der Zwischenzeit gestorben. Vor Herzenskummer, meinten manche. Das wollen die Leute glauben. So ist es romantischer. Wenn ich raten müsste, würde ich sagen, mein Vater ist vor Zorn gestorben und meine Mutter vor Langeweile. Am Ende ihres Lebens waren sie kinderlos, selbst wenn sie einst zwei Söhne gehabt hatten. Ich wünschte, ich hätte mich dafür bei ihnen entschuldigen können. Ich wünschte mir damals so einiges. Aber auch sie müssen nach dem Grund des Waldes gesucht haben.«

Und hier fragte der einst Flüchtige, der nun ein Freier war und doch Savita noch überhaupt nicht berührt hatte, sein Gesicht so friedlich wie ein stiller See: »Und du, wie hast du deine Hand verloren?«

4

Das Ticket nach Saudi kam nie an. Drei Monate nach der Operation bestellte Guru Savita in sein Büro und sagte, der Prinz habe jemand Passenderes gefunden.

»Passender?«, fragte Savita. »Was heißt passender?«

»Anscheinend ein fehlendes Bein.«

»Das hat er dir gesagt?«

»Er selbst hat mir gar nichts gesagt. Seine Leute haben mir das gesagt.«

Ihre linke Hand – die Phantomhand, die sie in den letzten Wochen gespürt hatte – ballte sie zur Faust. Sie riss Phantomwunden. »Und was ist mit dem Geld?«

»Vergiss den einen mickrigen Lakh. Ich hab ein besseres Geschäft.«

Savita saß schon, doch nun sackte sie noch weiter zusammen. Sie war erschöpft. Sie war erschöpft von Geschäften. Jeder Moment im Leben einer Frau war ein Geschäft, ein Geschäft mit ihrem Körper: erst ging es um sein Gedeihen, dann um sein Verwelken; erst um ihre Blutung, dann um ihre Jungfräulichkeit, dann um ihr Gebären (nur die Söhne zählend), dann um ihre Verwitwung.

»Wäre aber weiter weg«, sagte er und drehte einen Stift zwischen den Fingern.

Savita wartete, bis sie ihre Erschöpfung, ihre Resignation, überwunden hatte. Dann sagte sie: »Weiter weg ist besser.«

»Fürs Erste ein befristetes Visum. Dann suchen sie eine Möglichkeit, wie du bleiben kannst. Oder du kommst zurück, wenn du willst.«

»Wofür wollen die mich?«, fragte sie und fürchtete sich schon vor der Antwort.

»Zum Häuserputzen. Wohnungen. Anscheinend kriegen Dienstmädchen dort drüben so viel bezahlt, dass es billiger ist, sie hier zu kaufen.«

»Aber wie –«, setzte sie an, doch da sagte Guru schon: »Ich hab ihnen gesagt, du würdest doppelt so schnell arbeiten.«

»Wo?«

»In Amerika. Irgendein Ort namens Sattle. Gibt auch gutes Geld.«

Amerika, im Gegensatz zu Saudi kannte sie das. Alle kannten Amerika. Und es war tatsächlich weit weg. Sehr weit weg. Am anderen Ende der Welt, hatte sie mal gehört.

»Wie viel?«, fragte sie.

»Zwanzigtausend. Zehn für dich, zehn für mich.«

»Aber das ist so gut wie gar nichts! Du hast doch selbst gesagt, dass ich mehr wert sei.«

Guru legte den Stift hin. Er lehnte sich zurück und lächelte. »Dollar, meine Liebe. Dollar.«

Warum sollte Guru das Geld mit mir teilen? Warum hätte er das je tun sollen? Das war Savitas erster Gedanke, als sie ihm dort gegenübersaß und die Gier in seinen Augen sah. Ihr zweiter Gedanke war: Natürlich würde er nicht mit ihr teilen. Trotzdem, am meisten störte sie nicht, dass er log, was eigentlich egal war, auch nicht, wie lange sie gebraucht hatte, um es zu merken, sondern dass sie, sie selbst, das Wort *Wert* benutzt hatte.

Savita erfuhr, dass der Mann, der sie gekauft hatte, auch aus Andhra Pradesh stammte. In der Stadt in Amerika, so hieß es, besaß er Hunderte von Wohnungen und eine Handvoll Restaurants und sogar ein Kino. Vielleicht werde ich doch noch in ein Kino gehen, dachte sie, weder aufgeregt noch bitter, sondern mit einer Art Scham. Denn ihr wurde klar, dass sie immer links von Purnima würde sitzen müssen, damit sie sich bei den unheimlichen Teilen an der Hand halten könnten. Der Mann in Amerika hatte zwei Söhne und eine Tochter. Die Tochter war mit einem Arzt verheiratet, einem berühmten Arzt, einem, der die Brüste von Frauen größer machte und ihre Nasen kleiner. Savita hatte noch nie von so etwas gehört, hatte nicht gewusst, dass es Ärzte gab, die so etwas taten, sie fragte sich jedoch, ob die überflüssigen Stücke Nase am selben Ort wie ihre Hand landeten und ob die extra Stücke Brust von dort kamen. Die beiden Söhne halfen dem Vater bei seinen vielen Geschäften, und Savita wusste nicht, ob auch sie verheiratet waren. Die Ehefrau des Mannes in Amerika stammte aus Vijayawada, und durch sie hatte die Familie von Guru erfahren, und die Frau war außerordentlich gläubig. Sie war in der ganzen Stadt in wohltätige Arbeit eingebunden, gab den Armen und Kranken Geld und spendete dem Kanaka-Durga-Tempel jedes Jahr zehn Lakh Rupien und dazu einen neuen Satz Goldschmuck für die Gottheit.

Dann erfuhr Savita von etwas, das Wechselkurs hieß.

Guru würde bei dem Geschäft über dreizehn Lakh Rupien verdienen. Savita konnte sich diese Summe gar nicht vorstellen, und als Guru sagte: »Wir könnten ganz Indravalli kaufen, du und ich«, lächelte sie mit ihm.

Nach einer Weile fragte sie, warum eigentlich sie, warum jemand mit nur einer Hand, warum nicht eines der anderen Mädchen, eine mit zwei Händen; die anderen würden bestimmt auch gerne nach Amerika gehen und offensichtlich auch die besseren Dienstmädchen abgeben.

Gurus Augen glänzten. »Das ist das Schöne an der Sache«, sagte er. »Nur du kannst gehen.«

Anscheinend hatte es mit etwas zu tun, was Guru zuvor erwähnt hatte, was Visum hieß. Es gab Visa für unterschiedliche Zwecke, zum Beispiel eines, um einen Ort zu besuchen, und ein anderes, um dort zu arbeiten, und wieder ein anderes, um dort zu studieren. Und es gab eines für Behandlungen.

»Was für eine Behandlung?«, fragte Savita.

»Eine, wie du sie bekommen sollst«, sagte Guru. »Zumindest werden sie das irgendeinem Beamten sagen.« Er deutete mit dem Kopf auf ihren Armstumpf, den sie im Schoß hielt. »Sie sagen, dass du wegen einer besonderen Operation nach Amerika einreisen musst, einer, die es nur dort gibt. Ein Arzt hier und ein anderer dort – vielleicht ihr Schwiegersohn – bürgen dafür, dass du medizinische Behandlung *in Amerika* benötigst. Und wenn du erst mal da bist, dann ist der Rest einfach.«

»Aber kriege ich die Operation? Kriege ich eine neue Hand?«

Er sah sie verständnislos an, womöglich ein wenig verächtlich. »Natürlich nicht, du Idiotin. Es gibt keine Operation. Du wirst putzen.«

Sie würde also putzen. Das war in Ordnung. Das war besser, als mit Männern zu schlafen. Doch etwas von Gurus Worten klang in ihr nach. Nein, *Nachklang* würde bedeuten, dass sie seine Stimme hörte. Doch dem war nicht so. Es war ihre eigene Stimme, die sie hörte, die immer und immer wiederholte: »Nur du kannst gehen.«

»Nur du kannst gehen.« Was bedeuteten diese Worte? Sie bedeuteten, dass von allen Mädchen in allen von Gurus Häusern nur sie gehen konnte. Und warum war das so? Weil sie die einzige war, der eine Hand fehlte – die anderen waren vielleicht hübscher oder stärker oder süßer; sie hatten vielleicht hellere Haut oder größere Brüste oder längeres oder dickeres Haar, weichere oder rundere Hüften; aber nur sie konnte gehen.

Was bedeutete das?

Savita lächelte.

Es bedeutete, dass sie Einfluss hatte. Es bedeutete, dass sie Macht hatte.

»Ich geh nicht«, sagte sie eine Woche später zu Guru.

Seine Augen weiteten sich. Er lachte nervös. »Wie meinst du das, du gehst nicht? Denk doch mal an das Geld.«

»Tue ich.«

Er war ein Tier im Dunkeln, dachte sie. Seine Augen suchten im nächtlichen Wald nach Bewegungen, Geräuschen. »Hast du Angst, dass ich dir das Geld nicht gebe? Wie kannst du nur. Ich kriege das Geld nun mal erst, wenn du angekommen bist. Nach Erhalt. Wie bei Waren, weißt du.«

Es war nicht *wie* bei Waren, dachte sie.

»Ich geh nur unter einer Bedingung«, sagte sie.

Guru setzte sich bequemer hin und breitete die Arme großzügig aus.

»Meine kleinen Schwestern. Ich will, dass du meinen Eltern genug Geld für ihre Aussteuer gibst. Ich will, dass du ihnen genug Geld für ein neues Haus gibst. Ich will, dass du ihnen genug Geld für den Rest ihres Lebens gibst.«

Er lachte laut. Savita blieb still sitzen. Er sah ihr ins Gesicht, dann auf die Kraft der einen verbleibenden Hand in ihrem Schoß und hörte auf zu lachen. »In Ordnung.«

»Bevor ich gehe, will ich, dass du das erledigst. Und sie dürfen nicht erfahren, dass das Geld irgendetwas mit mir zu tun hat.«

Er nickte.

»Und noch was«, sagte sie. »Ich will, dass du mir ein Auto zur Verfügung stellst.«

»Warum?«

»Wenn du sagst, dass es erledigt ist, will ich sicherstellen, dass es auch so ist.«

Sie machte sich mitten in der Nacht auf den Weg. Sie bat den Fahrer, die Old Tenali Road zu nehmen und dann ein paar Hundert Meter vor der Hütte ihrer Eltern zu halten. Woher weiß ich es?, fragte sie sich. Woher weiß ich, ob er ihnen das Geld gegeben hat? Ein Blick auf den hängenden Gemüsekorb sagt es mir, dachte sie. Sie ging den stinkenden Hügel hinauf, mied den Hauptpfad, um nicht gesehen zu werden, und lief hinter den Hütten entlang.

In der Ferne ragte dunkel der Indravalli Konda auf. In seiner Mitte schwebte der Tempel, ein einsames schlagendes Herz. Im Mondlicht wechselten seine Farben je nach Blickwinkel: Buttermilch und Bimsstein, Perlmutt, Meeresschaum. Das Tempellicht brannte nicht, und so verlor sich der Rest des Berges, seine Umrisse, im Himmel. Als sie gerade an einer Hütte vorbeiging, weckten ihre Schritte einen Hund, der in die Nacht bellte. Eine dürre Ziege, an einen dürren Baum angebunden, erstarrte ängstlich.

Der Mond stand hoch, und als Savita zur Hütte ihrer Eltern kam – die Hütte, in der sie und all ihre Geschwister zur Welt gekommen waren –, schlich sie an der Rückseite entlang und wollte nur einen heimlichen Blick hineinwerfen, doch das wäre gar nicht nötig gewesen: Die Hütte war leer; in einer Ecke nur ein vertrockneter Kürbis und eine rattenzerfressene Decke.

Nun erstarrte Savita, dann rannte sie los. Den Hügel hinab, ihr Atem wie Fäuste. Beim Rennen ein Schwall von Gedanken, die alle in einen mündeten: Sie sind tot, er hat sie umgebracht, um nicht zahlen zu müssen.

Sie schlug gegen die Autotür. Der Fahrer fuhr aus dem Schlaf hoch. »Geh fragen«, zischte sie ihn an. »Frag herum, was passiert ist.«

Er verfluchte, ausgerechnet heute Nacht Dienst zu haben; sie fuhren herum, bis sie zur Schnellstraße kamen. Dort hatte noch ein Teestand geöffnet. Drinnen gab es hinter einer versteckten Tür Whiskey und Schwarzgebranntes. »Irre Schlampe«, murmelte er, trank mit und stellte ein paar Fragen, dann kam er wieder heraus.

Um nicht gesehen zu werden, war Savita auf der Rückbank nach unten gerutscht und sprang nun wie eine Feder empor. »Was haben die gesagt, *was*?«

»Sie sind umgezogen«, sagte er. Der Geruch nach Whiskey breitete sich über den Vordersitzen aus, dann über der Rückbank. Er ließ den Motor an. Sie fuhren wieder los, dieses Mal weg von der Old Tenali Road und an das andere Ortsende. Kaum fünf Minuten später wurden die Häuser solider, größer, waren nicht mehr strohgedeckt, sondern aus Beton. Er hielt am Ende einer Straße an, die Savita früher nur aus der Ferne gesehen hatte, weil sie nie irgendwen gekannt hatte, der reich genug gewesen wäre, um dort zu wohnen.

»Das da«, sagte der Fahrer und zeigte auf das dritte Haus links, rosa und grün und gelb gestrichen, über der Haustür eine Girlande noch grüner Mangoblätter. Davor ein verschlossenes Tor; Savita blieb davor stehen und sah, dass auf der Veranda jemand schlief, auf einer Pritsche aus Hanfseil, eine dünne Decke übergelegt. Durch eine offene Tür sah sie drei weitere Umrisse in Betten. Betten!

Als sie zum Auto zurückkam, sagte sie: »Das sind sie nicht. In dem Haus da sind nur vier Leute.«

»Eine deiner Schwestern hat schon geheiratet. Letzte Woche.«

»Wirklich?«

Sie bat den Fahrer, noch kurz zu warten, und ging zurück zum Tor. Sie betrachtete die schummrige Veranda, den schweren mondbeschienenen Marmorboden, die schlafenden Menschen, noch immer skeptisch. Ein Windstoß zog an ihr vorbei und ins Haus hinein, und die Gestalt auf der Terrasse schüttelte mit einem leichten Rascheln ihre Decke ab. Savita sah die Finger, krumm und edel, viel eher schön denn kaputt. Und da wusste sie es.

Der Fahrer bog wieder nach Vijayawada ab, doch sie sagte Nein, sie müsse noch woanders hin. Er seufzte laut und wendete.

Purnima musste mittlerweile verheiratet sein, dessen war sich Savita sicher. Sie überlegte kurz, den Fahrer zu bitten, sie nach Namburu zu fahren, aber wohin in Namburu eigentlich, und ob Purnima wohl überhaupt diesen Jungen geheiratet hatte?

Die andere Hütte war unverändert. Dasselbe strohgedeckte Dach, derselbe Lehmboden, dieselben staubigen dürren Bäume. Auf dem Boden schliefen vier kleine Gestalten, auf denselben Matten, unter denselben dünnen Decken, aus denen vier elende Gesichtlein hervorlugten, selbst im Mondlicht ärmlich. Auf der Hanfseilpritsche lag eine weitere, größere Gestalt, und von ihr wandte Savita den Blick ab und richtete ihn nur für einen kurzen Augenblick auf das nähere Gebäude, die Webhütte. Sie betrachtete die Hütte mit plötzlicher Sentimentalität, vielleicht sogar Sehnsucht danach, was sie dort gelassen hatte, was sie einst gewesen war, dann wandte sie sich zum Fahrer und sagte: »Fahren wir.«

5

Zwei Monate später brach sie nach Amerika auf. Alle notwendigen Dokumente waren notariell und mit Fingerabdrücken bezeugt und beglaubigt und andere Dinge, von denen Savita noch nie gehört hatte. Guru brachte sie mit dem Zug nach Chennai, von wo aus sie eine ältere Frau begleiten sollte, die vorgab, Savitas Mutter zu sein. Die ältere Frau war wahrscheinlich tatsächlich im Alter von Savitas Mutter, vielleicht ein wenig älter. Savita verstand nie ganz, wer die Frau war oder in welcher Beziehung sie zu den Leuten in Amerika stand oder warum sie zugesagt hatte, sie zu begleiten, doch auf ihre eigene Art war sie die perfekte Wahl: Sie war ernst, ihr Sari war schlicht, bemerkenswert gut gewebt, sie sah bescheiden aus, trug eine Brille mit kleinen runden Gläsern, durch die sie noch ernster aussah, auch wichtiger, und die ihr vor allem einen Anschein von Besorgnis verlieh – was natürlich genau das war, was sie gegenüber einer geliebten Tochter, die wegen einer Hand-OP um die halbe Welt reiste, empfinden sollte.

In Chennai wurde Savita ein Gips angelegt, um zu verbergen, dass ihr Armstumpf bereits völlig verheilt war, dann stiegen sie in das Flugzeug. Guru hatte es Savita erklärt – sie würde nach Amerika in einem langen fliegenden Bus reisen. Sie war verwirrt gewesen und war es auch jetzt noch, als das Flugzeug schon die Startbahn hinunterrollte. Dann hob es ab. Die alte Frau, die ihre Mutter sein sollte, saß neben ihr. Sie hatte bislang kaum ein Wort mit Savita gewechselt, ihr anfangs lediglich zugenickt und sich, sobald sie im Flugzeug saßen, eine Art Baumwollkügelchen mit dünnen Schnüren in die Ohren gesteckt; sie wirkte völlig vertieft oder schlafend oder einfach nur unpässlich;

sofort hatte sie die Augen geschlossen. Savita dachte, die Frau habe vielleicht eine Ohrentzündung. Eine von Savitas kleineren Schwestern hatte als Baby häufig entzündete Ohren gehabt und, um Schmerz und Weinen zu lindern, in Kokosnussöl getauchte Baumwollbäusche in den Ohren tragen müssen. Doch als das Flugzeug nun abhob, griff Savita nach der Hand der Frau und blickte panisch zwischen ihr und dem Fenster hin und her. Das Flugzeug stieg höher und höher; Savita atmete gegen ihr rasendes Herz an. Die Frau öffnete die Augen, sah auf Savitas Hand hinunter, nahm einen der Baumwollbäusche aus dem Ohr und schüttelte Savita ab wie eine Fliege.

Auf Telugu mit tamilischem Akzent und ohne die Spur eines Lächelns sagte sie: »Das hier ist der beste Teil. Genieß es.«

Wie meinte sie das? Meinte sie damit, dass das hier der beste Teil der Flugreise sei, oder der beste Teil von allem, was noch kommen sollte? Vielleicht meinte sie auch, dies sei der beste Teil von allem: von der Flugreise, von dem, was noch kommen sollte, und von allem, was schon gewesen war.

Wie dem auch sei, nachdem Savita etwa eine Stunde lang, ohne auch nur einmal zu blinzeln, jede Wolke, die vor dem ovalen Fenster in ihr Blickfeld geriet, angestarrt hatte, lehnte sie sich schließlich in ihren Sitz zurück und fiel in einen tiefen Schlaf.

Als sie in Heathrow landeten, bemerkte Savita als Allererstes, dass es nach nichts roch, nach rein gar nichts; als ob dort nie ein Tier entlanggegangen wäre und nie eine einzige Blume geblüht hätte. Dann merkte sie, wie kalt es war. So kalt, dass die Kälte scheinbar aus den Wänden triefte, aus dem Boden kroch.

Sie fragte die Frau, ob sie schon in Amerika seien.

»Die Frau sagte: Nein, wir sind in England.«

»Warum sind wir hier?«, fragte Savita.

»Weil es auf halbem Weg zwischen Indien und Amerika liegt«, sagte die Frau.

Sie saßen im Transferbereich, den Savita nur als einen einzigen langen Raum mit vielen Reihen orangefarbener Sitze wahrnahm. Es gab auch ein paar Geschäfte, die so hell erleuchtet waren, dass sie ihr Angst machten. Savita saß auf einem der orangefarbenen Sitze und betrachtete die anderen Menschen in der Halle. Auch sie machten ihr Angst. Sie bemerkte ein paar Inder, doch die meisten Menschen um sie herum – am Schlafen oder Essen oder Lesen oder Reden – wirkten auf sie wie Riesen. Groß und schwerfällig und fettig. Manche blass, andere verbrannt, knusprig, doch sämtlich überragten diese Menschen sowohl sie als auch die Frau, die ihre Mutter sein sollte. Woher kamen sie alle? Wohin gingen sie? Savita kam es vor, als wäre die Welt plötzlich voll von ihnen, diesen Riesen, und als ob sie und die alte Frau und Indravalli und Vijayawada nur ihre Spielsachen wären, verstaut in einer Kiste in einem heißeren Teil der Welt.

Später, nachdem sie in ein weiteres Flugzeug gestiegen und wieder Stunden um Stunden vergangen waren, glaubte Savita, wann immer sie aufwachte und in die Dunkelheit des Flugzeugs hineinblinzelte, in die Dunkelheit außerhalb des Flugzeugs, dass sie vielleicht tot sei und dies das Jenseits: Sie alle in einem langen Bus auf dem Weg zu was auch immer als Nächstes kommen mochte, und um sie und über sie hinaus nur Stille und Sterne, und unten, sehr viel weiter unten, nur eine riesige bewegliche Masse, die abwechselnd weiß, dann grau, dann nur noch schwarz war, aber dunkler, wütender als jeder Nachthimmel, und als sie darauf zeigte und von der Frau besorgt wissen wollte, was das sei, sah die Frau kaum auf, nahm nicht einmal die Baumwollbausche aus den Ohren, schloss wieder die Augen und sagte: »Wasser.«

Am nächsten Morgen – oder dem, wovon Savita annahm, dass es Morgen sein müsse, weil die Frau sagte: »Geh dir die Zähne putzen« – landeten sie wieder.

Als Savita dieses Mal fragte: »Ist das Amerika?«, sagte die Frau: »Ja.«

Sie waren am JFK.

Sie standen in einer langen Schlange und dann noch einer. Dann setzten sie sich in einen weiteren Transferbereich. In diesem waren die Sitze blau. Ansonsten war alles gleich: derselbe fehlende Geruch, dieselbe Kälte, dieselben Riesen.

»In welcher Stadt sind wir?«, fragte Savita. »Sind wir in Sattle?«

»Nein«, sagte die Frau, »in New York.« Sie sagte zu Savita, sie solle sitzen bleiben und sich nicht fortbewegen, und ging telefonieren. Savita konnte sie von Weitem sehen, die Frau stand an einem Pfosten, an dem ein Telefon hing. Die Frau steckte etwas in das Telefon und drückte ein paar Knöpfe und fing an zu sprechen.

Savita war übel, oder vielleicht war sie auch nur einsam, und so schloss sie die Augen und wollte an Purnima denken, an ihre Schwestern, an ihren Vater, an irgendetwas, dessen Duft sie einatmen konnte. Ihr Kopf schwirrte, aber sie war so müde, ihre Erinnerung hatte sich so erschöpft, dass ihr nichts einfiel, gar nichts. Also bückte sie sich und öffnete den Koffer, den Guru ihr zum Packen ihrer paar Sachen gegeben hatte, nahm Purnimas halb fertigen Sari heraus und hielt ihn sich unter die Nase. Sie atmete. Und da, selbst nach einem so langen Weg, bis ans andere Ende der Welt, war der Duft des Webstuhls. Der Duft seines Holzes. Der Duft der Reisstärke, mit der das Garn angefeuchtet wurde, und der Duft der Charkha und der Duft der Finger, die das Garn auf die Charkha gespannt hatten, parfümiert mit Kurkuma und Salz und Senfkörnern, und da, ebenda war der Duft des Indravalli Konda und des Tempellichts, das Lampenöl fast aufgebraucht, der Baumwolldocht davon durchtränkt wie von Regen, von einem Taifun; sie vergrub ihr Gesicht noch tiefer im Stoff und emporstieg der Duft des Flusses Krishna, seiner Bahn durch die Berge und Täler bis ins Meer.

Als sie den Kopf hob, blickte eine Frau, die ihr gegenübersaß, sie an. Savita wandte den Blick ab, aber die Frau sah sie weiter an.

Die andere Frau, die ihre Mutter sein sollte, schien sich gerade zu verabschieden. Savita hoffte, dass sie schnell wieder zurückkommen würde, doch da schien das Gespräch noch eine Wendung zu nehmen, und die Frau redete wieder lebhaft drauflos.

Savita sah noch einmal auf, und da beugte die Fremde (eine der Riesinnen, Haare gelb wie Jalebis, ihr Gesicht voller Flecken wie die einer reifen Banane) sich zu Savita herüber, blickte auf deren Gips und in ihre Augen und fragte auf Englisch: »Geht's dir gut? Kann ich dir irgendwie helfen?«

Savita hatte keine Ahnung, was die Frau gesagt hatte, also schüttelte sie nur den Kopf, nickte und wartete in der Hoffnung, dass die Frau mit den Jalebi-Haaren nun zufrieden wäre und sie in Ruhe lassen würde. Sie überlegte, aufzustehen und zu der Frau zu gehen, die ihre Mutter sein sollte, doch die hatte ihr ausdrücklich gesagt, sie solle sitzen bleiben und auf das Gepäck achtgeben.

»Kannst du mich denn überhaupt verstehen?«

Wieder lächelte Savita und nickte.

Die Frau lächelte zurück. Und da – als die Frau lächelte, ihre winzigen Zähne zeigte, gar nicht groß, aber blendend, Perlen, die strahlendsten Perlen, als wären die Austern, denen sie entstammten, verliebt gewesen – sah Savita, wie lieb die Frau mit den Jalebi-Haaren war, wie besorgt. Die liebste und besorgteste Person, die sie seit sehr langer Zeit getroffen hatte. Vielleicht überhaupt je. Und Savita dachte: Vielleicht bin ich weit genug gekommen. Vielleicht bin ich in einem guten Land, in einem freundlichen Land.

In diesem Moment kam eine Lautsprecherdurchsage, und Savita zuckte zusammen, doch die Frau schien keine Angst zu haben; sie griff in ihre Handtasche, nahm ein kleines rechteckiges Stück Papier heraus und hielt es Savita hin. Savita nahm die Karte, weil sie nicht wusste, was sie sonst tun sollte, und die Frau nahm ihre Handtasche und Reisetasche und ging zu der Menschentraube, die sich nach der Durchsage versammelt hatte. Savita blickte ihr nach, unerklärlich traurig, dass sie gegangen war, und betrachtete die Karte. Es standen Buchstaben darauf, vielleicht ihr Name, darunter mehr Buchstaben. Sie starrte die Karte lange an, und als sie aufblickte, kam die Frau, die ihre Mutter sein sollte, gerade auf sie zu. Savita hatte keine Ahnung, was die Buchstaben bedeuteten, aber sie wusste genug, um die Karte schnell in ihren Gips zu stecken.

6

Nach der Landung in Seattle wurden sie von einem Mann abgeholt.

Savita hatte im Flugzeug auf dem Weg von New York aus dem Fenster geblickt und vor sich einen Himmel voller tieforangefarbener, rosa und rostroter Streifen gesehen, doch als sie in die andere Richtung geblickt hatte, hatte der Himmel dort genauso ausgesehen. Vorne war der Himmel jedoch leuchtender gewesen, sein Rot kräftiger. Westen. Sie waren nach Westen geflogen.

Savita ging durch die Schiebetüren nach draußen (eine gefühlte Ewigkeit später) und sah, dass es Mittag war. Die Sonne stand hoch und schien warm. Reihen von Autos fuhren glänzend und ruhig an ihr vorbei; ein paar hielten an, ein, zwei Leute luden Gepäck ein oder aus, umarmten sich oder standen einfach nur erwartungsvoll da. Ein Paar küsste sich sogar, und Savita wandte beschämt den Blick ab. Ein Stück weiter standen noch ein paar andere Menschen und rauchten. Ansonsten war es leer. Kein Lärm oder Geschrei oder Träger oder Hupen. Kein einziger Polizist blies in eine Trillerpfeife oder rief den Passanten zu, sie sollten weitergehen, niemand feilschte mit einem Taxifahrer oder lachte oder aß Erdnüsse aus einer Papiertüte und warf die leeren Schalen auf den Boden, wo Vögel zwischen den Menschen nach Essbarem pickten, Hunde an umherdriftenden Verpackungen schnüffelten oder an den weggeworfenen Schalen einer Orange oder Mango, es gab nicht mal junge Männer, die in Gruppen umherstanden und den Frauen nachsahen und Beedies rauchten und Betelnuss spuckten. Auf das Leben wartend. Hier war nichts außer stiller, ordentlicher Glätte.

Sie sah wieder zur Sonne hinauf.

Auch die Sonne war ruhig. Nicht prall und roh und grob und wild wie in Indravalli, sondern gemäßigt, kraftlos. Savita wusste nicht, ob sie diese Sonne mochte. Sie hatte Zweifel, ob es überhaupt dieselbe war.

Da hielt ein schwarzes Auto neben Savita und der Frau, die ihre Mutter sein sollte, die Fenster so sauber, dass sie wie ein Spiegel glänzten. Der Mann, der sie abholen kam, Mohan, stieg aus. Er war älter als Savita, vielleicht dreißig, wobei sie es nicht sicher hätte sagen können, denn auch er war ein Riese. Der erste indische Riese, den sie je gesehen hatte. Er war nicht unbedingt dick oder aufgedunsen, wenngleich sein Gesicht etwas Puttenhaftes hatte, er war muskulös wie die Filmhelden, die Savita manchmal auf Postern am Apsara oder am Alankar gesehen hatte. Hier waren sie nun wieder, diese Heldenmuskeln, sie wölbten sich auf Mohans Armen und Brustkorb empor, mächtig und herrlich hielten sie Hals und Hände unter solcher Spannung, dass ihr Auf und Ab fast Unbehagen verursachte. Savita fand es befremdlich: eine solche wohlgenährte, gepflegte Masse, eine solche Gesundheit.

Doch am auffälligsten war für sie Mohans Schwermut. Irgendeine Sorge, irgendeine Verfehlung zogen Augen und Mund nach unten, und als er um das Auto herumkam, um ihre wenigen Taschen einzuladen, war sein Gang traurig schleppend. Sein Blick blieb einen Moment lang auf Savitas Gips, wanderte über ihren Bauch und ihre Brüste weiter zu ihrem Gesicht.

»Ist das alles?«, fragte er auf Telugu.

Die alte Frau nickte, und sie stiegen in das Auto.

Drinnen roch es wie eine Zitrone.

Unter dem Zitronenduft lag der Geruch von Kaffee. Beide stark und bitter, dachte Savita und sah sich im Auto um, bis sie einen weißen Becher mit einem weißen Deckel entdeckte. Selbst beim Fahren hielt Mohan die Hand beim Becher; zuerst fuhren sie auf einer kurvigen Straße vom Flughafengelände, dann auf einer Straße, die so breit und schwarz und stark befahren war, wie Savita es noch nie gesehen hatte. Sie fuhren schweigend – die alte Frau saß neben Mohan, Savita hinter ihr. Nach ein paar Minuten stellte Mohan das Radio an. Es lief eine Musik, wie Savita sie noch nie gehört hatte; es gab keinen Text. Manchmal stieg die Musik in luftige Höhen auf, als wäre man auf dem Gipfel des Indravalli Konda, an anderen Stellen war sie sanft, dennoch konstant, als schlügen kleine Wellen ans Ufer. Sie wollte fragen, was das für Musik war, doch auch das Schweigen im Auto wirkte vorgeschrieben und unveränderlich.

Nach etwa zwanzig Minuten bog Mohan von der vielspurigen Straße auf eine kleinere ab. Entlang dieser Straße sah Savita niedrige, flache Gebäude; es gab Parkplätze und die Schaufenster (wegen der eleganten Auslagen nahm sie an, dass es sich um Geschäfte handelte) sahen völlig anders aus als in Indien. In Indien hingen Einkaufspassagen voller bunter Wimpel, und in den Fenstern stapelten sich Waren, und davor drängten sich die Menschen und riefen und drückten und schubsten. Hier war anscheinend kaum jemand in den Geschäften. Nur wenn ihr Inneres erleuchtet war, sah man ein paar Kunden, überhaupt ein Lebenszeichen. Nach einer Weile hielt Mohan vor einem langen Gebäude mit vielen Türen, und er und die alte Frau stiegen aus.

Sie beugte sich noch einmal ans Fenster – als Mohan gerade ihre Taschen aus dem Kofferraum holte – und sagte: »Bleib hier«, zögerte kurz, als fühlte sie sich unwohl oder als hätte sie ein schlechtes Gewissen, und fügte hinzu: »Pass auf.«

Worauf sollte sie aufpassen?, fragte sich Savita.

Sie blickte ihnen nach. Was ist das hier, fragte sie sich, diese vielen Türen? Die alte Frau und Mohan liefen an einer ganzen Reihe von Türen vorbei, bis sie zu einer aus Glas kamen, auffälliger als die anderen. Etwa zehn Minuten lang blieben sie drinnen, dann führte Mohan die alte Frau zu einer der anderen Türen und sagte: »Bis morgen.«

Als er zum Auto zurückkam, sah er Savita unsicher an und sagte: »Komm nach vorne, wenn du möchtest.«

Sie wechselte auf den Beifahrersitz, und jetzt, erst jetzt, spürte sie das eigentliche Ausmaß dieses neuen Landes. Sie begriff, dass man es nur vom Vordersitz aus wahrnahm, nur durch die breite Scheibe und das ungebrochene Licht.

Wieder begann die Musik.

Sie fuhren über eine Brücke, die für Savita aussah, als hätte jemand einen Ballen Seide über einer Schicht Nebel ausgerollt. Über ihrem Kopf, von dem Spiegel, in dem Mohan sie zuvor ein paarmal kurz gemustert hatte, hing ein flacher Anhänger in der Form eines Baumes. Zitrone! Also daher kam der Duft. Die Straße krümmte sich und plötzlich lagen vor Savita die höchsten und glänzendsten Gebäude, die sie je gesehen hatte, das blaueste Wasser und die grünsten Berge.

»Ist das Sattle?«, fragte sie.

»*See*-attle«, korrigierte er sie.

Sie näherten sich den Gebäuden, die wie gleißende Rechtecke aus dem Boden emporstiegen, die Sonne spiegelten, sie fuhren rechts an ihnen vorbei und auf eine andere schwarze Straße mit vielen Spuren, stille Meile um stille Meile, bis Mohan schließlich fragte: »Hast du Hunger? Wir können anhalten.«

»Ja.«

»Nur kurz. Da ist ein McDonald's, Taco Bell ist da hinten.«

Savita folgte seinem Finger.

Er sah ihren Gesichtsausdruck und sagte: »Nein, kein indisches Essen, ist aber nicht schlecht.«

Sie drehte sich zu ihm und fragte: »Gibt es hier Bananen?«

Die Frage erschreckte ihn, dachte sie, denn er fuhr langsamer, dann erwiderte er ihren Blick. Er war es nicht gewohnt, Frauen anzusehen. Vielleicht nicht alle Frauen, nur solche mit einer gewissen Offenheit, Neugierde, vielleicht mit dem Leuchten, das sie vor einer Weile in sich gesehen hatte und das in ihren Augen ausharrte, wie ein fallendes Fort, eine umkämpfte Armeestellung. Sie hielten vor einem riesigen Gebäude, davor parkten viele Autos, und Mohan ging hinein, und als er wieder herauskam, gab er ihr eine Tüte.

In der Tüte waren Bananen.

Es waren sechs Stück. Die größten Bananen, die sie je gesehen hatte, Riesen angemessen. Sie nahm eine und wollte ihm die übrigen fünf zurückgeben.

»Sie gehören dir«, sagte er.

In ihrem ganzen Leben hatte Savita noch nie so viele Bananen auf einmal besessen. Die erste aß sie im Auto. Mit nur einer Hand hatte sie sich beigebracht, die Schale mit den Zähnen aufzureißen, an der Spitze gegenüber vom Stiel; sie merkte, wie Mohan sie betrachtete. Sie bot ihm eine an, doch er lehnte ab. Gerade wollte sie eine zweite essen, mit einem vagen Gefühl der Verblüffung, Ehrfurcht, Sättigung angesichts des Gedankens, überhaupt so viele essen zu können, als Mohan anhielt. Er hatte vor einem vierstöckigen Gebäude geparkt, beige, die braune Farbe an den Fensterrahmen abgeblättert, mit einem braunen Dach. Viele der Fenster waren geöffnet, und Gardinen in allen möglichen Farben flatterten hervor. Einige anscheinend Laken, teilweise zerrissen, gebatikt, auch Fahnen; in ein paar Fenstern hingen kaputte Jalousien. Eine kleine zerfledderte Markise über einer schiefen Tür in der Mitte des Gebäudes verwies auf den Eingang. Neben der Haustür hingen in drei Reihen kleine Fächer, manche mit verbogenen oder rostigen Metallklappen.

»Was ist das?«, fragte Savita.

Er sah sie verwundert an. »Mailboxes«, sagte er auf Englisch.

»Wozu sind die?«

»Für Briefe.«

Sie betrachtete die Fächer. Aus vielen quollen braune Umschläge hervor, die anscheinend seit Wochen, Monaten Regen und Sonne ausgesetzt waren. »Aber warum nehmen die ihre Briefe nicht raus? Wollen sie sie denn nicht lesen?«

»Nein. Nicht diese Briefe.«

Was für Briefe waren das? Savita hatte noch nie einen Brief erhalten (von wem auch, und warum? Sie konnte ja kaum lesen), dachte aber, wenn sie einen erhielte, würde sie ihn nicht im Regen liegen lassen, sie würde ihn aufreißen, den Schwung der Buchstaben genießen, ihren geschriebenen Namen (zumindest den konnte sie lesen und schreiben, seit sie drei war), die Struktur des Papiers, von dem sie wusste, dass es sich ganz anders anfühlen würde als die Papierfetzen, die sie auf der Müllhalde gesammelt hatte, und die Farbe und die Schönheit der Tinte.

Doch nun betraten sie das Haus, und Savitas Träumerei hörte auf. Sie gingen durch ein muffiges Treppenhaus und einen muffigen Flur entlang. Mohan trug ihren Koffer (der fast leer war – was hätte sie auch hineinpacken sollen?), Savita die Tüte mit den Bananen. Am Ende des Flures öffnete Mohan eine Tür, mit einer Gewissheit, als wüsste er, dass sie offen sein würde, als würde er hier wohnen, und in dem Zimmer saß ein Mann, auch Inder, aber älter. Er sah fern und hielt ein Glas – der Stuhl, auf dem er saß, das Glas, ein kleiner Tisch für das Glas und der Fernseher waren die einzigen vier Gegenstände im Zimmer.

Der Mann sah auf, als sie eintraten, betrachtete Savita mit kaum verhohlener Verachtung und sagte auf Telugu (waren in diesem Land eigentlich alle aus ihrer Gegend?): »Eine Einarmige zum Putzen. Als Nächstes kauft er wohl einen Einbeinigen zum Fahrradfahren.«

Mohan stammelte peinlich berührt ein paar Worte und sah Savita noch einmal kurz an, nur für einen Augenblick, der ihr vorkam, als befände er sich im Krieg oder wäre gerade von dort zurückgekehrt, dann ging er. Erst drei Monate später würde sie ihn wiedersehen.

7

Der ältere Mann führte Savita eine weitere Treppe hinauf. Nach einem Blick auf ihren Koffer und auf ihre Tüte Bananen hatte er wortlos den Kopf abgewandt. Savita trug ihren Koffer in der rechten Hand und die Bananen in der linken Armbeuge. Als sie am oberen Ende der Treppe angekommen waren, öffnete der Mann die Tür zu einem Zimmer, das kleiner als seines war. Auf einem muffigen Teppich, beige und voller Stockflecken, standen drei Pritschen.

Er zeigte auf die hinterste, am anderen Ende des Zimmers, und sagte: »Die da gehört dir. Und sonst nichts.«

Er ging hinaus und schloss die Tür hinter sich.

Savita ging ein paar Schritte ins Zimmer – noch immer hielt sie ihren Koffer und die Tüte mit den fünf Bananen (sowie der einen Schale) – und entdeckte in einer Zimmerecke eine winzige Kochnische und in der anderen eine Badezimmertür. Sie betrachtete die Pritschen. Sie waren u-förmig aufgestellt, die mittlere unter dem einzigen Fenster, eine hinter ihr neben der Zimmertür, und ihre eigene neben der Badezimmertür. Das Bett neben der Zimmertür war ordentlich gemacht, das Kissen aufgeschüttelt und zurechtgerückt, und am Fuß des Bettes lag ein kleiner billiger Koffer wie ihr eigener. Auf der mittleren Pritsche lag das Bettzeug völlig durcheinander, das Kissen hing halb herunter, und es war kein Koffer zu sehen, nur Kleidungsstücke und Kosmetikartikel, überall verstreut, als wäre das Bett ein Schiffswrack und der beige Teppich das Meer.

Als Erstes nahm sie Purnimas halb fertigen Sari aus ihrem Koffer und betrachtete ihn. Vom Samen zum Garn zum Webstuhl zu dem hier, dachte sie. Und sie dachte: Ich habe dich gemacht. Sie steckte das Stoffstück in ihren Kopfkissenbezug. Sie nahm den Gips ab, legte die kleine weiße rechteckige Karte hinein und lehnte den Gips an die Wand. Nach einer Weile – sie hatte sich mit einem Eimer waschen wollen, doch keinen gefunden, nur ein langes rechteckiges weißes Loch (war in diesem Land alles weiß und rechteckig?) – wusch sie sich das Gesicht und trank ein Glas Wasser und aß noch eine Banane. Als sie sich gerade auf ihre Pritsche gelegt hatte, kam von der Tür ein Geräusch.

Ein Mädchen betrat das Zimmer und fragte: »Wer bist du?«

Das Mädchen hieß Geeta, kurz für Geetanjali, und sie war gesprächig.

»Ich bin nach dem Film benannt«, sagte sie auf Telugu. »Hast du ihn gesehen?«

Savita schüttelte den Kopf.

»Meine Amma hat ihn ein paar Monate vor meiner Geburt gesehen. Ihr allererster Kinofilm. Sie hat gesagt, dass sie die Geschichte eigentlich nicht ganz verstanden hat – sie war erst dreizehn oder vierzehn –, aber als sie später aus dem Kino kam und wieder in die Welt hinaustrat, hat sich alles ganz neu angefühlt. Poliert. Als wäre es eine andere Welt gewesen, in der alles möglich war. Sie hat gesagt, dass sie beinah nach Hause gehüpft ist. Zurück zu der kleinen Hütte, in der sie mit meinem Nanna gewohnt hat, neben einem Jutefeld, und weder das eine noch das andere hat ihnen gehört. Sie hat gesagt, als ich zur Welt kam, hat sie sich noch mal so gefühlt; als wäre die Welt irgendwie neu geworden. Dass ich sie erneuert habe. Also hat sie mich Geetanjali genannt. Ist das nicht schön?«

Savita stimmte zu.

Dann lachte Geeta. Ein helles Lachen, das durch Savitas Erschöpfung, durch den Schleier der langen Flugreise, hindurchdrang. »Aber eigentlich ist es doch komisch, oder? Es bleibt eben doch einfach nur dieselbe alte Welt. Die beiden wohnen noch immer in derselben Hütte und pachten noch immer dasselbe Stück Land. Und ich bin jetzt hier, einfach nur eine Putzfrau und Hure.«

Savita blinzelte. Vorsichtig stand sie von der Pritsche auf. »Eine Hure?«

»Haben sie dir das nicht gesagt? Vielleicht ja nicht. Jedenfalls regnet's hier viel. Regen ist das einzige Geräusch in diesem Land. Wenn du sonst irgendein Geräusch von dir gibst, wenn du mit jemandem sprichst oder überhaupt auch nur den Mund aufmachst, dann kommen sie dich holen.«

»Wer?«

»Wer hat dich denn gebracht?«

»Mohan.«

»Ach so«, sagte Geeta wissend und lachte wieder. »Da hast du Glück gehabt. Er ist der Nette.«

Geeta erzählte, dass Mohan der jüngere der beiden Söhne sei. Der ältere heiße Suresh und sei seinem Vater ähnlicher, gemein, er schlage sie, um ihnen zu zeigen, wer das Sagen habe, als wüssten sie das nicht; er lasse sie lange arbeiten, manchmal die ganze Nacht über, wenn ein Apartment oder ein Bürogebäude zum Morgen hin sauber sein müssten, sodass die Familie auch keinen Tag Miete verlieren würde, als ob sie nicht ohnehin Zehntausende oder sogar Hunderttausende Dollar auf der Bank hätten, sagte Geeta. Suresh komme vorbei, wann immer er wolle; manche Mädchen habe er natürlich lieber, fügte sie hinzu, »aber er wird mindestens einmal vorbeikommen, um dich auszuprobieren.« Sie warf einen Blick auf den Armstumpf und den Gips und sagte: »Na ja, dich vielleicht nicht.«

Dann erzählte sie Savita eine Geschichte. Die Geschichte handelte von Mohan und Padma.

»Wer ist Padma?«, fragte Savita.

Geeta deutete zum dritten Feldbett, dem unordentlichen. »Sie sagt, dass sie dazu gezwungen wird, anderer Leute Toiletten zu putzen, sie aber niemand zwingen kann, ihre eigene zu putzen. Sie ist die Hübscheste. Sie hätte ein Filmstar werden können.« Diese Padma, stellte sich heraus, war in Mohan verliebt. »Blöd. Vollkommen idiotisch. Was hat sie denn schon für eine Chance bei ihm? Beim Sohn des Mannes, dem wir *gehören?*«

»Wie heißt er?«

»Wer?«

»Der Vater.«

»Gopalraju. Lässt du mich fertig erzählen?«

Es war etwa sechs Monate her. Geeta war gerade angekommen.

»Von wo?«, wollte Savita fragen, wartete jedoch mit ihrer Frage.

Padma war damals schon über ein Jahr hier und hatte sich bereits hoffnungslos in Mohan verliebt. Das Problem (abgesehen von den ersichtlichen Problemen Kaste, Schicht, Besitz, Sklaventum und Gelegenheit) war folgendes: Mohan weigerte sich, mit ihr zu schlafen. Der Vater und der ältere Sohn waren schon vorbeigekommen, der jüngere aber sah Padma nicht mal an. »Aber *warum?*«, jammerte Padma. Geeta erzählte, Padma habe alles ausprobiert: Sie lieh sich Geetas neue Haarspangen, die ihre Mutter ihr geschenkt hatte, bevor sie nach Amerika gegangen war; sie riss die Ärmel von ihrer Bluse und nähte die Enden hoch, sodass man ihre hübschen Arme sah; sie probierte, ihr Haar offen zu tragen wie die amerikanischen Mädchen, die sie auf der Straße sahen, wenn sie zu den Putzjobs und zurück gefahren wurden; sie hatten allerdings kein Shampoo, und durften nicht in Geschäfte gehen, oder überhaupt irgendwohin, und so hing ihr Haar fettig herunter wie die Enden eines alten Besens, und niemand beachtete es, am allerwenigsten Mohan, doch voller Hoffnung trug Padma es weiter so, bis irgendwann Vasu sagte (der Mann von unten, der sich um das Gebäude kümmerte, hauptsächlich jedoch um die Mädchen): »Wenn du nicht damit aufwischen willst, bind dir die Haare zusammen.« So ging es weiter, Padmas Verführungsversuche wurden immer verzweifelter, sie ließ Dinge fallen und bückte sich in einer tief ausgeschnittenen Bluse langsam, albern langsam, um sie wieder aufzuheben, oder sie trug einen fürchterlich grellen, orangefarbenen Lippenstift, den sie in einem der Apartments gefunden hatte.

»Sie sah damit aus wie ein Orang-Utan«, sagte Geeta lachend. »Nichts funktionierte, weißt du, bis er eines Tages betrunken herkam. Er sollte uns eigentlich nur abholen und zu einem Putzjob fahren. Normalerweise wartet er auf uns im Auto, aber an diesem Abend kam er in die Wohnung, sah uns lange an, eine nach der anderen, dann fiel er auf mein Bett und fing an zu weinen.«

»Er weinte?«, fragte Savita.

»Er weinte. Er heulte und schluchzte richtig«, sagte Geeta.

Als er fertig geheult hatte – Geeta und Padma hatten sich erschrocken gefragt, ob sie schuld seien, und wenn ja, ob Gopalraju von ihren Eltern das Geld zurückverlangen würde, das er für sie gezahlt hatte, Geld, von dem beide wussten, dass es mittlerweile lange aufgebraucht war, um Schulden abzubezahlen oder die Mitgiften der anderen Töchter –, setzte er sich auf und bat um ein Glas Wasser. Padma holte es schnell. Er trank es aus und fragte: »Habt ihr auch Wodka?«

»Was ist das?«, hatten sie gefragt, und er hatte gesagt: »Ist egal.«

Hier hielt Geeta inne.

»Was ist dann passiert?«, fragte Savita.

»Nichts«, sagte Geeta. »Nichts, bis wir zu dem Gebäude kamen, wo wir putzen sollten. Es war mitten in der Nacht, weißt du, und er gab mir den Schlüssel und sagte: ›Geh schon mal hoch.‹ Also bin ich schon mal hoch. Ich habe auf Padma gewartet und mich gefragt, was wohl los war, obwohl ich es eigentlich schon wusste, und als Padma schließlich auch hochkam, zerzaust, etwa zwanzig Minuten später, habe ich sie gefragt: ›Was ist passiert?‹ Und sie hat gesagt: ›Er hat mich genommen. Auf dem Rücksitz.‹ Aber sie sah überhaupt nicht glücklich aus, als sie das sagte. Ich mein«, sagte Geeta, »ich weiß schon, dass er sie gezwungen hat, dass er bestimmt nicht mit ihr *geschlafen* hat, aber trotzdem dachte ich, sie wäre glücklicher. Also hab ich sie gefragt. Ich hab gesagt: ›Ich dachte, du wolltest ihn.‹

›Ja‹, hat sie gesagt, ›aber es war eng, und er hatte furchtbaren Mundgeruch. Er hat gestunken.‹ Und Padma sagte: ›Und noch was, als er fertig war, hat er mich aus dem Auto gezerrt; ich hatte kaum Zeit, mich wieder anzuziehen. Er hat mich rausgezerrt und auf den Boden geworfen, und dann stand er da und hat mich angestarrt. Ich dachte, er würde mich treten, stattdessen ist er auf die Knie gesunken, direkt neben mich, hat mich aber überhaupt nicht angesehen, sondern nur auf den Boden neben mir geguckt und dann irgendwo ins Dunkel, und dann hat er die Hände nach mir ausgestreckt, dort, wo ich auf dem Rasen lag, und hat mir jeden einzelnen Blusenknopf zugeknöpft, sie waren noch alle offen, weil ich nur meine Hose hatte hochziehen können. Einen nach dem anderen. Sanft, als wären es keine Knöpfe, sondern Regentropfen. Nicht mal meine Mutter war je so sanft mit mir.‹«

»Und was ist dann passiert?«, fragte Savita.

»Nichts«, sagte Geeta. »Dann haben wir weitergeputzt.«

»Und Padma?«, fragte Savita. »Liebt sie ihn jetzt immer noch?«

Geeta lachte und sagte: »Mehr denn je.«

Als Padma spät am Abend ins Zimmer kam, nach einem Putzjob in Redmond, sah sie zu Savita und fragte: »Neues Mädchen?«

Savita nickte. Padma war wirklich hübsch, und sie wusste es, sagte nur: »Ah«, ging ins Badezimmer und schloss die Tür hinter sich.

Am nächsten Morgen regnete es, wie Geeta gesagt hatte. Savita wurde zusammen mit den anderen abgeholt.

Als sie aus dem Badezimmer gekommen war (Geeta hatte ihr erklärt, wie die Dusche funktionierte und dass es in diesem Land so viel Wasser gebe, dass niemand sich mit einem Eimer wüsche), hatte sie einen der zwei Saris aus ihrem Gepäck getragen, Padma hatte gelacht, und Geeta hatte gesagt: »Die wollen nicht, dass wir die tragen. Damit fallen wir zu sehr auf«, und ihr ein paar schwarze Polyesterhosen und ein grau-rosa kariertes Hemd geliehen.

Savita spürte, dass das Hemd aus Baumwolle war, es fühlte sich gut an auf der Haut. Sie prüfte den Fadenlauf, obgleich das Hemd eindeutig maschinengewebt war. Als sie ihr ein paar alte Turnschuhe gaben, blickte Savita auf die Schuhe, dann zu Geeta und Padma. Die beiden starrten zurück.

»Sie kann sie gar nicht zubinden«, verkündete Padma fröhlich, als hätte sie ein Rätsel gelöst.

Geeta band Savita die Schuhe und sagte, sie würden ein Paar mit Klettverschluss für sie finden.

»Was ist das?«, fragte Savita. »Siehst du dann. Dann kannst du dir die Schuhe mit den Zähnen zumachen«, sagte Geeta lachend.

Mit den Zähnen, dachte Savita und überlegte, ob Schuhebinden wie Bananeschälen sein könnte.

Sie wurden abgesetzt, und jede von ihnen putzte ein anderes Apartment. Padma und Geeta zeigten ihr, wie man die unterschiedlichen Wischer und Besen und Bürsten benutzte, die Sprays, den Staubsauger. Nichts davon war kompliziert – den Staubsauger zu bedienen, machte sogar Spaß –, aber mit nur einer Hand war es schwierig. Sie war langsam. Als Padma und Geeta sie eine Stunde später abholen kamen, hatte sie kaum angefangen.

Doch nach einer Woche war sie fast so schnell wie die anderen. Nach zwei Wochen, an Gurus Worte denkend, sie müsse einfach doppelt so schnell wie die anderen arbeiten, war Savita manchmal vor ihnen fertig.

Die Apartments waren immer leer. Das machte die Arbeit einfacher. Der ehemalige Mieter, in der Regel ein Student, hatte die Wohnung erst einen Tag zuvor verlassen, manchmal auch nur ein paar Stunden, und beim Betreten hielt Savita immer kurz auf der Schwelle inne. Sie blieb ruhig stehen und roch in das Zimmer hinein. Die Häuser in Indravalli hatten nie einen solchen Geruch, weil die Fenster und Türen und Veranden sich in die Welt hinaus öffneten und so jeder Geruch der Welt auch zu ihrem eigenen wurde, und die kleinen fensterlosen Hütten rochen ohnehin immer gleich, nach Armut. Hier waren die Gerüche subtiler. Hatte ein Junge oder ein Mädchen hier gewohnt? Das ließ sich noch recht einfach sagen. Darunter jedoch, darunter lag noch so viel mehr. Was sie gegessen hatten, wie oft sie zu Hause gewesen waren, wie oft sie sich gewaschen hatten, ob sie Blumen mochten, ob sie Regen mochten. Manchmal konnte sie sogar erkennen, was sie studiert hatten. Sie dachte, dass ein Junge vielleicht die Sterne erforscht hatte, denn sie waren präzise an die Wände gezeichnet, auf der Höhe, die seiner Körpergröße entsprochen haben musste. Er mochte Milch,

Käse, ohnehin Milchprodukte, riet sie, und er wusch sich nicht sehr häufig. Ein anderes Mädchen hatte wahrscheinlich Kunst studiert, riet Savita anhand des Geruchs nach Farbe und Öl, und sie musste Regen und Sonne gemocht haben, denn alle Fenster waren weit geöffnet.

All das innerhalb der ersten Minuten in einer Wohnung.

Am Ende des ersten Monats putzte sie fast zwölf Apartments täglich, fand aber keine Freude mehr daran, die vorherigen Bewohner zu erraten. Es gab immer noch eine Wohnung zu putzen, dann nach Hause zu einem Teller Reis und Pickle, eventuell Dal, wenn eine von ihnen noch genügend Energie zum Kochen hatte; Savitas eine Hand zitterte vor Erschöpfung, und sie konnte kaum den Reis zum Mund führen; dann schlafen. Wenn Savita jetzt die leeren Apartments betrat, schätzte sie sofort mit einem raschen Blick ab, wie viel Arbeit es zu tun gab. Auf dem Teppich, an den Wänden, manchmal auf einem Regal sah sie, wo einst Möbel oder Bilderrahmen oder Topfpflanzen oder Bücher gewesen waren und mit ihrem Verschwinden ein Quadrat oder einen Kreis oder ein Rechteck hinterlassen hatten, die heller waren, unberührt von Füßen und Dreck und Verschleiß, leuchtender als der Raum ringsum. Savita betrachtete den hellen Fleck inmitten eines trüben grauen Zimmers und wünschte sich, sie wäre dieser Fleck, beschützt. Doch nach ein paar Wochen, nach vielen Wohnungen, verstand sie, dass sie der verschlissene Teil war, vergilbt. Sie war jener Teil, der Dreck und Trübnis aufnahm. Der von der Sonne ausgelaugt wurde. Der wie eine Hand über dem Leuchten lag.

8

Sie war seit zwei Monaten in Seattle, hatte jedoch den Mann noch nie gesehen, der sie nun an einem Samstagabend im Dezember in einem leuchtend roten Auto abholen kam. Bislang hatte immer nur Vasu sie gefahren und abgeholt. Und mit jedem Tag waren die Wohnungen enger geworden, die Luft dünner. Schnell öffnete sie die Fenster und streckte den Kopf heraus, ausgezehrt nach Kälte, nach Gefühl, nach Regen.

Im Gegensatz zu Vasu war der Mann in dem roten Auto groß, an den Schläfen hatte er ein paar graue Haare. Er zeigte den ersten Ansatz eines Bauches und war nicht so muskulös wie Mohan, aber eindeutig sein Bruder.

Er sagte auf Telugu »Steig ein«, dann fuhr er sie zu einem niedrigen Gebäude in einer abgelegenen Straße.

Savita hatte versucht, Buchstaben zu lernen, und hatte Straßennamen und Schilder studiert, doch nun konnte sie keine sehen, weil es zu dunkel war und in der Gegend fast nur Lagerhallen standen. In der Ferne suppte ein wenig weißes Licht aus einer flackernden Straßenlaterne. Die Gegend war verlassen, und als Suresh die Scheinwerfer ausschaltete, saßen sie in tiefer Dunkelheit. Als sich ihre Augen daran gewöhnt hatten, sah sie einen dünnen Lichtstreifen zwischen dem Bürgersteig und der Tür des Gebäudes, vor dem sie geparkt hatten. Im Dunkeln glänzte der Lichtstreifen wie ein Messer.

An Kistenstapeln vorbei gingen sie zu einer Tür im hinteren Teil der Halle. Suresh klopfte an und eine Stimme forderte sie auf einzutreten, und noch bevor sie ihn sah, wusste Savita, dass dort der Vater saß, Gopalraju, der, der sie gekauft hatte. Er war nicht so alt, wie sie gedacht hatte, sein Haar war unnatürlich blauschwarz, eindeutig gefärbt, sein Gesicht aber war breit und wach, darin dasselbe ganz eigene rohe kalte Licht, das Erfolg und Wohlstand mit sich brachten, das sie schon bei Guru gesehen hatte, wenngleich Gopalrajus Gesicht noch wacher, berechnender war.

Er sah sie eine Weile an und fragte schließlich gespielt freundlich: »Geht's dir gut so weit?«

Sie nickte, obwohl sie wusste, dass er ihr eigentlich keine Frage stellte, zumindest keine besorgte. Genauer gesagt wusste sie, dass es eine Aussage war, gefolgt von einer völlig anderen Frage.

Die Aussage war folgende: Dir hat es gut zu gehen. Und unter dieser Aussage lag, wie Geeta gesagt hatte, Folgendes: Falls es dir nicht gut gehen sollte, falls du das Bedürfnis haben solltest, zu reden, zu erzählen, wegzurennen, zu schreien, falls dich irgendeine Verzweiflung oder Verweigerung überkommen sollte, falls du das Bedürfnis haben solltest, ein Telefon zu finden, jemanden auf der Straße anzusprechen, die Bürgersteige nach einem Polizisten abzusuchen, und falls du spüren solltest, dass dich Atemlosigkeit, Wahnsinn, ein Bedürfnis nach Offenbarung überkommen, dann wird es dir nicht mehr gut gehen. Und das wiederum war die eigentliche Frage: Kapierst du das?, fragte er. Kapierst du's?

Dann sah er ihren Armstumpf.

Kaum merklich schürzte er die Lippen – vor Ekel, das wusste sie – und schloss die Augen, nur für einen Moment, und diesen einen Moment lang, als der Vater beinahe vergeistigt, glückselig aussah, dachte Savita, sie würden sie einfach wieder gehen lassen, zurück zu ihrer leeren Pritsche, zu ihrem Kopfkissen mit dem halb fertigen Sari darin, zu dem kleinen Papierrechteck, zurück in die Wohnung, wo Padma und Geeta schliefen, träumten.

»Sei vorsichtig. Damit kann sie gut stechen«, sagte der Vater schließlich. Er sah weiterhin Savita an, richtete sich aber klar an Suresh.

Da lachte Suresh, Savita blickte zu ihm, und sie verstand, dass sie nicht zurückgebracht werden würde, dass vor ihr eine weitere Tür lag, hinter Gopalraju, und durch diese Tür schob Suresh sie jetzt.

Im Zimmer war es dunkel, und als er das Licht anmachte, sah sie nur ein unordentlich gemachtes Bett, einen kleinen Kühlschrank und auf einem Tisch in der Ecke ein paar Flaschen. Auf einer Seite ging es in ein kleines Badezimmer. In dem fensterlosen Raum hing der Geruch von schalem Bier, den Savita nicht kannte, doch die anderen Gerüche kannte sie: ungewaschene Laken, Scheiße, Sperma, Salz, Schweiß, Zigaretten, eine Art Qual, eine Art Trägheit, eine Art Trübsinn, die alle einen Geruch hatten, die alle eine Form hatten, die alle in den Ecken des kleinen Zimmers kauerten.

Suresh sagte ihr, sie solle sich aufs Bett setzen. Er setzte sich dazu. Als Savita sich auf den Rücken legte, sagte er: »Nein, du machst was anderes.« Und so drehte sie sich um, aber er sagte: »Nein, das meine ich nicht.«

Savita sah ihn verwirrt an, und dann zeigte er ihr, was sie tun sollte. Er hatte eine Flasche mit einer durchsichtigen Flüssigkeit, mit der er ihren Armstumpf einrieb, und dann zeigte er es ihr.

Er sagte: »So«, und stieg auf das Bett, auf allen vieren. Er sagte ihr, sie solle rein und raus, und als sie das tat, sagte er: »Oh ja, so, genau so.«

Irgendwo hinter Savitas Augen flammte ein Schmerz auf und sie wandte sich ab. Doch der Schmerz war ein Gewitter, er grollte und blitzte.

Und Suresh sagte: »Ja, oh ja, ja, genau so.«

Und Savita fing an zu weinen und wollte, dass es vorbei wäre. Betete, dass es vorbeigehen würde.

Aber er sagte: »Mach weiter.«

Und sie machte weiter, und der Schmerz blitzte.

Sie schloss die Tür des kleinen Badezimmers hinter sich. Ihr wurde schwindlig vom Licht, und sie löschte es. Sie tastete sich zum Waschbecken und wusch sich, schrubbte und schrubbte mit einem Stückchen Seife, wodurch sich ihre braune Haut bis zur Schulter rötete. Sie stellte das Wasser ab und wollte gerade gehen, als sie etwas hörte. Was war das? Sie lauschte.

Es kam aus der Toilette; das Becken schien zu summen. Sie hielt den Kopf näher heran und lauschte, und die Toilette summte tatsächlich! Nur für sie. Das Toilettenbecken summte ein einfaches Lied, ein Kinderlied, für Savita. Sie lächelte im Dunkeln, kniete sich neben die Toilette und umarmte sie. Sie summte mit. So ein einfaches Lied, so einfache Noten, und doch so kostbar. Sie kniete und summte. Die Kühle des Porzellans und seines Liedes; die Kühle eines Flusses und seines Plätscherns.

Er lag auf dem Bett und rauchte. Ihre Beine waren schwach, und vielleicht sah er es, denn er sagte auf Telugu: »Komm und setz dich.«

Also ging sie an das Bettende und setzte sich.

Er sah sie lange an, dann sagte er auf Englisch, als ob sie ihn verstünde: »Weißt du, ich bin gar nicht hier aufgewachsen. Sondern in Ohio. Weißt du, wo das liegt? Ich war im Leichtathletikteam. Weißt du, wie die mich genannt haben? *Curry in a Hurry*. Mohan war in der Ringermannschaft, ihn haben sie *Curry Up* genannt. Kinder, sie haben sich nichts dabei gedacht. Und ich hab mitgelacht. Damals gab es so viel, worüber man lachen konnte. Aber eigentlich wollte ich sie schlagen. Jedes Mal, wenn jemand diesen Namen benutzt und gelacht hat und ich mitgelacht hab, hab ich ihre Münder angesehen und mir vorgestellt, wie ich ihre Mundwinkel packe und sie aufreiße, sie schön weit aufreiße.«

Er nahm einen Schluck aus einer der Flaschen vom Ecktisch. Mit einem zufriedenen Seufzen lehnte er sich auf dem Bett zurück und fragte, wieder auf Englisch: »Und du, wie hast du eigentlich deine Hand verloren?«

Er schloss kurz die Augen, und als er sie wieder öffnete, setzte er sich kerzengerade auf. Seine Augen weiteten sich, und er sagte auf Telugu: »Hey. Hey, guck mal.«

Auf dem Tisch krabbelte eine Fliege. Suresh betrachtete sie aufmerksam. Savita auch. Suresh nahm die Zigarette aus dem Mund. Er hielt sie über den Tisch, nicht direkt über der Fliege, sondern ein kleines Stück entfernt, als wüsste er, wohin die Fliege als Nächstes krabbeln würde. Und genau dorthin krabbelte sie auch, auf seine Hand zu, die reglos wie die einer Statue blieb. Savita hatte noch nie erlebt, dass jemand so reglos sein konnte. So geduldig warten konnte. Worauf? Sie wusste es nicht, doch Sureshs Reglosigkeit erschien ihr wie ein Sündenfall, eine dunkle Anbetung. Da schnellte seine Hand nieder, und er hatte die Fliege unter der brennenden Zigarette gefangen.

Savita blinzelte. Das war nicht möglich. Sie sah noch einmal hin und tatsächlich: Da war die Fliege, ein schwaches Zischen, ein zuckendes Beinchen, dann bewegte sich die Fliege nicht mehr, war so reglos wie kurz zuvor Sureshs Hand.

Er lachte laut auf. »Das kann sonst niemand. Niemand. Ich konnte das schon mit fünf.« Er sah sie an. »Der Trick ist: Deine Hand muss sich bewegen, bevor dein Kopf ihr überhaupt befiehlt, sich zu bewegen. Nur so kann man eine Fliege töten.«

Er hob die Zigarette an, an deren Spitze noch die Fliege klebte, ihr Leib nicht mehr von der Asche unterscheidbar, und ließ die Kippe in den Aschenbecher fallen. Auch sein Lächeln fiel herunter, und er sagte: »Gehen wir.«

Als er vor ihrem Gebäude anhielt, sagte er: »In ein paar Wochen komme ich wieder.«

In der Wohnung blieb Savita einen Moment lang stehen und betrachtete Padmas und Geetas schlafende Gesichter.

Wir waren einmal Kinder, dachte sie; wir waren einmal kleine Mädchen. Einst spielten wir auf der Erde im Schatten eines Baumes.

Dann wandte sie sich ab, und ihr wurde übel. Sie duschte. Sie roch verbranntes Fleisch; war an einer Fliege denn genug von dem, das man Fleisch hätte nennen können? Sie wusste es nicht und ließ den Gedanken fallen. Nach dem Duschen trank sie ein Glas Wasser, ging zu ihrer Pritsche und zog Purnimas halb fertigen Sari hervor. Sie sah ihn sich an, gründlich, und dachte: In ein paar Wochen. In ein paar Wochen kommt er wieder. Sie dachte: Aber natürlich war genug daran. Musste es ja. An allem war genug, als dass man es Fleisch nennen konnte. Selbst am kleinsten Lebewesen, am ärmsten, einsamsten. Und doch – und doch würde er in ein paar Wochen wiederkommen. Sie betrachtete das Stück Sari in ihrer Hand und dachte: Ich bin nicht das Mädchen in jenem Zimmer. Nein. Ich bin das hier; ich bin Indigo und Rot. Und in ein paar Wochen noch immer hier zu sein, und ein paar Wochen später, und wieder ein paar Wochen später, hieß das zu akzeptieren, wovor die Krähe sie gewarnt hatte, wovor die Krähe sie schon immer gewarnt hatte – Stück für Stück gefressen zu werden.

In der Nacht lag sie wach und dachte nach. Auch den ganzen nächsten Tag über dachte sie nach; während sie Apartments putzte und ein Stockwerk eines Bürogebäudes und ein paar Zimmer einer Pension. Als sie spätabends in die Wohnung zurückkehrte, aß Savita etwas und dachte weiter nach. Padma kam nach ihr in die Wohnung. Selbst nach einem Tag Putzen noch hübsch, dachte Savita, doch all die Hübschheit war vergebens; nur ein aufgeputztes Mädchen mit orangefarbenem Lippenstift und dickem Kajalstrich, die anderer Leute Häuser putzte und auf einen Mann wartete, der nie kommen würde.

Savita war schweigsam, und Padma schien es zu bemerken, denn sie fragte: »Was ist los mit dir?«

Savita sah sie an, als hätte sie sie noch nie gesehen. »Was hält dich davon ab, von hier wegzugehen?«

»Wohin sollte ich denn gehen?«

»Zurück nach Indien.«

»Von was für Geld denn? Indien wäre außerdem kein Gewinn. Da gibt es nichts. Mit dem Geld, das mein Vater für mich gekriegt hat, hat er ein Motorrad gekauft.«

Savita schwieg.

»Warum? Denkst du drüber nach?«

»Nein, aber du – du bist doch so hübsch.«

Da lächelte Padma und berührte ihr Haar, und Savita lächelte zurück und nahm an, Padma glaube ihr.

Sie irrte sich.

Als sie ein paar Tage später Purnimas halb fertigen Sari wieder hervorzog, erschrak sie: Ein breiter Streifen war abgerissen. Zerrissen, das Gewebe kaputt, der Riss ungleichmäßig. Wer war das gewesen? Sie suchte im Kopfkissenbezug und auf ihrem Bett. Sie betrachtete das übriggebliebene Stoffstück, von dem nun ein Drittel fehlte. Weg. Sie setzte sich kurz, dann sprang sie auf und durchsuchte die gesamte Wohnung: die Küchenschränke, das Badezimmer, den Schrank im Flur, Geetas und Padmas Sachen.

Padma! Sie musste jemandem erzählt haben, dass Savita von Indien gesprochen hatte, davon, fortzugehen. Und sie hatten … was? Sie ließ sich wieder auf ihre Pritsche fallen. Sie hatten ein Stück von dem einzigen Gegenstand genommen, der ihr etwas bedeutete. Und warum? Warum nahmen sie nicht das ganze Ding?

»Warum?«, sagte sie zu den Wänden. Die Wände gaben keine Antwort.

Ich muss vorsichtiger sein, dachte sie. Sehr viel vorsichtiger. Der Himmel schien ihr recht zu geben: Der Regen wurde heftiger; ein Gewitter zog auf.

9

In den nächsten Wochen dachte sie nachts im Bett immer wieder an die Reise von Indien nach Seattle. Sie nahm jeden Moment auseinander, versuchte, sich an jedes Dokument zu erinnern.

Als sie und die Frau, die ihre Mutter sein sollte, in Chennai am Flughafen angekommen waren, hatte die alte Frau zwei Papierstreifen und zwei blaue Büchlein hervorgezogen und der Dame am Schalter gegeben. Die Streifen mussten ihre Flugscheine gewesen sein, weil die Dame vom Schalter sie abgestempelt und zurückgegeben hatte. In die blauen Büchlein hatte sie nur einen kurzen Blick geworfen, bevor sie auch die zurückgegeben hatte. Und dann? Nichts, bis sie in New York ankamen. Dort hatte sich der ganze Vorgang rückwärts abgespielt. Dort, erinnerte Savita sich, hatten sie in einer langen Schlange gestanden, und dieses Mal hatte die alte Frau einem Mann die Flugscheine und die blauen Büchlein gezeigt. Der Mann hatte die Büchlein abgestempelt, aber nicht die Scheine. Was waren das für Büchlein? Savita hatte keine Ahnung, wusste aber, dass sie eines brauchte: ein blaues Büchlein. Sie wusste auch, dass sie ein Ticket brauchte. Und für das eine wie das andere? Sie wusste, dass sie Geld brauchte.

Ihr wurde schwer ums Herz.

Ihr wurde klar, dass sie selbst mit Geld und Ticket und blauem Büchlein gar nicht fortgehen konnte. Unter keinen Umständen. Sie wussten, wer ihre Familie war, wussten, dass sie in Indravalli lebten, und wenn sie verschwände, könnte ihnen alles passieren. Gopalraju hatte viel Geld für sie gezahlt, mehr, als sie sich vorstellen konnte – sie war *Besitz*, was Savita bislang eigentlich nur im Sinne von Kühen und Ziegen und Hühnern gekannt hatte. Und warum würde jemand seine Kuh oder Ziege oder Henne einfach weglaufen lassen? Das würden sie nicht tun. Auf keinen Fall. Und ihre Familie – sie könnten umgebracht werden. Dessen war sie sich bewusst, genauso wie ihrer Liebe zu ihnen; in ihrem Innersten. Also würde sie bleiben.

Gegen Ende ihres dritten Monats in Seattle klopfte es an der Tür. Savita erschrak. Weil Vasu mit seinem Schlüssel normalerweise einfach hereinplatzte, konnte er es nicht sein. Es war ein Mittwochabend, und Padma und Geeta waren noch nicht zu Hause. Was, wenn es Suresh war? Doch in der Regel holte er sie von einer der Putzstellen ab, brachte sie in das Zimmer und gab ihr die Flasche mit der durchsichtigen Flüssigkeit. An jenen Abenden kehrte sie erst heim, wenn Padma und Geeta schon lange eingeschlafen waren. Ein paarmal hatte sie sich, nachdem Suresh wieder losgefahren war, auf dem Bürgersteig übergeben; einmal hatte sie ihren Armstumpf über eine Flamme gehalten.

Es klopfte wieder. Wer konnte das sein?

Sie lauschte an der Tür. Nichts. Dann Schlurfgeräusche. Aber die Schritte entfernten sich nicht, noch nicht. Sie wartete. Es gab keinen Türspion, wie sie ihn in manchen Apartments, die sie putzte, gesehen hatte. Nun wünschte sie sich einen.

Beim dritten Klopfen drehte sie den Türgriff so leise wie möglich und spähte durch den Türschlitz.

Es war Mohan.

Sie öffnete die Tür, und er stand verlegen da und rührte sich nicht. Savita blieb in der offenen Tür stehen und fragte sich, ob nun auch er gekommen war, um sie in das Zimmer zu bringen.

Er lächelte unsicher, vielleicht sogar ein bisschen traurig, und reichte ihr eine braune Papiertüte. Darin waren sechs Bananen.

Beim Anblick der Bananen – ihrer glatten gelben Haut, störrischen Festigkeit und Schönheit – musste Savita vor Freude lachen. Sie betrachtete und betrachtete die Früchte, und als sie schließlich aufblickte, sah Mohan sie an.

»In Amerika schneidet man sie längs auf und füllt sie mit Eiscreme.«

Sie versuchte, sich das vorzustellen, schaffte es aber nicht. »Ich esse sie gerne mit Joghurtreis.«

Einen Augenblick lang standen sie an der Tür, dann bat sie ihn herein (obgleich ihr die Einladung komisch vorkam; das Haus gehörte schließlich seinem Vater).

»Nein, vielleicht ein andermal. Vielleicht nächste Woche«, sagte er und ging.

Am Abend aß Savita zwei Portionen Joghurtreis mit Banane. Die erste Portion war so süß und köstlich und göttlich, dass ihr Tränen das Gesicht hinabliefen. Geeta lachte und gab ihr etwas von ihrem Reis ab. Die zweite Portion – Geetas Nettigkeit, Mohans Nettigkeit – erinnerte Savita an Purnima, und ihr traten noch mehr Tränen in die Augen, wenngleich diese, das wusste sie, andere Gründe hatten.

»Lass uns gehen«, sagte Mohan.

Er war in das Apartment gekommen, das sie gerade putzte, und blieb an der Tür stehen, als wäre der Teppich nass, was er nicht war, oder als ob andere Leute in der Wohnung wären, was sie nicht waren.

»Aber ich bin noch nicht fertig«, sagte Savita.

Er blickte oberflächlich von einem Ende des erleuchteten Zimmers zum anderen und sagte: »Das ist okay so.«

Sie stieg in das Auto, mit dem Mohan sie und die alte Frau vom Flughafen abgeholt hatte. Noch immer voller Zitronenduft.

Sie wusste nicht, wo er sie hinbringen würde, doch er hatte eine andere Richtung als zu ihrer Wohnung eingeschlagen. Mohan war schweigsam, fast mürrisch, aber Savita bemerkte es kaum. Sie sah aus dem Fenster auf die nächtlichen Straßen. Sie war bislang immer nur von Putzjobs nach Hause und wieder zurück gefahren worden, zehn, zwanzig Minuten pro Fahrt, doch jetzt *ließen sie sich treiben*, ein Ausdruck, den sie noch nie mit ihrem Leben in Verbindung gebracht hatte, noch nie mit Leben an sich in Verbindung gebracht hatte, denn Leben war nur ein ständiges Tun; ein Tun, um zu essen und zu schlafen und um zu überleben. Aber jetzt, jetzt auf dieser breiten Straße, in dieser weiten und nieseligen Nacht unter Ampeln entlangzufahren und Menschen in hell erleuchteten Räumen zu beobachten und sich den Geruch dieser Räume vorzustellen, ihre Wärme, das Gemurmel der Menschen oder des Fernsehers oder gar nichts, nur Stille, es sich aber vorzustellen, in diesem schicken, zitronenduftenden Auto, mit nichts vor sich und im Grunde auch nichts hinter sich, war genug, dass Savitas Herz anschwoll, genug, damit es vor einer Art Glück schmerzte.

Schließlich verließen sie die breite Hauptstraße und fuhren einen Hügel hinauf. Sie kurvten dunkle Straßen entlang. Der Wind nahm zu, und Savita fragte, ob sie das Fenster öffnen dürfe, und als Mohan nicht antwortete oder sie womöglich nicht hörte, probierte sie ein paar der Knöpfe an ihrer Tür aus, bis das Fenster sauber, aufregend leicht heruntenglitt und der Wind ihr ins offene Haar fuhr (mit einer Hand konnte sie es nicht mehr flechten), der Nieselregen sprühte ihr ins Gesicht, ließ sie vor Entzücken zittern, und über und neben ihr wogten schattige Blätter, bewegten sich, als ob sie ganz der Nacht gehörten und mit dem Wind tanzten.

Nein, ihr kam keine Nacht in den Sinn, die so wundersam gewesen wäre, nicht hier und nicht sonst wo, und als sie sich zu

Mohan wandte und eben lachen wollte, sah sie, dass er gerade eine kleine Flasche aufschraubte, an den Mund setzte, und als sie die goldene Flüssigkeit in der kippenden Flasche sah, als sie sah, wie Mohan beim ersten kleinen Schluck das Gesicht verzerrte, da wusste sie, dass sie sich irrte. Nichts hiervon war wahr. Nicht im Geringsten. Die Nacht, der Nieselregen, die Fahrt den Hügel hinauf. Nichts davon gehörte ihr. All das war seins. Sie selbst gehörte ihm, und nur das war wahr.

Savita schloss das Fenster; die Mauern kamen wieder näher; sie schloss die Augen.

Als sie sie wieder öffnete, waren die Straßen noch dunkler, und sie fuhren noch immer bergauf. Schließlich hielt er an einer kleinen Böschung neben der Straße und stellte den Motor ab. Er nahm einen langen Schluck aus der Flasche, und als er Savitas Blick bemerkte, hielt er ihr die Flasche hin. Savita dachte an ihren Vater, an Purnimas Vater, dann nahm sie die Flasche. Die Flüssigkeit rann ihre Kehle hinunter wie Feuer – ihre erste Begegnung mit Whiskey –, und sie hustete und spuckte, bis Mohan lachend die Flasche nahm. Da dachte sie, Lachen müsse für ihn ungewohnt sein, oder zumindest Lachen, das nicht von Kummer eingetrübt war. Der Whiskey hatte Savitas Magen erreicht, und ihre Augen schwammen und hüpften sanft auf einem warmen Meer. Als sie wieder klarer sah, merkte sie, dass sie auf einer Bergkuppe gehalten hatten; unter ihnen, bis hin zum dunklen Horizont, erstreckte sich ein Feld von Lichtern. Die Lichter sahen aus wie Perlen auf schwarzem Samt.

»In welche Richtung schauen wir?«, fragte sie.

»Nach Westen.«

Westen, Westen.

Sie blickte auf die Lichter und dachte, dass dort unten, gleich unter ihnen, irgendwo ihre Wohnung sein musste. Jenseits der

Lichter, in der Ferne, lag ein Streifen tiefes Schwarz. »Was ist der Streifen ohne Licht?«

Er sah auf, eindeutig betrunken, denn sein Kopf wackelte, und fragte: »Wo?«

Savita deutete in die Ferne.

Er blickte in die Richtung, in die sie zeigte, und sagte: »Wasser. Das ist Wasser.«

Sie erinnerte sich an die Brücke, die sie überquert hatten, und doch hatte sie in den drei Monaten in Seattle vergessen, dass sie so nah am Wasser waren. Sie kannte nur Mauern. Selbst an sonnigen Tagen war das Licht grau und fiel schräg in schmutzige Wohnungen. Die Staubpartikel wirbelten im Kreis, weil sie nirgendwohin konnten. Savita starrte auf die schwarze Masse am Horizont, diesen Streifen Dunkelheit, und wenngleich sie mittlerweile alles über Waschmaschinen wusste, fragte sie sich, ob an den Ufern dieser schwarzen Masse je Wäscherinnen gesessen hatten, ob dort je Saris wie Fahnen geflattert hatten.

»Weißt du, wann ich zum ersten Mal Alkohol getrunken habe?«, fragte er im Dunkeln auf Telugu.

Savita nahm noch einen Schluck aus der Flasche.

»Ich war elf. Fast zwölf. Hinter dem Karussell auf dem Jahrmarkt.« Er wechselte nun zwischen Telugu und Englisch hin und her, und Savita hatte Schwierigkeiten, ihm zu folgen. »Ich bin mit meinem Kumpel Robbie und seinem Vater da hin. Robbies Vater fand, es sei an der Zeit, also hat er uns Bier gekauft.« Er schwieg lange. »Im Jahr darauf sind wir umgezogen. Nanna hat das Motel verkauft und zwei andere gekauft. ›Ich baue uns ein Imperium auf‹, hat er gesagt. Ein Imperium!« Er sah Savita an und sagte: »Das wärst dann wohl du. Du bist dann wohl das Imperium.«

Der Whiskey war leer. Mohan warf die Flasche auf den Rücksitz und schob die Lehne seines Sitzes nach hinten. Wie hatte er das gemacht?, fragte sich Savita und drückte sich gegen ihren eigenen Sitz.

»Mach mal auf«, sagte er und deutete auf das Handschuhfach.

Savita musste ein wenig am Griff herumprobieren, bis sich das Fach öffnete. Darin lag eine weitere Flasche. Savita reichte sie Mohan, der sie ungeöffnet an sich drückte, als wäre sie ein Talisman, ein Objekt großer Schönheit.

Inmitten der Stille im Auto sagte er: »Mit sechzehn habe ich mit dem Ringen aufgehört. Einfach so. Suresh hat mich tausendmal gefragt warum. Tut er immer noch. ›Warum‹, fragt er immer. ›Warum hast du aufgehört? Du warst so gut, Mo, richtig gut. Du hättest es bis ins Landesfinale geschafft. Bis zu den nationalen Meisterschaften.‹« Er hielt inne und sah Savita an. Auf Telugu fragte er: »Verstehst du irgendwas auf Englisch?«

Sie schüttelte den Kopf.

Er erzählte weiter, dieses Mal nur auf Englisch. »Einmal hat er mich nach der Schule abgeholt. Nur dieses eine Mal. Auf dem Rücksitz saß ein Mädchen, ungefähr in meinem Alter. Ich hab sie angesehen und Suresh gefragt: ›Wer ist das?‹ Er hat sich nicht mal zu mir umgedreht und hat gesagt: ›Steig einfach ein, Mo. Geh einfach mit ihr mit, warte, bis sie fertig ist, und komm dann wieder raus. Nichts Besonderes.‹ Er hatte vor einer Klinik geparkt, und wir drei saßen da einfach im Auto auf dem Parkplatz. Inzwischen hatte ich es begriffen. Ich hab gesagt: ›Warum gehst du nicht selbst?‹ Und Suresh schwieg. Ich dachte nicht, dass er überhaupt antworten würde, aber dann hat er gesagt: ›Die könnten mich wiedererkennen.‹ Also bin ich mit dem Mädchen rein und habe mit der Krankenschwester geredet. So, wie sie mich angeguckt hat, wusste ich, was sie dachte. Sie gab mir Broschüren über Verhütung und über Keuschheit und den ganzen Kram. Ich muss knallrot geworden sein.

Als das Mädchen wieder rauskam, hatte sie dieselben Broschüren in der Hand. Sie sprach kein Wort Englisch, klammerte sich aber an diese Broschüren, als wären sie eine Hand. Sie sah mich nicht an. Hob nicht mal den Kopf. Ich wusste nicht, was ich sagen sollte. Ich war ja noch ein Kind. Sie ja auch. Schließlich stammelte ich was, dass ich ihr ein Glas Wasser holen wollte, und sie sagt: ›Nein danke, Sir.‹ Stell dir das mal vor. Sechzehn, und sie nennt mich Sir.«

Er lachte.

»Als wir sie abgesetzt hatten, habe ich gefragt: ›Wer zum Teufel war das? Was macht sie hier, in unserem Gebäude? Was hast du mit ihr angestellt?‹ Suresh sah mich lange und ruhig an, dann sagte er: ›Was glaubst du denn, was sie dort macht, hm? Was glaubst du denn, womit wir unser Geld verdienen? Was meinst du denn, wie wir es in diesem Land zu was bringen? Zu was Großem. Meinst du etwa, Papa hätte uns ohne Mädchen wie sie dahin gebracht, wo wir heute sind?‹«

Der Nieselregen wurde zu Regen.

Wieder sagte er: »Mädchen wie sie«, dann verstummte er. Auf Telugu fragte er: »Was hast du davon verstanden?«

Wahrheitsgetreu sagte Savita: »*Girls* habe ich verstanden.«

Er sah sie auf eine Art und Weise an, die Savita als echte Sehnsucht empfand, oder als echte Einsamkeit, dann fuhr er mit den Fingern langsam über die Seites ihres Gesichts. Auf Englisch sagte er: »Du bist ein Imperium. Du bist mehr als ein Imperium.«

Savita sah ihn an, und in diesem Moment wollte sie ihm alles erzählen, absolut alles, doch stattdessen nahm sie ihm die Flasche aus der Hand, sah, wie die Flüssigkeit darin vor den Regentropfen, vor den Lichtern in der Ferne schwappte, trank, wie ihr Vater getrunken hätte, und lächelte.

Es geschah in der folgenden Woche. Er kam in ein anderes Apartment, in der Brooklyn Avenue, und legte Savita wortlos auf den Teppich. Er küsste ihren Arm und ihren Hals und ihren Mund, und obgleich Savita schon viel geküsst worden war, dachte sie: So ist das also, geküsst zu werden. In ihrem Rücken gab weich der Teppich nach, Mohan strich ihr das Haar aus dem Gesicht und knöpfte ihre Bluse auf. Nur eine Hälfte der Bluse fiel zur Seite, und dort küsste er ihre Brust. Savita hielt seinen Kopf in der Hand und sah inmitten des ruhigen Schwarzes seiner Haare das erste drahtige graue Haar. Über ihren Köpfen schwang ein Fensterflügel auf, eine große Wolke bewegte sich, und es fiel Licht in das Zimmer, auf ihr Gesicht. Er zog ihre Hose aus, ihre Unterhose, beide eine Nummer zu groß, weil sie sich die Anziehsachen teilen mussten und Geeta breiter als sie war, doch er bemerkte es nicht oder es kümmerte ihn nicht, denn nun küsste er ihren Bauch. Er legte das Ohr auf ihren Bauch, als würde er Stimmen lauschen, und wieder hielt sie seinen Kopf und wollte, dass er weitermachte, doch er tat es nicht.

»Noch nicht«, sagte er.

Sie spürte Ungeduld, dann Qual. »Bitte«, hätte sie fast auf Englisch gesagt, auf Telugu: »Bitte.«

Er wartete, stemmte sich über sie und sah sie an. »Nein«, sagte er wieder. »Nein, ich will dich zuerst ansehen. All deinen warmen braunen Schimmer.«

Sie bog den Kopf nach hinten, und so hielt er sie, in perfekter, kalter Balance über ihr erhoben, und um Savita herum zitterte das Licht, süß und lebendig.

Später saßen sie nebeneinander im abnehmenden Licht. Unter dem Fenster auf dem Fußboden, ihre ausgestreckten Beine berührten sich. Sie schwiegen. Savita wollte Mohans Hand greifen, er saß jedoch links von ihr. Sie blickte auf ihren Armstumpf hinab, den Mohan fast nie zu bemerken schien.

Mohan griff in die Hosentasche, zog seinen Geldbeutel hervor und sagte: »Hier. Ich will dir was zeigen.«

Es war ein kleines Foto, und obgleich es zerknittert und vergilbt war, sah sie sofort, dass es Mohan und Suresh als Kinder waren. »Wie alt wart ihr da?«

»Acht und vierzehn.«

Sie betrachtete die beiden: das zu lange Haar, die runden Augen, die Verwunderung in Mohans Gesicht, halb zu seinem Bruder gewandt, halb zur Kamera, sein offenes uneingeschränktes Lächeln, und Suresh ganz ohne Lächeln, jugendlich ernst, oder vielleicht jugendlich stur, den Arm um den kleinen Bruder gelegt, ihn nahe haltend, aber nicht zu nahe. »Wo ist eure Schwester?«

»Sie hat das Foto gemacht. Wir waren im Urlaub. Der einzige Urlaub, den wir je gemacht haben. Mein Vater wollte uns Mount Rushmore zeigen. Damals haben wir noch in Ohio gewohnt. ›Kinder, das ist wahre Größe‹, hat er gesagt, ›wenn das eigene Gesicht in einen ganzen Berg gemeißelt ist.‹ Ich habe da keine große Erinnerung dran. An Mount Rushmore, meine ich. Aber an den Ort hier erinnere ich mich«, sagte er und tippte auf das Foto.

Savita betrachtete jetzt die Landschaft hinter Mohan und Suresh, die Bäume im Hintergrund, anscheinend in der Nähe eines Flusses oder Sees. »Wo ist das?«

»Spearfish Canyon. Wir sind da nur durchgefahren, aber es war perfekt dort. Es war der vollkommenste Ort, an dem ich je war.«

Savita betrachtete weiter das Bild. Die Gegend sah nicht nach viel aus; sie wirkte nicht halb so Ehrfurcht einflößend wie der Indravalli Konda. »Vollkommen. In welchem Sinn?«

Er schwieg. Dann hob er den Arm und umfasste mit seiner rechten Hand ihren Armstumpf, so gänzlich und natürlich, als ob auch sie eine Hand hätte. »Unmöglich«, sagte er. »Etwas Perfektes lässt sich unmöglich erklären.«

Savita betrachtete das Foto. »War es wie Flötenspiel?«

»Was?«

»Dieser Ort. War er wie Flötenspiel?«

Er lächelte ein wenig. »Ja. In gewisser Weise war es das. So habe ich das noch nie gesehen. Stimmt aber, es war wie Flötenspiel.«

»Wie heißt der Ort noch mal?«

»Spearfish Canyon.«

Sie teilte sich den Namen in einzelne Silben auf. »Spear. Fish. Can. Yon«, sagte sie laut. »Wie buchstabiert man das?«

»Auf der Rückseite«, sagte er.

Sie drehte das Foto um, und dort stand es in blauer Tinte: S-P-E-A-R-F-I-S-H C-A-N-Y-O-N.

Sie gab ihm das Foto zurück, und er sagte: »Vielleicht können wir da eines Tages mal hinfahren«, und fast hätte sie gelacht. Sie hätte nicht sagen können, warum; nur, dass sie keine Freude empfand.

10

Sie war nun über ein Jahr in Seattle. Manchmal, wenn Vasu sie von Apartment zu Apartment brachte, fuhren sie an der Universität vorbei, dann sah Savita aus dem Fenster des alten beigefarbenen Autos und betrachtete die wartenden oder laufenden oder lachenden Studenten, besonders die Mädchen. Sie waren in ihrem Alter, manchmal älter, und Savita betrachtete ihre Haut, wie ihre Haare fielen, die Form ihrer Schultern, beide Hände, und dachte: Wie heißt du? Wo wohnst du? Wohnst du in einer Wohnung, die ich geputzt habe?

Falls Mohan von Suresh und dem Zimmer und der Flasche mit der durchsichtigen Flüssigkeit wusste, zeigte er es nicht. In der Regel schwieg er oder erzählte Savita Geschichten auf Englisch oder schlief mit ihr und machte ihr danach einen Kaffee. Selbst in leeren Apartments ohne einen einzigen Topf lief er zum Eckladen runter, kaufte Instantkaffee, kochte Wasser in der Mikrowelle und setzte sich mit ihr auf den Fußboden, wo sie den dünnen Kaffee aus einem Styroporbecher tranken, den er im Auto gefunden hatte.

Einmal hatte er weder Topf noch Becher, aber auf einem Fensterbrett hatte der ehemalige Mieter einen kleinen Plastikblumentopf zurückgelassen. Savita sah, wie Mohan den Blumentopf betrachtete, und sagte: »Nein, das ist eklig.«

Doch Mohan wusch den Topf ab, kochte Wasser, und sie reichten sich den Topf hin und her, der starke Geruch des Kaffees vermischt mit einem schwachen Geruch nach Erde.

Natürlich erzählte sie Geeta und Padma weder von Mohan noch von Suresh. Keine von ihnen sprach viel über die Brüder.

Eines Abends, als sie eine Tüte angefaulter Paprika vor ihrer Tür gefunden hatten, wahrscheinlich von Vasu, schnitt Geeta die schlechten Stellen heraus und machte aus den Resten ein Paprika-Kartoffel-Curry. Sie aßen Reis dazu, später Joghurtreis, und als Savita eine Banane schälte, fragte Padma: »Wo hast du die denn her?«

Weil Savita nicht die Wahrheit sagen konnte, sagte sie: »Lag vor der Tür. Wie die Paprika.«

Sie aßen schweigend, legten sich nach dem Abwasch auf ihre Pritschen; in der Ferne erklang ein Dröhnen, und Savita fragte: »Was ist das?«

»Wegen des Nebels. Um die Schiffe zu warnen.«

»Nebel?«

Wie ein dicker Dunst, erklärten sie ihr. Schiffe könnten sich verirren. Savita erinnerte sich an den Dunst über der Krishna am frühen Morgen; man hätte ihn wie Sambar schöpfen können. Sie dachte an Schiffe. In der Nähe musste es einen Hafen geben, und Matrosen und Kapitäne und Passagiere und wundervolle Dinge aus der ganzen Welt mussten in diesem Hafen ankommen. Gewürze vielleicht, oder Gold.

»Mohan ist vorhin vorbeigekommen«, sagte Geeta. »Er hat gesagt, dass er dich zu einem Job in Ravenna bringen muss. Ich hab gesagt, ich könnte ja gehen, aber er hat Nein gesagt, so dringend wär's nicht.«

Savita schwieg, Padma seufzte im Dunkeln.

»Du solltest es ihm sagen«, sagte Geeta und kicherte wie ein Schulmädchen.

Padma drehte sich auf ihrer Pritsche um und seufzte wieder ernst.

Der Atem der drei wurde ruhiger, und im Dunkeln sagte Geeta, jetzt nüchtern: »Wovor hast du denn Angst? Das Schlimmste ist doch eh schon passiert.«

Es herrschte Stille. Savita tastete nach Purnimas halb fertigem Sari und fragte sich immer wieder, ob sie ihn verstecken solle, wenn sie morgens die Wohnung verließ. Fragte sich, wozu.

Padma und Geeta fielen schließlich in einen unruhigen Schlaf. Doch Savita lag wach. Geetas Worte hatten sich in ihre Gedanken gebahnt; sie hingen wie eine Last über dem Zimmer. Auch die Nacht war eine Last. Eine Weile fragte sie sich, ob sie eifersüchtig war, natürlich nicht auf Padma, sondern darauf, was kommen würde. Suresh, hatte sie erfahren, war verheiratet, Mohan aber nicht. Sie wusste, dass er heiraten würde, in naher Zukunft, irgendein angemessenes Mädchen aus einer angemessen wohlhabenden Familie. Das Mädchen würde auch aus Andhra Pradesh stammen, und sie würde bezaubernd sein. Auch das wusste Savita. Nein, eifersüchtig war sie nicht. Sie hatte immer um die Bedingungen ihrer gegenseitigen Zuneigung gewusst. Zuneigung? Nein, keine Zuneigung; war es dann Liebe? Vielleicht war es das, und wie sie dort auf ihrer Pritsche in der schäbigen Wohnung lag, war es dieser Gedanke, der sie traurig machte. Da wandte sie sich ab von dem Gedanken, wandte sich körperlich von ihm ab und drehte sich mit dem Gesicht zur Wand.

Sie dachte an eine Geschichte, die ihr Vater ihr vor langer Zeit erzählt hatte. Sie war noch ein kleines Mädchen gewesen und hatte den ganzen Tag zwischen den verkrüppelten Bäumen bei der Hütte gespielt und zugesehen, wie die Wäscherinnen vorbeigingen, Bündel gefalteter Wäsche auf den Köpfen. Es war Abend gewesen, die Arbeiten waren erledigt, und selbst ihre Amma hatte sich zu ihnen auf die Erde gesetzt, an das Bettende ihres Mannes, und hatte Savitas Haar geölt (es waren noch keine anderen Töchter auf der Welt). In Nannas Geschichte war er selbst in Savitas Alter, oder sogar noch jünger, und weil er der Kleinste und noch zu jung war, um am Webstuhl oder an der Charkha zu arbeiten, wurde er stattdessen jeden Morgen zum Haus des Milchmanns geschickt. Nur lag das Haus des Milchmanns fast vier Kilometer entfernt, und weil es kein Geld für eine Rikscha oder den Bus gab, musste er laufen.

»Ich war so müde, immer müde und stolperte also vor mich hin«, erzählte er. »Mein liebster Teil war, die Kühe zu begrüßen. Sie standen immer da und warteten auf mich, die nassen Mäuler am Zaun, und genau in dem Moment ging die Sonne auf, und da leuchteten die Spitzen ihrer komischen flauschigen Ohren, als wären es kleine Hügel, von hinten erleuchtet. Tagsüber war es ein schöner Spaziergang. Durch die Felder und zum Fluss. Aber morgens, frühmorgens, wenn es noch dunkel war, etwa um drei Uhr morgens, oder um vier – damit ich den besten Quark bekäme, billiger, weil ich dem Milchmann leidtat, es dem Milchmann leidtat, dass ein so kleiner Junge so weit laufen musste – waren die Felder furchtbar. Sie waren furchtbar und furchterregend.«

»Warum denn?«, fragte Savita, der Duft des Kokosöls vermischt mit der Nachtluft.

»Weil ich ein kleiner Junge war«, sagte ihr Vater, »und weil es dunkel war, und weil dann alle Ängste hervorkommen: Wenn du ein kleiner Junge bist – oder ein kleines Mädchen«, hier tätschelte er ihr den Kopf, »und es dunkel ist. Jedenfalls war ich eines Morgens auf dem Weg zum Haus des Milchmanns, als ich plötzlich wie angewurzelt stehen blieb. Einfach stehen blieb, mitten auf dem Weg. Weißt du, warum?«, fragte er Savita.

Sie schüttelte den Kopf, die Augen aufgerissen.

»Weil ich einen Bären gesehen hatte. Oder einen Tiger. Siehst du, ich wusste nicht, was es war. Wie gesagt, es war dunkel, und obwohl ich ihn fast mit ausgestreckter Hand hätte berühren können, selbst mit meinem kleinen Kinderarm, traute ich mich nicht. Wer würde sich das schon trauen? Er hatte seinen Blick auf mich geheftet. Seine Augen waren gelb, und er blinzelte überhaupt nicht oder blinzelte nur immer genau dann, wenn ich auch blinzelte. Auf jeden Fall war ich in diesem Blick gefangen. Zu Tode erschreckt. Und wie ich dort stand und mich nicht rührte, stand auch er da und rührte sich nicht. Stand einfach nur da und sah mich an. Wartete darauf, mich zu fressen.«

Savita holte Atem. »Was ist dann passiert, Nanna?«

»Nun«, sagte ihr Vater, »wir standen da also und sahen einander an, atmeten, rührten uns nicht, und langsam wurden seine gelben Augen rot. Orange, dann rot. Röter und röter. Inzwischen hatte ich eine kleine Mulde entdeckt, nur ein paar Schritte weiter, und so entfernte ich mich mucksmäuschenstill von dem Bären oder Tiger und kauerte mich in diese Kuhle. Bis Sonnenaufgang wollte ich dort warten und dann wegrennen. Vielleicht würde er verschwinden, hoffte ich, zurück in den Wald oder Urwald, oder woher auch immer er gekommen war. Außerdem dachte ich mir, dass bis dahin die Bauern allmählich auf ihre Felder gehen würden, und vielleicht könnte einer von ihnen das Tier mit einem Stock vertreiben. Nun, diese Gedanken gingen mir also durch den Kopf, wobei darin größtenteils gar keine Gedanken waren, sondern nur Angst.« Zu Savitas Überraschung lachte ihr Vater hier laut auf. »Und weißt du, was als Nächstes passierte?«

Savita starrte zu ihm auf.

»Die Sonne ging auf. Das ist passiert. Und weißt du, was dann geschah? Ich sah, dass dieser große Bär oder Tiger, oder was ich mir sonst für ein Monster vorgestellt hatte, nichts als ein Baum war. Einfach nur ein Baum. Ein toter Baum.« Er lachte noch ein wenig länger. »Es lag an der Dunkelheit, siehst du. Ich hatte mir das alles nur eingebildet.«

»Da war also gar kein Bär? Da war kein Tiger?«, fragte Savita, ein wenig enttäuscht.

»Nein, mein Laddu«, sagte er. »Es war einfach nur ein Baum. Wie bei den meisten Ängsten war da gar nichts. Nichts.«

In der Dunkelheit dachte Savita an diese Geschichte. Sie hatte seit vielen Jahren nicht mehr an sie gedacht, doch nun dachte sie daran und wusste: Aber meine Angst ist kein Nichts. Meine Angst um meine Familie, um ihre Sicherheit, ist echt. Sie ist tatsächlich ein Bär. Ein Tiger. Und falls ich von hier abhaue –; sie wollte den Gedanken nicht zu Ende denken. Aber warum habe ich nach der Liebe sofort an diese Geschichte über Angst gedacht? War das offensichtlich? Natürlich war es das. Sie hatte das eine nie ohne das andere gekannt: Immer hatte sie Angst um die Gesundheit ihres Vaters gehabt, sein Trinken, Angst wegen der Verheiratung ihrer Schwestern und angesichts der endlosen Tage ihrer Mutter. Und Mohan. Nun, bei Mohan war es sogar noch klarer – es gab keine Liebe ohne Angst. Beides, Angst und Liebe, war für sie stets miteinander verbunden gewesen, immer; doch da, an der Grenze zwischen Wachen und Schlafen, stieg ein weiterer Gedanke in ihr empor, als käme er aus dem Stück Tuch unter ihrem Kopfkissen: der Gedanke, dass es vielleicht eine Ausnahme gegeben hatte. Vielleicht nur ein einziges Mal, nur für eine kurze Zeit, als sie ein Mädchen gewesen war, waren Liebe und Angst voneinander getrennt gewesen. Für eine kurze Weile (hier schnarchte Savita schon und fing an zu träumen) hatte sie Purnima geliebt, und in dieser Liebe hatte sie keine Angst gespürt.

Suresh kam und brachte sie in das Zimmer, dann kam Mohan, dann kam Suresh. Dann kam Mohan, und sie hatten in einem leeren Apartment Sex, einmal in einem Bürogebäude. Dieses Muster verfolgte Savita wie ein streunender Hund. Monate vergingen.

Einmal saß sie auf der Bettkante, sah zu, wie Suresh eine Flasche Bier öffnete und fragte: »Kann ich auch eins haben?«

Er sah sie erstaunt an – vielleicht, weil sie überhaupt gesprochen hatte, was sie normalerweise vermied, gebrochen, wie sie durch ihn und das Zimmer und die Flasche mit der durchsichtigen Flüssigkeit und den Akt selbst war – und reichte ihr eines. Und so entstand ein weiteres Muster: Bier mit Suresh, Kaffee oder Whiskey mit Mohan.

Eines Abends war Savita allein in der Wohnung und konnte kaum stillsitzen. Sie ging vom Fenster in die Küche, ins Badezimmer und wieder zurück, und ihr wurde klar, dass sie im Grunde nur etwas trinken wollte. Bei dieser Einsicht hielt sie inne. Sie stand am Fenster und dachte an ihren Vater, an seine Zerstörung, dann an den blinden Jungen, und wie sie auf der Pritsche gelegen, zur abgeschlossenen Tür gestarrt und darauf gewartet hatte, dass er mit der Nadel käme. In diesem Augenblick schwor sie alledem ab. Und rührte, wenn sie ihr angeboten wurden, Bier und Whiskey nie wieder an.

Ende Juli, an einem bewölkten warmen Nachmittag, holte Mohan sie ab und sagte: »Ich habe eine Überraschung für dich.«

Wieder fuhren sie eine breite Straße entlang, jetzt am Wasser, und in einer belebten Straße parkte Mohan zwischen einem blauen Auto und einem roten Auto. Daran würde sie sich immer erinnern: dass er sein schwarzes Auto zwischen einem blauen und einem roten Auto abgestellt hatte. Das Lokal, in das sie gingen, war der bunteste Raum, den Savita je gesehen hatte. Die

Sitzecken waren leuchtend rot, die Wände hingen voller Kinoplakate, und die Theke war blau. Schon wieder Blau und Rot, dachte sie. Als sie sich setzten – Savita noch immer durcheinander, weil er sie noch nie an einen öffentlichen Ort mitgenommen hatte und sie ein Restaurant erst recht noch nie besucht hatte, ob nun mit oder ohne Mohan –, betrachtete Savita die anderen Gäste ringsum, die ungezwungen lachten und redeten, und rutschte in eine Ecke der Sitzbank. Verstohlen steckte sie ihre Bluse in den Taillenbund, um zu kaschieren, dass sie ihr viel zu groß war, versteckte ihren Armstumpf unter dem Tisch und betrachtete verwundert, ehrfürchtig, das Geschehen im Restaurant, Geklapper und Gespräche und dampfende Essensteller, die an ihrem Tisch vorbeigetragen wurden.

Als die Kellnerin an den Tisch kam, um ihre Bestellung aufzunehmen, warf sie Savita einen Blick zu, der Savita spöttisch vorkam, oder mitleidig, und wandte sich an Mohan. Er bestellte etwas, das Savita nicht verstand, und als die Kellnerin die flache ovale Schale brachte, stellte sie sie in die Mitte des Tisches.

Savita betrachtete die Schale. »Was ist das?«

»Erinnerst du dich nicht? Ich hab dir davon erzählt. Das ist ein Bananensplit.«

Sie schaute weiter, und da war sie – eine Banane! »Aber was ist das da?«

»Eiscreme.«

»Nein, obendrauf.«

»Schokolade. Und das ist Schlagsahne.«

»Und das da?«

»Erdbeersauce.«

»Das da sieht ein bisschen wie Erdnussstückchen aus.«

»Sind es auch.«

»Was ist das obendrauf?«

»Eine Kirsche. Hast du schon mal eine gegessen?«

Savita verneinte, und er bestand darauf, dass sie als Erstes die Kirsche essen solle, und als Savita sie aß, war es das Seltsamste, was sie je gekostet hatte. Von der Konsistenz wie eine Litschi, doch geschmacklich eher wie ein süßer, sirupartiger Alkohol. Dann nahm sie einen Löffel Banane mit Eiscreme und Schokolade und tunkte ihn noch in die Erdbeersauce, um alles zusammen zu schmecken. Sie probierte auch von der weißen, schaumigen Masse; es dauerte einen Augenblick, dann schloss sie die Augen. Es war das Beste, was sie je gegessen hatte. Besser als Banane mit Joghurtreis? Nein, aber extravaganter. Überhaupt an beides gleichzeitig zu denken, war schwierig. Joghurtreis mit Banane war wie das Leben selbst, schlicht, geradeaus, mit einem Anfang und einem Ende; das Bananensplit war wie der Tod, komplex, versetzt mit Geheimnissen, die über Savitas Begreifen hinausgingen, und wie jeder Tod machte jeder Bissen sprachlos.

Mohan sah sie aufmerksam an, nahm selbst nur ein paar Löffel und sagte: »Es ist schwer, von dir fortzugehen, in Momenten wie diesem.«

»In was für Momenten?«

Er antwortete nicht. Stattdessen streckte er die Hand aus, wischte ihr Schokolade von der Wange und sagte: »Ich muss bald zum Flughafen.«

»Aha«, sagte Savita und hörte kaum zu, ihre Aufmerksamkeit ganz beim Bananensplit.

»Ein neues Mädchen.«

Savita sah auf. Jetzt hörte sie zu.

»Eine Hasenscharte, glaube ich.«

Also wieder ein Visum zur medizinischen Behandlung.

»Wo kommt sie her?«

»Woher soll ich das wissen?«

»Ich meine, ist sie auch aus Andhra?«

»Wahrscheinlich. Aber so was *wollen* wir gar nicht wissen.«

Savita spürte einen kalten Luftzug. Sie hielt den Löffel reglos in der Luft. »Das verstehe ich nicht. Ihr wollt extra nicht wissen, wo sie herkommen?«

Er flüsterte nun, obwohl niemand in ihrer Nähe saß. Außerdem redeten sie Telugu. Wer sollte sie schon verstehen? »Sonst«, sagte er, »nun, falls es Ärger geben sollte ...« Er hielt inne. »Nicht hier.«

Also aß Savita das Bananensplit auf, Mohan bezahlte, und als sie wieder im Auto saßen, sagte sie: »Meinst du damit –«

»Falls es Ärger geben sollte, weiß niemand, wer sonst noch beteiligt ist. So kann niemand jemanden verpfeifen.«

»Du weißt also nicht, von wo – wo dieses Mädchen herkommt? Ihren Heimatort?«

»Nein.«

»Und wer ihre Familie ist?«

»Nein.«

»Wie hat sie dein Vater dann gekriegt?«

»Es gibt Mittelsmänner. Die Welt ist voller Mittelsmänner.«

»Und was ist mit der alten Dame? Die so getan hat, als wäre sie meine Mutter?«

»Nicht mal die«, sagte er. »Die am allerwenigsten.«

Savita lehnte sich in ihrem Sitz zurück.

Ihre Gedanken wirbelten: Ich brauche Geld; wo kriege ich Geld her; und wie, wie verschwinde ich; das blaue Büchlein; Visa zur medizinischen Behandlung; blöd, wie blöd, warum habe ich nicht besser aufgepasst, Schilder, Straßen, Englisch; ein Mädchen mit einer Hasenscharte; Nanna, du bist in Sicherheit; Nanna, du hattest recht, es war kein Bär, es war kein Tiger, es war alles nur in meinem Kopf; soll ich es Padma und Geeta sagen, kann ich nicht, kann ich nicht; Hasenscharte; ich kannte mal wen mit einer Hasenscharte, dieses Mädchen, die Tochter einer Wäscherin, sie ist losgekrabbelt und aus Versehen in den Brunnen gefallen, oder war das überhaupt so; Flughafen, soll ich zum Flughafen; Bananensplit; Tod, hierzubleiben ist der Tod; das blaue Büchlein; Idiotin, warum hab ich nicht besser geplant; aber Nanna, ich wusste es nicht, ich wusste nicht, dass es kein Bär war, kein Tiger, bis jetzt nicht, nicht bis zum Sonnenaufgang, bis jetzt wusste ich es nicht.

So wirbelten und wirbelten ihre Gedanken, wehten in großen Böen umher, und in ihrer Mitte, genau in ihrer Mitte herrschte absolute Stille, und in dieser Stille gab es nur einen Gedanken: Ich kann fort.

II

Sie wartete. Sie beruhigte ihre Gedanken und wartete.

Sie sah Mohan zwei Wochen später wieder. Er kam in das Apartment, das sie gerade putzte, eine Einzimmerwohnung wie ihre, doch sehr viel hübscher, mit schönen Dielen und glänzend weißen Schränken. Er machte ihr einen Kaffee.

Sie nahm einen Schluck, dann noch einen, dann fragte sie: »Hast du sie abgeholt?«

»Wen?« Er schraubte abwesend an einem losen Wasserhahn in der Küche.

Sein Gesicht sah sie nicht, doch seine Hände, und konzentrierte sich auf diese. »Das Mädchen. Die mit der Hasenscharte.«

»Noch nicht. Wurde verschoben. Irgendein Problem mit dem Visum.«

Savita sah weiter auf Mohans Hände, dann blickte sie sich in der Wohnung um. »Es ist schön hier, oder? Ich wünschte, ich könnte hier wohnen.«

Er drehte sich zu ihr um. »Ich könnte versuchen, dich hier reinzukriegen. Ich könnte mal mit Nanna reden.«

Fast hätte Savita ihn umarmt. Fast hätte sie geweint. Es ist Liebe, dachte sie, es ist Liebe.

Nur ein paar Tage später, als Savita gerade nach Hause gekommen war und Reis kochte, klopfte es an der Tür. Sie ließ den Topf stehen, wusch sich die eine Hand und ging zur Tür. Suresh. Savita durchfuhr ein Schmerz. Als sie in der Lagerhalle ankamen, sah sie zu dem Schreibtisch, an dem Gopalraju gesessen hatte, als sie zum ersten Mal hier gewesen war. Jetzt war der Stuhl leer, an den Tisch gerückt, und die Papiere lagen ordentlich neben einem großen Computer. Auf der einen Seite hatte der Schreibtisch drei Schubladen. Alle ohne Schloss.

Als sie das Zimmer betraten, küsste Suresh sie grob und gab ihr die Flasche mit der durchsichtigen Flüssigkeit. Savita schmierte ihren Armstumpf ein und schloss die Augen. Sie hatte das schon so oft getan, dass sie mittlerweile ihrem Gefühl folgen konnte. Doch hinter ihren geschlossenen Lidern sah sie etwas ganz anderes. Dort sah sie ein eingestürztes Gebäude. Sie konnte nicht sehen, warum es eingestürzt war, doch dass nicht nur dieses eine Haus, sondern auch alle umliegenden Häuser und alle darum liegenden Häuser eingestürzt waren. Und es setzte sich fort: Jenseits der Häuser lagen Slums, auch diese in Trümmern. Dahinter Fabriken und Müllhalden und Felder: Alle dem Erdboden gleich. Sie wusste nicht, was diesen Zusammenbruch, der sich bis zum Horizont erstreckte, verursacht hatte; sie musste es gar nicht wissen. Sie brauchte nur die Zerstörung zu sehen, von ihr zu *wissen*, zu wissen, dass sie endlos war.

Als Suresh ins Badezimmer ging, schlich sie aus dem Zimmer und durchsuchte die erste Schreibtischschublade. Dann die zweite. Dann die dritte. Nichts. Keine blauen Büchlein. Wo konnten sie nur sein? Überall. An einer Million anderer Orte. Wahrscheinlich nicht mal in der Lagerhalle. Als sie rasch zurück ins Zimmer lief, kam Suresh gerade aus dem Badezimmer.

Er blickte zu ihr, dann zur offenen Tür. »Wo warst du?«, fragte er ruhig.

»Ich hab was gehört.«

Schnell lief er an ihr vorbei und sah sich in der Halle um, dann draußen. Als er zurückkam, sagte er: »Nichts.« Er sah Savita misstrauisch an, streng, ging ein paar Schritte auf sie zu und gab ihr eine schallende Ohrfeige: »Beim nächsten Mal gehe *ich* nachschauen.«

Als sie in die Wohnung zurückkehrte, saß sie lange auf ihrer Pritsche. Sie lauschte den Geräuschen der Nacht: Padmas und Geetas Atem, dem Rauschen der Autos, dem Rascheln der Blätter, dem Verbrennen von Sternen. Sie zog den verbleibenden Streifen von Purnimas halb fertigem Sari hervor und drückte ihn ans Gesicht. Sie weinte.

Geeta setzte sich gerade auf. »Was ist los?«

Savita steckte das Stoffstück schnell hinter den Rücken. »Nichts. Ich hab nur schlecht geträumt.«

Padma wachte gar nicht auf.

Savita blickte von Padma zu Geeta, die sich wieder hingelegt hatte, dann holte sie das Stück Tuch wieder hervor; selbst im Dunkeln war es deutlich zu sehen: Noch ein Stück abgerissen. Der Rest war nun kaum noch handtuchgroß. Jetzt begriff Savita. Jetzt wusste sie es. Die Stücke waren eine Warnung, sie waren eine Botschaft. Sie sagten: »Hör auf!«

Wie hatten sie es erfahren? Und wie viele Stücke blieben ihr? Wie viele bis zum letzten?

Sie blickte auf das Tuch, als läge eine Antwort darin. »Vom Samen zum Garn zum Webstuhl zum Jetzt«, flüsterte sie in den Stoff. Und: »Wir gehen, du und ich.«

Sie wartete. Sie dachte an das blaue Büchlein.

Eines Morgens, nachdem Padma die Wohnung verlassen hatte, fragte Savita Geeta flüsternd: »Man braucht das, um zu verreisen? Wohin denn?«

»Woher soll ich das wissen?«

»Meinst du, wenn Vasu mich mal nicht abholen könnte? Wenn ich den Bus nehmen müsste?«

»Nein, nicht so was. Du brauchst das, um in ein Flugzeug zu steigen. Um in ein anderes Land zu reisen.«

Savita war erstaunt. Erleichtert. Sie sah Geeta an. »Wie lange bist du schon hier?«

»Seit fünf Jahren.«

»Und wie alt warst du damals?«

»Siebzehn.«

Savita nickte. Etwa in dem Alter, als ich Purnima getroffen habe, dachte sie. Dann dachte sie: Aber wo soll ich hin? Bestimmt nicht zurück nach Indien; dazu fehlte ihr das Geld. Und das blaue Büchlein. Doch hier kannte sie niemanden. Außer – die eine Dame, die mit den Jalebi-Haaren, mit den Perlzähnen. Das war zumindest etwas; jemand. Als Geeta duschen ging, zog Savita das weiße rechteckige Papierchen hervor und betrachtete es. Sie hieß Katie, Katie irgendwas. Und unter ihrem Namen stand eine Reihe von Buchstaben. Keine Telefonnummer, allerdings eine Adresse: New York, New York. Zweimal.

Ein paar Tage später zeigte Savita einer jungen Frau, die nett aussah und gerade eine der Wohnungen verließ, die Reihe von Buchstaben. »Was, bitte«, sagte sie.

Die junge Frau sah sie ratlos an. »Entschuldigung?«

»Was das?«

Die junge Frau sah auf das Kärtchen. »Das ist eine E-Mail-Adresse.«

Nun war es an Savita, ratlos zu schauen.

»Hast du keinen Computer?«

Ah. Savita nickte und bedankte sich.

Ein Computer.

Nun, sie hatte keinen Computer, und nach Westen konnte sie auch nicht; Mohan hatte gesagt, im Westen sei nichts als Meer. Und Norden, Süden? Was lag im Norden und im Süden? Sie hatte keine Ahnung. Aber gen Osten. Dann musste es eben Osten sein.

Sie trug nun Purnimas halb fertigen Sari immer mit sich herum. Jeden Tag.

Einmal bemerkte Mohan das Stoffstück, an einem kalten sonnigen Tag Mitte September. »Was ist das?«

»Nichts«, sagte sie und steckte den Stoff wieder in die Hosentasche. »Hat jemand in einem Apartment liegen lassen.«

Er sah sie an, zog sich schnell an und sagte: »Ich muss los. Sie abholen.«

»Wen?«

»Das Mädchen mit der Hasenscharte.«

Savita nickte. Als er sich auf den Weg zum Flughafen gemacht hatte, nahm sie den halb fertigen Sari hervor, faltete ihn wieder und wieder, strich mit ihrer einen Hand darüber. Sie war noch vorsichtiger geworden. Sie hielt das Stück Tuch in der Hand, wenn sie schlief, ließ es nie aus den Augen, selbst beim Duschen nicht. Doch nach wie vor: nichts. Nichts. Aber sie wusste, dass es bald sein musste.

An einem Donnerstagabend, es war Ende September geworden, holte Mohan sie wieder ab. Er nahm sie wieder mit in den Park, der mit dem Ausblick über die Stadtlichter, über die Perlen und den Streifen Wasser, fragte sie, welche Wohnungen sie tagsüber geputzt habe, und nahm sie dann mit in ein Apartment in Phinney Ridge. Mittlerweile hatte Savita sich ein paar Straßennamen beigebracht sowie einige Schilder, etwa *Stop* und *Exit* und das *Merge* an den Einfädelspuren. *Merge* – diesen Klang mochte sie am liebsten. Sie hatte auch Zahlen auf Englisch gelernt, und wie man ihren Namen schrieb, hatte außerdem Mohan gefragt, wie man seinen Namen schrieb und wie man Seattle buchstabierte. Viel weiter waren sie nicht gekommen.

Nun betrachtete sie ihn dabei, wie er in der Küche Kaffee kochte. Sie dachte daran, wie sie ihn zum ersten Mal gesehen hatte und wie er damals ihren Gips angestarrt hatte, gewusst hatte, dass es eine Attrappe war, und trotzdem aufrichtig besorgt und neugierig gewirkt hatte. Und wie er ihr zum ersten Mal amerikanische Bananen gekauft hatte. Und wie er sie, auf seine Weise, in ebendieser Wohnung umworben hatte. Obwohl sie so wenig von ihm wusste – die meisten Geschichten erzählte er ihr auf Englisch –, hatte sie in der Zeit seitdem gespürt, dass ein zerbrechliches Wesen in ihm flatterte, eine einsame und gebrochene Kreatur, deren Flügel gegen ein einsames und gebrochenes Herz schlugen. Und wenn sie hätte raten müssen, sie hätte gesagt, dass auch er keine Vorstellung hatte, was er mit ihr, mit dem hier, eigentlich anstellen sollte. Doch auch das war, wie es sein sollte. Es gab keine Antwort. Ihm war anderes bestimmt. Andere Ziele. Dinge, die er womöglich selbst nicht verstand. Und sie selbst? Sie wusste, was ihr bestimmt war, auch mit nur einer Hand wusste sie es: Ihr war der Webstuhl bestimmt, Tuch, der Zauber von Garn, die Herrlichkeit, etwas herzustellen, es wie einen Geliebten um sich zu wickeln.

Und so geschah es, dass sie, fast ohne zu zögern, die Hand ausstreckte und den Geldbeutel aus seiner Hosentasche zog. Warum noch länger warten? Es waren knapp über einhundert Dollar darin, einhundertzwölf Dollar. Über sechstausend Rupien! Das reichte bestimmt bis nach New York. Es musste reichen.

Als sie gerade das Bündel Geldscheine einstecken wollte, bemerkte sie dazwischen das Foto, das er ihr gezeigt hatte, vom Spearfish Canyon. Sie dachte kaum eine Sekunde nach, dann riss sie es entzwei und steckte die Hälfte mit Suresh darauf wieder zurück in Mohans Hosentasche. Und die Hälfte mit Mohan, zusammen mit dem Geld, in ihre eigene.

Er setzte sie ab. Sie küssten sich nicht zum Abschied, nicht dieses Mal und auch nie zuvor.

Sie musste noch in dieser Nacht fort, bevor Mohan seinen Geldbeutel öffnen würde, bevor ihre Liebe zu ihm sie aufhalten würde.

Und so brach sie auf. Sie schlich aus der Wohnung – als sie sicher war, dass Geeta und Padma schliefen – und ging vorsichtig die Treppe hinunter. Als sie zu Vasus Wohnung kam, sah sie, dass der Schlitz unter seiner Tür dunkel war. Trotzdem zitterte sie, als sie daran vorbeiging; ihr linker Fuß setzte auf. Ihr rechter. Ein Knarren.

Das Licht ging an.

Savita hielt inne; sie hielt die Luft an. Schritte. Lauf – lauf los! Sie polterte die verbleibenden Stufen hinunter. Mit einem Krachen riss sie die Haustür auf.

Sie wusste, wo Osten war. Osten, da musste sie hin. Sie rannte los.

PURNIMA

I

Es war nicht einfach für Purnima zu erreichen, dass sie das Mädchen mit der Hasenscharte schließlich selbst nach Seattle bringen durfte. Bringen; auf Telugu war das Wort *hüten*, wie ein Schäfer seine Schafe hütet. Nein, es war sogar außerordentlich schwierig. Und erforderte eine so akribische Planung, so viel Überzeugungskraft und schieren Einfallsreichtum, dass Purnima manchmal im Stillen lachen musste; dann dachte sie: Mit so viel Anstrengung und Mühe hätte ich in einem Land voller Berge Bahngleise verlegen oder in einem voller Wasser Brücken bauen können.

Den Großteil der zwei Jahre, die Purnima zur Umsetzung ihres Planes brauchte, meinte sie, Zeit zu vergeuden, wertvolle Zeit, Zeit, die sie in Minuten zählte, in Sekunden; doch sie wusste, dass sie ruhig bleiben musste. Ruhe war beizeiten die größte Bewegung, das lernte sie dabei. Sie würde Savita finden, so viel wusste sie, doch sie wusste auch, dass sie ungeheure Geduld brauchen würde, um all das zu verstehen, was sie eben noch nicht wusste. So wusste sie zum Beispiel eigentlich nur, dass Savita an irgendeinen reichen Mann in Amerika verkauft worden war, in eine Stadt namens Sattle. Sie wusste nicht, wo diese Stadt lag oder wie sie dort hinkommen würde, nicht einmal, was benötigt wurde, um an einen Ort wie Amerika zu reisen.

Wie überquerte man die Grenzen eines Landes?

Als Guru Savitas Aufenthaltsort preisgegeben hatte, reagierte Purnima zuerst gar nicht. Sie wartete. Sie wusste, würde sie bei Guru irgendeinen Verdacht erregen – dass sie Savita kannte, nach ihr suchte –, würde er jegliche Verbindung zu ihr kappen und Purnima sofort aus dem Bordell werfen.

Und so wartete sie über drei Monate – lange, frustrierende Monate –, bis sie an einem heißen, trägen und dunstigen Morgen, als selbst der Ventilator vor Müdigkeit zu stottern schien, beiläufig von Büchern und Taschenrechner aufblickte und sagte: »Im Alankar ist ein neuer Film angelaufen. Hab ich gestern Abend geguckt. Eine unglaubliche Menschenmenge. Eine Frau wurde sogar auf den Boden geschubst.«

Guru nickte nur leicht. Er kaute Betelnuss und las Zeitung.

»Einer anderen Frau haben sie die Bluse runtergerissen. Was für Tiere.«

Guru blickte von der Zeitung auf. Er zuckte kaum merklich, wie immer, wenn er Purnima ins Gesicht sah.

Sie hatte gemerkt, dass man sich nie daran gewöhnte, auch sie selbst nicht. Ihr Gesicht war vollständig geheilt, doch die Gesichtshälfte, über die das Öl gespritzt war, blieb tiefrosa, und im Kontrast zu ihrer braunen Haut wirkte ihr Gesicht wie eine faulige Blume. Die ganze linke Gesichtshälfte war deformiert, ausgehöhlt wie eine Mine, und zeigte etwas zu Rohes, zu Nacktes. Es war nicht nur das Rosa, wie eine Insel umringt von einem weißen Streifen, die Mitte ein dunkler Krater, als ob dort kleine Tiere hausten; etwas anderes war noch viel unheimlicher. Purnima dachte, es könnte ihr Lächeln sein, wie es ihr Gesicht verzerrte – Kinder unterbrachen ihr Spielen und starrten sie ängstlich an –, und so gab sie das Lächeln völlig auf. Es war aber nicht ihr Lächeln.

Eigentlich war es etwas ganz anderes; etwas unter ihrem Gesicht. Oder eher etwas, das unter ihrem Gesicht wütete. Etwas Helles, ein Feuer. Und es brannte. Selbst als das heiße Öl auf ihrer Haut längst abgekühlt war, wurde dieses innere Feuer nur noch größer. Und das war das eigentlich Unheimliche, Ungehörige. Ein Opfer von Verbrennungen zu sein, war tragisch

– Öl, Säure, Mitgiftstreitigkeiten, gemeine Schwiegereltern und so weiter –, doch danach wurde ein demütiger, schmerzvoller Abgang erwartet, feminin in seinem Leid, in seinem Maß. Anders gesagt: Es wurde Unsichtbarkeit erwartet. Die Frau hatte zu verschwinden. Purnima aber weigerte sich, oder eher gesagt: Sie hatte es nie auch nur in Betracht gezogen. Sie ging mit hoch erhobenem Kopf durch die Straßen, trug keine Ehekette, ging ohne männliche Begleitung, war eisern in ihrem Willen, kaiserlich in ihrer Haltung. Hinzu kam, und das war am unheimlichsten, dass all das, all dieses Feuer erst zu wüten begann, lange nachdem Purnima mit Öl übergossen worden war.

Natürlich sah Guru nichts von alldem. Er sah nur die Verbrennung, das entstellte Gesicht, und zuckte vor Unbehagen.

»Die Gesangsszenen haben sie in der Schweiz gedreht«, sagte Purnima. »In der Schweiz! Im Schnee. Die arme Heldin, mit nur so ein bisschen Stoff am Körper musste sie im kalten Schnee tanzen und singen.«

»Wie hieß der Film noch mal?«, fragte Guru.

»Ich würde so gerne mal dahin«, sagte Purnima und seufzte. »Du denn nicht?«

»In die Schweiz? Wozu denn? Hier gibt's genug Berge. Ich hab gehört, dass es nur zwei Stunden nördlich von Delhi schon Berge gibt.«

»Ja, weiß ich. Aber die Berge in der Schweiz sind was anderes. Glaubst du denn nicht?«

»Nein.«

Sie schwieg einen Moment. »Wie würde ich da überhaupt hinkommen?«

Guru wandte sich wieder der Zeitung zu. »In die Schweiz? Na, mit einem Visum und einem Flugticket, so wie alle.«

»Einem Visum?«

»Damit kannst du ins Ausland reisen.«

»Wie kriegt man so was?«

»Na, zuerst braucht man mal einen Pass.«

»Einen Pass? Was ist das?«

Guru klappte die Zeitung um, sodass Purnima seine Augen sehen konnte. »Als ob dich mit dem Gesicht irgendwer in sein Land lassen würde.«

»Nur zu Besuch. Nur, um die Berge zu sehen.«

Er stöhnte und erklärte ihr, was ein Pass war, dass man ihn von der Regierung bekäme, was es mit einem Visum auf sich habe, und mit dem Schweizer Konsulat (»Wo auch immer das sein mag, viel Glück beim Suchen«), und wie all das unglaublich viel Zeit koste und Unterlagen und Fotoaufnahmen und Fingerabdrücke und: »Geld! Vor allem Geld. Und zwar, noch bevor du überhaupt das Flugticket gekauft hast, überhaupt gelandet bist. Und soweit ich weiß, ist die Schweiz nicht gerade billig.«

Egal, dachte Purnima, ich fahre ja nicht in die Schweiz.

Sie blieb unbeirrt. Und wie Guru gesagt hatte, beantragte sie als Erstes einen Pass.

Die Monate vergingen. Purnima achtete nicht darauf. Sie erledigte ihre Arbeit und hatte in der Zwischenzeit ein Zimmer gemietet, nicht gleich beim Bordell, doch an derselben Busstrecke. Manchmal ging sie die fünf Kilometer zur Arbeit zu Fuß, und an den heißesten Tagen, oder an den nassesten, leistete sie sich eine Autorikscha. Auf einem kleinen Gaskocher bereitete sie sich einfache Mahlzeiten zu, kaufte auf dem Nachhauseweg das Gemüse für den Abend und auch Milch, die sie in den Kühlschrank ihrer Vermieterin stellte. Sie verwendete gerade genug Öl, um das Gemüse anzubraten, niemals mehr. Sonntags ging sie in Vijayawada spazieren, betrachtete Schaufensterauslagen, schlenderte zum Prakasam-Staudamm oder stieg zum Kanaka-Durga-Tempel hinauf. Hinein ging sie nie.

Einmal gönnte sie sich für zwanzig Rupien eine Bootsfahrt auf der Krishna. Der Bootsmann war schlank, noch keine zwanzig, die Haut kupfrig bronzefarben und das Haar von einer Schwärze und Dicke, wie Purnima sie noch nie gesehen hatte.

Als sie am Ufer entlangspaziert war, war er auf sie zugelaufen und hatte gesagt: »Sieh dir doch mal den Fluss an. Willst du nicht einfach auf ihm dahinsegeln? Sieht er nicht so aus, wie das Leben eigentlich sein sollte?« Er deutete zum Fluss, und tatsächlich, das Wasser glitzerte, flussabwärts wurde es von Wolken verdunkelt, was das Glitzern nur noch verstärkte; die Krishna glitzerte wie ein Juwel, wie ein Versprechen.

Sie handelte den Jungen von dreißig auf zwanzig Rupien runter und stieg in das wackelige Boot. »Hast du das selbst gebaut?«, fragte sie.

Er lachte. Purnima gefiel sein Lächeln. Ihr gefiel, dass er ihr direkt ins Gesicht blickte und überhaupt nicht zurückzuckte.

Er steuerte bis zur Flussmitte, doch da wurde das Wasser plötzlich rau. Purnima hielt sich an den Bootswänden fest, während der Junge das Boot mit einer Stange wieder in Richtung des Ufers manövrierte. Die Wolken zogen nun rasch den Fluss hinauf, über ihnen ballten sich graue Massen zusammen, trafen aufeinander und brüllten wie Löwen, und Purnima rief: »Beeil dich!«, und der Junge lachte nur und fragte: »Hast du Angst?«

Ja, dachte sie, ja, ich habe Angst.

Das Wasser warf das Boot jetzt wie eine Münze in die Höhe, sie schlugen auf, und da fiel der erste Regentropfen. Auf Purnimas Arm, groß wie ein Apfel. Für einen Moment, eine winzige Pause, geschah nichts, und als ob der Himmel des Spielens, Flirtens müde wäre, öffnete er sich mit einer so plötzlichen Gewalt, dass es Purnima gegen die Leeseite schleuderte. Sie packte den Bootsrand und schrammte sich die Hände auf. Der Junge kämpfte gegen die Wellen an. Die Bootsstange krümmte sich so sehr in der Strömung, dass Purnima dachte, sie würde entzweibrechen. Sie sah die Muskeln des Jungen, nass und angespannt. Sein Haar hing wie nasses Laub um sein Gesicht. Ihrer beider Kleidung war völlig durchnässt. Da dachte Purnima an ihren Vater und musste fast lachen: Nanna, nun ertrinke ich vielleicht doch noch in der Krishna. Nur zwanzig Jahre zu spät für dich.

Schließlich schaffte es der Junge, das Boot aus der Flussmitte zum Ufer zu steuern. Der Regen ließ nach, nur ein klein wenig, doch Unterschiede gab es ohnehin keine mehr: Purnimas Haut war so nass wie der Fluss, der so nass war wie der Sturm, der so nass war wie der Himmel. Als das Wasser seicht genug war, dass am Grund Sand sichtbar wurde, sprang Purnima aus dem Boot. Sie wartete, bis der Junge es ein Stück weiter das Ufer hinaufgehievt hatte, und merkte, dass ihre Angst einer Euphorie gewichen war, einer körperlichen Leichtigkeit, wie sie sie noch nie verspürt hatte, und sie reckte das Gesicht in den Himmel. Der Regen, ihre restlichen Jahre.

Sie gab dem Jungen fünfundzwanzig Rupien, und sein Lächeln wurde nur noch breiter, ungeheuer anziehend, und Purnima ging durch die nassen Straßen zurück, berauscht, auch wenn sie nie wieder in ein Boot steigen wollte.

Purnimas Pass kam an. Sie hatte die Formulare zu einem örtlichen Schreiber beim Gericht gebracht, der die Papiere für sie ausgefüllt hatte. Er hatte ihr auch gesagt, dass sie Fotos machen lassen musste, und erklärt, wo sie die Formulare und Bilder einreichen musste. Monate später ging sie wieder zum Gericht, ihren Pass in der Hand, und suchte in der Menge nach dem Schreiber, der ihr geholfen hatte.

»Und wie komme ich jetzt nach Amerika?«, fragte sie ihn.

Ein Visum. Das also brauchte sie. Der Schreiber hatte es ihr erklärt, viel klarer als Guru, und so ging sie zurück zu ihrer Wohnung, gedankenversunken. Sie kochte Reis und einfachen Dal, aß dazu ein wenig Tomaten-Pickle, dann Joghurtreis, wusch das bisschen Geschirr ab und setzte sich ans Fenster. Von ihrer Wohnung im ersten Stock blickte sie auf eine Pappelfeige. Darunter hatte ein Mann einen Bügelstand eröffnet. Er stand die meisten Tage dort; dünn, das Gesicht müde, das Haar ergraut, sein mit glühenden Kohlen befülltes Bügeleisen dampfte, und er tauchte seine langen Finger in eine Schüssel, spritzte Wasser auf die Knitterfalten von Hemden und Hosen, auf die Säume von Saris, um sie zu glätten. Purnima hatte ihn schon häufiger gesehen, doch heute bemerkte sie zum ersten Mal, wie versunken er war, wie vollständig das Bügeln seine Aufmerksamkeit in Anspruch nahm – was bügelte er eigentlich? Ein Kinderkleid. Ein Kinderkleidchen, und er war völlig in die Arbeit versunken. Purnima betrachtete ihn noch ein wenig, wie er das Kleid faltete, ungemein sorgsam, und auf einen Stapel bereits gebügelter Wäsche legte. Er nahm das nächste Wäschestück. Ein Herrenhemd. Purnima blickte die Straße auf und ab. An einem Ende stand eine Kuh, am anderen nagte ein streunender Hund an einem Stück fettigem Zeitungspapier; auf der gegenüberliegenden Straßenseite hielt ein Rikschafahrer ein Schläfchen. Ein kühler Abendwind fuhr durch das Laub der Pappelfeige, und aus einem der Nachbarhäuser wehte der Geruch von Frittiertem herüber, vielleicht Pakoras. Der Himmel war schwer und gelb wie Ghee, die Luft wurde gegen Abend frischer und der Himmel zum traurigen

Blau der Nacht; und schließlich sah Purnima das Offensichtliche ein: Sie hatte nicht genügend Geld für ein Visum. Alles Geld und den Schmuck, den sie aus dem Kleiderschrank gestohlen hatte, hatte sie für den Pass gebraucht. Selbst für ein Touristenvisum hatte sie nicht genügend Geld, und sie kannte auch niemanden in den USA, der sich für sie verbürgt hätte. So blieb nur Guru. Und wenngleich es Purnima wütend machte, sah sie keine andere Möglichkeit: Sie war sehr viel abhängiger von Guru, als ihr klar gewesen war, als ihr lieb gewesen wäre, doch nun brauchte sie ihn mehr denn je.

Natürlich konnte sie ihm nicht sagen, dass sie seine Hilfe brauchte; dann würde er ihr nie helfen. Sie musste auf das Einzige setzen, was er liebte und woran es ihr mangelte: Geld.

Ein paar Wochen später kam ihre Chance. Sie überprüfte gerade eine Liste von Ausgaben des vorherigen Monats – der übliche Kleinkram, in einem der Bordelle ein neuer Badeofen, die Reparaturkosten für ein verrostetes Tor, offizielle Zahlungen wie die für einen neuen Telefonanschluss und inoffizielle wie das Schmiergeld an den Sachbearbeiter der Telefongesellschaft, um den Antrag auf den Telefonanschluss vorzuziehen –, als sie zu einem riesigen Kostenpunkt kam, acht Lakh Rupien, um genau zu sein, doch daneben stand weiter nichts. Kein Name und keine Firma, nicht mal die Initialen eines Namens oder einer Firma. Purnima vermutete ein Schmiergeld an einen Politiker; nur so ließ sich die außergewöhnliche Summe erklären, sowie die Tatsache, dass sich die Zahlung ohne weitere Angaben nicht zurückverfolgen ließ.

Als sie Guru das nächste Mal sah, fragte sie ihn: »Diese acht Lakh Rupien. Aus dem letzten Monat. Weißt du noch, an wen die gegangen sind?«

Er wollte sich gerade ein Mädchen ansehen, das neu angekommen war. Eine Bauerntochter. Der Bauer hatte Selbstmord begangen, und die Mutter hatte die Tochter verkauft, um Schulden abzubezahlen. Purnima sah das Mädchen nur im Vorbeigehen, wie sie allein in einem Zimmer saß, kaum älter als zwölf oder dreizehn. Sie hatte ein rundes Gesicht und trug einen glitzernden Nasenring. Purnima stellte sich vor, wie die Mutter dem Mädchen das kleine Stück Schmuck gegeben und gesagt hatte: »Das ist eine Erinnerung an mich und an deinen Vater.« Wahrscheinlich war es nur ein billiges Schmuckstück, Flitterkram für ein paar Rupien. Doch sein Glitzern war echt und ließ das Gesicht des Mädchens in dem dunklen Zimmer wie Glut aufleuchten.

Guru war gerade auf dem Weg zu ihr, als Purnima ihm ihre Frage stellte. Er blieb bei der Tür stehen, Zähne und Lippen orange von den Betelnüssen, und sagte: »Ach, das? Scheiß-Kuwaitis. Die wollten für den Kurier keine einzige Paisa zahlen. Haben mich zahlen lassen, die reichen Arschlöcher.«

»Ein Kurier? Wofür?«

»Für das Mädchen.«

Purnima sah ihn an. »Welches Mädchen denn?«

»Ich kann hier nicht den ganzen Tag mit dir verquatschen. Du brauchst das nicht zu wissen.«

»Aber ich muss doch die Bücher abgleichen. Die Ausgaben kennen.«

Er warf einen kurzen Blick zum Zimmer, wo die Bauerntochter saß, und sagte: »Wenn ich rauskomme.«

Als er zwanzig Minuten später wiederkehrte, lächelte er entspannt und sagte: »Normalerweise teilen wir uns die Kosten mit dem Käufer, aber die haben sich geweigert.«

Inzwischen hatte Purnima sich das meiste zusammengereimt: Ein Dorfmädchen, das von irgendeinem Ausländer gekauft wurde, durfte sicherlich nicht allein reisen. Sie brauchte offensichtlich einen Begleiter, einen Kurier, jemanden, der sie übergab. Wer aber waren diese Kuriere?

»Mittelsmänner finden sie für uns«, sagte Guru. »Jemand, der Englisch kann, natürlich. Der sich mit Flughäfen und all dem auskennt.«

»Das ist alles? Jemand kann Englisch und kriegt acht Lakh Rupien für zwei Tage Arbeit?«

Guru schüttelte verächtlich den Kopf. »Ja, eigentlich ist es Diebstahl, ganz simpler Diebstahl. Aber du kaufst ja nicht nur zwei Tage Arbeit oder Englisch, eigentlich kaufst du für die acht Lakh Diskretion. Oder sagen wir mal: ein schlechtes Gedächtnis.«

Purnima tat es Guru nach und schüttelte den Kopf. Doch mit den Gedanken war sie anderswo. Englisch, dachte sie. Englisch.

Noch am selben Abend fuhr sie mit dem Bus nach Governorpeta und hörte sich um. Jugendliche vom College sagten ihr, auf der Eluru Road gebe es eine gute Englischschule, und so nahm sie einen weiteren Bus nach Divine Nagar. Dort belegte sie einen Konversationskurs in Englisch, der in der folgenden Woche beginnen sollte.

Purnima überlegte, welche englischen Wörter sie schon kannte, es waren dieselben, die jeder kannte: *hello*, *good-bye*, *serial* und *cinema*. Sie kannte die Wörter *battery* und *blue* und *paste* und *auto* und *bus* und *train*. Außerdem kannte sie das Wort *radio*. Die würden ihr nicht viel nutzen. Sie kannte *penal code section*, auch aus dem Kino, aus Filmen, die vor Gericht spielten. Das würde ihr sicherlich noch weniger nutzen. Sie kannte *please* und *thank you*. Die beiden schon eher.

Der Kurs fand dreimal die Woche statt, immer von sieben bis neun Uhr abends. In der ersten Stunde nahmen sie die meisten der Wörter durch, die Purnima schon kannte, manche, die sie noch nicht kannte, und lernten einfache Sätze wie »*My name is*« und »*How are you?*« und »*I live in Vijayawada.*« Das war alles gut und schön, doch nach einer Woche hatte Purnima nichts gelernt, was ihr bei Reisen nützlich gewesen wäre, an Flughäfen, oder um auch nur ein oder zwei Tage in einem fremden Land zu überleben.

Als sie die Lehrerin fragte, wann sie Sachen lernen würden wie nach Richtungen zu fragen oder an einem Flughafen Schilder zu lesen oder mit Beamten an einer Passkontrolle zu kommunizieren (davon hatte ihr der Schreiber auch erzählt), sah die Lehrerin (eine junge Frau, die gerade erst geheiratet hatte; Purnima merkte es daran, dass sie jeden Abend frischen, duftenden Jasmin im Haar trug und ständig auf die Uhr sah und, wenn es auf neun Uhr zuging, immer deutlicher zeigte, was nur Erwartung, Freude, Neugierde sein konnte) Purnima neugierig an, wandte den Blick von ihren Narben ab und sagte: »Das hier ist ein Konversationskurs. Du brauchst einen für Geschäftsleute.«

»Geschäftsleute? Warum?«

»Weil die reisen.«

Also wechselte Purnima in den Kurs für Geschäftsleute. In dem Kurs waren fünf Männer und Purnima. Der Lehrer war mittleren Alters, um die vierzig, hatte eine markante Nase und war von aufgekratzter Natur. Er sprang im Unterricht herum wie ein Grashüpfer, erklärte unterschiedliche Worte und ihre Bedeutungen und hielt die Gruppe zum Sprechen an. Am Ende der vierten Woche war Purnima begeistert. Sie konnte folgendes Gespräch führen:

»*What is your name, madam?*«

»Purnima.«

»*What is your business?*«

»*I am accountant.*«

»*I am* an *accountant*«, verbesserte sie der Lehrer.

»*Yes, yes*«, sagte sie. »*I am an accountant.*«

»*How was your flight, madam?*«

»*Very good, sir.*«

»*Did you fly from Delhi or Mumbai?*«

»*I fly from Delhi.*«

»I flew«, sagte er.

»*Yes, yes.* I flew *from Delhi*«, sagte Purnima und lächelte und strahlte, und als die fünf Männer im Kurs entsetzt ihr Gesicht anstarrten, nahm sie es gar nicht wahr.

Der Kurs dauerte vier Monate. Am Ende kannte Purnima die Namen großer Flughäfen (Heathrow, Frankfurt, JFK) und die Wörter *gate, transit, business, pleasure, no, nothing to declare* und noch viele andere Ausdrücke aus dem Geschäftsleben, wie *In for a penny, in for a pound* und *Let's seal the deal* und *Bon voyage* (was noch nicht mal Englisch war!).

Nach dem Unterricht spazierte sie nach Hause oder nahm den Bus und unterhielt sich mit ihrer Umgebung. Sie sagte: »*Bird. Hello. I am learning English.*« Oder: »*Tree. Do you know English?*« Einmal sah sie in einer Gasse in der Nähe ihrer Wohnung eine Katze umherstreifen und sagte: »*Cat. You are looking thin. Drink milk.*« Am letzten Kurstag überreichte der Lehrer Purnima als Klassenbester ein kleines Telugu-Englisch-Wörterbuch. Sie nahm es vor den anderen Schülern entgegen (die sich nie an ihr vernarbtes Gesicht gewöhnt hatten), faltete die Hände und sagte: »*Thank you, sir. With me, I will take America.*«

Als der Kurs vorbei war, gab es nichts weiter zu tun. Purnima überlegte, noch ein Modul zu belegen, einen Fortgeschrittenenkurs für Geschäftsleute, hatte jedoch nicht genügend Geld, und so wartete sie, sparte jeden Monat den Großteil ihres Gehalts und nahm das Telugu-Englisch-Wörterbuch überallhin mit, als wäre es ein Talisman, der sie schneller zu Savita bringen würde. Es bewirkte nichts dergleichen. Tatsächlich musste sie ein halbes Jahr lang warten, bis sie wieder auf eine größere Auszahlung stieß. Dieses Mal waren es fünf Lakh Rupien. Kein Name, keine Notizen.

Sie ergriff die Gelegenheit und fragte Guru: »Wieder ein Kurier?«

Er ächzte. »Die machen mich noch fertig mit ihren Preisen.«

»Wie viel verdienst du denn mit den Mädchen?«

»Das geht dich gar nichts an«, sagte er und sah ihr in die Augen, eine Warnung, ein Verweis. Purnima hatte bemerkt, dass diese Einkünfte getrennt gehalten wurden, nicht in den Büchern auftauchten.

»Ich dachte nur«, sagte sie und ignorierte seinen Blick, »ich könnte ja fahren. Die Mädchen rüberbringen. Dann müsstest du nur noch das Ticket zahlen.«

»Du«, sagte er und lachte, »mit dem Gesicht? Und kein bisschen Englisch?«

»Aber ich kann doch Englisch.«

»Was?«

»Hab ich in der Schule gelernt. Im Diplom-College. Als ich Buchhaltung gelernt habe.«

»Wo kommst du noch mal her?«

»Frag mich doch mal was. Egal was.«

Guru beherrschte nicht genügend Englisch, als dass er mehr hätte fragen können als »*What is your name?*« oder »*What is your caste?*«; doch am nächsten Tag brachte er eine englischsprachige Zeitung mit, die *Times of India*, und sagte: »Lies das.«

Purnima las den Artikel laut vor und erklärte, dass in Jharkhand zwei Stammesangehörige zu Tode geprügelt worden seien, weil sie Christen waren.

Guru sah sie verblüfft an. Anscheinend hatte er bereits einen Bekannten oder jemanden am Kiosk gefragt, worum es in dem Artikel ging. »Diplom-College, sagst du?«

Purnima nickte.

Guru blieb skeptisch, bis Purnima alles nur noch auf Englisch sagte, überzeugend genug für Guru, der kaum ein Wort verstand und schließlich sagte: »Da ist dieses eine Mädchen. Sie muss nach Dubai. Aber du wirst einen Pass brauchen.«

Purnima sagte sofort zu; dass sie bereits einen Pass besaß, verschwieg sie Guru.

Er warnte sie: »Das ist ungewöhnlich«, sagte er. Er korrigierte sich: »Eigentlich«, sagte er, »macht man so was nicht.« Er atmete tief ein. »Wir sollen alles voneinander getrennt halten. Damit niemand irgendwas weiß, bis ganz nach oben. Aber lass es uns dieses eine Mal versuchen, und dann sehen wir weiter.« Er kaute Betelnuss. »Sprich sie nicht an. Antworte ihr nicht. Unterhalt dich nicht mit ihr, klar? Du kennst sie nicht. Und ganz besonders kennst du mich nicht. Wer bin ich?«

»Wer?«

»Genau. Ich bin ein Fremder. Das Mädchen ist eine Fremde.«

»Okay, aber wer ist es?«

»Die Bauerntochter.«

2

Im folgenden Monat machten sie sich auf den Weg. Das Mädchen hieß Kumari und trug einen neuen Sari, einen besonderen, gelb mit einer grünen Borte. Purnima bemerkte, dass Kumari sich am Morgen das Haar gewaschen und geölt hatte, Talkum aufs Gesicht gelegt hatte und noch immer den Nasenring trug, der auf ihrer rostbraunen Haut glitzerte. Sie sah aus wie die Puppen, die Purnima auf ihren Spaziergängen in Schaufenstern sah.

Die beiden sollten Schwestern sein, unterwegs, um Verwandte zu besuchen, obgleich es bei Purnimas vernarbtem Gesicht fast unmöglich war, ihr genaues Alter zu bestimmen.

»Daran hatte ich noch nie gedacht«, rief Guru, begeistert, dass er sich ab jetzt die fünf- oder sechstausend Lakh für den Kurier sparen konnte. »Du bist perfekt. Perfekt! Und so hässlich, dass sie dich vielleicht gar nicht lange genug anschauen können, um all ihre Fragen zu stellen.«

Purnima hoffte es.

Dann sagte Guru: »Wenn du mich erwähnst, auch nur die erste Silbe meines Namens nennst, dann töte ich dich höchstpersönlich.«

Sie nickte.

Guru sparte sogar das Geld für den Zug nach Chennai, da er einfach seinen Fahrer schicken konnte, um Kumari und Purnima am Bahnhof in Vijayawada abzusetzen.

Über den Bahnhof von Vijayawada wusste Purnima natürlich alles, was es zu wissen gab. Bei Higginbotham's kaufte sie dem Mädchen einen Schokoriegel, warf einen verstohlenen Blick in die Nische hinter dem Zeitschriftenständer, dann stiegen sie in den Nachtzug nach Hyderabad. Von dort nahmen sie ein Flugzeug nach Mumbai, keine zwei Stunden Flugzeit.

Doch auch so war es für beide die erste Flugreise, und als es auf halber Strecke zu Turbulenzen kam, blickte Kumari zu Purnima, voller Not, grün wie die grüne Borte ihres Saris, und fragte: »Fallen wir jetzt vom Himmel?«

Purnima erwiderte ihren Blick, dachte an Gurus Anordnung, nicht mit dem Mädchen zu sprechen, und dachte: Was soll's? Und so antwortete sie, auch wenn sie selbst entsetzliche Angst hatte: »Natürlich nicht. Flugzeuge sind wie Vögel. Die fallen nie vom Himmel.«

Ab Mumbai flogen sie zwei weitere Stunden nach Dubai. Nach der Zoll- und Passkontrolle, wo ihre Pässe nur mit einem flüchtigen Blick, kaum einer Frage, gestreift und abgestempelt wurden, wartete im Ankunftsbereich ein Mann auf sie; ein mürrischer Inder. Er sagte, ein Auto warte, und wollte Kumari davonführen. Gerade als das Mädchen losgehen wollte, fiel ihr die Sonne ins Gesicht und ließ den Nasenring aufglitzern.

Und da, als das kleine Schmuckstück strahlte wie die Sonne selbst, drehte Kumari sich zu Purnima um und sagte: »Das passiert Vögeln. Manchmal.«

»Was?«

»Dass sie vom Himmel fallen.«

Purnima sah ihr nach, die Augen warm vor Tränen. So weh kann das also tun, dachte sie.

Sie verbrachte ein paar Tage in Dubai, in einem billigen Hostel, damit sie an der indischen Passkontrolle keine Fragen stellen würden. Was für Fragen, hätte Purnima nicht sagen können, doch Guru hatte ihr Dirham mitgegeben und gesagt: »Geh nicht raus. Und sprich mit niemandem.« Da auch niemand mit ihr sprach, war das einfach, und drei Monate nachdem Purnima nach Vijayawada zurückgekehrt war, brachte sie ein weiteres Mädchen nach Dubai. Wieder zwei Monate später brachte sie ein Mädchen nach Singapur.

Und sie hatte schließlich auch genügend Geld gespart, um sich für den Fortgeschrittenenkurs für Geschäftsleute anzumelden. Es war ein anderer Lehrer, auch mittleren Alters, den Purnima nicht so sehr mochte wie den ersten; was sie jedoch mochte, war, dass dieses Mal noch eine andere Frau im Kurs war, eine schicke Frau, die Röcke und Jeans trug und schon an viele Orte gereist war, beruflich, nach England und Amerika.

»*What kind of business?*«, fragte Purnima.

»*Computers*«, sagte die Frau.

Purnima wusste nicht, was ein Computer war, doch es war ihr zu peinlich, weitere Fragen zu stellen.

Gegen Mitte des Jahres geschah es endlich. Als Guru es ihr sagte, war Purnima sprachlos. Sie blieb einfach sitzen, ohne auch nur zu blinzeln. Sie starrte Guru an, war plötzlich ganz leicht, euphorisch, und dachte an den Abend der Bootsfahrt.

»Hast du gehört? Ich weiß, ist zwar nicht die Schweiz«, sagte er und lachte. »Könnte dir aber gefallen. Allen anderen gefällt's.«

Amerika. Seattle.

Sie brauchten noch ein Mädchen dort. Das Mädchen, das sie beim letzten Mal gekauft hatten, sei die fleißigste Arbeiterin, die sie je gesehen hätten. »Und stell dir mal vor: die Fleißigste von allen, und hat nur eine Hand.«

Purnima nickte und hörte kaum zu. Sie würde nach Amerika fahren. Sie würde nach Seattle fahren.

»Savita«, sagte sie am Abend ins dunkle Zimmer hinein, »Savita, ich komme.«

3

Die Vorbereitungen für diese Reise waren weitaus aufwändiger als für die bisherigen. »Viel strengere Regeln«, sagte Guru. Das Mädchen, das Purnima bringen sollte, Madhavi, hatte eine Hasenscharte. »Wieder mal ein medizinisches Visum«, fügte Guru hinzu. Er lachte und sagte: »Ihr beide solltet eigentlich auf einem Werbeplakat für medizinische Visa sein.«

Doch es dauerte Monate, bis alle Papiere zusammengetragen, beglaubigt und wieder eingereicht waren, und danach mussten sie immer wieder zum amerikanischen Konsulat in Chennai. Selbst so wurde Purnimas Visum anfangs verweigert, und sie musste ein Touristenvisum beantragen, was sich in letzter Minute wieder verzögerte; da hatten sie schon die Flugtickets gekauft, und Guru musste Umbuchungsgebühren und ein Schmiergeld an einen Konsulatsangestellten zahlen und beklagte sich unaufhörlich, doch Purnima wusste, dass sich das Geschäft für ihn trotz all der Ausgaben noch immer lohnte.

Während sie auf ihre Visa warteten, verkaufte Purnima nach und nach ihr Hab und Gut. Sie besaß nicht viel, nur eine Pritsche und den Herd, ein bisschen Geschirr und einen kleinen Koffer, den sie zum Verstauen ihrer Kleidung gekauft hatte. Die Pritsche verkaufte sie für einhundert Rupien und schlief fortan auf dem Teppich. Den Herd behielt sie fürs Erste, versprach ihn jedoch ihrer Vermieterin, sobald sie ausgezogen wäre. Den Koffer aus dünnem zerbeultem Plastik, den sie für sechzig Rupien auf dem Maidan Bazaar gekauft hatte, warf sie weg und kaufte einen neuen. »Fürs Ausland gemacht«, sagte der Verkäufer und klopfte auf den Koffer. Purnima trug ihn nach Hause, legte ihre paar Anziehsachen hinein und hob all ihr Geld von der Bank ab – alles, was sie angespart hatte, seitdem sie den Pass bezahlt hatte –, umgerechnet kaum tausend Dollar, und steckte auch das in ein verstecktes Seitenfach in ihrem Koffer; dann wartete sie.

Am Morgen des Flugs gab es eine letzte Verzögerung: Madhavi. Sie weigerte sich, aus ihrem Zimmer zu kommen. Die Tür ließ sich von innen zwar nicht abschließen, doch Madhavi hatte die Klinke mit einem Besen oder einer Stange blockiert und reagierte auf keine Forderung, herauszukommen oder jemanden hereinzulassen.

Guru wartete, verfluchte Madhavis Mutter, Vater, alle bis zu ihren Ururgroßeltern, und als Purnima vorschlug, selbst mit ihr zu sprechen, sagte er: »Nein. Du redest nicht mit ihr. Du sollst sie nur abliefern.« Als Madhavi fünf Minuten später die Tür immer noch nicht geöffnet hatte, lenkte er ein. »Okay. Red mit ihr. Sag ihr, noch fünf Minuten, dann brechen wir die Tür auf.«

Bislang hatte Madhavi der Madam oder den anderen Mädchen keinerlei Erklärung gegeben; nun lehnte sich Purnima gegen die Tür und sagte: »Madhavi, mach die Tür auf. Jetzt. Willst du denn nicht nach Amerika? Alle wollen doch nach Amerika.«

Leise Schritte, ein Wimmern. Ein dünnes Stimmchen: »Ich ja auch.«

»Und woran liegt's dann? Komm raus.«

»Ich hab Angst.«

Purnima machte einen Schritt zurück. Natürlich hatte das Mädchen Angst. Sie wusste ja überhaupt nicht, was sie in Amerika erwarten würde. »Du brauchst keine Angst zu haben. Ich bin doch bei dir.«

»Davor hab ich ja Angst.«

»Wovor?«

»Vor dir.«

»Vor mir?«

»Dein Gesicht macht mir Angst. Als ich klein war, hatte ich mal einen Traum, und da hab ich genauso ein Gesicht gesehen.«

Purnima musste laut lachen. Sie verstummte, sagte: »Madhavi«, und hielt inne. Etwas Bitteres, Wütendes stieg in ihr empor; dann zischte sie: »Du Idiotin.« Sie hörte, wie sich das Mädchen von der Tür entfernte. »Du Idiotin«, rief sie lauter und hörte das Mädchen wimmern.

Wutentbrannt dachte sie: Was für eine Idiotin du doch bist. Was für Idiotinnen wir doch alle sind. Wir Mädchen. Angst vor den verkehrten Sachen, zur verkehrten Zeit. Angst vor einem verbrannten Gesicht, wenn doch draußen, dort draußen, Feuer auf dich warten, die du dir gar nicht vorstellen kannst. Männer, die ein Zündholz an deine benzingetränkten Kleider halten. Flammen, Flammen rings um dich, die deine eben erst entstandenen Brüste auffressen, deinen eben erst blutenden Körper. Und Flammenmeere, weit wie die Welt. Die darauf warten, dich zu vernichten, dich zu Asche zu machen – und selbst der Wind, sogar der Wind, meine Kleine, schaut dir beim Brennen zu, will es, weht über dich hinweg und durch dich hindurch. Verstreut dich, weil du ein Mädchen bist und weil du Asche bist.

Und vor *mir* hast du Angst?

Sie ging zu Guru und sagte: »Brecht sie auf.« Als er sie verwundert ansah, sagte sie: »Die Tür. Brecht sie auf.«

Sie flogen nachmittags, Mitte September. Ab Chennai über Mumbai über Doha über Frankfurt. In Frankfurt mussten sie fünf Stunden lang in einem vollen Transitbereich warten.

Madhavi war Purnima bislang so weit es ging aus dem Weg gegangen, hatte sich in die äußerste Ecke ihres Fensterplatzes gedrückt und kaum ein Wort gesagt. Während des Flugs hatte sie im Essen nur herumgestochert. Als Purnima ihr gesagt hatte, sie solle etwas essen, hatte sie geantwortet: »Es schmeckt mir nicht.«

In Frankfurt beobachtete Purnima die Menschen beim Kommen und Gehen. Reisende aus allen möglichen Richtungen, die nach Hause eilten oder von zu Hause forteilten. Im Transitbereich gab es keine Fenster, doch Purnima reckte das Gesicht zur Decke und glaubte, die Schweizer Berge riechen zu können, so nah waren sie.

Sie blickte zu Madhavi hinüber; die starrte zum Kaffeestand, neben dem sie saßen, zu einer Vitrine voller Gebäckstücke. Purnima sagte: »Warte hier«, und ging Madhavi ein Gebäckstück kaufen.

Sie sah dem Mädchen beim Essen zu.

Zu beobachten, wie Madhavis Augen glänzten, als sie die Hand nach dem Gebäck ausstreckte, wie sie Stückchen um Stückchen des zuckrigen Teiges abriss, damit es möglichst lange halten würde, die Stückchen mit aufrichtiger und hungriger Entzückung kaute, war so zutiefst befriedigend, als wäre das Mädchen Purnimas eigenes Kind. Fast hätte sie die Hände um Madhavis Kopf gelegt und ihn gegen ihre Brust gedrückt.

Sie landeten frühmorgens am JFK, noch in der Dunkelheit; kurz vor der Landung lehnte Purnima sich über Madhavi, die nun schlief, und sah aus dem Fenster. Draußen lag ein Feld großer Sterne und Purnima dachte, sie müssten kopfüber fliegen; wie sonst konnten sich die Sterne unter ihnen befinden? Dann wurde ihr klar, dass es keine Sterne waren, sondern Lichter, und sie hielt den Atem an, ihr Brustkorb schmerzte bei der Vorstellung, dass ein Land so erleuchtet, so voll und grell sein konnte.

Nach der Landung wurden sie bei der Einreisekontrolle in eine lange Schlange geschoben, und als Purnima den Schalter des Grenzbeamten erreichte, verschwand ihr gesamtes Englisch. Sie stotterte ihre Antworten und verstand den Mann kaum. Sie fragte sich, ob sie überhaupt richtiges Englisch gelernt hatte.

Doch der Mann schien ihre Antworten kaum zu registrieren. Sein Kopf war kahl, und er hatte die breitesten Schultern, die Purnima je gesehen hatte, sein Gesicht war hart und seine Haut so weiß, dass Purnima etwas wie kleine rosa Nadelstiche auf seiner Nase sehen konnte, und blaue und violette Kapillaren in seinen Wangen. Er hatte einen zarten rosa Babymund, und Purnima dachte, er könnte sanft klingen, doch seine Stimme war barsch und tief, und er fragte: »*How long are you staying?*«

»*Three weeks*«, sagte Purnima.

»*Where you headed?*«

Headed? »*Pardon me, please?*«

»*Where are you traveling?*«

»*Seattle, sir.*«

Er betrachtete ihr Gesicht; Purnima traute sich nicht wegzusehen und war sich ihrer Narben plötzlich auf eine Art und Weise bewusst, die sie aus Indien nicht kannte. Der Mann stempelte ihre Pässe ab und winkte sie durch.

Der Mann an der Zollkontrolle war das Gegenteil des Mannes an der Passkontrolle. Er war so schwarz, dass er glänzte. Purnima sah, wie sich die Neonlichter in seinem Gesicht spiegelten. Doch er mied ihren Blick und fragte nur: »*Anything to declare?*«

Das verstand Purnima. Triumphierend sagte sie: »*No, nothing to declare.*«

Sie stiegen in eine kleine Bahn zum nächsten Terminal. Dort drängten sich Leute an ihnen vorbei, schubsend, hetzend, und Purnima ging langsamer, um die Flugsteignummern zu lesen. Die Menschenmenge und die Neuheit und das Ausmaß von Glas und Licht und Geräuschen waren überwältigend, doch als sie sich gerade ihrem Flugsteig näherten, blieb Purnima plötzlich stehen. Madhavi stieß mit ihr zusammen, und ein Mann in einem Anzug warf ihnen einen bösen Blick zu.

»Was ist denn?«, fragte Madhavi.

Purnima hörte sie nicht. Sie betrachtete eine Glasvitrine. Sie war ganz eingenommen von der Obstschale darauf. Darin lag eine Banane.

Purnima starrte. Sie konnte kaum glauben, wie schön die Frucht war. Perfektes Sonnengelb. Die größte Banane, die sie je gesehen hatte, makellos.

Purnima sprach in Gedanken zu ihr.

»Sieh nur, wo ich bin«, sagte sie zu der Frucht. »Sieh nur, wie weit ich gekommen bin. Einst waren wir in Indravalli. Erinnerst du dich noch? Wir waren so klein, du und ich. Und die Worte einer Krähe waren uns Mutter und Vater. Sieh nur, wo ich jetzt bin. Für dich. Für dich bin ich so weit gereist. Ich habe die Hoffnung nicht verloren. Dieses Mädchen hier bringe ich von einer Schlachtbank zur nächsten – wegen dieser Hoffnung. Weil sie mich grausam gemacht hat. Aber verloren habe ich sie nicht. Erinnerst du dich noch? Wir waren Kinder, du und ich. Und sieh dich nur jetzt an, fest und stark.«

Purnima hätte tagelang so stehen können, doch Madhavi tippte sie an, und zwei Stunden später saßen sie im letzten Flugzeug ihrer Reise, nach Seattle.

Nachmittags landeten sie in Seattle. Als sie das Flughafengebäude verließen, holte Purnima tief Luft, wie zum ersten Mal seit Tagen. In New York hatten sie das Flughafengebäude zwar nicht verlassen, trotzdem glaubte sie, dass die Luft hier noch einmal kühler und klarer war. Ein Auto wartete auf sie. Schwarz und glänzend.

Der Mann, der ausstieg, musterte sie beide nur flüchtig und verstaute ihr Gepäck im Kofferraum. Er sah gut aus, dachte Purnima, und wenngleich er offensichtlich Inder war, wirkte er auf Purnima anders als alle Männer, die sie kannte. Zu muskulös, dachte sie, und zu traurig. Im Vergleich zu seiner Statur, seiner Kraft, mussten Madhavi mit ihrer Hasenscharte und sie selbst mit ihrem verbrannten Gesicht wohl aussehen wie aus dem Zirkus entlaufen. Und er wie ihr Aufpasser.

Sie bogen auf eine breite Straße ab, die Purnima an die Flughafenstraße in Singapur erinnerte, und mit einer Art Aufwachen, mit einem Gefühl der Freiheit wurde ihr klar, dass dies die letzte Straße sein würde, die Straße, die sie zu Savita führen würde.

4

»Wie heißt du?«, fragte der Mann auf Telugu inmitten der Stille. Nein, es herrschte gar keine Stille. Purnima merkte gerade, dass aus dem Autoradio Musik kam, doch ohne Text. Es hätte ein Summen sein können, vom Wind getragen.

»Purnima«, sagte sie. »Und sie heißt Madhavi.«

Er nickte, zumindest kam es Purnima so vor, vielleicht ließ er auch nur einfach den Kopf hängen, auf diese furchtbar traurige Art und Weise, die er in den Augen, um den Hals trug.

»Und wie heißt du?«

Er streckte die Hand nach dem Radio aus, und als er die Musik lauter stellte, sah Purnima in seiner Hand solche Kraft, solche Gänze, dass sie fast danach gegriffen hätte. Seine Hand in ihrer gehalten hätte. Anscheinend bemerkte er es, denn er sah zu ihr herüber, und in seinem Gesicht stand eine Feinheit, etwas Gebrochenes wie von großen Ruinen, und er sagte: »Ich heiße Mohan.«

Unverzüglich fielen Purnima zwei Sachen an Mohan auf. Erstens war er Alkoholiker. Die Anzeichen waren alle da: rot geränderte Augen, eine kaum unterdrückte Qual, gleich unter der Haut, Hände, die entweder flatterten oder schlaff und unnütz herunterhingen, nicht wussten, was tun, solange sie keine Flasche hielten, graue Haut, grauer Blick, graues Warten – auf den nächsten Schluck, auf das nächste Klirren von Flasche gegen Glas, auf den nächsten Himmelsflug. Zweitens merkte Purnima, dass Mohans Herz gebrochen war.

Und sie begriff, dass diese beiden Punkte ihre stärksten Mittel waren.

Außerdem wurde ihr klar, dass sie sich in diesem neuen Land jemandem würde anvertrauen müssen, und Guru hatte nur drei Menschen erwähnt, und selbst die nur vage. Der erste war Gopalraju, der Patriarch; Purnima bezweifelte, dass der Mann, der diesem riesigen Netzwerk von Wohnungen und Geld und Mädchen vorstand, sie in irgendeiner Weise zu Savita führen würde. Wohl eher würde er das genaue Gegenteil tun. Außerdem hatte sie von zwei Brüdern gehört. Wer war der andere? Wie hieß er? Würde er hilfreich sein? Sie konnte es unmöglich wissen. Und so entschied sie sich für Mohan.

Auf der Fahrt vom Flughafen hatten sie nicht weiter miteinander gesprochen; er hatte sie zu einem Motel gefahren, ihr den Koffer zur Beifahrerseite getragen und gesagt: »Hier bleibst du bis zu deinem Rückflug.«

Purnima blieb im Auto sitzen. »Was für eine seltsame Stadt«, sagte sie und spähte durch die Windschutzscheibe. »Vorhin aus dem Flugzeug haben die Inseln wie schwimmende Bananenblätter ausgesehen, die darauf warten, mit Reis befüllt zu werden.«

Er sah sie ungeduldig an. »Kommst du?«

Sie blickte zu ihm auf und schüttelte den Kopf.

»Du fliegst doch nicht schon heute zurück, oder?«

»Nein, mein Flug geht in drei Wochen.«

»In drei *Wochen*.« Er fuhr sich mit der Hand durchs Haar. »Normalerweise fahren die Kuriere nach ein paar Tagen wieder.«

Sie blickte auf seine Hände, die Sorge, die er in ihnen hielt, sicher und fest wie ein Glas, eine Geliebte. »Die stellen gerade mehr Fragen als sonst. An der Grenzkontrolle«, sagte sie.

»In Indien?«

»Auf beiden Seiten«, log sie. »Aber ich habe eintausend Dollar. Reicht das für hier?«

Er seufzte tief, ging wieder zum Kofferraum, warf ihren Koffer hinein und ließ sich auf den Fahrersitz fallen. Im Rückspiegel blickte er zu Madhavi – seit sie ins Auto gestiegen waren, hatte Purnima sie kaum atmen gehört –, dann zu Purnima. Sie konnte seinen Gesichtsausdruck nicht recht entziffern. Eine Mischung vielleicht aus Neugier, aber auch etwas unbestimmt Beschützendes, womöglich wegen ihrer Narben auf Gesicht und Hals. Sie wandte das Gesicht kaum merklich nach links, damit er das Zentrum ihrer Verbrennungen sah. Mohan betrachtete ihr Gesicht noch eine Weile, wirkte jedoch überhaupt nicht mitleidig, was sie mittlerweile erwartet hätte. Genauso wenig wirkte er angeekelt, woran sie sich auch gewöhnt hatte.

»Ich beobachte dich weiterhin. Die gesamten drei Wochen. Glaub nicht, dass ich dich aus den Augen lasse«, sagte er und fuhr zu einer kleinen Einzimmerwohnung in einen anderen Stadtteil, der mehr nach einem Wohnviertel aussah und wo zwischen einigen Gebäuden dunkelblaues Wasser glitzerte.

Sie nahmen den Aufzug zu einem Apartment, das hell war, obwohl sich im Westen, wohin die Fenster zeigten, Wolken zusammenzogen; es gab Holzdielen und makellose weiße Schränke.

Purnima sah sich im Zimmer um, sagte: »Hier können wir bleiben«, und wusste, dass Madhavi auf keinen Fall bei ihr bleiben würde.

»Das Mädchen nehme ich mit.«

»Wo kommt sie denn unter?«

»Du bist zum ersten Mal Kurier, oder?«

Purnima wollte lächeln, wusste aber, dass sich ihr Gesicht dadurch zu einer Fratze verzerrte, und so nickte sie nur.

»Du brauchst Lebensmittel«, sagte er und sah sich in der leeren Wohnung um. »Ich besorg dir eine Decke und ein bisschen Geschirr.«

»Mir reichen Reis und Pickle.«

»Zwei Häuserblocks weiter ist ein kleines Geschäft. Geh nicht weiter als bis dort. Die werden Reis haben. Aber kein Pickle. Dafür müsstest du zu einem indischen Geschäft.«

Er schien kurz darüber nachzudenken, und Purnima wollte ihn fragen, wo der indische Laden war, doch sie wusste, dass er es ihr nicht sagen würde; ihr verbranntes Gesicht war viel zu auffällig für ein kleines Geschäft, in dem sich wahrscheinlich die indische Gemeinschaft traf und tratschen würde. »Wer ist das gewesen?«, würden sie fragen und nach Antworten suchen.

»Sprichst du Englisch?«, fragte er sie nach einer Weile.

»*Yes*«, sagte sie stolz und hob den Kopf. »*I know English.*«

Er wirkte unbeeindruckt und antwortete auf Englisch: »Heute Abend bring ich dir die Sachen.«

Purnima war überrascht, dass kein Schnee lag. Es war Mitte September, und sie war in Seattle, und es lag kein Schnee. Sie hatte über die Jahre endlose Geschichten gehört, wie kalt es in Amerika sei und wie der Schnee einem bis zur Taille reichte, und wie die Autos einfach trotzdem weiterfuhren und auf Schnee und Eis hin- und herrutschten. Sie musste zugeben, sie war ein klein wenig enttäuscht. Nicht nur lag kein Schnee, es war auch noch heiß. Sicherlich nicht so heiß wie in Indravalli oder Vijayawada, bestimmt aber über dreißig Grad, dachte sie und öffnete die beiden Fenster ihrer Einzimmerwohnung, fächelte sich Luft zu und zog die dicken braunen Herrensocken aus, die sie sich in Vijayawada speziell für die Reise gekauft hatte, in Erwartung eines kalten Landes.

Als sie schließlich vom Eckladen zurückkehrte – mit einer kleinen Packung Reis und ein bisschen Gemüse und Salz und Chilis und einem Becher Joghurt und ein paar Stücken Obst, außerdem einem Stück Seife und einer kleinen Flasche Shampoo –, wunderte sie sich zudem, wie leer dieses Land war.

Als Purnima die zwei Häuserblocks zum Geschäft gegangen war, hatte sie ein paar Autos vorbeifahren sehen, ein Flugzeug war über sie hinweggeflogen, und in der Ferne hatte sie eine Hupe gehört, doch kein einziger Mensch war auf der Straße gewesen. Kein einziger. Wo waren sie alle? Wohnte hier überhaupt jemand? Fuhren alle zur Arbeit oder zur Schule oder zum Einkaufen in eine andere Stadt? Und wo waren die Kinder? Sie war an einem kleinen Park vorbeigegangen, doch auch der war leer gewesen. Das alles machte ihr ein wenig Angst, die Stille, die Leere, die Einsamkeit auf den Straßen und auf den Bürgersteigen und die Häuser, wie sie so verlassen dastanden, für Menschen gebaut, die sich nie dort aufhielten oder nie dort blieben.

Erst am Abend, als Purnima auf Mohan wartete, leuchteten in den Nachbarhäusern einige Lichter auf, und ab und zu ging jemand an einem Fenster vorbei; bei dem Anblick hätte Purnima fast aufgejauchzt.

Den gesamten ersten Nachmittag über musste sie sich zusammenreißen. Sie ballte die Fäuste und beherrschte sich, nicht zur Tür hinaus und die Straßen auf und ab zu rennen und nach Savita zu suchen. Ihren Namen zu schreien. Was würde das bringen? Nichts. Sie musste systematisch vorgehen, und dazu brauchte sie Mohan.

Abends brachte er ihr einen Schlafsack (er musste Purnima zeigen, wie man ihn benutzte), ein Kopfkissen und eine Tüte mit Topf, Pfanne, ein paar Kochutensilien und Plastikgeschirr.

Purnima betrachtete alles, stapelte die Sachen auf die Küchenanrichte und fragte: »Wie geht es dem Mädchen? Madhavi?«

Er sah sie streng an. »Warum?«

»Ich bin doch mit ihr um die halbe Welt gereist.«

»Du hast ab jetzt nichts mehr mit ihr zu tun«, sagte er. »Vergiss sie einfach.« Er drehte sich um und ging zur Wohnungstür.

Als er die Tür erreichte, zwang Purnima sich, ihre Stimme erst stocken, dann brechen zu lassen: »Sie werden geliebt, weißt du? Das glaubst du vielleicht nicht, weil diese Mädchen arm sind oder weil sie verkauft wurden oder weil sie eine Hasenscharte haben, aber irgendjemand liebt sie. Irgendjemand vermisst sie. Verstehst du das? Sie werden geliebt. So eine Liebe kannst du dir gar nicht vorstellen.«

Mohan starrte Purnima auf eine Weise an, die ihr nach Mordlust aussah, und sie wurde blass und verstummte, doch sein Blick verebbte und er sagte nur angespannt: »Es geht ihr gut.«

»Dann zeig mir, wo sie wohnt. Was macht das denn schon? Bring mich doch jetzt zu ihr, im Dunkeln. Sie kann ja nicht weit weg sein, oder? Ich will sie einfach nur sehen.«

Purnima hielt die Luft an. Sie dachte, dass er gleich wieder ablehnen würde, aber er sah sie lange an. »Dieses eine Mal. Nur dieses eine Mal. Danach hältst du die Klappe deswegen.«

Purnima hätte es nicht für möglich gehalten, doch die Straßen waren jetzt noch verlassener als tagsüber. Sie ließ das Fenster herunter, um die Straßenschilder besser lesen zu können, doch im Dunkeln konnte sie kein einziges erkennen oder Mohan fuhr so schnell an ihnen vorbei, dass ihr keine Zeit zum Lesen blieb. Die Schilder, die sie mit ihren begrenzten Englischkenntnissen flüchtig zu sehen bekam, wirkten auf sie wie Buchstabensalat. Also konzentrierte sie sich stattdessen darauf, wo sie abbogen, wie viele Straßen zwischen jeder Abzweigung lagen, auf den Straßenverlauf und auf das Aussehen der Häuser und die Höhe der Bäume. Selbst Blumentöpfe auf Veranden prägte sie sich ein.

Nach etwa zehn Minuten kamen sie schließlich zu einer schmalen, langen Straße voller billig wirkender Häuserblocks. Mohan fuhr die Straße etwa bis zur Hälfte hinunter, elf Häuser, deutete auf der linken Straßenseite auf ein Fenster im ersten Stock und sagte: »Da. Siehst du? Wo das Licht an ist. Es geht ihr gut.«

In den wenigen Sekunden, bevor er wieder anfuhr, versuchte Purnima, sich alle Details des dunklen Gebäudes einzuprägen: die zerfledderte braune Markise über der Haustür, die beleuchteten Fenster, sechs in einer Reihe, die schäbigen Vorhänge, an der Hausecke ein Baum mit breiten dunkelgrünen Blättern, ein Zweig zu dem Fenster geneigt, auf das Mohan gezeigt hatte, womöglich Savitas Fenster, der Zweig verrenkt, als wollte er in das Zimmer greifen. Würde das tagsüber genauso aussehen oder war es eine optische Täuschung? Sie brauchte mehr. Sie suchte nach einem Stern, irgendeinem Stern, doch der Himmel war jetzt völlig mit Wolken verschmiert. Am Ende der Straße warteten sie an einer Ampel.

»Sind die Sterne hier dieselben wie in Indien?«

»Mehr oder weniger«, sagte er.

»Der Polarstern«, sagte sie beiläufig, als wäre sie nur neugierig und wollte Konversation betreiben, »ist also hinter uns?«

»Nein, er ist da vorne«, sagte er und zeigte in den Himmel.

Oh, sagte sie möglichst teilnahmslos und lächelte im Dunkeln.

In der Nacht versuchte Purnima zu schlafen. Sie sagte sich: »Du kannst nicht im Dunkeln raus, in einer fremden Stadt, in einem Land, das du überhaupt nicht kennst, wo du vor gerade mal zehn Stunden angekommen bist, und nach einem bestimmten Gebäude und in diesem Gebäude nach einer bestimmten Person suchen.« Also versuchte sie zu schlafen. Aber sie konnte nicht einschlafen. Sie hatte Jetlag, der Zeitunterschied zwischen Indien und Seattle betrug zwölfeinhalb Stunden, und so war im Grunde die Nacht Tag und der Tag Nacht, wobei Purnima nichts von alledem wusste. Sie wälzte sich nur in ihrem Schlafsack umher und rutschte auf dem glatten Holzfußboden ein Stück zur Seite. Gegen drei oder vier Uhr morgens döste sie schließlich ein, wachte jedoch schlagartig wieder auf. Ihr war plötzlich kalt.

Was, wenn Savita bereits an einen anderen Ring verkauft worden war? In eine andere Stadt? Was, wenn die Spur erkaltet war? Was, wenn dies nun das Ende war und sie ihre Fährte für immer verloren hatte?

Sie atmete heftig; sie stand auf und trank ein Glas Wasser. Sie ging ans Fenster. Es regnete; Wasser strömte langsam die Scheiben hinab. Da, als sie ins Dunkel blickte, in den Regen, erinnerte sie sich an etwas, das vor langer Zeit geschehen war, ein paar Monate nachdem sie Savita kennengelernt hatte.

Es war während des Monsuns gewesen. Savita und sie waren zum Markt gegangen. Es war ein Sonntag gewesen, und die meisten Läden hatten geschlossen, doch der Tabakladen hatte geöffnet. Purnimas Vater hatte am Abend zuvor seine letzten Tabakblätter gedreht, und so hatte er, bevor er sich zum Mittagsschlaf hinlegte, Purnima beauftragt, ihm auf dem Markt für zwei Rupien Tabak zu kaufen. Als Purnima sich gerade zum Gehen bereit machte, war Savita vorbeigekommen; natürlich waren sie beide barfuß losgegangen – Savita hatte gar keine Schuhe, und Purnimas dünne Sandalen (ein Erbstück ihrer Mutter) wären bei Regen nutzlos gewesen, im Schlamm stecken geblieben oder gleich gerissen. Sie hatten sich Zeit gelassen auf dem Markt – der Himmel war bedeckt gewesen, doch es hatte nicht geregnet. Noch nicht.

Purnima erinnerte sich, wie sie in die Schaufenster des Ladens mit den Armreifen gespäht hatten, auf die vielen Reihen bunter Plastikarmreifen, eine Farbe passend zu jeder Sari-Schattierung.

»Stell dir mal vor«, hatte Purnima aufgeregt gesagt, »du hättest welche passend zu *jedem* Sari.«

Savita hatte nur gelacht und sie am Paan-Laden und am Lebensmittelgeschäft und an der Getreidemühle vorbeigeführt, alle geschlossen.

Sie waren in den Abschnitt mit Obst und Gemüse gegangen, und die Verkäufer hatten sie schläfrig angeblickt. Die Verkaufsleute saßen auf der Erde und hielten Stücke dreckiger Plastikfolie bereit, um, sobald der Regen käme, ihre eigenen Köpfe und die Paprikas und Kürbisse und den Koriander abzudecken. Sie wussten, dass Purnima und Savita kein Geld hatten; Verkäufer wussten das immer. An einer Kreuzung – sie waren hinter einem Ochsenkarren gegangen, der unverkauftes Obst und Gemüse zurück zum Hof fuhr – war eine winzige runde Aubergine vom Karren gefallen. Savita hatte vor Freude gequietscht und die Aubergine aufgehoben. »Puri, schau mal! Was für ein Glück.«

Ja, hatte Purnima gedacht, was für ein Glück.

Sie waren schon fast wieder zu Hause, als der Regen kam. Purnima hatte losrennen wollen, Savita aber hatte auf einen Sandelholzbaum in der Nähe gezeigt und gesagt: »Nein, lass uns unterstellen.«

Und so hatten sie sich unter den Baum gedrängt und von dort den Platzregen betrachtet. Purnima hatte gewusst, dass es nur ein kurzer Guss war, doch so, wie sie einst gehofft hatte, eine Handvoll Obst und Cashewnüsse würde ihre Mutter vor dem Krebs, vor dem Tod retten, hoffte sie nun, der Regen würde die restlichen Tage ihres Lebens andauern. Warum? Sie konnte es nicht sagen. Es ergab keinen Sinn. Aber es war die Wahrheit; selbst, als sie beide vor Kälte gezittert hatten. Selbst, als ihre Haare und Kleider vor lauter Regen zu tropfen anfingen. Selbst, als ihr bewusst wurde, dass ihr Vater wartete und wütend sein würde, wenn er den feuchten Tabak zu Gesicht bekäme.

Da war ein Windstoß in den Sandelholzbaum gefahren, und das Blattwerk hatte gezittert, und dicke kalte Regentropfen waren ihnen in den Nacken gefallen und den Rücken hinuntergelaufen. Hatten ihre Kopfhaut gekitzelt. Sie hatten gelacht und gelacht und gelacht.

Der Regen war heftiger geworden. Hatte nicht mehr aufgehört. Savita hatte den Arm um Purnima gelegt und sie tiefer unter den Baum gezogen. Um sie vor dem Regen zu schützen. Purnima hatte gezittert und gespürt, dass es die Wahrheit war: Sie fühlte sich tatsächlich beschützt, sie fühlte sich sicher.

Doch nun, da sie in Seattle am Fenster einer leeren Wohnung stand und ein leeres Glas hielt, musste Purnima lachen, halb höhnisch, ihr Mund zitterte, ihre Augen füllten sich mit Tränen, und sie dachte: Wie idiotisch. Wie idiotisch wir waren, wie idiotisch *du* warst, zu glauben, du könntest mich vor dem Regen schützen. Gegen etwas wie Regen. Als ob Regen ein Messer wäre, ein Kampf. Und du mein Schild. Wie idiotisch du warst, wie dumm du bist, dachte Purnima, und weinte fast vor Zorn. Wütend auf Savitas Unwissen, auf ihre ungeheure Unschuld. An einem Ort wie diesem zu landen, weitergereicht wie ein Beedie von Männerhand zu Männerhand.

»Verstehst du denn nicht? Wir waren nie in Sicherheit. Nicht vor dem Regen, vor gar nichts. Und du«, schimpfte sie, »alles was dir einfiel, war, unter diesen gleichgültigen Baum zu schlüpfen. Als ob wir uns gegen den Regen, gegen meinen Vater, gegen alles, was noch kommen sollte, einfach enger zusammenstellen müssten. Zusammenstehen. Als ob gegen den Regen, gegen das Schicksal, gegen den Krieg zwei Körper – die Körper zweier Mädchen – mehr ausrichten könnten als einer. Du Idiotin!«, schrie sie in die Dunkelheit und rannte aus der Wohnung in die Nacht hinaus.

5

Bis sie das Haus gefunden hatte, das Mohan ihr gezeigt hatte, brauchte Purnima fünf Stunden. Sie war völlig durchnässt. Sie hatte die Wohnung kurz vor einem diesigen Sonnenaufgang verlassen, und nun war es kurz vor elf. Der Regen hatte aufgehört, doch ihre Haut und Kleidung blieben feucht, kalt; sie setzte sich auf die Treppe vor dem Hauseingang und wartete. Natürlich würde Mohan vorbeikommen und nach ihr sehen; ihre einzige Strategie war, unschuldig dreinzuschauen.

»Oh«, würde sie schüchtern sagen, »ich wusste nicht, dass ich in der Wohnung bleiben muss. Ich bin ja zum ersten Mal Kurier.«

In der ersten Stunde verließen nur zwei Menschen das Gebäude, keiner von beiden war Inder.

Als sich hinter dem Ersten gerade die Tür wieder hatte schließen wollen, war Purnima hineingeschlüpft und hatte überlegt, an allen Wohnungen zu klopfen; aber als sie leise die erste Treppe hinaufgegangen war, hatte sie in ein tristes Zimmer geblickt, in dem ein alter Inder zur halb geöffneten Tür hin saß. Er wirkte ganz vertieft in eine Fernsehsendung, doch Purnima hatte sich davon nicht täuschen lassen – er überwachte das Treppenhaus. Sie hatte ihren Plan aufgegeben und war wieder nach draußen gegangen.

In der zweiten Stunde hielt ein kleiner Lastwagen vor dem Gebäude, und ein Mann trug ein Paket zur Tür. Er drückte einen der Knöpfe, sprach »Paket« in die Wand, und die Tür summte. Er ging hinein.

Purnima versuchte dasselbe. Den Knopf mit der 1B ließ sie aus, da die Zahl auf der Wohnungstür des alten Inders gestanden hatte, drückte aber alle anderen Knöpfe. Bei den meisten antwortete niemand, oder es war keiner da.

Eine Antwort kam jedoch, und Purnima fragte in gebrochenem Englisch: »*Are you Indian, please?*«

Am anderen Ende herrschte einen Moment lang Stille, dann sagte eine Frauenstimme: »Was soll das? Ich habe gerade erst ein Päckchen gekriegt.«

Purnima setzte sich wieder auf die Eingangstreppe.

Sie wartete bis fünf Uhr nachmittags und machte sich dann auf den Nachhauseweg, für den sie über eine Stunde brauchte, weil sie sich zweimal verlief. Als sie in der Wohnung ankam, duschte sie und kochte Reis, und als es an der Tür klopfte, wusste sie, dass es Mohan war, der zur Kontrolle vorbeikam. Er blieb keine fünf Minuten; er überflog das Zimmer mit den Augen, ihr Gesicht, dann ging er wieder.

Am nächsten Tag war sie schlauer: Sie nahm etwas Reis zum Mittagessen mit und erreichte das Haus um sieben Uhr morgens. Das tat sie drei Tage lang, bis ihr am vierten schließlich klar wurde, dass sie zu den falschen Zeiten dort gewesen sein musste, und so kam sie am vierten Tag erst am Nachmittag und blieb bis spät in die Nacht. Sie wusste, dass sie Mohan dieses Mal auf jeden Fall verpassen würde, und es vielleicht nicht reichen würde, Unwissenheit vorzugeben; um ihre Abwesenheit zu erklären, wollte sie auf dem Nachhauseweg irgendetwas dringend Notwendiges kaufen. Sie hoffte, das würde reichen.

Ein Wagen hielt vor dem Haus. Purnima versteckte sich im Schatten, entfernte sich von den Straßenlaternen und den erleuchteten Fenstern und wartete. Sie konnte den Fahrer nicht sehen, doch jemand stieg aus, und als die Person auf das Gebäude zukam, erkannte sie Madhavi. Madhavi ging langsam die Einfahrt hinauf, irgendwie gebückter als Purnima sie zuletzt gesehen hatte.

Purnima wartete, bis das Auto wieder losgefahren war, und als sie aus dem Schatten trat, Sorge und Freude vorgebend, sah sie, dass Madhavis Gesicht grauer geworden war, unter der trüben Glühbirne an der Haustür müder wirkte, vielleicht von einem langen Putztag.

Als Madhavi Purnima erblickte, riss sie die Augen auf. »*Akka!* Was machst du denn hier!«

Große Schwester. So hatte Madhavi sie noch nie genannt. »Wie geht es dir? Behandeln sie dich gut? Bekommst du genug zu essen?«

Madhavi zuckte mit den Schultern. »Warum bist du hier?«

»Komm«, sagte Purnima und hoffte, dass es einen Hintereingang gab. »Lass uns drinnen reden. Einen Tee trinken.«

Madhavis Gesicht verdunkelte sich. Panik kroch in ihre Stimme. »Nein, das geht nicht. Da darf niemand mit rein. Die haben uns gewarnt.«

Purnima setzte einen gütigen Blick auf. Fast hätte sie gelächelt. »Aber ich bin's doch. Mohan hat mir gezeigt, wo du wohnst, damit ich dich mal besuchen kann.«

»Echt?«

»Hat er dir das nicht gesagt? Wie auch immer, wie geht es dir so? Wohnst du mit anderen Mädchen zusammen? Sind sie nett?«

Madhavi zuckte wieder mit den Schultern. »Die sind okay.«

»Sprechen sie Telugu? Und wie heißen sie?«

Madhavi blickte sich um. »Darf ich nicht sagen.«

»Du tust gerade so, als wäre ich eine Fremde«, sagte Purnima fröhlich. Ein Auto fuhr vorbei, und sie blickten den roten Rücklichtern nach. Purnimas Sichtfeld brannte in diesem Rot; sie spürte, wie Madhavi neben ihr zitterte. »Heißt eine von ihnen Savita?«

»Nein.«

Purnima musterte Madhavis Gesicht. »Bist du dir sicher?«

»Akka, mir ist kalt. Mir ist so kalt. Ich will reingehen.«

Purnima packte sie am Arm. »Ich bin keine Fremde; das weißt du, oder? Ich bin hier vielleicht die einzige, die keine Fremde für dich ist.«

Madhavi nickte und schlüpfte ins Haus.

Als sie zurück in die Wohnung kam, nachdem sie noch am Laden an der Ecke gehalten hatte, wartete Mohan bereits auf sie. Er kochte Kaffee.

»Wo warst du?«

»Kaffee? So spät noch?«

»Wo warst du?«

»Wie lange bist du schon hier?«, fragte sie.

»Wo? Um diese Uhrzeit?«

»Ich hab die hier gebraucht.« Sie hielt ein Päckchen Damenbinden hoch.

»Man braucht keine Stunde für zwei Häuserblocks.«

»Ich hab am Spielplatz Pause gemacht. Krämpfe.« Sie grinste betreten und neigte das Gesicht gerade genug, um ihre Verbrennungen hervorzuheben.

»Keine Ausflüge mehr«, sagte er und goss den Kaffee in einen seltsamen Metallbehälter mit Deckel. »Ab jetzt gehe ich einkaufen, wenn du was brauchst.« Er fragte Purnima nach den Schlüsseln – für Haustür und Wohnungstür – und steckte sie ein. Er deutete zum Herd. »Ist noch was übrig. Wenn du möchtest.«

Es war noch genug Kaffee für fast eine ganze Tasse übrig.

Als Mohan gegangen war, sah Purnima, dass er seinen Mantel vergessen hatte. Sie hob ihn auf, und ein kleines Buch fiel heraus. Sie durchsuchte die anderen Taschen, fand aber nur Wechselgeld und ein paar Quittungen. Sie blickte wieder auf das Büchlein. Es sah seltsam aus, anders als alle Bücher, die sie kannte. Nach ihren großformatigen Haushaltsbüchern wirkte dieses hier winzig, kaum größer als ihre Hand. Als sie es aufschlug, sah sie, dass keine einzige Zeile bis zum Seitenrand reichte; alle endeten vorzeitig und waren unterschiedlich lang. Wie seltsam, dachte sie. War das eine *Gita*? Nein; das Büchlein hatte einen Autorennamen und einen Titel auf Englisch. Es war zerfleddert, sichtbar häufig durchblättert, doch eine Seite war ganz besonders zerknittert und zerlesen.

Purnima blätterte zu der Seite und fing an zu lesen.

Am nächsten Morgen, nachdem sie – selbst nach dem Kaffee – lange geschlafen hatte, überdachte Purnima ihre Optionen. Sie hatte in ihrer Zeit in Seattle noch nicht viel herausgefunden, doch eines hatte sie herausgefunden: Savita war nicht in derselben Wohnung wie Madhavi. Zweifelsohne hatte Madhavi Angst gehabt, aber gelogen hatte sie nicht. Wo also war Savita? Purnima dachte über diese Frage nach; seit Jahren hatte sie über diese Frage nachgedacht.

Auch über Mohan hatte sie etwas erfahren: Sie hatte ihn zwar dazu gebracht ihr zu zeigen, wo Madhavi wohnte, doch so, wie sie wusste, dass Savita hier in dieser Stadt war, wusste sie, dass sie Mohan – egal, wie viele Lügen sie erzählte, egal, wie mitleiderregend sie aussah – nie dazu bringen würde, ihr zu zeigen, wo die anderen Mädchen wohnten.

Und noch etwas hatte sie über Mohan herausgefunden: Sie hatte herausgefunden, dass er Poesie mochte.

Sie las das Gedicht auf der Seite mit den Eselsohren ein paarmal – es hieß »Das Liebeslied des J. Alfred Prufrock« – und fand es unausstehlich. Oder zumindest konnte sie nicht ausstehen, was sie davon verstand. Die ersten paar Zeilen waren anscheinend nicht mal auf Englisch, obwohl die Buchstaben dieselben waren. Und auch wenn Purnima nicht wusste, wer Michelangelo oder Lazarus oder Hamlet waren, erschien ihr der Verfasser des Gedichts – wahrscheinlich der Mann mit dem unaussprechlichen Namen vom Einband – schwach. Völlig kraftlos. Warum hatte er das Gedicht geschrieben? Warum hatte er sich die Mühe gemacht? Warum hatte er nicht einfach direkt seine Frage gestellt, worin auch immer die bestehen mochte? Dann müsste am Ende niemand ertrinken. Trotzdem las sie das Gedicht mit großem Interesse und fragte sich, was Mohan daran fand.

Als er abends zu seinem Kontrollbesuch vorbeikam, hielt sie ihm Buch und Mantel entgegen. »Die hast du gestern Abend liegen lassen.«

Zerstreut nahm er die beiden Gegenstände entgegen und stopfte das Buch wieder in eine Manteltasche.

Purnima wartete, bis er schon nach der Klinke der Wohnungstür griff, dann fragte sie: »Es geht um Bedauern, oder?«

»Was?«

»Dieses ›Liebeslied‹-Gedicht. Das dir so gut gefällt.«

Er drehte sich wieder halb um; sein Griff um die Türklinke lockerte sich. »Du hast es gelesen?«

»Warum denn nicht? Ich mag Poesie.«

»Wirklich?«

»Ich fange gerade damit an.«

Nun drehte Mohan sich vollständig zu ihr um; er machte einen Schritt auf sie zu. »Ein Stück weit.« Er zögerte und sagte: »Aber es geht auch um Mut. Es geht um den Kampf, Mut zu finden.«

»Und was passiert, wenn wir das nicht schaffen? Ertrinken wir dann?«

Er lächelte. »Gewissermaßen.«

»Und findest du nicht, dass dieser, dieser Puffrock schwach ist?«

Da trat plötzlich eine so tiefe, so heftige Traurigkeit in Mohans Augen, dass Purnima sie – die Traurigkeit, die Heftigkeit – einen Moment lang in ihren eigenen Augen spürte. Mohans Ausdruck verschwand so schnell, wie er gekommen war. Schließlich sagte er: »Ich glaube, er ist einfach wie du und ich.«

Purnima sah ihn an. Nein, dachte sie, du irrst dich. Du irrst dich. Er ist nicht im Geringsten wie ich.

6

Madhavi konnte ihr noch immer helfen.

Darüber dachte Purnima nach, als Mohan gegangen war. Sie konnte sich nicht darauf verlassen, doch vielleicht war Madhavi, so abgeschottet sie auch war, so abgeschottet all diese Mädchen sein mussten, anfangs zu einer anderen Unterkunft gebracht worden – einer Art Übergangszelle, bis in ihrer jetzigen Wohnung ein Platz frei geworden war; oder die Mädchen saßen manchmal zusammen im Auto, und Madhavi hatte gesehen, wie die anderen vor anderen Wohnblocks abgesetzt wurden, oder sie redeten untereinander, oder eine von ihnen hatte einen Namen erwähnt, ein Viertel, *irgendetwas*.

Sie war ihre einzige Chance.

Sie wartete den ganzen nächsten Tag. Da sie keine Schlüssel mehr besaß, erforschte sie ihr Gebäude, entdeckte eine unverschlossene Hintertür, bei den Mülltonnen, und musste ihre Wohnungstür offen stehen lassen. Sie schätzte, dass Mohan so gut wie immer zwischen vier Uhr nachmittags und acht Uhr abends vorbeikommen würde. Was tat er tagsüber? Wie viele Kuriere überwachte er? Wie viele Mädchen besaßen sie? Ob *er* wohl Savita kannte? Purnima hatte auf keine dieser Fragen eine Antwort; sie wusste nur, dass sie bis nach acht Uhr abends warten musste, bis er wieder gegangen war, um sich auf den Weg zu Madhavi zu machen.

Mohan kam spät, um kurz vor neun, gab keinerlei Erklärung für seine Verspätung und schien Purnima doch irgendwie bewusster wahrzunehmen, war weicher darin, wie er das Zimmer musterte, ihr Gesicht, ihren zerknüllten Schlafsack, ihre paar

Sachen, die auf dem Boden verstreut lagen. Es war, als ob ihr Gespräch über das Gedicht in ihm die *Möglichkeit* von Purnima erweckt hätte, die Möglichkeit, dass sie noch etwas anderes als eine Lieferantin von Mädchen war.

»Brauchst du irgendwas?«, fragte er.

»Gemüse.«

»Ich bring dir morgen was mit.«

»Bleib doch zum Essen.«

Sein Blick verfinsterte sich, vielleicht aus Unbehagen vor dem Vorschlag, vielleicht vor Überraschung, doch plötzlich und ganz deutlich, wie nach einem klärenden Regen, sah Purnima, dass hier ein Mann stand, der sehr einsam war, der jenseits dieser Einsamkeit kaum etwas kannte. Kurz darauf ging er ohne ein weiteres Wort.

Es war schon nach Mitternacht, als Madhavi abgesetzt wurde. Purnima hatte wieder im Gebüsch gewartet, zwischen Madhavis Gebäude und dem nördlichen Nachbarhaus. Dieses Mal wirkte das Mädchen nicht überrascht, als Purnima plötzlich im trüben Licht vor dem Haus auftauchte. Purnima merkte, dass es sinnlos war, Madhavi nach ihrem Befinden zu fragen; das Mädchen war sichtlich härter geworden. Innerhalb einer Woche hatte sie langsam und stoisch resigniert. Eine Woche – wie schnell es ging, Seele und Geist zu brechen, dachte Purnima, wenn denn Seele und Geist dazu veranlagt waren, gebrochen zu werden. Über ihnen verdeckten Wolken den Mond, die Sterne; in der Nähe flackerte eine Straßenlaterne.

Madhavi seufzte. »Bist du wieder wegen dieses Mädchens hier?«

»Hast du sie getroffen? Weißt du etwas?«

»Akka, bitte komm nicht mehr her. Wenn uns jemand sieht –«

»Sag mir einfach, ob du weißt, wo die anderen Mädchen wohnen. Egal welche.«

»Ich weiß es aber nicht.«

»Die haben nie jemanden vor einem anderen Haus abgesetzt? Du hast nie mit einem anderen Mädchen im Auto gesessen? Mal mit einer gesprochen? Sie haben dich noch nie woandershin gebracht?«

Madhavi zuckte mit den Schultern und wandte den Blick ab.

»Du hast mit jemandem gesprochen, oder? Mit wem? Wo wohnt sie? Was hat sie gesagt?«

»Keines der anderen Mädchen. Nur ...« Hier brach Madhavi ab, und Purnima konnte sich kaum beherrschen; sie ballte die Fäuste, um nicht die Worte aus dem Mädchen herauszuschütteln.

Sie beruhigte ihre Stimme und fragte sanft: »Nur was?«

»Na ja, einmal hat er mich mit in ein Zimmer genommen. Nicht so eins wie die, die wir putzen.«

»Wo war dieses Zimmer? Waren da noch andere Mädchen? Andere Leute?«

»Nein.«

»Wer hat dich dahin gebracht?«

»Suresh.«

Purnima überlegte, wer das sein könnte. Der Bruder? Sie schwiegen eine Weile, und Madhavi wich Purnimas Blick aus. »Wo war das?«

»Weiß nicht. Ich weiß es nicht.«

»War es hier in der Nähe?«

»Nein.«

»Beim Flughafen?«

»Nein.«

Purnima dachte nach, welche anderen auffälligen Gebäude sie gesehen hatte, die Madhavi auch kennen könnte. »War es bei diesem dünnen Turm? Am Wasser? Oder bei den hohen Gebäuden? Was ist mit der Universität? Ist dir vielleicht ein Unigebäude aufgefallen?«

»Akka, bitte!«

»Irgendwas? Erinnerst du dich denn an irgendwas?«

Jemand fuhr auf einem Fahrrad an ihnen vorbei, ohne sie zu sehen. Der Wind rauschte durch die Blätter des nahen Baumes. Vom Meer kam ein schwaches und fernes Klagen.

»Da war was Rundes«, sagte Madhavi langsam und verloren ins Dunkel hinein.

»Rund?«

»Wie ein Cricket-Stadion. Aber größer. Viel größer.«

Woher kannte dieses Mädchen Cricket-Stadien? »Was noch?«

»Da waren kaum Leute unterwegs. Eigentlich gar keine. Es war ganz leer da.«

»Dieses ganze Land ist leer.«

»Und die Gebäude hatten keine Fenster.«

Purnima nickte. Sie hätte gelächelt, wollte dem Mädchen aber keine Angst machen. Stattdessen betrachtete sie die schwachen Schatten: die niedrigen Wolken, bewegungslos, die Straßenlaterne, mittlerweile erloschen, die stillen Straßen, das matte Gesicht, den schlaffen Körper. Sie erinnerte sich an das Entzücken in Madhavis Augen, als sie das Gebäckstück gegessen hatte – an jenem Tag in einem völlig anderen Leben –, wie ihr der zuckrige Teig zwischen den Fingern zerkrümelt war. Purnima holte tief Luft, ein tiefer amerikanischer Luftzug, und dachte: So ein ruhiges Land, und so viel zu beweinen. Sonst fiel ihr nichts mehr zu sagen ein, und so sagte sie nur, bevor sie in die Nacht hinausging: »Sei vorsichtig«, wohlwissend, dass jede Vorsicht vertan war, dass Vorsicht – für dieses Mädchen, für ihren Weg – schon lange nutzlos war.

Am nächsten Morgen brach Purnima früh auf. Nachdem sie nicht weniger als ein Dutzend Menschen nach dem Weg zum Stadion gefragt hatte, erreichte sie die Ecke der Third Avenue und Seneca Street und wartete auf den 21er-Bus. Als sie das Stadion sehen konnte, stieg sie aus, und weil sie nicht wusste, wo sie sonst anfangen sollte, ging sie zurück in Richtung Third Avenue. Lagerhallen säumten die eine Straßenseite, Bahngleise die andere. Purnima betrachtete die Hallen: keine Fenster, kein einziger Mensch. Aber Madhavi hatte nichts von Gleisen gesagt, und Purnima nahm an, dass Madhavi, wären ihr welche aufgefallen, sie auch erwähnt hätte. Also lief sie weiter entlang der Reihen langer eingeschossiger Gebäude, allesamt entweder grau oder beige gestrichen. Sie ließ sich Zeit, las langsam die Schilder, die an einigen Hallen hingen und spähte durch die Fenster der Zufahrtstore. Sie hielt sich nah an den Gebäuden, besah sich alle Parkplätze und warf hinter jede Ecke einen Blick. Sie wusste, dass sie auffiel, selbst in westlicher Kleidung und mit dem Schal, den sie sich über die vernarbte linke Gesichtshälfte drapiert hatte; doch nur Mohan kannte ihr Gesicht – ihr größter Vorteil. Zudem verbarg sie sich, wann immer eines der wenigen Autos vorbeifuhr, so gut sie konnte, wohlwissend, dass sie Mohans Auto schon von Weitem erkennen würde.

Sie ging stundenlang. Das Labyrinth der Lagerhallen hörte nicht auf. Manche Pfade zwischen den Gebäuden hatten keine Namen, und so ging Purnima mehrmals im Kreis und kam wieder zu denselben Gebäuden, nur aus einer anderen Richtung. Sie verlor die Orientierung, und als sie auf eine Brachfläche kam, suchte sie, um Norden zu bestimmen, nach den Spitzen der Wolkenkratzer im Zentrum. Zwei Männer – einer in einem Pick-up-Truck und einer in einer blauen Limousine – fuhren langsamer und fragten, ob sie Hilfe benötige. Purnima zupfte sich den Schal tiefer ins Gesicht und schüttelte den Kopf.

Sie hörte einen Güterzug vorüberfahren und musste plötzlich an den Zug denken, den sie damals in Namburu nicht genommen hatte. Sie dachte an die Papierschnipsel der Fahrkarte, wie sie zu Boden gesegelt waren. Was, wenn ich in diesen Zug gestiegen wäre? Was wäre aus mir geworden? Ein solcher Gedanke – ein Gedanke ohne Ende – war ihr unvertraut, und so schloss sie ihn rasch weg, schmiss die Tür zu ihm zu, als führte sie zu einem Spukhaus.

Als sich die Sonne gen Westen neigte, ging Purnima nach Hause. Sie hatte Hunger und war auf der Rückfahrt im Bus müde. Sie überlegte, ob sie womöglich gar nicht in der richtigen Gegend suchte, Madhavi könnte eine ganz andere gemeint haben; doch seit Purnimas Ankunft war nun eine Woche vergangen, und ihr blieben nur noch zwei.

Am folgenden Tag kehrte sie zu den Lagerhallen zurück, und auch an den vier Tagen darauf. Erst am fünften Nachmittag, nachdem sie stundenlang in immer heftigerem Regen umhergelaufen war und gerade bei einem grauen Gebäude um die Ecke bog, das Reifen und andere Autoteile bewarb, sah sie es – das schwarze Auto. Es war Mohans, das wusste sie sofort, aber von dort, wo sie stand, konnte sie den Eingang des Gebäudes nicht sehen. Sie machte einen Umweg und lief um die riesige Warenhalle gegenüber von Mohans Auto, kam auf der anderen Seite heraus und versteckte sich bei einer Mauer. Nun war sie näher beim Eingang, doch weiter von dem Wagen entfernt. Vor Mohans Auto stand noch ein anderes, ein rotes, das, so vermutete sie, entweder dem Bruder oder Vater gehören musste.

Sie wartete zitternd im kalten Regen, doch aus der Lagerhalle kam kein Mädchen, und keines ging hinein. Um drei Uhr nachmittags ging Purnima zurück zur Bushaltestelle; sie wusste, dass die Heimfahrt eine Stunde dauern würde. Abends, als

Mohan gegangen war, wurde der Regen stärker, und so wartete Purnima bis zum nächsten Morgen – sie kaufte eine Taschenlampe und dickere Socken, und als sie zur Lagerhalle kam, stand kein Auto davor. Sie schlich zur Eingangstür und spähte mit zusammengekniffenen Augen durch das getönte Glas. Nichts. Sie knipste die Taschenlampe an und sah ein paar Meter weit in einen riesigen Raum, in dem sich Kisten stapelten und an der gegenüberliegenden Seite die Konturen vielleicht eines Schreibtisches erkennbar waren. Andere Zimmer sah sie nicht. Sie ging um das Gebäude und suchte nach einem offenen Hintereingang oder nach einer Laderampe, wie sie sie an vielen der Hallen gesehen hatte, doch diese hier war ringsum nur mit Metall verkleidet; Purnima lauschte nach Geräuschen, Stimmen; sie überlegte, das Türschloss aufzubrechen, aber als sie es sich gerade ansehen wollte, fuhr auf dem angrenzenden Weg ein Auto vorbei.

Purnima versteckte sich neben dem Gebäude, und ihr fiel ein, dass Savita, sollte sie tatsächlich hier wohnen, keinen Grund hätte, tagsüber hier zu sein. Tagsüber würde sie putzen.

Als sie in der Nacht zurückkehrte, war die Lagerhalle noch dunkler und stiller als tagsüber. Purnima klopfte an die Tür und wartete, ob ein Licht angehen würde. Sie ging um das Gebäude und schlug mit den Fäusten gegen die Verkleidung. Sie versuchte, das schwere Schloss aufzubrechen, dann das Türglas, doch weder die Plastiktaschenlampe noch ihr Körpergewicht richteten das kleinste bisschen aus. Wo war Savita nur? Wo war sie? Purnima starrte die Tür an, versetzte ihr einen letzten Tritt, sagte zum dunklen Türglas: »Jedenfalls nicht hier«, und ging.

Auf der Busfahrt nach Hause, nach Mitternacht, blickte sie auf ihre zerschrammten Arme hinab, die Abschürfungen an

Ellbogen und Händen, die kaputte Taschenlampe, und begriff, was sie eigentlich schon die ganze Zeit über gewusst hatte: Mohan blieb ihre einzige Hoffnung.

Sie kaufte eine Flasche Whiskey – die teuerste, die sie in dem Eckladen finden konnte – und verbrachte den Nachmittag mit Kochen – Reis und Dal und Auberginencurry (die größten Auberginen, die sie je gesehen hatte, und sie kochten auch ganz anders als die indischen) und Kartoffeltaler, obgleich das heiße Öl ihr solche Angst machte, dass sie gerade genug Kartoffeltaler für Mohan ausbuk und dann den Herd ausstellte.

Doch trotz Essensduft und der Whiskeyflasche auf der Anrichte wollte Mohan nicht zum Abendessen bleiben. Er ging ohne ein weiteres Wort, noch bevor Purnima ihn hätte überzeugen können.

Sie wurde immer verzweifelter.

Sie ging in dem kleinen Zimmer auf und ab, blickte aus dem Fenster, die Straße hinauf und hinunter, fast im Minutentakt. Sie erinnerte sich an ihre Straße in Vijayawada, an den Mann, der das Kinderkleidchen gebügelt hatte, an den schlafenden Rikschafahrer, an die Kühe und Hunde, die im Müll nach Essbarem suchten, an die Rufe der Straßenverkäufer, und plötzlich überkam sie heftiges Heimweh. Sie krümmte sich vor Heimweh, setzte sich aber gleich wieder gerade auf. »Heimweh wonach denn?«, schimpfte sie mit sich, wütend über den Moment der Schwäche. »Nach Bordellen und Charkhas und Männern und Schwiegermüttern? Ist es das, wonach du Heimweh hast?« Sie strich sich Bluse und Jeans glatt, noch nicht an die Kleidung gewöhnt, die sie sich in Vijayawada für die Reise nach Amerika gekauft hatte, und atmete tief ein: Unvermittelt war ihr das Einzige eingefallen, bei dem Mohans Augen aufgestrahlt hatten, das Einzige, das ihn in den zwei Wochen, seitdem sie ihn kannte, hatte innehalten lassen.

Sie ließ den Whiskey auf der Anrichte stehen, und als Mohan am nächsten Abend wiederkam, sagte sie: »Ich trink den eh nicht. Du kannst ihn genauso gut mitnehmen.«

Als er zögerlich die Flasche betrachtete, fragte Purnima: »Wer ist Lazarus?«

»Was?«

»Lazarus. Aus diesem Gedicht. Das du so gerne magst. Puffrock sagt was darüber, Lazarus zu sein.«

Sein Gesicht entspannte sich. Vielleicht war es nur sein Mund, der ein wenig Schwere, Spannung, verlor. »Da erinnerst du dich dran?«

»Ich hab drüber nachgedacht.«

»Er ist aus der Bibel. Jesus hat ihn wieder zum Leben erweckt. Nach vier Tagen, glaube ich.«

»Wurde er auf den Prüfstand gestellt? So wie Sita?«

»Nein, ich glaube, wenn jemand geprüft wurde, dann Jesus. Allenfalls seine Anhänger. Aber nicht Lazarus.«

Purnima sah ihn an. »Warum gefällt dir das Gedicht so sehr? Weil du glaubst, Puffrock ist wie du und ich?«

»*Proof*rock. Und ja, weil es ein Gedicht über Einsamkeit ist.«

»Du solltest sie aufmachen«, sagte sie und deutete mit dem Kopf zur Whiskeyflasche.

Dieses Mal zögerte er nicht. Er goss sich ein halbes Glas Whiskey ein, die goldbraune Flüssigkeit verströmte einen starken Duft nach tiefen Wäldern und Holzrauch und nach etwas, das Purnima nicht benennen konnte, woran sie sich jedoch erinnerte, vielleicht das Gewitter, dachte sie, in das sie draußen auf der Krishna geraten war. Mohan setzte sich ans Fenster und stellte das Glas vor sich ab. Er nahm einen tiefen Schluck.

Purnima beobachtete ihn. Sie dachte, er würde nach dem ersten Glas vielleicht wieder gehen wollen, doch er schenkte sich ein weiteres ein. Sie sagte sich: »Warte, bis er dieses hier ausgetrunken hat. Warte bis zum Ende.«

Als er ausgetrunken hatte, sagte sie: »Deine Tage müssen lang sein.«

Er hatte den Kopf gegen die Wand gelehnt. Er schien zu nicken, vielleicht bildete sie es sich nur ein.

»Gibt es noch andere Kuriere? Was machst du noch, nachdem du hier vorbeigekommen bist?«

»Hausaufgaben.«

»Hausaufgaben?«

Er wich ihrem Blick aus. »Ich belege Kurse. An der Uni.« Wieder griff er zur Flasche und las nun das Schildchen. »Wo hast du die her? Ich hatte dir doch gesagt, dass du nicht mehr raussollst?«

»Was für Kurse? Was studierst du denn?«

Er lachte und schenkte sich noch ein Glas ein. »Das *Puffrock*-Gedicht. Und auch andere Gedichte.«

»Aber –«

Dieses Mal trank er das Glas in einem Zug leer. »Worüber Eltern lachen, sagt dir eine Menge über sie. Als ich meinem Vater in der High School erzählt habe, dass ich Literatur studieren will, hat er drei Tage lang gelacht, dann hat er gesagt: ›Ingenieurswissenschaften oder Medizin. Du kannst es dir aussuchen.‹ Das ist das Beste daran, ein Kind von Indern zu sein«, sagte er. »Wir dürfen uns was aussuchen.« Er blickte sie ernst an. »Er weiß nichts von den Kursen. Niemand weiß davon.«

Dann saßen sie schweigend da, er am Fenster, sie gegen die Küchenwand gelehnt. Nichts rührte sich, nicht drinnen, nicht draußen. Purnima schloss die Augen. Sie spürte, dass er sie ansah.

»Meine Lieblingszeilen aus dem Gedicht«, sagte er ins Dunkel, »sind die hier: ›In der Tat ist noch viel Zeit / Zu fragen ‚Hat es Zweck?' und ‚Hat es Zweck?' / Zeit zur Umkehr über Treppen weg‹.«

Dann erklärte er Purnima jede Zeile, jedes *Wort* bis ins kleinste Detail, erzählte, wann das Gedicht geschrieben worden war und in welcher Beziehung die damalige Zeit, kurz vor dem Ersten Weltkrieg, zu den Kräften von Angst und Langeweile und Moderne gestanden hatte, und er erzählte sogar vom Autor selbst, dass auch er ein Immigrant gewesen sei, wenngleich in England, und Purnima wollte nach Michelangelo und Hamlet fragen, doch stattdessen fragte sie: »Worüber hat er denn sonst noch gelacht?«

Da herrschte wieder Stille, und sie dachte, ihre Frage könnte ihn geärgert haben, doch als sie die Augen öffnete, schlief Mohan, das Glas noch in der Hand.

Ihr blieb noch eine Woche.

SAVITA

I

Als Savita die Augen öffnete, fuhr der Bus durch die Berge. Sie hatte von Mohan geträumt. Nichts Konkretes, nichts, was sie hätte benennen können, selbst nicht in dem kurzen Augenblick nach dem Aufwachen, doch ihr blieb die Empfindung, dass Mohan durch ihre Träume getrieben war, ohne diese zu berühren, wie ein Geist oder ein Duft. Sie war aus dem Halbschlaf aufgeschreckt und hatte sich schnell umgeblickt, die Straße gesehen, die Berge, die fremden Gesichter.

Ihre Flucht. War ihr jemand gefolgt? Sie hatte sich nicht umgedreht. Sie war panisch von Haltestelle zu Haltestelle gerannt, hatte versucht, Busse anzuhalten, die gerade losfuhren; der dritte Nahverkehrsbus hatte schließlich die Tür geöffnet; atemlos hatte Savita gefragt, »New York?«, der Fahrer hatte gelacht und gesagt: »Nicht ganz. Da musst du den Greyhound nehmen. Ich fahr aber zum Busbahnhof. Steig ein!«

Am Busbahnhof im Zentrum von Seattle hatte sie lange auf eine Karte der Vereinigten Staaten gestarrt. Seattle hatte sie gefunden, weil sie wusste, dass westlich der Stadt nur Wasser war, dann hatte sie New York gesucht. Ihr Blick war nach Osten gewandert, nach Osten und Osten. Wo mochte es nur liegen? Sie glaubte, sie habe die Stadt übersehen und fing wieder von vorne an. Dieses Mal setzte sie den Blick nicht ab, und da war es, auf der anderen Seite, östlich der Stadt nur Wasser. Den Mann am Schalter hatte sie gefragt: »*How much New York?*«

Er hatte gesagt: »Lady, Sie müssen erst mal nach Spokane, und von dort fährt dann ein Bus nach New York.« Und er hatte gesagt: »Dreißig Dollar.«

Den ersten Teil hatte sie zwar nicht verstanden, jedoch, dass die Fahrkarte nach New York dreißig Dollar kostete. Den ganzen langen Weg für nur dreißig Dollar!

Sie hatte die Türen im Blick behalten, die Fahrkarte fest in der Hand, und sich möglichst weit weg vom Eingang hingesetzt; sie ließ die Türen nicht aus den Augen.

Wie lange würde die Fahrt dauern? Und was würde sie tun, wenn sie in New York angekommen sein würde? Wo sollte sie überhaupt anfangen, nach der Dame mit den Jalebi-Haaren und den Perlmuttzähnen zu suchen? Auf keine dieser Fragen hatte sie eine Antwort, noch nicht, doch als Savita schließlich im Bus saß und aus Seattle herausfuhr, und die Angst und das Adrenalin verebbten und ihr Herz nicht mehr raste, als sie die Umrisse der Kiefernwälder und das Dunkel der Berge betrachtete, die Straße durch die Berge wie ein ausgerollter Stoffballen, verstand sie, dass manchmal auch Weggehen eine Richtung war, die einzig verbleibende.

Sie fuhren über den Snoqualmie Pass, wenngleich Savita bis dahin die Augen schon wieder geschlossen hatte. Kurz bevor sie eingeschlafen war, hatten die Busscheinwerfer ein Nest violetter Wildblumen unter einer einzelnen Kiefer angestrahlt, der Baum wie ein Schirm über den zarten Blüten. Lange Zeit fuhren sie an einem Gewässer auf Savitas Busseite entlang, doch das Wasser erstreckte sich so weit, dass sie glaubte, sie würde es sich in ihrer Desorientierung, in ihrem Beinah-Delirium womöglich einbilden. Als Savita schließlich kurz vor Sonnenaufgang aufwachte, lagen die Berge dunkel und bewaldet hinter ihnen. Der Himmel war stahlgrau und wolkenverhangen. Das Dämmerlicht war gerade hell genug, dass Savita die vielen Kiefernschösslinge entlang der Böschung erkennen konnte, graugrüne, eng beieinanderstehende Büschel, die wirkten, als würden sie sich im frühmorgendlichen Vogelgesang und im Wind und selbst im Zug des vorbeirauschenden Busses wie Derwische drehen.

Savita hatte steife Muskeln und wollte sich gerade anders hinsetzen, als sie erschrocken bemerkte, dass eine Frau neben ihr saß. Wo war sie eingestiegen? Savita konnte sich nicht erinnern, dass der Bus angehalten hätte, und vielleicht hatte die Frau sich in der Nacht nur umgesetzt. Savita betrachtete sie. Die Frau schlief fest, und ihr Kopf neigte sich zu Savitas Schulter. Sie war in Savitas Alter, etwas jünger, und trug Unmengen von Silberringen an den Fingern, außer an einem Daumen und einem kleinen Finger. Im Dreieck zwischen rechtem Daumen und Zeigefinger trug sie eine Tätowierung, ein Symbol, das Savita nicht kannte, doch die Tätowierung war verblasst, ein wässriges Blaugrün, und als sie das schlafende Gesicht der jungen Frau betrachtete, die feinen Fältchen, die sich bereits um Augen und Mund bildeten, spürte sie, dass die Frau es sich so nicht gewünscht hatte, dass sie sich ein sattes Blau gewünscht hatte, ein dichtes, tiefes Blau, die See bei Nacht, doch so war es nicht gekommen. Nichts war so gekommen.

Kurz vor Sonnenaufgang hielt der Bus, und die Fahrgäste, die eben noch geschlafen hatten, wurden hinausbugsiert. Zuerst dachte Savita, sie wären vielleicht schon in New York. Sie war um ein Uhr nachts eingestiegen, und jetzt war es kurz nach sechs Uhr morgens. War das möglich? Dann sah sie das Schild über dem Haupteingang: S-P-O-K-A-N-E. Wieder ging sie zu einer Landkarte und sah, dass sie noch nicht mal den Bundesstaat verlassen, geschweige denn New York erreicht hatten. Eine tiefe Müdigkeit überkam sie. Bei diesem Tempo würde sie Monate brauchen. Sie rieb sich die übernächtigten Augen und wollte nach dem Bus nach New York fragen, doch der Ticketschalter öffnete erst um acht. Auf der Anzeigetafel standen zwei

Abfahrtszeiten: ein Bus nach Seattle und ein anderer in eine Stadt namens Missoula. Sie suchte wieder auf der Landkarte; Missoula lag östlich, nicht sehr weit, aber östlich, und der Bus würde in zwei Stunden abfahren. Vielleicht musste sie diesen Bus nehmen und dann noch mal umsteigen? Sie wusste es nicht. Sie wollte am Busbahnhof warten, bis der Schalter öffnete, doch auch der Kaffeestand im Bahnhof hatte noch geschlossen, und sie hatte Hunger.

Sie verließ das Gebäude, blickte nach links und rechts und sah sich jedes Auto auf dem Parkplatz an; sie hielt Ausschau nach einem roten Auto oder einem schwarzen Auto oder einem beigefarbenen Auto. Draußen war es trocken und kalt. Es herrschte eine Gebirgskälte, an die Savita nicht gewöhnt war, und ein Schauer durchfuhr sie in ihrem Pullover. Sie hatte ihn Padma geklaut, den Pullover wie auch den kleinen Kunststoffrucksack, in dem sie ihre verbleibenden zweiundachtzig Dollar aufbewahrte, das zerrissene Foto, einen Satz Wechselwäsche, das kleine Papierrechteck und das, was von Purnimas halb fertigem Sari übrig war. Sie hatte das Stoffstück vorsichtig in eine alte Zeitung gewickelt und zuunterst in den Rucksack gelegt.

Der Busbahnhof war ein eingeschossiger Backsteinbau; davor standen Bäume wie jene in den Bergen entlang des gesamten Highways, und hinter den Bäumen standen Gebäude, hoch, doch bei Weitem nicht so hoch wie in Seattle. Es war noch nicht sieben Uhr, aber Savita sah schon ein paar Menschen umherlaufen, nicht, als würden sie irgendwohin gehen, sondern einfach umherwandern. Um diese Uhrzeit kam ihr das seltsam vor, doch die Leute beachteten sie nicht, fast, als wäre sie unsichtbar, und gingen ihrer Wege.

Auf dem Parkplatz des Busbahnhofs, rechts neben den Bäumen, lehnte ein Mann an einem gelben Auto und rauchte. Im

Wagen saß eine Frau, auch sie rauchte und lehnte den Arm aus dem geöffneten Fenster; die beiden sprachen nicht miteinander und sahen sich auch nicht an – wie Fremde, obgleich Savita bemerkte, dass der Mann mit seinem Oberschenkel den Ellbogen der Frau berührte. An der östlichen Seite des Busbahnhofs lehnte noch ein Mann an der Wand und las mit zusammengekniffenen Augen Zeitung. Savita blieb stehen und sah zu, wie hinter den fernen Bergen die Sonne aufging und Licht auf den Mann fiel und seine hellweiße Haut zu poliertem Gold wurde. Sie ging über die Straße zu den Gebäuden, bis sie einen Diner fand. Sie ging hinein und setzte sich in eine der Nischen. Auf dem Tisch lag eine Speisekarte voller Bilder, und als die Kellnerin kam, zeigte Savita auf ein Bild, das wie drei kleine aufgereihte Dosas aussah. Sie trank einen Schluck Wasser und wartete. Als ihr Teller kam und sie einen Bissen nahm (sie versuchte es mit dem Löffel, ungeschickt, da sie nicht wusste, wie man Gabel und Löffel benutzte), merkte sie, dass es keine Dosas waren, nicht im Geringsten. Sie waren süß! Und statt mit Kartoffelcurry waren sie mit derselben schaumigen weißen Masse wie das Bananensplit gefüllt. Wie seltsam. Was für ein geheimnisvolles Land, dachte sie, wie klein trotz all seiner Weite. Doch es schmeckte gut, und sie hatte Hunger.

Bevor sie das Lokal verließ, kaufte sie noch eine Tüte Chips, eine Flasche Wasser und etwas, das wie ein Packet kleiner Küchlein aussah.

Sie ging zurück zum Busbahnhof und setzte sich davor auf eine Bank, gegenüber den Bäumen, mit Blick auf die Straße und den Parkplatz. Es war viertel vor acht, und sie wollte wach bleiben, bis der Ticketschalter öffnete. Sie betrachtete die niedrigen runden Wolken, die mit der Sonne am Horizont aufstiegen. Die Berge im Westen waren nun in Morgenlicht gehüllt, wurden rosa und grün und dunkelgrau, und auch dort hingen die Wolken tief, als würden sie sich versammeln und die Hügel wie Kinder betrachten. Savita blickte auf die Berge und die Wolken und dachte: Noch nie habe ich so viel von diesem Land gesehen. Das hier ist meine bislang weiteste Aussicht. Und wieder dachte sie an Mohan. In ihrem Magen entstand ein Schmerz und lief dünn und blau wie Tinte in ihren Brustkorb. Sie blickte wieder auf die Berge, die Wolken, doch die waren fern und entrückt. Stattdessen betrachtete sie nun die Straße und den Parkplatz. Ein wenig Staub erhob sich in die Luft wie ein Vogelschwarm. Der Staubwirbel war fast durchsichtig, drehte sich mit einem Windstoß, getragen von seiner eigenen Auftriebskraft und der winzigen Böe. Savita schloss die Augen – sagte sich, nur einen Augenblick – und fiel in einen leichten Schlaf.

Sie wurde von einer Autohupe geweckt, oder von einer Stimme, und sah, dass es kurz nach acht war. Sie sprang auf, ärgerte sich, dass sie eingeschlafen war, wo die anderen doch hier, *hier*, sein könnten, und rannte ins Gebäude, die Fahrkarte fest umklammert.

Sie ging zum Schalter, zeigte ihre Fahrkarte vor und fragte: »*Hello, madam. When is bus to New York?*«

Die Dame am Schalter, eine Schwarze mit karmesinrotem Lippenstift und silbern glitzerndem Lidschatten, blinzelte und sah auf Savitas Fahrkarte. Sie sagte etwas, das Savita nicht verstand.

»*Pardon me?*«

Die Dame drehte sich kurz weg und holte einen Zettel hervor. Darauf schrieb sie $ 109.

»*But I have ticket*«, sagte Savita.

Die Dame schüttelte den Kopf und sagte: »Das ist bis Spokane. Das hier ist der Preis nach New York.« Sie schob das Zettelchen zu Savita, die es nahm. Noch ein kleines weißes Papierrechteck.

Sie ging aus dem Gebäude.

Neben dem Busbahnhof lag eine kurvige Straße, dahinter ein weiterer Parkplatz. Dahinter lagen noch mehr Gebäude und noch mehr Parkplätze. Savita blickte lange auf das endlose, einheitliche Muster, allmählich verzweifelt, und merkte, dass sie noch immer den Zettel umklammerte, inzwischen leicht feucht von ihrer Hand. Sie warf ihn in einen Mülleimer. Seit den frühen Morgenstunden waren die Wolken schwerer geworden und trieben nun langsam gen Osten; neidisch blickte Savita ihnen nach. Leicht taumelnd ging sie zum südlichen Ende des Busbahnhofs, dann zum nördlichen. Sie setzte sich wieder auf die Bank vor dem Gebäude, apathisch, und überlegte, was sie nun tun sollte. Sie stand wieder auf und lief weiter.

Savita ging ein paar Minuten, bis sie an ein Flussufer kam. Dort setzte sie sich wieder auf eine Bank und versuchte, nicht zu weinen. Sie umklammerte ihren Rucksack, als wäre er ihre einzige verbleibende Hoffnung, und mit fast gebrochenem Herzen wurde ihr klar, dass er tatsächlich ihre einzige Hoffnung war. Sie hatte keinerlei Vorstellung, was sie nun tun, wie sie an mehr Geld kommen sollte. Den Mann, der ihr in Seattle die Fahrkarte verkauft hatte, musste sie falsch verstanden haben, und nun dachte sie: Selbst, wenn ich nicht die süßen Dosas in dem Lokal gegessen hätte, hätte das Geld nicht gereicht. Hat es nie. Ein stechender Schmerz fuhr durch ihren Armstumpf, Phantomschmerzen, die sie schon seit Monaten nicht mehr gespürt hatte. Sie schüttelte den Arm aus und überlegte, ob sie noch ein Stück weitergehen sollte, doch da kehrte ihre Müdigkeit zurück, ausgelaugter, ausgedörrter als zuvor, und so blieb sie einfach sitzen und betrachtete den Fluss.

Als es langsam Nachmittag wurde, kamen mehr Leute zum Fluss. Ein oder zwei Menschen rannten am Ufer entlang; ein Mann schälte eine Orange; ein paar Mütter standen beieinander und schauten ihren Kindern beim Spielen zu.

Savita blinzelte, als würde sie aus einem tiefen Schlaf erwachen. Sie hatte Hunger, wollte die Chips und Küchlein aber noch aufbewahren. Sie traute sich nicht, ihr verbleibendes Geld auszugeben. Sie trank Wasser aus einem Brunnen und ging wieder südwärts, jedoch weg vom Busbahnhof; dort würden sie zuerst nach ihr suchen. Sie bog um eine Ecke. Vor ihr lag eine lange Straße, die auf eine Ansammlung von Gebäuden zulief. Autos parkten an der Straße, und als Savita langsam auf die Gebäude zulief, fiel ihr Blick auf das Nummernschild eines der geparkten Autos. Sie blieb sofort stehen. Sie sah die leere Straße auf und ab, bückte sich und las das Nummernschild noch einmal langsamer. Sie hatte sich nicht geirrt: Die Buchstaben ergaben *New York*.

Sie setzte sich, gleich auf den Bordstein neben das Auto. Was tat sie da? Sie wartete. Worauf wartete sie? Irgendwas, dachte sie, ich warte jetzt auf irgendwas.

Ihr Magen knurrte. Sie gab nach und aß die Chips und die beiden winzigen Küchlein.

Nach etwa einer Stunde kam ein älteres Paar auf sie zu. Die Frau trug eine rosa Hose, die knapp bis übers Knie reichte, und ein gelbes Shirt mit dem Aufdruck *New Mexico – Land of Enchantment*. Savita konnte lediglich das Wort *New* lesen und nahm es als ein gutes Zeichen. Die Frau trug ihr lockiges weißes Haar kurz. Sie wirkte, als hätte sie versucht, ihren rosa Lippenstift auf ihre Hose abzustimmen, was offensichtlich nicht funktioniert hatte, und Savita dachte, dass die Frau schon immer so gewesen sein musste, am Rande von Schönheit, direkt an der Grenze zur

Hübschheit, doch nie ganz drin. Der Mann trug eine Baseballmütze und Jeans und ein kariertes Hemd, und die beiden waren eindeutig verheiratet. Und das seit vielen Jahren, seit der Jugend, dachte Savita, als sie die Vertrautheit des Paares sah, die schmerzhafte Entfremdung zwischen ihnen.

Als sie auf Savitas Höhe waren, betrachteten die beiden sie neugierig, nicht unhöflich lange, dann sahen sie ihren Armstumpf; plötzlich verlegen und zögerlich wandten sie sich zum Auto. Dem New Yorker Auto. Der Mann zog einen Schlüsselbund hervor.

Savita sprang auf. »*Pardon me, sir, madam. New York? You go to New York?*«

Beide sahen sie wieder an, verwirrt, bis die Frau einen kleinen Ruf ausstieß und sagte: »Oh, Honey, das ist ein Mietauto. Wir fahren nicht nach New York. Wir sind auf dem Weg runter nach Salt Lake.«

Savita stand da und sah die beiden an.

»Schatz, zeig's ihr mal auf der Karte«, sagte die Frau.

Der Mann griff ins Handschuhfach und entfaltete ein breites Stück Papier. Er legte die Karte auf den Kofferraum, und alle drei beugten sich darüber. »Hier«, sagte er, »da sind wir gerade.« Er fuhr mit dem Finger südwärts und ostwärts und sagte: »Und da liegt Salt Lake City. Da wollen wir hin.« Er sah Savita an; Savita erwiderte seinen Blick. Ihren Armstumpf versteckte sie hinter dem Rücken. Doch der Mann schien den Stumpf gar nicht mehr zu sehen. Stattdessen schien er Savitas Verwirrung zu spüren, ihre Enttäuschung, und wie zum Trost fuhr er mit dem Finger bis an den Rand der Landkarte und sagte: »Und dort liegt New York.«

Sie wandten sich alle wieder zur Karte, und Savita hatte inzwischen verstanden, dass die beiden vor allem nach Süden fuhren, nicht nach Osten. Doch sie wollte nicht, dass sie gingen; sie mochte das Paar. Sie merkte, dass die beiden Kinder haben mussten, dass sie eine Liebe kannten, die so endlos wie hoffnungslos war. Savita überkam Verzweiflung; sie überlegte, ob sie die beiden zumindest um ein wenig Geld bitten sollte, war aber zu schüchtern, beschämt, und wusste nicht wie.

Da sah auch die Frau Savita lange und ungewöhnlich liebenswürdig an und sagte: »Jacob, wir könnten sie doch mitnehmen. Zumindest bis nach Butte.«

Er schüttelte den Kopf. »Das bringt gar nichts, Mill. Dann wäre sie zwar ein Stückchen näher an New York, aber Spokane ist viel besser zur Weiterfahrt.« Er unterbrach sich und fragte: »Wie heißt du eigentlich?«

Savita nickte und lächelte.

Der Mann deutete mit dem Finger auf sich und sagte: »Jacob.« Er zeigte auf seine Frau und sagte: »Millie.« Dann zeigte er auf Savita.

Sie lächelte wieder, breiter diesmal, und sagte: »Savita.«

»Saveeta«, wiederholte er.

Savita blickte auf die Berge in der Ferne, die dort wie Wachen gen Osten standen. Der alte Mann folgte ihrem Blick und sagte: »Ein Stückchen näher ist wohl ein Stückchen näher; dann fahr doch bei uns mit, wenn du möchtest.«

Savita wandte sich wieder dem Paar zu. Erst zu ihm, um herauszufinden, was er gerade gesagt hatte, dann zu der Frau.

Die lächelte sie an. Mit Lippenstift an den Zähnen. »Na, komm«, sagte sie, »steig ein«, und gab Savita ein Zeichen, hinten einzusteigen.

Einen Moment lang blieb Savita unsicher stehen. Sie hatte mittlerweile begriffen, dass die beiden nicht nach New York fuhren, trotz ihres Nummernschilds. Außerdem begriff sie in diesem Augenblick ihre eigene durchdringende Einsamkeit, ihren gewaltigen Kummer – sie hatte kein Geld, kein Essen, und es gab keinen Weg zurück.

Sie stieg hinten ein.

Eine ganze Weile plauderte das Paar unter sich. Irgendwann fragte die Frau: »Wo kommst du her, Honey?«

Savita hatte sie nicht verstanden und sagte: »*Yes, yes.*«

Die Frau riss eine Tüte Erdnüsse auf und bot Savita welche an. Savita hätte sofort die ganze Tüte aufessen können, nahm jedoch höflich nur eine Nuss und sagte: »Danke, Madam.«

»Nenn mich ruhig Millie«, sagte die Frau, lehnte den Kopf zurück, und ein paar Minuten später war sie eingeschlafen. Sie schnarchte leise.

Der Mann fuhr lange Zeit schweigend weiter. Sie hatten Idaho erreicht, die Wolken wurden dunkler, hingen dicht über dem Horizont und türmten sich um die fernen Berge, nun im Osten und Westen. Savita bemerkte, dass die Berge blau und rot geädert waren. Das Tal, durch das sie fuhren, war grün und fruchtbar und erinnerte sie an die Felder um Indravalli, von der Krishna gespeist.

Der Mann warf sich eine Erdnuss in den Mund. Er blickte in den Rückspiegel. »Hier hab ich viel Zeit verbracht«, sagte er, anscheinend zu Savita, obwohl sie ihn überhaupt nicht verstand. »Angeln. Am Bitterroot und am Salmon, jedes kleinste Bächlein. Da hinten in Coeur d'Alene hab ich den Großteil meiner Zwanziger und Dreißiger verbracht.« Er deutete zum Beifahrerfenster. »Gleich dahinten liegt der Trapper Peak. Mit so einer Spitze –«, er zeichnete den Berg mit den Händen nach und hielt das Lenkrad mit den Ellbogen. »Darf man aber nicht zu lange anschauen. Es bricht einen innerlich entzwei. Manche Berge sind so.«

Er sah Savita im Rückspiegel an.

»Und was ist deine Geschichte? Wie bist du bloß auf diesem Bürgersteig gelandet? Und wie in Gottes Namen hast du die Hand verloren?«

Savita erwiderte seinen Blick im Spiegel, dann sah sie zu Boden. Sie mochte seine Stimme. Sie mochte, wie seine Stimme sie ansprach, selbst ihre verständnislosen, umherwandernden Bestandteile.

»Ich könnte nicht mal raten. Und wie alt bist du? Gerade mal zwanzig?«

Sie wollte ihm gerne erzählen, vielleicht von Purnima oder ihrem Vater oder von Indravalli, doch es gab nichts, was sie hätte zusammensetzen können, was für ihn Sinn ergeben hätte, und so schwieg sie und hörte zu.

»Jedenfalls weiß ich, dass Unfälle nun mal passieren. Da weiß ich alles drüber. Hab selbst genug davon erlebt. Was könnte ich dir für Geschichten erzählen. Boy.« Er schüttelte den Kopf.

Savitas Augen leuchteten auf. Das Wort hatte sie verstanden: *Boy*. Nun hörte sie noch genauer zu.

»Eine erzähl ich dir«, sagte der Mann und seine Stimme wurde kräftiger. »Die Geschichte handelt von einem kleinen Jungen. Noch sehr klein. Ich sage mal, er war so vier Jahre alt. Er und seine Mama und sein Daddy lebten in Montana. Nur die drei. Sein Vater war Farmarbeiter. Auf einer dieser Rinderfarmen mit Aberhunderten Tieren. Eine dieser Ranchen, auf der man ein ganzes Jahr nur damit zubringen könnte, die Zäune zu reparieren, ganz abgesehen vom Kalben und Impfen und Schlachten und Säugen. Jedenfalls eine richtig große Ranch. Und eines Tages, als der kleine Junge vier Jahre alt war, läuft seine Mama einfach weg. Mit irgend so einem Vertreter oder einem Maschinenverkäufer. Schwer zu sagen, denn bevor der kleine Junge auch nur den Mund aufmachen kann, wird er schon zu seinen Großeltern nach Arizona geschickt. Nach Tucson. Sein Daddy hat ihn in den Bus gesetzt, alleine, und ihn runter in die Wüste geschickt. Und weißt du, was dann passiert ist? Ich erzähl dir, was passiert ist: Der Junge fand genau den richtigen Ort für sich. Er hat die Wüste geliebt. Seine Großeltern lebten in einem Häuschen, das umgeben war von Staub und Sand und Kakteen, keine Zäune, und mit einem Hof, der sich in der Ferne verlief, vor einem niedrigen Gebirge, das blau und violett und orange war. Der Junge bekam nicht genug davon. Er spielte draußen, doch die meiste Zeit saß er einfach da und betrachtete diese Berge. Er betrachtete sie so genau, als würde er erwarten, dass seine Mutter gleich aus ihnen hervortreten würde. Hervortreten, seine Hand nehmen und ihn fortführen würde. Nicht zurück nach Montana, nein, sondern noch tiefer in die Wüste hinein.

Eine Weile, nachdem der kleine Junge nach Arizona geschickt worden war, stellten seine Großeltern einen anderen Jungen an. Älter. Einen Teenager. Einfach jemanden, um bei den Arbeiten in Haus und Hof zu helfen. Zum Beispiel sollte ein Schuppen ausgeräumt werden. Und die Großeltern wollten Unterstützung, um eine Veranda zu bauen. Die Seiten der Veranda sollten mit Distelgeflecht verkleidet werden, als Sonnenschutz, doch nach Westen hin, in Richtung der Berge und des Sonnenuntergangs, sollte sie offen bleiben. Sie machten Witze mit ihrem Enkel. Sie wussten, wie er immer auf das Gebirge starrte – und nur während der heißesten Stunden ins Haus kam, wenn die Sonne im Zenit stand –, sie lachten und sagten: ›Wenn diese Veranda erst mal fertig ist, dann sehen wir dich gar nicht mehr.‹

Der Teenager – sagen wir mal, er hieß Freddie – fing jedenfalls mit der Veranda an. Er baute sie innerhalb von zwei Wochen, und dann fing er mit dem Schuppen an. Er muss den Enkel dabei ein Dutzend Mal gesehen, mit ihm gesprochen haben, ihm sogar ein paar Fragen beantwortet haben, doch er zeigte nie ein besonderes Interesse an ihm. Schließlich war er ein Teenager, aber die Großeltern müssen gedacht haben, dass ein bisschen Gesellschaft für ihren Enkel schön wäre.

Und das war es auch. In der dritten Woche aber rief Freddie den kleinen Jungen zu sich. Die Sonne ging gerade unter. Die Großeltern des Jungen hatten gerade zu Abend gegessen und saßen nun mit einem Eistee auf ihrer neuen Veranda und rauchten. Als der kleine Junge in den Schuppen ging, fiel kaum Licht durch die Tür, Freddie drängte ihn in eine Ecke, nahm den Arm des Jungen und sagte: ›Pst!‹

Nun, du kannst dir vorstellen, was als Nächstes passierte.

Und dann passierte es einen Monat lang fast jeden Tag. Und all diese Zeit gehorchte der kleine Junge Freddie. Er gab nie ein Geräusch von sich, kein einziges, doch abends, in der Stille der Wüste, konnte er seine Großeltern hören, die nur ein paar Meter weiter auf der Veranda saßen. Sie lachten, zankten sich, doch die meiste Zeit redeten sie einfach über dieses oder jenes. Etwa über das Wetter. Oder über den Kaktus vorne, der im Vorjahr geblüht hatte, dieses Jahr aber nicht. Oder über Wehwehchen, die mit dem Alter gekommen waren. Und im Schuppen, wenn Freddie tat, was er tat, hörte der Junge den beiden mit aller Macht zu. Er lauschte den Stimmen seiner Großeltern. Wenngleich, um ehrlich zu sein, sie waren nun gar nicht mehr seine Großeltern. Sie waren nur noch Stimmen, Stimmen, denen der Junge so begierig und angestrengt lauschte, dass er allmählich die eigene Fähigkeit zum Sprechen verlor. Er sprach immer weniger und weniger, bis er eines Tages, gegen Ende des Monats, ganz mit dem Sprechen aufhörte. Seine Großeltern standen vor einem Rätsel; sie verstanden den Grund nicht. Sie dachten, es sei, weil der Junge von seiner Mutter verlassen worden war und wegen des Umzugs in die Wüste.

Aber der Junge kannte den Grund. Vielleicht nicht im Alter von vier Jahren, später jedoch schon. Später begriff er den Grund: Er begriff, dass die magischsten Worte, die einzigen Worte von Bedeutung, die Worte seiner Großeltern waren. Wenn sie auf der Veranda saßen, mittlerweile alt, und ihre Sorgen um den nicht blühenden Kaktus oder die Wolken oder ihre Knieschmerzen den Nachthimmel füllten. Ihn wie Sterne füllten. Weißt du, selbst im Alter von vier Jahren wusste der Junge ganz genau, dass er sein Leben lang niemals wie seine Großeltern auf einer Veranda sitzen würde. Er würde niemals so mit einem anderen Menschen zusammensitzen und über kleine Dinge reden. Oder über große. Nicht mal über die größten Belanglosigkeiten. Und er verstand, dass es *das* war, was Freddie ihm genommen hatte. Der Junge verstand das; er verstand es so gut, wie er jene Berge verstand oder die Tatsache, dass seine Mutter nie aus diesen Bergen hervortreten würde.«

Es herrschte Stille. Eine so tiefe Stille, dass Savita, als sie die Augen schloss, spürte, wie ein warmer Wind über ihr Gesicht strich. Sie fragte sich, wie ein Windzug durch ein Auto mit geschlossenen Fenstern wehen konnte.

»Und weißt du, was am interessantesten ist?«, fuhr der Mann fort. »Gar nicht, was mit dem vierjährigen Jungen geschehen ist. Nein. Er ist einfach groß geworden, so wie wir alle. Mittlerweile ist er ein erwachsener Mann.« Er hielt inne; Savita hatte den Eindruck, er studiere die Straße. »Er wohnt wohl irgendwo. Die meiste Zeit eher unglücklich, wie wir alle, doch eigentlich kommt er ganz gut zurecht. Aber weißt du, was wirklich interessant ist? Am interessantesten ist, was mit Freddie passiert ist. Mit dem Jungen, der die Veranda gebaut hat. Er ist später aufs

College gegangen – mit den Ersparnissen von seinen Aushilfsjobs – und hat in einem seiner Kurse ein hübsches Mädchen namens Myra kennengelernt, und sie haben geheiratet. Nach ihrem Abschluss sind die beiden nach Albuquerque gezogen, später nach Houston. Freddie hat eine Arbeit bei einem Ölkonzern gekriegt, gutes Geld, und er und Myra haben drei Kinder bekommen, zwei Jungen und ein Mädchen. Ehe man sich versah, hatten sie ein großes Haus am Stadtrand und zwei Autos und irgendwann sogar einen Pool.«

Der alten Frau entfuhr ein kleiner Schnarcher, sie rutschte ein wenig auf ihrem Sitz herum und schlief sofort wieder ein. Der alte Mann sah zu seiner Ehefrau hinüber, als würde er mit ihr sprechen, als wäre sie wach, und sagte: »Nun, wie gesagt, Freddie hatte also drei Kinder. Erst zwei Jungs und dann noch ein kleines Mädchen. Freddie Jr. war der ältere der beiden Jungen und kam ganz nach dem Vater. Die beiden unternahmen alles gemeinsam: Sie gingen jagen und angeln und spielten zusammen Baseball. Freddie Junior wurde sogar so gut, dass sein Little-League-Team es eines Jahres bis nach Williamsport schaffte. Jedenfalls fuhren die Jungs, also die beiden Söhne von Freddie Senior, eines Sommers zurück nach Tucson zu ihrem Großvater, Freddies Vater, und zu dessen neuer Frau. Er war Witwer geworden und hatte beim Golfen in Palm Springs eine neue Frau kennengelernt und geheiratet. Er wohnte nach wie vor in Tucson, und die Jungs sollten ein paar Wochen bei ihm bleiben. Die beiden stiegen also in ein Flugzeug, ganz allein, und machten sich auf den Weg in die Wüste. Kommt dir was bekannt vor?« Er lachte auf und sagte: »Na ja, du kannst dir ja vorstellen, dass sie es anfangs ziemlich langweilig fanden. Sie hingen im Haus rum und schauten fern oder spielten Videospiele. Ihr Großvater hatte zwar ein großes Grundstück gleich westlich der Stadt, doch im Gegensatz zu dem ersten kleinen Jungen interessierte das diese beiden überhaupt nicht. Sie fanden es dort langweilig. Aber nach ein paar Tagen kam schließlich ein Junge aus der Nachbarschaft vorbei, in ihrem Alter, und die drei wurden dicke Freunde. Er zeigte ihnen, wie man in der Wüste Spaß hatte: Wie man Gila-Echsen jagte und auf Sand rodelte und nach den Eiern kleinerer Echsen grub. Der Nachbarsjunge ging erst zum Abendessen wieder nach Hause, und manchmal noch nicht mal dann. Gegen Ende der zwei Wochen wollten Freddie Junior und sein Bruder gar nicht mehr nach Houston zurück.

Nun, an ihrem letzten Tag in der Wüste kam wie immer der Nachbarsjunge vorbei, und die drei spazierten zur Hintertür hinaus. Der Großvater und seine Frau waren drinnen und machten gerade Sandwiches zum Mittagessen. Und da – als der Großvater gerade Senf auf die Brotscheiben schmierte – hörten sie eine riesige Explosion. Wirklich ungeheuerlich laut. Das Haus wackelte; dem Großvater schlug es das Buttermesser aus der Hand. Bilderrahmen fielen von den Wänden; die Deckenlampen schwangen hin und her. Sie dachten, es wäre ein Erdbeben oder irgendeine Bombe. Das war's aber nicht. Ganz und gar nicht. Als der Großvater hinausrannte, sah er am Rande seines Grundstücks eine riesige Rauchwolke aufsteigen. Direkt an der Grundstücksgrenze, und er sah auch Flammen. Er rannte so schnell er konnte, angesichts seines Alters bemerkenswert schnell. Aber so sagt man ja – dass der Mensch bei großen Belastungen oder in Notsituationen, wenn große Taten erforderlich sind, sich dieser großen Taten als seltsam fähig erweist. Aber der Großvater war nicht schnell genug. Weißt du, die drei Jungs hatten mit Streichhölzern gespielt, und das direkt bei einem Propangastank. Ich will hier nicht zu anschaulich werden, jedenfalls waren die Jungs jetzt nicht mehr direkt beim Gastank. Der Nachbarsjunge hatte Verbrennungen zweiten Grades; Freddie Juniors jüngerer Bruder hatte auch Verbrennungen, jedoch nicht so schlimme. Aber Freddie Junior, nun, Freddie Junior hatte Verbrennungen dritten Grades. Die Explosion hatte jede einzelne Hautschicht verbrannt und war in seinen Blutkreislauf vorgedrungen, hatte innere Organe verletzt. Er lag über zwei Wochen lang im Krankenhaus, litt furchtbar und starb schließlich an einer Blutvergiftung. Er war dreizehn. Und sein Vater, Freddie Senior, saß jeden Tag am Bett seines Sohnes. Er weigerte sich, das Krankenzimmer zu verlassen, ich meine, er *weigerte* sich wirklich: Selbst nachdem der Junge gestorben war, blieb der Vater einfach sitzen. Es hieß, er stünde unter Schock. In den zwei Wochen im Krankenhaus ergraute er vollständig, und als er dort einmal mit der Faust in einen Spiegel schlug, verletzte eine Scherbe einen wichtigen Nerv, und ab da konnte er die rechte Hand nie wieder richtig benutzen. Der Großvater war natürlich auch völlig zerstört. Er gab sich natürlich die Schuld. Er starb ein paar Jahre später, doch eigentlich war er schon lange zuvor gestorben. Auch der überlebende Bruder war nie wieder derselbe. Die ersten zwei Monate nach dem Tod seines Bruders sprach er nicht – kommt dir *das* jetzt bekannt vor? –, und als er schließlich wieder anfing mit dem Sprechen, dann eigentlich nur, um Drogen zu kaufen.«

Der Mann schwieg nun wieder, auf eine Weise, die Savita nicht kannte: Die Stille senkte sich schwer über sie, das helle Licht im Auto schien sich darauf zu spiegeln wie auf einem See.

Der Mann lächelte in den Rückspiegel, doch er schwieg noch eine Weile. Dann sagte er: »Wie heißt du noch mal? Saveeta? Nun, Saveeta, ich bin kein großer Denker, aber kommt dir das nicht irgendwie – wie soll ich sagen – unheimlich vor? Okay, man könnte einfach sagen, dass das alles willkürlich passiert ist, dass diese Geschehnisse überhaupt nichts miteinander zu tun haben, dass das Leben nicht derart poetisch ist. Vielleicht war ja auch die Mutter an allem schuld. Die, die mit dem Vertreter durchgebrannt ist. Aber ich setz mein Geld auf die Poesie. Auf ihre Symmetrie, klar, aber genauso auf ihre Unzulänglichkeit. Ihre Gemeinheit. Wie sie die Lämmer zusammen mit den Löwen schlachtet. Alles von Wert. Findest du nicht?« Er hielt inne und lächelte wieder. »Du bist eine ganz Hübsche, weißt du das? Du bist Inderin, oder? Ihr werdet alle so schön braun in der Sonne. Ist mir aufgefallen. Richtig schön. Ja, ist so. Ist doch so, oder, Mill?«

Seine Frau fuhr erschrocken hoch und fragte: »Hm? Was denn?«

Er lachte ein wenig und aß noch eine Handvoll Erdnüsse.

2

Im Zentrum von Butte, Montana, setzten sie Savita ab.

Der alte Mann sagte: »Bleib immer an der Neunzig, okay? Highway 90. So kommst du rüber nach New York oder zumindest in die Gegend.«

Beide, der alte Mann und die alte Frau, umarmten Savita, wünschten ihr alles Gute und schenkten ihr die restlichen Erdnüsse. Als sie wieder losfuhren, winkte die Frau. »Viel Glück«, sagte sie und ihre Hand flatterte wie eine Fahne aus dem Fenster.

Wohin fuhren sie? Warum waren sie in Eile? Sie hatten es ihr bestimmt gesagt, doch Savita hatte sie nicht verstanden. Sie hatte sagen wollen: »Vielleicht kann ich ja mit Ihnen mitfahren, nur noch ein Stückchen«, aber auch hierzu hatten ihr die Worte gefehlt. Sie hatten sie im Zentrum von Butte zurückgelassen.

Sie dachte: Bis *hier* werden sie mir doch nicht folgen, oder?

Die Stadt war von Bergen umgeben. Savita stand an einer Straße, die nach Süden und Westen abfiel und nach Norden anstieg. Im Osten, wohin Savita nun blickte, stand ein weiterer riesiger Berg. Anders als die anderen Berge war dieser hier nicht ganz. Der vordere Berghang war abgetragen worden, unterhalb einer Bergnase aufgeschürft, und es war nur eine Wunde geblieben, die in der einsetzenden Dämmerung rosa leuchtete. Savita drehte sich um, sah die abschüssigen Straßen hinunter und merkte, dass die meisten der Backsteinbauten geschlossene Fensterläden hatten. Ihr wurde schwer ums Herz.

Damit sie länger hielten, aß Savita die Erdnüsse einzeln, eine nach der anderen, und ging durch die Straßen. Sie wusste nicht, dass im Zentrum von Butte viele Straßen nach Edelsteinen, Mineralien und Metallen benannt waren, nach Glänzendem, das einst tief in den umliegenden Bergen verborgen gewesen war. Von der Porphyry Street ging sie zur Silver Street hinauf. Als sie die Mercury Street erreichte, bog sie ab und stand abermals vor einem Backsteingebäude, und dieses war erleuchtet. Drinnen saßen Leute auf hohen Stühlen und lachten und redeten, und Savita spürte einen solchen Schmerz, dass ihr Tränen in die Augen schossen. Sie sah die Teller voller Essen, hohe Gläser, durch die das Licht golden funkelte, als wären auch sie aus Edelstein. Doch während Savita draußen stand, roch sie trotz der übervollen Teller mit Nachos und Chicken Wings und Pommes Frites nur schales Bier; der Geruch drang durch Backstein und Glas, schwappte über den Gehweg und Savitas Körper hinweg und ergriff sie. Suresh und das Zimmer und die Flasche mit der durchsichtigen Flüssigkeit. Sie wollte aufschreien und mit der Faust das Fenster durchschlagen, doch stattdessen schluckte sie, unterdrückte Galle, ließ einen kleineren Laut heraus – den eines Tieres, gefangen in einer fernen Höhle, in einer abgelegenen Grube – und lief schnell die Straße hinunter.

Am Ende der Straße sah sie ein Schild: *Rooms, $ 10.*

Drinnen war es muffig, die Bettwäsche grau und zerknittert, nicht sehr sauber. Am Ende des Flures aber gab es ein gemeinsames Badezimmer und eine Dusche mit heißem Wasser. Savita wusch ihre getragene Kleidung im Waschbecken. Sie hängte sie vor dem winzigen schmutzigen Fenster ihres Zimmers zum Trocknen auf. Im schwindenden Licht sahen die Berge höher aus, näher, finsterer. Auf einem der Berggipfel leuchtete etwas Weißes, und sie fragte sich, ob es vielleicht ein Tempellicht war. Als sie schlief, schlief sie traumlos und hielt die ganze Nacht über ihren Rucksack umklammert.

Am Morgen begriff sie.

Sie begriff, dass ihr sechzig Dollar blieben. Sie begriff zudem, dass ihre sechzig Dollar entweder für sechs weitere Nächte in einem schäbigen Zimmer in Butte reichen würden, womit sie kaum ein Drittel der Strecke nach New York zurückgelegt hätte, oder für eine Rückfahrt nach Seattle.

Sie blieb noch eine weitere Nacht in dem Zimmer, dann noch eine.

Am dritten Morgen setzte sie sich in einem Café wortlos auf einen runden Barhocker am Tresen. Am Tag zuvor hatte sie nur ein abgepacktes Sandwich und einen geklauten Apfel gegessen und war schwach vor Hunger. Die Kellnerin lief ein Dutzend Mal an Savita vorbei, ohne sie auch nur anzusehen; schließlich gab Savita ihr ein Zeichen und zeigte auf den Teller eines kleinen Mädchens, auf dem Eier und Toast und Bananenscheiben lagen.

Als die Kellnerin mit einem Glas Wasser und Besteck zurückkehrte, sagte Savita: »Kaffee, bitte, Madam.«

Der Mann neben ihr lachte auf. »Und ich dachte schon, du wärst stumm«, sagte er, »und auf einmal wie aus dem Nichts: ›Kaffee, bitte.‹« Er lachte noch ein wenig weiter.

Er zahlte und stand auf. Der Sitz blieb leer, bis Savita ihren Toast fast aufgegessen hatte, die Banane sparte sie bis zuletzt auf, und sich ein anderer Mann neben sie setzte. Dieser hier sah gelassener aus, dachte sie. Er war alt und schwarz, und sein wolliges Haar war an den Schläfen ergraut, am Oberkopf schütter. Savita war einem schwarzen Menschen noch nie so nahe gewesen, und da sie ihre Arme nebeneinander auf den Tresen gelegt hatten, sah sie, dass sie fast denselben Braunton hatten. Ihre eigene Haut war eher gelblich braun, seine eher rötlich braun. Die Vorstellung tröstete sie, wenngleich sie nicht wusste, warum. Der Mann bemerkte ihren Blick, sagte aber nichts.

Er aß etwas, das wie Uttapams aussah, wobei diese hier nur aus Teig bestanden, ohne Zwiebeln und grüne Chilis und Tomaten und Koriander. Er goss einen braunen Sirup darüber, und als er merkte, dass Savita wieder hinüberblickte, zeigte er auf die Bananenscheiben auf ihrem Teller und sagte: »Manchmal mag ich die noch obendrauf. Und Schokostückchen, wenn ich mich übermütig fühle. Heute aber nicht. Heute ist mir nach was Schlichtem.«

Seine Stimme war tief, ein leichtes unterirdisches Brummen lag darin, etwas Schmerz, doch hauptsächlich Gelassenheit. Anscheinend spürte er, dass der Klang seiner Stimme Savita erfreute. Er sagte: »Wir zwei sind wie Fische an Land, was? Hier draußen. Ein Schwarzer und was – eine Inderin? Hier draußen. Wo soll's denn hingehen?«

Savita verstand das Wort *Inderin*. Sie lächelte und nickte.

»Sprichst du Englisch? Wohl genug, um dir ein Frühstück zu bestellen. 'tschuldigung, Fräulein, Verzeihung«, sagte er zur Kellnerin, als die gerade vorbeilief. »Kriegen wir noch ein bisschen Kaffee?«

Die Bedienung schenkte ihnen Kaffee nach, und Savita war entzückt; ihr war nicht klar gewesen, dass es Nachschlag gab, und sie war dankbar, dass er auch gleich ihren Becher hatte wiederauffüllen lassen.

»Rapid City. Da fahr ich hin. Kennst du Rapid City? Ich hab da eine Tochter. Etwa in deinem Alter. Ein einziges Drama. Ein richtiges Drama. Wie habe ich ein solches Drama herangezogen? Ihre Mutter ist weiß. Vielleicht liegt's daran, ich weiß es nicht. Sie wurde einfach schon als Drama geboren.«

Nein, dachte Savita, überhaupt nicht gelassen.

»Und ich sag dir mal was. Da draußen ist zwar nicht viel, aber der Spearfish Canyon ist schön. Hab sie da erst einmal besucht.

Sie ist keine, die irgendwo lange bleibt. Aber eins sag ich dir: Der Spearfish Canyon ist was Besonderes. Kannst du mich eigentlich verstehen? Ich fahr die Neunzig runter. Und du?«

Savita hatte sich ruckartig aufgesetzt.

Der Mann wirkte erschrocken. »Du etwa auch? Wohin denn?«

»New York«, sagte sie und hörte selbst kaum zu. Sie kannte diese Wörter; sie kannte die Wörter *Spearfish Canyon*.

»New York!« Er lachte laut auf. Er überlegte eine Weile und sagte: »Die Achtzig wär da vielleicht günstiger, aber ich denk mal, dass du auch auf der Neunzig irgendwann hinkommst.«

Savita nickte abwesend. »Der vollkommene Ort«, hatte Mohan gesagt.

»Hast du 'n Auto? Fährst du Auto?« Er bewegte die Hände wie um ein Lenkrad.

Savita schüttelte den Kopf. »Bus«, sagte sie und wühlte in ihrem Rucksack.

»Mit dem Bus! Sweetheart, von Butte fahren keine Busse nach New York. Wer hat dir denn das erzählt?«

Savita sah auf; sie spürte eine Krise. Und wo war das Foto? Sie betrachtete das Gesicht des Mannes und fragte sich, ob auch ihres bei Hitze dunkler wurde. Sie suchte wieder in dem Rucksack.

»In Rapid City hast du vielleicht 'ne Chance. Wer weiß. Zumindest wäre das schon mal die richtige Richtung. Oder du kriegst von da eine Verbindung über Chicago. Irgendwie. Aber wer hat dir das denn erzählt?«

Da! Da war das Foto.

Savita sah wieder den Mann an und merkte, dass er ungeheuer besorgt war, nicht nur um sie, sondern vielleicht um alle Frauen in einem bestimmten Alter oder um solche mit einem bestimmten Schmerz. Sie hielt ihm das zerrissene Foto entgegen und zeigte auf die Rückseite.

Er machte große Augen. Er drehte das Foto um, dann starrte er wieder auf die Rückseite. »Du kennst den Spearfish Canyon? Hast du da Familie? Warum hast du das denn nicht gleich gesagt? Ich dachte, du willst nach New York. Herrgott, der Canyon liegt ja auf dem Weg nach Rapid City.« Dann blickte er zum ersten Mal, zumindest glaubte Savita das, auf ihren Armstumpf. Er starrte weder, noch blickte er zu schnell wieder weg. Er gab ihr das Bild zurück, trank einen Schluck Kaffee, lächelte breit, gab der Kellnerin einen Zwanziger und ein Zeichen, dass er für beide zahlte, und fragte: »Willst du mitfahren?«

Mitfahren? Ja, Savita nickte, ja.

Hinter Butte erhoben sich Felskegel aus dem Gebirge. Bäume wuchsen auf bloßem Gestein. Noch ein Stück weiter zogen sich die Berge in die Länge und wurden flacher. Die kurvige Straße führte an riesigen Viehfarmen und Höfen vorbei, und die Landschaft war mit Heuballen übersät. Sonnenlicht brach sich im Weizen und erleuchtete die Halmspitzen wie Kerzen.

»Nein«, sagte der Mann gerade, »sie lässt sich von mir nichts sagen. Rein gar nichts. Sie weiß schon alles, oder meint es zumindest. Schon seit sie etwa zwei Wochen alt war. Ihre halbe Familie ist weiß. Aber die andere Hälfte ist schwarz. Und ich sag zu ihr: ›Sieh doch mal. Sieh doch mal, was wir durchgemacht haben. Was wir alles überlebt haben. Du bist ein Teil dieses Überlebens. Dieser Ausdauer.‹ Ich sag zu ihr: ›Deine Ururgroßeltern waren Sklaven. Sie haben Baumwolle gesammelt in –«

»Baumwolle«, sagte Savita, lächelte breit und hörte plötzlich aufmerksam zu.

»Da gibt's nix zu lächeln«, sagte der Mann. »Das ist doch scheiße. Sowie jemand, und ich meine wirklich irgendjemand, *Baumwolle* sagt, oder *Plantage* oder, Herrgott, sogar *Schiff*, lauf, so schnell du kannst. Hörst du mich? Du glaubst, du wärst nicht schwarz, aber wenn es wirklich drauf ankommt, wenn es bis zur Baumwolle kommt, dann bist auch du schwarz. Jeder, der nicht weiß ist, ist schwarz. Verstehst du das? Wie auch immer, wie ich gerade sagte ...«

Savita sah aus dem Fenster auf die Felder und die Berge und den Himmel. Je weiter sie nach Osten fuhren, umso weicher wurden die Bergrücken – die Täler wie Schüsseln voller goldenem Licht –, dann wurden die Gipfel wieder höher, kräftig und gewaltig. »Etwas Perfektes lässt sich unmöglich erklären«, hatte er gesagt.

Gegen Nachmittag hielt der Mann in einer Stadt, und sie teilten sich Käse-Sandwiches, die er aus einer Kühlbox auf dem Rücksitz holte. Er reichte Savita eine Limonade und entfaltete eine Papierserviette, auf die er Kartoffelchips schüttete. Savita aß die Chips einzeln, einen nach dem anderen, doch er gab ihr ein Zeichen und sagte: »So.«

Sie sah zu, wie er sein Sandwich auseinanderklappte und eine dicke Schicht Chips auf die Käsescheibe packte, die obere Brotscheibe wieder darauflegte und mit einem lauten Krachen hineinbiss. Savita tat es ihm nach, und entschied nach dem ersten Bissen, dass sie nie wieder ein Sandwich essen würde, das nicht mit Kartoffelchips gefüllt war.

Am späten Nachmittag kamen sie in Spearfish an. Der Mann hielt an einer Tankstelle und machte einen traurigen Eindruck. »Hast du denn keine Anschrift? Oder 'ne Telefonnummer? Dich kommt doch jemand abholen, oder? Dieser Ort hier ist wohl so gut wie jeder andere. Da drüben ist eine Telefonzelle. Vielleicht findet deine Familie ja wen, der nach Osten fährt. Vielleicht nicht gleich nach New York, aber zumindest ostwärts. Du kommst da schon hin. Du kommst doch zurecht, oder?«

Savita sah ihn an.

Er zog seinen Geldbeutel hervor und gab ihr einen Zehndollarschein. »Kauf dir was zu essen«, sagte er und fuhr los.

Es war noch nicht dunkel. Unentschlossen blieb Savita ein paar Minuten an der Tankstelle stehen. Niemand kam an oder fuhr weg, und so ging sie bis zur nächsten Straßenecke und blickte die Straße auf und ab. Auf der gegenüberliegenden Seite war ein Autohändler. Daneben ein Spirituosenladen. In der Ferne lagen niedrige Hügel, darauf vereinzelte Baumgruppen und trockenes Gras. Lag dort der Canyon? Die andere Seite, im Südwesten, sah so aus, als wäre dort das Zentrum, und so ging sie in diese Richtung. Wie in Butte standen auch hier Backsteingebäude, aber die Geschäfte und Fensterläden waren geöffnet. Die Gebäude waren in besserem Zustand. Manche waren frisch gestrichen, und es waren Leute unterwegs, Familien, manche mit Kinderwagen oder mit älteren Kindern, die vorneweg liefen. Die Stadt machte einen netten Eindruck, als würde die Nacht hier langsam und gemütlich einbrechen.

Savita überlegte, ob sie in einem Hotel übernachten und sich am nächsten Morgen auf den Weg zum Canyon machen sollte, doch die Hotels machten alle einen teuren Eindruck. Bei einem blinkte am Eingang ein Schild, das Zimmer für neunundsiebzig Dollar neunundneunzig anpries.

Savita hatte nur noch fünfzig Dollar.

Savita wandte sich von den ihr verschlossenen Türen dieser warmen Zimmer ab. Sie hatte noch keinen Hunger, wusste aber, dass er bald kommen würde. Sie ging in ein Geschäft und kaufte von den zehn Dollar, die der Mann ihr gegeben hatte, eine Banane, einen Apfel, einen Laib geschnittenes Brot und eine Tüte Kartoffelchips. Sie packte den Einkauf in ihren Rucksack und ging zurück zur Tankstelle, in der Hoffnung, von dort wieder zum Highway 90 zu kommen und zur nächstgrößeren Stadt mit einem Busbahnhof. Sie ging an einer Bank und an einem Restaurant und an einer Eisenwarenhandlung vorbei. Vor dem Fenster einer Galerie blieb sie stehen und betrachtete die Gemälde im Inneren. In der Mitte des Raumes stand eine Skulptur, ein Vogel, der gerade die Schwingen ausbreitete; Savita verglich ihn mit den einzigen anderen Vogelskulpturen, die sie je gesehen hatte, den Zuckervögelchen, und fand, dass Letztere hübscher gewesen waren. Einen Block weiter gab es noch eine Galerie; dort hingen Steppdecken der Sioux im Fenster. Diese betrachtete Savita noch eingehender – das Garn, die kräftigen Farben, die sauberen Muster, die Spuren des Webstuhls. So anders als die Saris von Indravalli, dachte sie, und trotzdem Tuch. Sie fragte sich, wer die Decken hergestellt hatte und wie weit sie gereist waren bis zu diesem Schaufenster.

In einem nahe gelegenen Park setzte sie sich auf eine Holzbank und fügte sorgfältig ein Kartoffelchips-Sandwich zusammen, stellte sicher, dass sie zwei gleichmäßige Lagen Chips hatte, und drückte dann den Rand der Brotscheiben zusammen, damit keine Chips herausfielen. Als Nächstes aß sie die Banane. Den Apfel hob sie für später auf.

An der Tankstelle herrschte mittlerweile mehr Betrieb. Savita ging nicht zu den Autos; sie wartete an der Tür, ein Stückchen abseits, und sprach nur Leute an, die lächelten oder nett zu ihr blickten. Eine Frau, das dunkle Haar kurz und ordentlich geschnitten, kramte in ihrer Handtasche, blickte zu Savita auf und lächelte.

Savita lächelte zurück und fragte: »*You go canyon, madam? You go ninety?*«

Da schien die Frau in Panik zu geraten und ging ohne ein Wort schnell in die Tankstelle. Nach einer Weile kam eine andere Frau mit zwei Kindern heraus. Die Kinder hielten Schokoriegel, und alle drei lachten.

»*Pardon me, madam*«, sagte Savita, »Canyon? New York?«

Die Frau und die beiden Kinder blieben stehen und starrten Savita an, dann senkten alle drei gleichzeitig den Blick und glotzten auf Savitas Armstumpf. Schließlich sagte die Frau: »Tut mir leid. Ich hab kein Kleingeld dabei«, und schob eilig ihre Kinder vor sich her.

Savita dachte, bei einem Mann hätte sie vielleicht mehr Glück, und so suchte sie sich einen älteren Mann aus, mit weißem Haar und einem freundlichen, runzligen Gesicht. Er sah sie an und hielt ihr die Tür auf, im Glauben, Savita wolle in die Tankstelle.

»No, *sir.* No. *You go canyon? I come?*«

Einen Moment blickte der Mann verständnislos drein, dann verschloss sich sein Gesicht – es wurde richtiggehend zugeworfen, dachte Savita –, und er sagte: »Mein Gott, betreib dein Geschäft doch irgendwo anders. Hier gehen Familien ein und aus.«

Lange Zeit kam sonst niemand mehr. Es wurde langsam dunkel. Savita ging in den Verkaufsraum und fragte, ob sie die Toilette benutzen dürfe.

Der dicke Mann hinter dem Schalter sah Savita kurz an, ein misstrauischer Blick aus grauen Augen, dann zog er ein Holzklötzchen mit einem Schlüssel daran unter dem Schalter hervor. »Hinten rum«, sagte er, und: »Bist du aus Mexiko?«

Savita lächelte und nahm den Schlüssel. Als sie zurück in den Verkaufsraum kam, war der Mann gerade mit einem Kunden beschäftigt, und sie legte den Schlüssel auf den Schalter, neben die Kasse, und ging wieder hinaus.

Mit Einbruch der Dunkelheit hatte der Wind zugenommen. Die Böen waren nicht sonderlich kalt, doch sie fuhren Savita durchs Haar und zogen an ihrer weiten Kleidung. Unentschlossen blieb sie stehen, blickte auf die leere Straße und auf die Hügel im Nordosten, die nun nicht mehr niedrig wirkten, sondern gewaltig und streng. Ein Lastwagen fuhr auf den Parkplatz, doch niemand stieg aus. Savita blickte in den Himmel und sah die ersten Sterne; hinter den Lichtkegeln der Tankstelle lag nur kalte dunkle Nacht. Sie entschied, dass es am besten wäre, zurück ins Zentrum zu gehen und dort in dem kleinen Park Unterschlupf zu suchen. Sie setzte sich den Rucksack auf und ging an den Zapfsäulen vorbei. Die Tür des Lastwagens öffnete sich. Zwei Männer stiegen aus. Savita beachtete sie nicht weiter, bemerkte im Vorübergehen nur, dass es zwei waren; plötzlich war ihr kalt, Padmas Pullover war kaum dick genug, um die Nacht abzuwehren. Savita war gerade an der letzten Zapfsäule vorbeigegangen, als sie hinter sich schnelle Schritte hörte.

Sie drehte sich um; sie hatte schon fast den letzten Lichtkegel durchquert und drehte sich trotzdem um.

3

Der Milchgesichtige lächelte zuerst. Sein Lächeln war so aufrichtig und unbekümmert, seine Art so arglos, dass Savita dachte, er könnte sie gleich wie eine verloren geglaubte Freundin umarmen. »Lauf nicht weg«, rief er. »Hey, wo gehst du hin? Nicht weglaufen!«

»Charlie, lass sie gehen«, ertönte eine gelangweilte Stimme. Da sah Savita hinter dem milchgesichtigen Charlie den zweiten Mann. Er war hager, hatte ein schmales Gesicht und strähnige lange Haare bis zu den Schultern, und seine Augen waren dunkle Höhlen. Langsam kamen die beiden auf sie zu, doch ihr Gang hatte etwas Aufgeladenes; Savita hatte den Impuls loszurennen, und fast hätte sie es getan.

Im nächsten Augenblick war das Milchgesicht schon bei ihr.

Sie roch den Alkohol, noch bevor er sie am Arm packte.

»Nicht weglaufen«, sagte er, und nun waren die Worte keine Bitte mehr, sondern ein Befehl.

Savita wollte sich aus seinem Griff winden, doch er hielt sie nur noch fester und lächelte wieder.

»Schau dir die mal an, Sal. Was für eine Hübsche. Bist du 'ne Autobahnnutte? Hey, hey, hey. Alter! Ganz schön temperamentvoll. Mein Onkel Buck hat mir mal 'nen Hamster geschenkt, der war genauso. Als ich fünf war. Hat sich 'ne Kugel in den Kopf gejagt. Also nich' der Hamster, ich mein Onkel Buck.«

Da lachte er, und der Mann namens Sal trat neben sie in den Lichtkegel, und erst jetzt sah Savita, dass es nicht nur Alkohol war, da war noch ein anderer, brutalerer Motor, der die beiden antrieb.

»Wie heißt du denn?«, fragte der Milchgesichtige.

Savita verstand die Frage, doch sie war zu entsetzt, um zu antworten.

»Wo kommst'n her?«

Savita schüttelte den Kopf. »*No English*«, sagte sie.

Sofort begriff sie, dass sie das Falsche gesagt hatte.

Charlies Lächeln wurde breiter, zugleich nahm sein Gesicht einen gelassenen, aber unheimlichen Ausdruck an. »Ist das so? *No English*? Hey, Sal, hast du gehört? *No English*.«

So blieben sie stehen, sahen sich an, und einen winzigen Augenblick lang glaubte Savita, dass der Milchgesichtige einfach ihren Arm loslassen würde und sie weiter ins Zentrum und zurück zu dem kleinen Park gehen würde. Doch das stimmte nicht: In Sals Augen glitzerte etwas.

Er sagte: »Jetzt sieh mal einer an. Was haben wir denn da. Charlie, heb mal ihren Arm hoch.« Es war ihr linker Arm, der Stumpf, und als Charlie ihn hochzerrte, brüllten die beiden vor Lachen. »Wer war das denn? Wer hat dir denn die Hand abgebissen?«, fragte Sal.

»Ich wette, das war ein Tiger«, sagte Charlie, lachte weiter und hielt Savitas Arm weiter schmerzhaft umklammert. »Ihr habt da drüben doch überall Tiger, oder?«

»Halts Maul, Charlie!«, sagte Sal plötzlich ernst. »Komm. Nimm sie mit rüber zum Truck.«

Charlie riss Savita am Arm. Sie stolperte; schnell blickte sie zur leeren Straße, zum Verkaufsraum der Tankstelle, zu deren Schalter. Der dicke Mann, der ihr den Schlüssel gegeben hatte, stand gerade mit dem Rücken zu ihr. Sie öffnete den Mund, um zu schreien, aber Charlie war schneller: Er hielt ihr die Hand vor den Mund. Savita reichte ihm nur bis an die Brust, und seine Hand war so groß, dass sie nicht nur Savitas Mund, sondern auch den Großteil ihrer Augen verdeckte. Er drückte sie gegen den Lastwagen, und als der Langhaarige die Tür öffnete, glaubte sie, die beiden würden sie hineinzwängen, doch stattdessen riss er ihr den Rucksack vom Rücken. Er wühlte darin, bis er das Geld gefunden hatte, und warf den Rucksack in die Fahrerkabine.

Er griff nach etwas, das sie nicht sehen konnte, schloss die Tür und sagte: »Komm.«

»Wohin denn?«

»Willst du etwa, dass Mel die Bullen ruft?«

»Aber der Truck –«

»Wir brauchen nicht lange. Komm, los.«

Sie zerrten Savita hinter die Tankstelle. Sie kriegte kaum noch Luft. Sie riss den Kopf hin und her, bis sie durch eine Lücke zwischen Charlies Fingern atmen konnte. Sie biss ihm in einen Finger, er schrie: »Verflucht noch mal!«, und schlug ihr gegen den Kopf. Es klingelte in Savitas Ohren.

»Kannst du mal das Maul halten«, sagte Sal und führte sie zu einer Gruppe von Pappeln, ein Stückchen hinter der Tankstelle.

Sie zwängten sich durchs Gestrüpp und kamen nach ein paar Schritten auf eine kleine Lichtung. Bierdosen glänzten selbst in dem schwachen Licht; ein Lagerfeuer hatte hier gebrannt – Savita hatte den Eindruck, dass die beiden schon oft hier gewesen waren.

»Zeig mir den mal«, sagte Sal.

»Was willst du machen, Sal?«

»Ich hab gesagt, du sollst sie mir rübergeben.«

Jetzt packte Sal Savitas linken Arm mit seiner eigenen Linken, dürr und kalt im Vergleich zum Arm des Milchgesichts. Er legte ihr erst gar keine Hand über den Mund. Stattdessen griff er unter sein Hemd, und im Mondlicht schimmerte etwas Dunkles. Er hielt Savita die Waffe vors Gesicht.

»Ein Ton. Nur ein einziges Scheißgeräusch. Hast du das verstanden?«

Savita starrte ihn an, ihr Denken verstummt, die Augen weit. Sie blickte in die Mündung der Waffe, doch der dunkle Tunnel war eigentlich in ihr selbst.

»Ich hab gefragt, ob du das verstanden hast?«

Nein, nein, verstanden hatte sie nichts, aber das Böse hatte seinen eigenen Wortschatz, seine eigene Sprache. Sie nickte.

»Und wenn du versuchst wegzurennen. Auch nur einen einzigen Schritt.«

Sie verstand.

Er ließ ihren Arm los; Savita stolperte nach hinten und fiel zu Boden. Sie hatte gar nicht gemerkt, dass er sie aufrecht gehalten hatte.

»Steh auf«, sagte er, und als sie aufgestanden war: »Jetzt los. Steck ihn dir in den Mund.«

Sie sah ihn an, verstand nicht mehr und blickte zum Milchgesichtigen hinüber. Und so blieben sie stehen, keiner von beiden ganz verstehend.

»Ich hab gesagt, steck ihn dir in den Mund.«

Als Savita weiter reglos stehen blieb, nicht verstand, was er wollte, packte er sie wieder am Arm und stieß ihr den Mund auf den Armstumpf. Ihre Zähne verletzten ihre Unterlippe, sie schmeckte Blut, doch er stieß weiter. Was wollte er?

»Aufmachen«, zischte er ihr ins Gesicht, sein saurer Atem schwerer als Luft. »Aufmachen und reinstecken.« Er drückte ihr die Waffe gegen das Gesicht, zwischen die Augen, und sie hörte ein Klicken. »Steck ihn dir rein.«

Nun verstand sie. Die ganze Nacht ein gewaltsames Verstehen. Die Sterne bloß brennende Kugeln.

Er ließ ihren Arm los und ging einen Schritt zurück. Er wartete.

Sie öffnete den Mund. Sie legte die Lippen um den Armstumpf.

Der Milchgesichtige heulte freudig auf, der Langhaarige aber sah Savita nur still zu. Er nickte. Sein hageres Gesicht leuchtete weiß hinter dem Schwarz der weiterhin auf ihr Gesicht gerichteten Waffe.

Ungeduldig machte er einen Schritt vorwärts. »Nicht so«, sagte er. »Du kannst das besser, du Schlampe.« Er packte Savita an den Haaren und stieß ihren Kopf auf den Armstumpf hinunter. Sie würgte an ihrem Arm. Tränen stiegen ihr in die Augen. Er riss ihren Kopf wieder hoch, stieß ihn wieder hinunter, riss ihn wieder hoch. »So«, sagte er.

Sie gehorchte.

Der Milchgesichtige hatte mittlerweile seine Hose geöffnet und stöhnte am Rande von Savitas verschwommenem Blickfeld. Sie nahm die Bewegung seiner Hand wahr.

Aber die Waffe. Die bewegte sich nicht. Im Mondlicht blieb sie reglos, schwarz, glänzend, gelassen, das Gefieder glatt. Das Ding lachte.

»Du lebst ja«, sagte Savita.

In der silbernen und sternenklaren Nacht sah die Krähe Savita an und lachte weiter. Den Schnabel in die Luft gereckt verharrte sie reglos, wie um Savitas Bewegungen zu verspotten.

»Sie haben dich wohl geholt, nicht wahr?«, sagte die Krähe. »Sie haben dich Stückchen für Stückchen geholt. Und das hier – das ist das letzte Stückchen. Jetzt, auf dieser Lichtung, mit diesen Fremden. Ich habe dich gewarnt«, sagte die Krähe. »Schon vor vielen Jahren habe ich dich gewarnt. In Indravalli. Ich habe doch gesagt: ›Stell sicher, dass sie dich gleich ganz auffressen.‹ Aber du hast nicht auf mich gehört. Hast einfach nicht gehört. Und sieh dich jetzt an. Du bist nichts mehr. Ein Mädchen. Ein Mädchen auf einer Lichtung.«

Dem Milchgesichtigen entfuhr ein langes Stöhnen, der mit dem hageren Gesicht lachte, die Krähe wandte sich ab, breitete die Flügel aus und flog fort, Savita sah ihr nach und sank auf die Knie.

Und so war es geschehen: Ein Gewebe, das Savita nie verstanden hatte, gar nie hatte verstehen wollen, hatte ihr Herz umschlossen, es weich, runzelig, baumwollen umschlossen; und nun war dieses Tuch zerrissen.

Die Männer ließen Savita auf der Lichtung; der Lastwagen startete und fuhr davon, bis nur noch Nacht zu hören war. Still und kalt.

Aber woher hätte ich es wissen sollen?, dachte Savita, als sie dort auf dem Boden lag. Woher hätte ich wissen sollen, dass es schon immer dahin geführt hat; schon immer vom Samen zum Webstuhl zum Tuch und schließlich, so brüchig, zum Herzen.

4

Im Westen blitzte es. Savita hob den Kopf und musste lächeln, weil sie dachte, Glühwürmchen hätten sich versammelt und gut gelaunt aufeinander abgestimmt. Doch als sie aufstand, sah sie dunkle Wolken auf sich zustürmen. Sie trieben nach Spearfish. Gleichzeitig schien es heller geworden zu sein. War es schon Morgen? Donner grollte. Sprach. Ein Regentropfen, dann zwei. Sie setzte sich auf, sah die leeren Bierdosen, die erloschene Feuerstelle, und fragte sich: Wo ist Osten?

Sie strich sich die Kleidung glatt, doch als sie einen Schritt machen wollte, brach sie zusammen. Ihre Beine waren taub. Ihr Geist furchtbar leer.

War sie eingeschlafen?

Das Gewitter eilte jetzt heran. Die Sturmwolken rasten über die Prärie, über die Black Hills nach Dakota. Savita betrachtete sie mit solchem Interesse, solcher Sehnsucht, dass sie glaubte, die Wolken könnten sich zu ihr hinabbeugen und sie, niedrig, wie sie waren, schnell, mit sich forttragen. Doch die Wolken beachteten Savita nicht, sie ballten sich bedrohlich zusammen und wurden vor Wassermassen immer schwerer und dunkler. Blitze zuckten jetzt im Westen und Süden, ein paar auch im Norden. Savita betrachtete sie; die Blitze wie die Hände ihres Vaters, nach ihr ausgestreckt. »Nanna«, sagte sie, »war ich denn je die mit Flügeln?« Da hörte sie einen Blitz einschlagen, taumelte von der Lichtung und hinter die Tankstelle – der Wind peitschte ihr mit der Kraft eines Meeres entgegen; Savita tastete sich an der Wand entlang, blind vor Wind, Regen und Sturm.

Es war niemand am Schalter. Der Schlüssel lag immer noch dort, wo sie ihn hingelegt hatte.

Sie schloss die Toilettentür auf, erblickte ihr Spiegelbild, schlug die Tür hinter sich zu und fiel zu Boden. Und dort, da – noch eine Lichtung. Ihr Geld war fort. Ihre Kleider waren fort. Das Foto und das kleine weiße Papierrechteck waren fort. Selbst der Rest des Brotlaibs und die Kartoffelchips und der Apfel waren fort. Doch von alldem, was fort war, was sie ihr genommen hatten, war es Purnimas halb fertiger Sari, der Savita nicht mehr aufstehen ließ.

Es fing an zu regnen. Regen prasselte auf das Metalldach, wie winzige Füßchen eilte er dahin. Wohin?

Nach Osten, dachte sie, nach Osten.

Und was lag im Osten? Nichts. Ebenso wenig, wie im Westen gelegen hatte.

Sie schluchzte, ihr Schluchzen wurde zu Heulen, und das Heulen zu einem niedrigen und sanften Summen. Savita blickte auf und summte weiter. Noch eine Toilette. Auch diese hier summte. Sie krabbelte zur Toilette und legte ihre Arme um das kühle Porzellan. Sie lächelte. Doch da traf sie der scharfe Geruch von Urin, schnitt durch ihren Tagtraum und warf sie zurück in die Realität; oder war es das Rütteln an der Türklinke? Savita wusste es nicht, sie wusste nur, wie wenig sie noch tun konnte. Das Licht der nackten Glühbirne über ihr schmerzte ihr in den Augen. Ihre Haut, von der Glühbirne erleuchtet, schrie vor Kummer. Ihre Gedanken falteten sich schmerzhaft zusammen und auseinander. Denn hier, inmitten von diesem grellen Licht und des furchtbaren Gestanks, verstand Savita, wie verloren sie war. Wie verschwunden. Wie selbst alle Warnsignale der Welt, ordentlich aufgereiht, sie nicht mehr retten konnten.

PURNIMA

I

Es lief doch auf Folgendes hinaus: Ihre einzige Chance, Savita zu finden, war, sie heraufzubeschwören. Über Poesie zu reden, war schön und gut, aber Purnima wurde die Zeit knapp, und was war das Schlimmste, was Mohan tun könnte? Sie ignorieren? Sie aus der Wohnung schmeißen? Leugnen, dass er Savita kannte? Sie in ein früheres Flugzeug zurück nach Indien setzen? Sie bis zu diesem Flug nicht mehr aus der Wohnung lassen?

Nichts davon war schlimmer, als ihre letzte und einzige Waffe nicht zu benutzen.

Am Abend kochte sie erst gar nicht und reichte Mohan, als er vorbeikam, gleich ein Glas. Sie wartete, bis er den ersten Schluck Whiskey getrunken hatte, sah ihn direkt an und sagte: »Ich bin nur aus einem Grund Kurierin geworden. Aus einem einzigen Grund. Um jemanden zu finden.«

Mohan sah sie verblüfft an. Er deutete auf ihr Gesicht. »Den Typen, der dir das angetan hat?«

Purnima hörte kaum hin. Sie sprach ins Zimmer hinein, jetzt unerschrocken, gelassen, als wäre sie allein. »Nein, der existiert für mich gar nicht mehr. Ich suche meine Freundin. Sie heißt Savita. Nach ihr suche ich, deshalb bin ich hier.«

Mohan schien vor etwas zu erschauern, das sie nicht verstand, und obgleich sein Gesicht im trüben Grau am anderen Ende des Zimmers kaum zu erkennen war, spürte Purnima sein Schaudern durch den Fußboden hindurch, in der Luft zwischen ihnen. Er fragte: »Woher kennst du sie?«

Purnima sah auf. »Wir sind aus demselben Dorf. Ich habe sie zuletzt vor vier Jahren gesehen.«

Er blickte ins Licht, wieder weg, als würde er mit dem Licht kämpfen.

»Kennst du sie denn auch?«

»Nein«, sagte er, und Purnima wusste, dass er Savita kannte.

»Ich muss sie finden«, fuhr sie fort. »Dazu brauche ich deine Hilfe.«

Er schwenkte sein Whiskeyglas. Er verkrampfte sich. Er blickte auf den Fußboden. »Sie ist abgehauen.«

»Was?«

»Vor zwei Tagen.«

»Vor zwei Tagen?« Purnima spürte einen Schrei im Hals, einen heiß pulsierenden Schmerz. Zwei Tage!

»Wohin? Wo ist sie hin?«

Stille.

»Du musst doch *irgendwas* wissen.«

»Sie hat einen Bus genommen. Zumindest vermute ich das.«

»Aber wohin? Diese, diese Mädchen – die kennen doch niemanden, keine anderen Orte. Die können doch nicht mal Englisch. Wo kann sie denn hin sein? Ohne Geld.«

Wieder Stille.

Purnima dachte schnell nach. Ihr Rückflug ging über New York. In einer Woche. Was war besser, hierbleiben oder nach New York fahren? Was, wenn Mohan sie nicht länger hier wohnen lassen würde? Warum sollte sie überhaupt bleiben, jetzt, wo Savita fort war? Und wenn er sie wegschicken würde, würde sie in New York einfach den Flughafen verlassen. Und dann immer weitergehen. Würde irgendjemand sie aufhalten? Durften sie das denn? Und selbst wenn niemand sie aufhielte, was dann? Wohin würde sie gehen? Wo würde sie anfangen? So ein großes Land – wie lange würden ihr tausend Dollar reichen? Egal: Sie würde Savita vom anderen Ende her entgegenlaufen.

Und wütend dachte sie: Sie war hier. Sie war die ganze Zeit über hier, und ich habe sie nicht gefunden. Ich habe an den verkehrten Orten gesucht, bin die verkehrten Straßen entlanggelaufen. *Zwei Wochen* lang.

»Geld hatte sie.«

Purnima sah wieder zu ihm auf, als wäre sie aus einem tiefen Schlaf aufgewacht und überrascht, ihn vorzufinden. Wovon sprach er?

»Was für Geld denn?«

»Hat sie sich genommen. Aus meiner Börse. Nicht viel. Damit kommt sie nicht weit.«

»Aber wie weit denn, bis wohin?«

»Und ein halbes Foto.«

»Bis wohin würde sie denn damit kommen? Sag schon.«

»Warum sie das nun genommen hat, weiß ich nicht.«

»Ein Foto? Wovon denn?«

»So ein Ort, von dem ich ihr mal erzählt habe. Ich als kleiner Junge.«

»Was für ein Ort?«

»Spearfish Canyon.«

»Ist das eine Stadt?«

»Liegt bei einer Stadt. In South Dakota.«

»Wo ist das?«

»In der Mitte. Fast.«

Purnima wandte den Blick ab, dann sah sie wieder zu Mohan. »Was hast du ihr denn von diesem Ort erzählt?«

Er zuckte mit den Schultern. Verlegen sagte er: »Ich weiß nicht. Nicht viel. Nur, woran ich mich so erinnert habe. Dass es ein vollkommener Ort war. Dass es mir als Kind so vorkam. Perfekt. Das hab ich ihr erzählt. Aber sie hat mich was Seltsames gefragt.«

»Was denn?«

»Ob es da wie Flötenspiel gewesen sei.«

»Wie Flötenspiel?«

Purnima verstummte.

Ihr Gesicht zeigte Entschlossenheit, eine Aufgabe, eine Festigkeit; es war wie langsam abkühlende Lava: Ihr Gesicht wurde zu einer Landschaft, zu Naturkräften, tektonischen Platten und Druck und der Suche nach dem rechten Ort, nach dem Einfinden in ein Schicksal.

Die Logik einer Sache, sie war nun nicht mehr von Bedeutung. Was zählte, war die Überzeugung tief in ihrem Bauch, die sich durch ihren ganzen Körper brannte: Savita war dort. Wenn nicht dort, dann nirgendwo – und diesen Gedanken konnte Purnima nicht ertragen. Sie war um die halbe Welt gereist, all diese vielen, vielen Jahre gereist. Und wozu? Um Savita um zwei Tage zu verpassen? Nein, das würde sie nicht dulden.

Im Dunkeln sagte sie zu Mohan: »Mir bleibt eine Woche hier. Dann fliege ich zurück nach New York. Und du siehst mich nie wieder. Aber ich geb dir Geld. Ich gebe dir all mein Erspartes. Fährst du mich dorthin? Zu diesem Spearfish Canyon? Ich weiß, dass du nicht musst. Aber würdest du's trotzdem tun?«

Mohan lachte leise, doch sein Gesicht wurde gleich wieder ernst. Er schwieg. Er betrachtete Purnima ungläubig, ein wenig ehrfürchtig. »Das geht nicht. Ich muss hierbleiben. Das weißt du. Du redest davon, in ein paar Tagen loszufahren. Bei mir geht das auf keinen Fall.«

»Nicht in ein paar Tagen. Morgen. Noch heute Nacht, wenn das bei dir geht.«

Jetzt lachte er laut auf. Aber es war das Lachen eines traurigen Menschen, nicht sehr tief, dünn und wenig überzeugend – wie das Eis auf einem See im Frühjahr. Dann herrschte wieder

Stille. Sie saßen sich auf dem Fußboden gegenüber, in einer Stille schwer wie Quecksilber.

»Das ist nicht dein Ernst«, sagte er schließlich.

Sie hatte sich geirrt: Ein letztes Mittel blieb ihr noch. Das Gedicht.

»›Zeit zur Umkehr über Treppen weg.‹ Mohan, das hier ist die Treppe. Savita ist seit zwei Tagen weg. Es bleibt keine Zeit mehr.«

Das Zimmer drehte sich. Es drehte sich um sie wie eine Charkha.

Mohan stand unsicher auf, nahm den Autoschlüssel, wo er ihn auf der Anrichte hingelegt hatte. Er sagte: »Es dauert zwanzig Stunden, mehr oder weniger. Pack deine Tasche.«

2

Am nächsten Morgen fuhren sie los. Mohan holte sie um sieben Uhr ab, und sie fuhren nach Osten. Purnima hatte ihre wenigen Besitztümer gepackt, als würde sie nicht mehr hierher zurückkommen. Sie nahmen den Highway 90, und Mohan erklärte ihr die Nummerierung der Fernstraßen, auch wenn sie sonst nicht viel Gesprächsstoff fanden. Sie fuhren über Mercer Island, und Purnima dachte, sie hätten die falsche Richtung genommen, da sie ja über Wasser fuhren, doch Mohan sagte, die Strecke stimme, dass sie nach Osten fuhren, nach South Dakota. Sie durchquerten die Cascades, grün und dicht bewaldet, fuhren weiter durch Cle Elum, am George Lake und Moses Lake vorbei, bis sie den östlichen Teil des Bundesstaates erreichten, wo sich die Hügel vor ihnen wie riesige Frauen zurücklehnten. Ab Coeur d'Alene kamen wieder Berge, nicht ganz so hoch wie die Cascades, eher sanft geschwungen, Wälder zu beiden Seiten des Highways. Purnima bemerkte, wie sich der Himmel nun wie ein Vorhang öffnete, endlos und blau. Silbrige Wolken, zu den Rändern hin ausgefranst, in der Mitte jedoch dicht und grau, trieben nach Osten.

Sie zeigte auf sie und sagte: »Vielleicht gibt's Regen.« Dann sagte sie: »Lolo. Das ist ein lustiger Name.«

Mohan wirkte nachdenklich, und im Auto lief die Musik ohne Text, dieselbe Musik, die gelaufen war, als er sie vom Flughafen abgeholt hatte, weiter und weiter, und Purnima wurde schläfrig.

Sie fuhren durch Missoula und Deer Lodge und Butte und Bozeman. In Livingston machten sie eine Kaffeepause. Ohne darüber zu sprechen, wussten sie beide, dass sie die Nacht durchfahren würden. Der Himmel zog sich noch weiter zu, doch Purnima blickte zum Horizont und glaubte, bis zum Ende der Welt sehen zu können, zu sehen, wie die Welt sich krümmte, weiblich und schmerzend. Weit in der Ferne graste Vieh, über die goldenen und grünen Hügel verstreut wie Senfkörner. In großen Abständen standen Farmhäuser und Wohnwagen auf den Hügeln, tief in der Landschaft, und für Purnima sahen sie einsam aus, aber trotzig in ihrer kleinen Eroberung.

Mittags kauften sie sich an einer Tankstelle in Garrison Sandwiches, und Mohan sagte, dass sie zum Abendessen anhalten sollten, und schließlich hielt er außerhalb von Crow Agency an einem Straßenlokal. Sie bestellten Kaffee, der heiß war und intensiv, mineralisch schmeckte. Nachdem Purnima Mohan gebeten hatte, ihr die unterschiedlichen Gerichte auf der Karte zu erklären – die Wörter *Steak* oder *Meatloaf* oder *Burger* hatte sie noch nie gesehen –, bestellte sie ein getoastetes Käse-Sandwich mit Kartoffelbrei. Mohan bestellte einen Cheeseburger mit Pommes Frites. Während sie aßen, drangen Cowboy-Klassiker aus der Jukebox, und wenngleich Purnima dankbar war, endlich wieder Musik mit Text zu hören, verstand sie kein einziges Wort. Nach dem Essen tankten sie voll und fuhren weiter, während hinter ihnen der Himmel rosa und orange und grau wurde. Vor ihnen wurde das Blau tiefer, breitete sich aus wie Wasser.

Erst als sie den Highway 90 verlassen hatten und auf die 212 abgebogen waren, erwähnte Mohan Savita. Er sah Purnima nicht an, sondern sprach zur dunklen Straße. »Was, wenn sie nicht da ist?«, fragte er.

Es war eine so einfache Frage, doch Purnima hatte keine Antwort. Sie spürte den Zorn in ihrer Kehle. Die Frustration, die sie während der letzten Tage verdrängt hatte. Der ganze weite Weg, und wofür? Zwei Tage. Zwei Tage! Sie zog eine Grimasse. Was, wenn sie tatsächlich nicht dort sein würde? Was dann? Sie suchte entlang des gesamten Highways nach Savita, wenn sie durch Städte kamen, die Hügel hinauffuhren, an riesigen Farmen vorbei, als ob das Leben so etwas gewähren würde. Als ob das Leben etwas so Schönes und Einfaches und Wunderbares gewährte, wie Savita plötzlich auf einer Hügelkuppe zu entdecken oder zu sehen, wie sie gerade durch die Straßen einer dieser Kleinstädte schlenderte.

»Ich weiß es nicht«, sagte sie, und sie wusste es nicht; in dieser ganzen weiten Welt, nach all ihrem Suchen, wusste sie nicht mehr, wie weitermachen.

Da musste sie weinen. Sie hatte seit Jahren nicht mehr geweint, doch nun fing sie an zu weinen. Als ob all der Raub all ihrer Jahre ihr in diesem Augenblick bewusst geworden wäre. Sie schnappte nach Luft und schluchzte. »Ich weiß es nicht«, sagte sie, konnte nicht mehr aufhören zu weinen und vergrub das Gesicht in den Händen.

Sie spürte Mohans Hand auf ihrem Arm, und er ließ sie dort, bis Purnima den Kopf hob und sich die Tränen abwischte.

»Viel weiter kann sie nicht gekommen sein«, sagte er.

»Woher willst du das wissen?«

Er hielt inne und starrte auf die Straße vor ihnen. »Weil ich nur etwa hundert Dollar in meinem Geldbeutel hatte.«

Purnima sah ihn an. Sie wischte sich die Tränen weg. Der Wind, der ums Auto geheult hatte, ließ nach.

»Und sie muss nach Osten sein.«

»Warum denn?«

»Oder nach Süden.«

»Was ist mit den anderen Himmelsrichtungen?«

»Im Westen ist noch der Puget Sound. Vielleicht ist sie dorthin, wahrscheinlich eher nicht. Wasser ist zu unsicher. Und Kanada ist schwierig ohne Pass.«

Sie blickte ihn unverwandt an. »Du hast dir Gedanken darüber gemacht.«

»Nein«, sagte er und lächelte schwach. »Gar keine.«

Nach dem Crow-Reservat und dem Northern-Cheyenne-Reservat führte die Straße südsüdöstlich zu einer Stadt namens Broadus. Sie waren fast da.

»Noch knapp zwei Stunden«, sagte Mohan. »Wir warten bis zum Morgen«, fügte er hinzu, »bis wir zum Canyon gehen.«

Purnima drehte sich zu ihm. »Bis zum Morgen? Nein, gleich, wenn wir ankommen.«

»Was soll das bringen? Es wird dunkel sein.«

»Dunkel waren die letzten vier Jahre«, sagte sie.

Mohan schüttelte den Kopf. Die ersten Sterne flimmerten auf, wurden gerade wach, wenngleich Purnima sie nur hin und wieder zwischen den vorbeitreibenden Wolken sah, die sich im Osten und Süden zusammenballten. Weit im Süden blitzte es.

Es war nach Mitternacht, als sie sich Spearfish näherten. »Sind wir bald da?«, fragte sie, weil sie auf die Toilette musste.

»Nur noch ein paar Meilen«, sagte er.

Als sie den Stadtrand von Spearfish erreichten, sah Purnima eine Tankstelle. »Da«, sagte sie. »Halt da an.«

In der Ferne leuchteten die Lichter der Stadt. Dahinter, wusste sie, lag der Canyon.

Mohan hielt an, und Purnima sprang aus dem Auto. Ein Gewitter braute sich zusammen. Es blitzte jetzt ganz in der Nähe. Die Sterne waren verschwunden. Purnima spürte die graue Dichte der Wolken, wie sie so gerade noch über ihnen hingen, doch der Erde schon nah. Noch hielten sie ihren Regen, lauernd.

Purnima blickte wieder zum Himmel empor und rannte in den Verkaufsraum der Tankstelle. Der Mann an der Kasse lehnte seine dicken Unterarme auf den Schalter. Auf dem linken Unterarm trug er eine Tätowierung, eine Frau in einem kurzen Kleid, die sich in einem Martini-Glas zurücklehnte und ihre langen Beine in die Luft warf. Purnima blickte auf die Tätowierung, dann auf das Goldkettchen des Mannes. Sie ließ den Blick durch den Raum schweifen. Sie sah keine Toilette.

»*Pardon me, please.*«

»Hintenrum«, sagte er und drehte sich weg, deutlich von ihrem Gesicht geekelt.

Purnima verstand, dass die Toilette außerhalb des Gebäudes war und lief zur Tür hinaus.

»Und bring den Schlüssel zurück«, rief er ihr nach.

Als sie zur Toilettentür kam, war sie verschlossen. Sie blickte sich um und wartete. Sie konnte Mohan und das Auto von hier nicht sehen, doch sie hörte den Motor. Auf der gegenüberliegenden Straßenseite lag eine Autowerkstatt, neben der Tankstelle eine Art Lagerhalle. Die Gewitterwolken standen nun über ihr. Der Wind hob ihr Haar empor und wirbelte die einzelnen Strähnen wie Flugdrachen umher. Ein Regentropfen landete neben ihrem Fuß, ein zweiter auf ihrem Kopf.

Purnima rüttelte noch einmal an der Türklinke.

Ein Blitz zuckte. Die Tankstelle wurde weiß, hell wie Knochen, dann, als wäre ein Licht gelöscht worden – schwarz.

Autoscheinwerfer schwenkten zu ihr. Sie kniff die Augen zusammen, als die Lichter über sie hinwegleuchteten. Sie zitterte vor Erschöpfung. Ein Auto hielt neben ihr. Es war Mohan.

Er ließ das Fenster herunter und rief: »Ich hab auf die Karte geguckt. Wir sind fast da.«

»Wie weit ist es denn noch?«

»Gleich südöstlich von hier.« Er lächelte. »Hast du die ganze Zeit gewartet?«

Es donnerte. Sie blickten beide zu den Gewitterwolken empor. In diesem Augenblick öffnete sich der Himmel, und der Regen strömte los. Purnima hielt ihm ihr Gesicht entgegen, all die Feuer kühlend.

»Die ganze Zeit?«

Purnima nickte. Sie sah Mohan an. Er schüttelte den Kopf und lachte. Die Welt erschien ihr so klar, als wäre sie über sie hinweg- und durch sie hindurchgespült: die Zeit, ihre Organe schwer von Hunger, die Erinnerung an eine Hand, die Joghurtreis mit Banane zu ihrem ausgehungerten Mund führte.

Endlich bewegte sich die Klinke der Toilettentür. Purnima lächelte, plötzlich verlegen, als ob sie und Mohan Liebende wären, die sich während eines Sommerregens in einem Hain, einem Garten getroffen hatten.

»Dauert nicht mehr lange«, sagte sie.

Dank

Mit Dank an:
Amy Einhorn, Caroline Bleeke, Sandra Dijkstra, Elise Capron, Amelia Possanza, Conor Mintzer, Ursula Doyle, Rhiannon Smith, Rick Simonson, Charlie Jane Anders, Nancy Jo Hart, Theresa Schaefer, Nichole Hasbrouck, Sierra Golden, Mad V. Dog, Dena Afrasiabi, Jim Ambrose, Sharon Vinick, Arie Grossman, Elizabeth Colen, Hedgebrook, der Helene Wurlitzer Foundation, Lakshmi und Ramarao Inguva, Sridevi, Venkat, Siriveena und Sami Nandam, Kamala und Singiresu S. Rao und denen, die mit mir in der Prärie standen: Abraham Smith, Srinivas Inguva und Nummer 194.

Mit tiefstem Dank an:
Barbara und Adam Bad Wound, für die Badlands.

Titel der Originalausgabe
Girls Burn Brighter

Dieses Werk wurde im Auftrag von Flatiron Books durch die Literarische Agentur Thomas Schlück GmbH, 30161 Hannover, vermittelt.

Shobha Rao: *Mädchen brennen heller*
Aus dem amerikanischen Englisch
von Sabine Wolf

Elster & Salis AG
Löwenstraße 2, CH-8001 Zürich, Schweiz
www.elstersalis.com

Library of Congress Cataloging-in-Publication data
A CIP catalog record for this book has been applied for at the Library of Congress.

Bibliografische Information der Deutschen Nationalbibliothek
Die Deutsche Nationalbibliothek verzeichnet diese Publikation in der Deutschen Nationalbibliografie; detaillierte bibliografische Daten sind im Internet über http://dnb.dnb.de abrufbar.

1. Auflage
Printed in Germany
ISBN 978-3-906903-12-5

Umschlagmotiv
Copyright © Finalart

T. S. Eliot wird zitiert mit freundlicher Genehmigung des Suhrkamp Verlags
Textauszug aus: T. S. Eliot, *J. Alfred Prufrocks Liebesgesang*, in: ders., Werke in vier Bänden, Band 4: *Gesammelte Gedichte* 1909-1962. Herausgegeben und mit einem Nachwort von Eva Hesse, © Suhrkamp Verlag Frankfurt am Main 1972/1988.

Lektorat
Kristina Wengorz

Korrektorat
Eleonora Holthoff

Satz
Peter Löffelholz

Gestaltungskonzept
Clemens Theobert Schedler,
Büro für konkrete Gestaltung

Schriften
Questa Sans, entworfen von Jos Buivenga und Martin Majoor: www.thequestaproject.com
Novel, entworfen von Christoph Dunst: www.atlasfonts.com

Druck und Bindung
CPI Books GmbH